戈多来了

孙睿——著

孟繁华　张清华/主编

山东文艺出版社

图书在版编目（CIP）数据

戈多来了 / 孙睿著． —济南：山东文艺出版社，2023.6
（情感共同体·80后作家大系 / 孟繁华，张清华主编）
ISBN 978-7-5329-6875-6

Ⅰ．①戈… Ⅱ．①孙… Ⅲ．①中篇小说—小说集—中国—当代②短篇小说—小说集—中国—当代 Ⅳ．①I247.5

中国国家版本馆CIP数据核字（2023）第062593号

戈多来了
GEDUO LAILE
孙 睿 著

主管单位	山东出版传媒股份有限公司	
出版发行	山东文艺出版社	
社　　址	山东省济南市英雄山路189号	
邮　　编	250002	
网　　址	www.sdwypress.com	
读者服务	0531-82098776（总编室）	
	0531-82098775（市场营销部）	
电子邮箱	sdwy@sdpress.com.cn	
印　　刷	肥城源盛印刷有限公司	
开　　本	710毫米×1000毫米　1/16	
印　　张	20.25	
字　　数	265千	
版　　次	2023年6月第1版	
印　　次	2023年6月第1次印刷	
书　　号	ISBN 978-7-5329-6875-6	
定　　价	68.00元	

版权专有，侵权必究。如有图书质量问题，请与出版社联系调换。

总序
80后：一个情感共同体

孟繁华　张清华

"情感共同体"，是新近兴起的历史学流派——情感史研究的概念。这个历史学研究流派被称为史学研究的新方向，它在考量客观事实的同时，还关注到人的道德、行为、信仰与情感等因素。美国学者苏珊·麦特和彼得·斯特恩斯指出，对情感的研究改变了历史书写的话语——不再专注于理性角色的构造，而情感研究已有的成果已经让史家看到，不但情感塑造了历史，而且情感本身也有历史。当然，研究历史与情感的关系和研究文学与情感的关系，是完全不同的两回事。借助历史研究的"情感共同体"概念，意在说明，这个共同体是一个真实的存在，而并非空穴来风。

将80后作家群体看作一个"情感共同体"，当然也只是一个比喻，一如我们此前将70后看作"身份共同体"一样。任何比喻都是有欠缺的，但可以将比喻对象更形象地呈现出来。另一方面，即便是80后本身，他们也从不同的方面将作家看作一个"共同体"。80后有代表性的批评家杨庆祥，写了《80后，怎么办》一书，引起很大反响，特别是在80后群体中，反响更强烈。张悦然说："十年前80后主要是一种反叛形象，主要写的是叛逆青春，那时候的80后肯定不需要《80后，怎么办》这本书。但是到了现在，变化非常大。我的问题在于，这代人是不是变得太快了一点，好像青春结束得太早了一点，一下子就进入了一种很委顿的中年的状态里面。正是在这样快速的消失当中，我们这一代人需要停下来审视自己。"由此可见，杨庆祥的困惑切中了一代人的思想脉络。他书中提出的问题，比如"失败的实感""历史虚无主义""抵抗的假面""沉默的'复数'""从小资产阶级梦中惊醒""我们这一代没有真正的青春""我依然属于弱势群体""能够受到一些公平的待遇就可以了"等，因有极大的"共情性"，而受到了同代人的关注。这是80后内部对"情感共同体"认同的一个佐证。但无论如何，杨庆祥还比较客观。他终究还认为"我们是比50后、60后和70后更幸福的一代人"。这当然是另外一个话题。

在现代社会里，每个人都是当然的单个主体，但每一代人也必定有某种共性，虽然这共性也是被建构和解释出来的。80后的共性是什么？也许很难说清楚，杨庆祥的阐释或许也不能说服所有人。要想为他们找一个最大的"公约数"，确乎很难。但是，从某种意义上来说，这一代人有着相似的文化与社会境遇，却是事实。这种境遇在我们看来，或许就是一种历史的"错位感"与"迟到感"。他们成长的阶段，刚好是中国社会迅猛变革与走向市场化的年代，他们的童年与青春时代，经历了中国社会价值观的剧烈转换；而等到他们长成的时候，中国的社会已历经世纪之交，进入了一个阶层逐渐固化、机遇相对减少的时期。相对优越的成长环境、比较早地受到关注，与成年后的某种失落之间的落差，带给了这一代人特有的困惑与迷茫。

从这个意义上，与其说他们是一个"情感共同体"，不如说是"经验共同体"，只是这样说不够清晰和强烈而已。要想说得有效，而不只是"求正确"的话，那么"情感共同体"是一个必要和不得已的强调。但是须知，在情感体验与情感表达之间，也同样存在着巨大的差异，人的个性差异在文学表达中，尤其有决定性的作用，更何况，人所表达的情感，也未必是他内心感受到的真情实感。所以，从根本上说，即便是同代人，他们的创作也未必在同一个声音频道里。因此，恰是这些相同和差异，一起构成了这代人的整体特征。我们必须承认，现在我们讨论的80后作家，与刚刚出道时的80后作家已经非常不同。对那时的80后作家，社会和文学界都有不一样的看法，比如有的人认为，他们过早地被市场裹挟和被书商包装了，他们没有经历上几代作家所经历的那些制度性的历练，所以在他们之中也就"看不到跟经典写作接轨的作者"。同时还有一种看法，就是他们除了书写个人成长经验之外，很难进行真正的"创作"，对社会问题和社会公共事务还不具备处理的能力。

然而时过境迁，经过十多年的锤炼和努力，以及社会不同方面的合力培育，现在的80后已经蔚为大观，且早已实现了"纯文学"意义上的承前启后，逐渐成熟并走向了文学创作和批评的一线。为了培养文学批评队伍，中国现代文学馆已先后邀请了十余届客座研究员，这些人中的相当一部分是80后，十余届中已有数十人，其规模已足以令人生畏。更有第三届客座研究员，还将他们自己命名为"十二铜人"，显然隐含了自我认同的情感关系。鲁迅文学院多次举办"青年作家高级研修班"，参加者也多为80后。更有专门以培养"文学新锐"为己任的文学刊物或栏目，比如专门举荐文学新锐的《西湖》杂志，以及《人民文学》的"新浪潮"，《十月》的"小说新干线"，《北京文学》的"新人自荐"，《作家》的"处女作"，《天涯》的"新人工作间"，《民族文学》的"本刊新人"，《中国作家》的"新实力"等等，都培养了一大批80后作家。正如80后青年批评家行超所说，最近的这二十年，既是中国社会经济、文化思潮、价值取向发生巨大转变的二十年，也是80后一代从青春期的少男少女成长为家庭支柱和社会中坚力量的二十年。80后一代在生理和精神上的全面成长，必然导致如今的80后文学与此前呈现出若干显见的变化，世纪之交那种与市场需求、商业逻辑等相纠缠的青春文学，已逐渐在他们笔下消失，取而代之的，是在内容、主题、艺术手法等多方面都变得更加成熟、更加复杂的多样性的写作。到今天，在纯文学刊物、出版市场、网络文学等各个文学场域，80后作家都占有重要的位置。而这代人写作历程中所经历的变化，恰恰构成了中国文学在新世纪发展流变的一个面向。

从诗歌领域来看，80后的一代，似乎已经没有当年70后登场时那种明显的策略意识。他们既不急于标张自我文化身份的独异性，也不刻意强调与前代的继承性，在诗风上是相当"稳健"的一代。从社会身份看，他们也主要有两类，一类是"学院派"的，一类是"非学院派"的——隐藏于社会各界与三教九流，但共同点是，文化素养都相对较高。其中"非学院派"的一类在写作上更接地气，像丁成、阿斐、唐不遇，还有女诗人中的郑小琼、李成恩，他们都是现实感非常强的诗人，当然表达个性都各自有鲜明特点；而茱萸、胡桑、严彬、王东东则都属学者型的诗人，有很强的学院背景和诗学素养，他们的写作可以说都非常自信，有从容不迫的气度，既充满知性，同时又不掉书袋，殊为难得。这两类诗人，并没有像"第三代"那样分为"民间写作"和"知识分子写作"，他们几乎已经消弭了这些对立和差异。即使是像郑小琼这种出身底层、从"打工诗人"群体中成长起来的写作者，也体现出良好的素养，也写过许多具有先锋气质的，以及"纯粹植物"意义上的诗歌。

总体上，80后一代的文学评论家、小说家、诗人、散文家，已经全面覆盖当代中国文学的各个场域。为了推动这个文学群体的健康发展，鼓励青年作家创作，我们在编辑"身份共同体·70后作家大系"之后，应出版社之约，不得不继续勉力集合"情感共同体·80后作家大系"，深感使命难违，与有荣焉。但实在说，又恐因为年龄阻隔、代沟之障，对他们的理解和阐释其力难逮，说出外行话来，令方家和晚辈嗤笑。所以，多不如少，与其在这里喋喋不休，不如让读者自去判断。

致敬山东文艺出版社的朋友们,他们高瞻远瞩的文学眼光和情怀令我们感佩不已;也致意80后的青年才俊,他们的积极响应也令我们倍感欣慰。让我们一起努力,继续为中国当代文学的发展添砖加瓦。

是为序。

目 录

总　序 80后：一个情感共同体　………… 1

会飞的蚍蜉　………… 1
火车不进站　………… 29
戈多来了　………… 67
背光而生　………… 133
皆为虚妄　………… 263

后　记 我是80后　………… 307

会飞的蚯蚓

1

我坐在四楼饭馆的窗前等人，一瓶啤酒喝了一半，桌上没菜。人还一个没到。

斜对面不远的乡委会大院里拥出围坐了一天的村民，在警察到来后的一个小时，他们撤离了。

村民撤走后，只剩下几十号警察。被围堵得水泄不通的路也通了，双方向都能过车了。我就是从这条路上走过来的，之前乡委会门口的路段堵死了，无论司机们怎样按喇叭，人群也无视车辆的存在，我行我素地站着或坐在地上，无奈的司机只得调头绕行。刚才在警察到来后，情况终于发生转变，不知道打头的村民收到什么信息，或得到什么许诺，在发生了一阵骚动后，他带着村民离开了。警察还迟迟没有撤，以我观察，好像用了理亏食材的店家，怕客人吃完蹲稀跑肚，纳过闷儿折回来把店砸了，没着急关门。我把杯里蓄满啤酒，也静观其变。

我已经这样居高临下远远地看了两个小时，白嘴儿喝了两瓶燕京鲜啤。晚饭约的是六点半，四点我就出门了，想先去理个发。以前每次到理发店都要排会儿队，等半个小时才能理上，这次我也打出富余量。结果到了理发店，竟没客人，坐下就能剪。理发师在我身后站定，展开披单，往空中一甩，那股陈年老味儿和洗得发白但依然看着挺黑的单子都落在了我的身上。镜子里，只有我的一个头。理发师，也就是这儿的老板，问我怎么剪，我说短点儿就行，理发师说先过来洗洗。我跟着他到了后屋，不是第一次来，我知道该怎么躺，脸冲上，闭上眼睛。水温略烫，浇在我的头上，碱味儿很大。我睁开眼睛，看了看墙壁上那个看上去像用了二十年的电热水器，怕它电到我。听说这个理发店才开了五年，陈设和用具都像民国就在这儿了似的。虽然担心被电到，但这一年来，我一直来这儿理发，近，而且便宜。洗完头，重新坐到镜子前，理发师又问了一遍，怎么弄？我本来想用手比画一下可以剪的长度，一想，如果剪得太少，过不了多久又要剪，不如剃光。有没有头发对我的工作没什么影响，反正我也在家待着，对生活倒能有很多方便。理发师得知我要改剃光头后，说那其实不用洗。我知道他什么意思，洗剪吹十元，光理不洗不吹五块，光头没什么可吹的，也不用洗，拿推子在脑袋上走一遍就行了，等于我一念之差，多花五块钱。多花五块钱，对于理发店所在这片区域的人来说，是个挺大的事儿。既然得花，我就让理发师按洗剪吹的流程正常进行，暖风吹在光秃秃的头皮上，有点儿像裸体走在有阳光的沙滩上，让我觉得五块钱没白花。我看着镜子里那个陌生的自己，像刚剥了壳的煮鸡蛋，有些得意。从小到大，我都是做点儿小叛逆的事儿就心满意足，太大的事儿也不敢做。

　　剃完头我无事可干，想那就早点儿去饭馆吧，挑个好包间，今晚是我做东。我挑了这个带窗户能看见对面乡委会的包间，它并不是最好的，空调坏了，我只是好奇楼下的两群人交涉得怎么样了，就先坐在这儿，跟服务员说一会儿再换。

　　这天的黄昏，我顶着刚理的新发型，喝着啤酒，就这么坐着，看着楼下的那些人，坐了近两个小时。我即将三十岁，我无所事事，我一点儿不忙，我的时间有点儿多，得想辙打发掉。一个小时前，警察一来，我还以为能看到点儿超越日常生活的场面，没想到事情就这么结束了。现在村民撤了，马路通车，我没什么可看的了，拎着没喝完的啤酒，换到空调没坏的包间。

根据来的路上，穿过乡委会门口人群时听到的谈话，综合进饭馆后从服务员那里得到的信息，我大概知道了，这个乡的一个村子要拆，变成城市的一部分。中午乡委会刚把补偿通知贴到宣传栏里，那个村的村民就得到信儿，觉得补偿原则不妥，便在微信群里一呼百应，来乡委会给自己争取更大利益。

之前招待我的服务员正在我要换的这个包间里玩手机，见我拎着啤酒进来，收起手机，说那边散了？我说村民散了，警察还在。他说"快手"上这种事儿多了，最后都是蚍蜉撼树。

蚍蜉俗称蚂蚁。也是，蚂蚁怎么可能摇动大树。成语用得挺贴切，一下把我心里想的说出来了。刚才我在楼上看着那些穿得五花八门的村民，再对比数量不少于村民且服装统一的警察，就觉得前者只能无功而返。而另一个事实是，不管撼没撼动，这个村的村民都将不再是蚍蜉。当他们的村子没了的时候，身份也随之改变。挖机一响，黄金万两。无论是一万两，还是几万两，都是翻天覆地的变化。他们刚才的要求，不过是试试能不能再锦上添花。而我只能给自己的杯里添上酒，喝多了，就不那么羡慕这帮村民了，也不太在意我才是货真价实的蚍蜉这一事实。

2

今天是我北漂一周年的日子，我叫了北漂的同学都来聚聚。聚完我就打算回老家，不在北京待了。

我又何曾在北京待过？我脚下的城市叫北京，所在的这片区域在行政级别上叫乡，坐落于北京四环外靠近五环的地方。斜对面的乡委会大院是这个乡的中心，因此这条路修得很好，有学校、饭馆、卫生所、电影院，还有一片在建的小区，开盘六万多，尚在挖坑，已经售罄。我不住这样的小区，我住在一公里外，该乡的另一个村子。我到北京的时候，这个村子刚刚改造完，改造之前什么样我不知道，现在的样子让人挑不出太多毛病——如果住在这里仅仅是为了睡觉。他们管这样的地方叫"城中村"。

大学《城市规划》的选修课上，说城中村是城市发展进程中的新生事物，"集经济、历史、文化多重矛盾于一身"，同时也消化着这些矛盾。我来北京的这一年，一直住这儿，毫无违和感。由此看来，我也"集经济、历史、文化多重矛盾于一身"了。

六年前我从济南的一所二流大学毕业。家在山东一座县城，学习成绩一般，能考到省会的二流大学，已是人生向前迈出一大步。我学的是多媒体，毕业前投简历，参加了市电视台的笔试、面试，最终留下了。没托人，也没人可托。在我们那儿，电视台是高大上的工作，绝对的白领。我被分到母婴频道，就像中央台有体育、音乐、戏曲、新闻等频道一样，我们省和市电视台也开设了各种频道，尤其是市电视台，播放的大多数自制节目，都是为了卖货。80后90后相继开始当爹当妈，注重科学育儿，从在哪儿生孩子、用什么方式生孩子，到孩子拉屎撒尿起痱子，这些都成了商机。我们市五个区三个镇，人口两百多万，是座三线城市，每年新生儿过万，平均每天四到六个家庭需要开始为孩子花钱了。那些提供母婴服务的品牌和店家会在我们频道包下时段，拍广告、办讲座、做促销，我就负责这些片子的剪辑和形象包装。六年下来，专业技能没见长，带孩子绝对会是一把好手。

两年前，我贷款在市里买了房。不大，结婚够用，这是我妈对房子的评价，也是她撺掇我买的，她着急抱孙子。我每月工资的一半还贷款，压力不大。新房离父母所在的镇开车一个小时。

一年前，房子交钥匙了，我妈开始催我相亲，说装修房子最好两个人商量着来，省得媳妇进门后再倒腾了。这一年我二十八岁。一边是我在市电视台的安逸生活，不用太动脑筋就把工资挣了，不出意外，再过两年就可以实践我在剪辑软件里看了六年的带孩子的经验（到那时候就看了八年了）；一边是我的北漂同学，在朋友圈里晒着他们的挣扎与情愿，他们践行着"996"，他们长出了90后的第一批白头发。我所学专业的最光鲜工作在北京，毕业那年，我有点儿怂，没和他们一起去北京。但我比关注本市天气还上心地关注着他们。六年后，他们剪辑的已经是我需要买票进电影院才能看到的电影了。如果说他们当初选择北漂就像自习课主动选择去操场跑圈，现在时间证明了这个决定之英明，毕竟是到了操场上，我也不想继续在教室里坐着了，说什么也得去趟北京。

在中国，有两种人：混过北京的和没混过北京的。听说蚂蚁是一种二维生物，它面前的世界是一个平面，只有前后和左右，没有上下，地球在它眼中永远是纸一样的薄片儿。我想，混过北京的和没混过北京的，看世界也会是两个样。我可不想当一只蚂蚁。

北京有我的亲人，我姐和姐夫。他俩是五年前来的，我外甥一上幼儿园，两人就出来挣钱了。姐夫说趁着还没到三十岁，试试去北京发展，要不然一辈子就耗在县城里了。为自己，更为孩子，必须扑腾扑腾。他这么说，我现在仍深信不疑。我和他都不甘于做一只蚂蚁。

来京之初，我姐做家政小时工，在58同城上发信息，别人看到了就给她打电话。她手脚勤快，很快有了固定雇主。她早上九点骑电动车出门，给保温杯灌满水，晚上十点回家，刨去路上和吃饭时间，每天拿十小时工钱，他俩的生活费和我外甥上幼儿园的费用都从这钱里出。姐夫在洗车行打工，挣保底工资加洗车提成。听我姐说，他的钱从不给她，都被他喝了。理由是，得应酬，得交朋友，得打通门路，不能洗一辈子车。现在，我姐还是小时工，老了；姐夫仍是洗车工，胖了。喝酒当然也得吃肉，六年的工资都吃了喝了，胖得合情合理。

　　我到北京的第一站就是投奔他俩。他俩就住这城中村，我跟着他俩住了三天，然后自己租了房，一室一厅，每月九百，离他俩三百米。你没听错，就是一居室，有独立的卫生间，能洗澡，里外两间。里间摆张床睡觉，外间有灶台能做饭，只是小一点，拢共三十多平方米，一个人住足够了。这是城中村独有的房型。原村民在自己能用的土地上，把房子盖到最大，然后试探着一层层加高，直到被执法者叫停，不让再盖才罢手。家家户户都这样，楼与楼之间只隔条小巷。从高处俯视，这片区域颇像面包房的橱窗里摆放的一块块五颜六色形状各异的蛋糕——村民盖房的时候各种东西都用上了，色彩、物料之夸张，极尽想象之能事。

　　我住这儿原因有二。一是愿意离我姐近点儿，她是我亲姐，从小照顾我，现在背井离乡，我愿意看到她、陪着她；二是我不愿意去跟人合租公寓，共用厨房，共用卫生间，共用客厅和沙发。这里虽然没有电梯、没有物业、没有保安，但有自由，可以想几点上厕所、几点洗澡都行，做饭也方便。而既然不合租，单独租一套公寓的话，我觉得没必要，等工作稳定了再说。这里让我感到亲切，和我小时候生活的地方很像，我们镇上的房子也都是瞎盖的，所以我愿意留在这儿。这叫村，但交通便利，各个方向全能"出村"，公交、地铁都有，一大堆站牌，都是多少路我到现在也没记住。马上就要走了，更不用记了。

　　但我没想到走得这么狼狈，来北京一年，连居住证都没办下来。走是因为没找到工作，二十八岁的工作比二十二岁的工作难找。我的那些同学，来北京的时候是应届生，薪资要求低，从实习生干起，好找工作。我都毕业六年了，这岁数再干实习生，公司首先就会觉得我有问题，否则不可能要求还这么低，而有点儿职位的岗位又不可能用我。我这几年小电视台的工作经验，到了北京根本拿不出手。不提还好，拿出来给面试官一看，面试官立刻有了决定。一个人行不行，很具象，不用先提供一份工作再考量。我距离行还有很远的距离。

也不是一天班没上一分钱没挣。我送过外卖，赶上双 11 的时候还当过快递员，不仅是出于好奇，在北京漂着一分钱不挣我有点儿心慌，虽说还有几万积蓄，可每月还得还房贷，压力渐大。最近一次的工作是在民营影视公司干了三个月，剪辑一些化妆品的网络广告片，即将到试用期的时候，公司转型了。老板说影视不是他擅长的，也不附庸风雅了，打算卖面膜，每天都能见到现金。我就又待业了，也明白为什么会被这家公司录用了。

没有稳定工作，没有六个月以上的缴税证明，就没办法办北京居住证。人是不是生下来就决定了有没有权利？我说，如果是追求快乐，人人都有权利。恬恬说，那为什么别人不能坐热气球，只有他们能坐呢？我说，我不认为只能他们坐，你我都可以坐，只是还没到时候。恬恬说，要等到什么时候呢？我说，有些事情是不能急的。恬恬说，是不是等也等不来？因为我们就没有坐的权利。我说，我不认为咱们没有这个权利。恬恬说，事实才是真理，只有坐进去，才证明有这个权利。说完，她就回屋了，说要写老师布置的作文。看着她消失在门后的身影，我觉得她好像突然变大了。

如果有合法稳定住所居住六个月以上的证明，也能办北京居住证，但我住的那地方派出所不认，说疏解外来人口一直要拆这片儿，这里不算合法住所。结果居住证就迟迟没办下来，北京的市政系统里从没留过我的痕迹，只有往返的两张火车票，证明我还来过北京。

我叫的三个同学都来了。我的光头造型引起他们的极大好奇，在得知我要离开北京后，说这顿饭他们请，给我钱行。我说不用，以后我出差来北京再由他们请，现在离开对我来说是好事儿，谁的好事儿就谁请。

他们清楚我这一年的生活，对我离开北京的行为很理解，没表示出虚假的惋惜之情，菜一上来我们就开喝了。

跟我一样，他们也来自三、四线城市，根深蒂固的消费习惯让他们对我选的饭馆没什么不适。这一年里，我们的每次聚会都会选择人均消费一百块以下的地方。他们仨北漂六年，没人发财，没人饿死，都在北京扎下了根。一个同学刚来北京的时候给婚庆公司当摄像，现在自己开了婚庆公司，二十几个员工，挣的钱都给员工发工资了，就落了一个老板的称呼。还有一个开始是在体育频道做实习生，喜欢看球，不怕出差，现在干成编制内的体育记者。再一个是一直做剪辑，从看机房开始，帮着抬机器、接线，六年没挪窝，熬成剪辑主管了。他们也有日子没见了，酒碰三杯后，互问近况。剪辑主管这同学刚刚跟组回来，在云南、缅甸待了五个月，晒黑了。在公司是主管，进了大片剧组就成小剪辑了。他参加的是一部军事题材电视剧，边拍边剪，大队出工他也跟着，在拍摄现场的树下支个桌子开始剪。镜头里是各种飞机大炮，在他身边不远处，真的飞机大炮也每天隆隆驶过。经常是剪着剪着，那边一爆炸，过不了几秒就有蚯蚓混着泥土落在他的剪辑桌上。有一天导演看了他剪的几段戏，说有点儿假，没剪出战争的真实感。这对他打击很大。事后他悄悄潜入拍摄阵地，在壕沟里蹲着，找感觉。结果戏一开拍，他故意猫在战壕里没出来，有个炸点没埋好，差点儿给他睾丸炸飞了。差一拃，炸在屁股上，现在屁股还没完全长好。他说这些的时候颇引以为豪，没抱怨，没炫耀，是一种分享。如果我有一份这样的剪辑工作，哪怕睾丸真的被炸飞，也觉得很有意义。他还在讲着，我喝着酒，琢磨我为什么不能在北京找到像样的工作。能力问题？时运不济？兼而有之？要么又是"集经济、历史、文化多重矛盾于一身"的原因？说来说去，这就是我的命。可我为什么是这种命？有一种力量在阻隔着我不能有另一种可能，就像蚂蚁不知道世界是三维的。好吧，既然如此，今朝有酒今朝醉，管他呢，喝多了就不会在意二维和三维的界限了。

我跟每个人推杯换盏，他们积极响应，饯行就一定要有个饯行的样儿。可能他们也知道，再见到我，就是猴年马月了。

饭馆到了十点要关门了，乡里的人睡得早，不会再有人来吃饭，没必要营业太晚。而我们觉得气氛还差一点，既然是饯行，就一定要热泪盈眶紧紧相拥，尚未到那个程度，我们又去唱歌了。

乡里的KTV，还有难得一见的燕京"大绿棒子"。现在像点儿样的饭馆都很难见到这种啤酒了，这里仍兴盛不衰，五块一瓶，买十赠一。我说先抬一箱，不够再要。在乡里生活有个好处，就是由着性子消费，也不会花冒了。

六百毫升一瓶的"大绿棒子"比燕京鲜啤的劲儿大多了，两瓶灌进去，加上之前喝的，基本就到位了。我们四个脱掉上衣，光着膀子，并排站着，勾肩搭背唱了一首《光辉岁月》。这首歌是我点的，每次去KTV我都会点。这歌问世的时候我刚出生，十五年后我进入青春期，这歌才在我们镇流行起来。新店开业会放，出租车里会放，谁买了mp3也一定会下载一首。我马上要回到老家平庸地度过此生了，此时对这首歌更加热爱。

　　……
　　今天只有残留的躯壳
　　迎接光辉岁月
　　风雨中抱紧自由
　　一生经过彷徨的挣扎
　　自信可改变未来
　　问谁又能做到
　　……

我们唱的是粤语。也有普通话版的，歌词不一样，词一变，味儿全变，要唱就得唱粤语的。我在北京也经历了一年的彷徨，到今天彻底没自信改变未来了，也许有人还能做到，但我不行了……屏幕上的歌词和我心里想的，像两种化学物质，在发生反应，生成的产物让我鼻子一阵阵发酸。多亏我身边那个同学调跑得严重，及时让我出了戏，要不然屏幕上那些反复滚动的歌词，真就把我的眼泪弄出来了。

这首歌后段部分的配乐除了器乐伴奏还有口哨，我跟着节奏很认真地吹完这段口哨。结尾不是到了某句戛然而止，而是这六句歌词反复重复，像致敬，像感叹，像扪心自问，也像在质问每个人，声音渐弱直至曲毕。

近来流行一句话，"人间不值得"，我安慰自己：北京也不值得。

以这首歌作为今晚和我在北京的结尾，再合适不过。我和三位同学在KTV门口坚决告别。

3

我没着急"回村"，还要去和"小前台"告别，这是离京前的最后一件事儿。"小前台"曾是我上了三个月班的那家转型卖面膜公司的前台，无论是影视公司还是面膜公司，前台的工作内容不变，都是转告谁的快递来了，把访客带进会议室，本来可以留下继续工作，她却主动辞职。她说越不辞职，离梦想就越远。

"小前台"来北京三年了，95后，南方小镇女孩，个儿不高，瘦还平胸，周冬雨那型儿，没周冬雨好看，我在心里就叫她"小前台"。一起上班那仨月，她想找房子，之前租的是一套两百多平方米的复式，住了二十多个人，每天二十四小时总有人在打电话或玩游戏，生活严重受到影响。公司有个员工群，她就在群里问哪儿有合适的房子，于是慕尼黑花园、都柏林豪景、布鲁塞尔幸福村等一些格调很高的社区名出现在群里。"小前台"说来点儿实际的，公司一个月才给开多少钱，预算别超过一千八，有独立卧室。

好些北漂都有一毛病，一张嘴，自己住哪哪哪，除了养活自己，还养宠物，显得特中产，经常发点在高档小区遛狗的照片，其实住的是那小区地下室。简直就是心有多高，就有多装。我看"小前台"挺实在，私信她，说我住的那片儿有这种房子，但环境差点儿意思，"小前台"说先看看吧。下了班我带她去看，还真看上了。她说比她以前那二十多个人住的复式好多了，那里进去后乱得迈不开脚，住这儿空间和时间都自由，这是她现阶段最需要的。到了饭点，我请她去吃饭，"出村"就有一排小饭馆，我要找好点儿的，她说别太破费，随便吃口就行。最后我俩吃了米线。吃的时候，我问她对现在这公司有什么印象，她说没什么特别印象，在这儿上班就是维持生活，没发展前途。然后神秘地跟我说，她的理想是开一家奶茶店，打算下半年就辞职，并叮嘱我不要对别人讲。别人指的就是公司里的其他人。我们的友谊就这样建立了。

很快她就搬进"村里"。村子很大，住了好几千人，所以我俩见面的机会大多还是在公司。没过多久，公司换营业执照，调整经营内容，我失业，她主动辞职，都赋闲在村。我观察了，她没男朋友，本来想跟她谈谈试试，但是两个都没工作的人，最不适合的就是谈恋爱，也就没提。有时候我"出村"找工作，路过她窗口，喊她，老不见她在家。

后来突然有一天，她来找我，想跟我借三万块钱。她说考察了位置，找到合适的店铺，准备开奶茶店了。需要十万块钱，已经找了七万，还差三万。同时拿出一份合同，是借款声明，说钱将用于奶茶店的建设，一年后连本带息还给我；同时也有补充，万一哪天奶茶店规模大了，我不急着要她还钱的话，这钱可以一直放在奶茶店里滚动，给我算百分之三十的股份，享受各种股东应有的权益。我觉得有点儿可笑。为了她好，我问了几个问题，试图提醒她想法太幼稚，应早点儿放弃。我问她每天要卖多少杯才能保证房租和人员工资，她说奶茶利润高，每天一百杯就可以了。我说就算每天营业十个小时，每小时要卖出十杯，每六分钟就要卖掉一杯，做得到吗？她说店打算开在大学旁边，二十四小时营业，这样周边两所大学的学生就有地方半夜看书了。尤其是考试周，可以到奶茶店通宵复习，坐一晚上怎么也得喝两杯吧，饿了还能吃炸鸡，炸鸡也是店里的主打商品之一。店有两层，楼下六张桌子，楼上十二张，上座率百分之五十的话——不可能人挨人坐——可以装三十个人。我又问你怎么知道他们一定会来你的店买奶茶呢？不能只靠着每年两次的期末考试。她说因为自己爱喝奶茶，这条街上没有一家奶茶店，据她观察，年轻女孩都爱喝，这两所大学两万多女生，总得有人进来买一杯吧。我说为什么给奶茶配的是炸鸡而不是别的什么，她说因为她打小就爱吃炸鸡，年轻人缺嘴，尤其是男生，肯定缺油水，所以女朋友买奶茶的时候，他说不定也会来块炸鸡。我又问既然前景这么可观，为什么之前别人没有开？她说她不考虑这种问题，她只知道开奶茶店是高中时代就有了的梦想，如果这事儿都失败了，就清楚别的事情更做不好，安心去当一个前台好了，每月挣工资还我钱。

我手上正好有三万，也清楚这钱很可能有去无回，还是借给了她。别人给女朋友换个手机也得万儿八千的，我就当拿三万块钱试试她值不值让我当成女朋友去认真对待吧。

开店之初，我常去帮忙。我会作图软件，帮她做广告宣传单，她出创意，我操机。A4大小的宣传单印刷了一万张，我帮她去大学里发，她看店。店里人不多的时候，她就和我一起去大学里发，站在大学的各个路口，把宣传单交到这些潜在客户的手中。宣传单上印着促销信息、店的公众号和点餐微信，奶茶大杯的十块，小杯的八块，炸鸡翅六块，炸鸡腿十块。开业头一个月，买大杯送鸡腿，买小杯送鸡翅，可以点餐，加两块钱送到宿舍楼下。我送外卖的那段经历就是这段时期所为。这价格对学生很有诱惑力，花十块钱，尝试一下也没什么损失，还能解决一顿饭，但对奶茶店来说，只够食品成本，干赔人员工资和店租。"小前台"说没关系，先打品牌。我也把她的名字改成"小奶茶"了。

后来订单多了，加入"美团"和"饿了么"，有专人送了，我就干别的。多数是帮她看店，她去考察市场。所谓考察，就是看看别的店都是怎么做的，自己开店遇到实际问题了，更有针对性。考察回来的时候，时不常会带点装饰物，一点点把店装扮得更像个店。

一个月后，促销结束，价格恢复正常，订单比以前少了，但每单都开始挣钱了。我又配合她做新宣传单，快六一了，这次主打"儿童节，你喝奶了吗"，连同可以为半个月后的期末考试提供复习场地的消息一起印上。六月结束时盘点，平均每天卖奶茶一百五十杯炸鸡十五斤，扭亏为盈。作为股东之一，我在第一时间收到"小奶茶"的财务报表。

我之前来帮忙，一是那时候她一个人支应不开，二也是为了进一步了解她。现在奶茶店步入正轨，我也该做自己的事情去了。"小奶茶"说店里缺人，让我就在这儿干。我说这是你开的店，我总赖在这儿不像样。她说你也是股东，股东当然可以在自己投资的店里挂职呀！话是这么说，但真拿主意的时候只能有一个人。以前我在市电视台的时候，主编和广告商一人一个主意，我剪辑的片子改了八遍也没定稿，眼瞅着要播出了，我说你俩先商量好了，改成什么样都行，但必须只有一个人说了算。于是主编闭嘴了，按广告商的来。开店也是这样，不能俩主意，甭说我俩只是朋友，就是两口子开店，还净是拌嘴的呢！再说我来北京也不是为了开奶茶店的。

我继续应聘剪辑的工作。我挺热爱这事儿的，我指的是剪辑，不是投简历。考大学之前没什么概念，就觉得多媒体听上去挺时髦的，分数将将过线，便报了这个系。大三的时候分专业，有剪辑方向，我就选了，当时已经上过剪辑课，大概知道剪辑是怎么回事儿了。以我的理解，剪辑就是把一个混乱的世界变得精致。刚开始动手剪片子那段时间，我听别人说话，总觉得啰唆，老想在他说的时候给剪剪。上完剪辑课，我的生活习惯都变了，特爱收拾屋子，把乱七八糟的东西归置整齐，没用的东西收起来，要不然看着不舒服。即便剪辑了六年纸尿裤的促销广告和各种育儿窍门，我也觉得很有意义，我把生孩子养孩子这件看似很让人头疼的事情变简单了，抽丝剥茧，变成一条条可以理性去操作的规范，使不敢生孩子的人不再恐慌。

但这不能让我满足。我希望剪辑更高级的东西，所以来了北京。漂了快一年，我并没有气馁，我相信贵在坚持，也牢记国安球迷创造出的"成语"——跟丫死磕。

在北京总能赶上一些艺术活动。一次一个久负盛名的欧洲导演来北京参加文化交流，安排了三场电影放映和展后交流，我抢票赶上一场。先放了一部这个导演在二十世纪九十年代拍的长片，三个多小时，来的并坚持看完的都是文艺中青年。影片结束，灯光亮起，老导演从侧台走出，头花全白，大步流星，触地有力，有股他电影的那劲儿。主持人兼职翻译，说大家可以和老导演交流二十分钟。前几个问题都是关于这部电影本身的，有关于主题的，也有关于拍摄细节的。老导演一看就是身经百战的老艺术家，不玩虚的，有什么说什么，不客套，不云山雾罩，一句是一句，句句落地。想不起来的地方也实话实说，说太久远了，给忘了。主持人时不常插句话，赞叹老艺术家表达之真实，说的都是干货。老艺术家只回应了一句，说他都七十多了，哪还有时间说废话。主持人反应也快，说还剩最后五分钟，别让没用的话浪费宝贵时间，大家继续交流。一个学生模样的人提了个问题，问老导演搞艺术最需要的是什么，才华、机遇、坚持，哪个重要？老导演顿了三秒钟，反问提问者多大了，提问者说二十五岁，老导演说那恭喜你，你还有五年的机会。然后接着说，这三点都重要，但是一个人有没有才华，机遇是否会落在你身上，三十岁前就有定论了。任何一个艺术家或行业的顶尖从业者，在三十岁前要么创作出标志性作品，要么展现出与众不同的特征，这之后的坚持才有意义。如果一个人三十岁前无所作为，我劝他还是不要坚持了，没有任何意义，自欺欺人。生活里有很多事情可以做，北京的房价这么高，多挣点儿钱改善家庭的生活也很有意义。台下有人说，李安三十六岁才拍第一部电影。老导演说我和李安很熟，他二十七岁能去纽约大学读电影硕士，三十岁毕业时拍的短片得过电影节的最佳导演奖和最佳影片奖，之后坚持了六年，到三十六岁开张了。我拍了四十多年电影，在大学当了二十多年客座教授，带过很多学生，见过他们的成功和沉沦，三十岁真理屡试不爽。后面老导演又说了什么我就不知道了，听到这儿的时候我就离开电影院了。再坐下去不是自欺欺人吗？

当晚我躺在床上，拿着手机上网，把能想到的人都查了一遍，三十岁真理确实真实发生在我知道的这些人身上。一宿没睡，天亮的时候，我对未来有了新规划。已经二十九岁多了，未来的几个月不会发生奇迹，我知道我该干吗了。

这是三天前发生的事情。我用了两天把北京该玩的地方玩了一遍，今天剃了光头，和同学吃了散伙饭唱了歌，一会儿再跟"小奶茶"告个别，明天我就买票回家了。现在去找她，不提那三万块钱，纯告别。她很不错，我想和她谈恋爱，哪怕异地恋，哪怕和她一起开奶茶店——再回老家的电视台上班对我也没什么意义了。我和店里员工聚餐时，在一堆人嘻嘻哈哈之际试探过她。我说好些女孩想找个有钱的男朋友结婚，这也没什么错，你怎么想的？"小奶茶"说我觉得还是得找谈得来的，钱不是最重要的，我不希望对方从这个方面考量我，所以我也不会在这个方面要求对方。听上去没什么毛病。我又问那你现在想找个什么样的？她说她去雍和宫烧香时许愿了，三年内不找男朋友，一心扑在奶茶店上，没有精力再对男朋友好，所以就先不想这事儿了。

这话会让投资的股东很开心，但我并不愿意听到这样的回答。这就是传说中的有缘无分吧，这也让我更对北京没什么留恋的。

已经一点多了，奶茶店二十四小时营业，据我了解，她都两点后才睡。所谓睡，不过就是在楼上的休息间里躺会儿，店由夜班服务员盯着。七月份的业绩也不错，赶上学生考试，前半夜老有人。现在放暑假了，晚上店里不那么热闹了，留校考研复习和谈恋爱的学生还会来。

奶茶店在另一个乡，离我住的那个乡只隔一条马路。周边那两所大学的学生就近找不到什么休闲娱乐的地方，二十四小时奶茶店出现得很及时。

路过一家小卖部，我进去买水。一会儿我手里拿瓶水进奶茶店，"小奶茶"就不会再给我一杯奶茶了，我不太爱喝那玩意儿。我问有凉的酸梅汤吗，老板正躺在摇椅上看球，说冰柜里有，自己找。冰柜在门口，我退后两步，拉开冰柜门，低头扒拉，情不自禁吹起《光辉岁月》。老板说你别吹了，我一愣，抬头看他，这才留意到老板岁数不大，比我小，有些胖，像所有胖子一样，憨憨的。我问为什么，他说让你别吹你就别吹。我有点儿不高兴，怎么我就不能吹了，我马上就要离开北京了，吹个《光辉岁月》还犯法？我也喝多了，觉得气势上不能输，合上冰柜门，转身吹着口哨走开。结果走出去没几步，感觉后脖颈子一阵风，回头一看，上半身刚拧过去，脑瓜顶就被板砖重重拍了一下。板砖从我面前滑落，我看到板砖后面的人，就是刚才那个小卖部的老板。光滑如煮鸡蛋清的头皮，有湿热的东西流了出来，我猜想应该有点儿像溏心鸡蛋黄被扎漏了，流油了。

随后，他转身就跑，钻进小卖部，拉下卷帘门。

我走到小卖部门口，掏出手机，拨了110。接线员听我叙述了情况，记下事发地点，说会通知当地派出所联系我的，我说请快一点儿，然后结束了通话。街上没有人，不远处洗车房门口的监控亮着绿灯冲这边照着，我放心了。除了想找点儿纸巾捂住流血的头，我一点儿不慌，没想到这种情况下我能这么平静。这一年没找到像样的工作，每一天我都很慌。

手机响了，是个座机来电，我接通。是派出所，询问了情况和我的伤势，让我等着，马上过来人。几分钟后，一辆途胜亮着红蓝顶灯停在我面前，我指着卷帘门撂下的小卖部说，就是这儿。

警察上前敲门，里面没动静，灯还亮着。警察问我，你买水的时候里面就一个人？我说对。警察说要不你自己先去看病，需要缝针的话别耽误了，明天再来处理。我说打我的人就在里面，干吗要明天？

网上老说公务员花着纳税人的钱不作为，尽管我没在北京交过税，依然愤慨。

警察说这家我知道，跑不了，这孩子是个傻子，他爸晚上出去上班，只能等明天下班回来处理，你赶紧去医院吧，别得了破伤风。

警察姓马，乡派出所的，第二天我去找他。伤口倒是不严重，缝了四针，CT 也做了，没脑震荡。马警官看了医院的报告，说没什么事儿，想怎么解决？我现在已经没有打报警电话时那么心平气和了，越想越憋气，来北京一年一事无成，临走临走，没招谁没惹谁，挨一板砖，还是个傻子拍的，凭什么呀！我说赔钱！马警官问想赔多少，我伸出三根手指。三千？马警官问。我很生气，说，三万。马警官笑了，是那种能刺痛人心的笑。他说，想靠这个致富？然后问我看病花了多少，我说两千，但还有误工费、营养费、精神损失费……马警官挥手示意我打住，让我跟他上车。

卷帘门收起来了，小卖部开着门，我跟着马警官走进去，有点儿底气不足了。来的路上马警官告诉我，拍我的那傻子二十二岁，跟他爸在这村里住五六年了，租的房子，前面一间卖东西，后面睡人。店是给儿子开的,儿子脑子有问题,上班没人要,卖东西找零钱问题不大,傻到什么程度也没一个明确说法。但肯定是傻,不傻他也不会拿板砖往你脑袋上砸,马警官说。他爸每天晚上出去开网约车,租的别人的车,白天那人开,晚上他爸开。白天他爸在家补觉,也能照顾儿子,给儿子做饭。这傻儿子以前用"热得快"烧开水给全村弄短路过,煮面条让自己煤气中毒过,煤气罐还差点爆炸。白天离不开人,没人看着就出事儿。据他们同样在这儿打工租房子的老乡说,孩子傻是因为小时候总受大孩子欺负,刺激到脑子了。这孩子从小父母离婚,孩子的爸也没再婚,但心里痒痒,就去扒女厕所,被人抓个正着。孩子也受到牵连,一起被人笑话,所以大孩子专挑他儿子欺负。讲到这儿的时候,我突然觉得马警官是一位办案经验丰富的民警。马警官还说,摊上这事儿就自认倒霉吧,毕竟对方脑子有问题,法律对这种人都从宽。

  这时候车驶过乡委会大门,还有几个村民模样的人站着,看样子是有事儿,但不成规模。马警官扭头看着说,乱死了,成天的事儿,累!然后问我,你是做什么工作的?我说暂时没上班,他说那你要什么误工费呀?我之前也一直心虚这事儿,坐在副驾驶位置有点儿难为情。没想到他又补了一句,我看你这样也不像有工作的。什么意思?我哪样?因为我半夜一点多了还在游荡吗?因为我剃了个光头吗?因为我想让对方赔偿三万吗?我心里搜索着自己身上不对劲的地方。他说的确实没错,但这种经验丰富对我是一种伤害。我有点儿讨厌他。我按下电动车窗的门,风吹进来,好受了些。

  进了小卖部,没看见胖子,他爸没睡觉,知道我们要来,笑脸相迎,说儿子害怕警察躲起来了,他先帮着接待。屋里地方小,也没多余的椅子,他就让我和马警官坐在成箱的雪碧上,说很结实。这位父亲头发已经花白,背有些驼,按说不应该比我爸大,看上去倒像我三爷爷。眼前此景加上马警官路上的那些话,让我想要三万的话说不出口。

马警官开门见山，说人家就吹个口哨，被你儿子打了，半夜去医院看了，不严重，但是也缝针了，耽误上班不说，将来肯定还得落疤，可以私下调解，赔点钱就算解决了。胖子的父亲看着我说，同志，您想让我们赔多少呢？有了马警官车上的那番话，我自然是不好意思说了，我觉得他有点儿拉偏架。没想到马警官替我说了，他说受害者想要三万。

　　我被说得脸上发烫。他怎么能两头儿说话呢！

　　胖子的父亲说，我们家这情况你们二位也看到了，少点儿行吗？马警官说，你儿子有错在先。胖子的父亲说我知道，特别对不起这位同志。说到这里他才想起没给我和马警官倒水，赶紧从货架上拿了两瓶看上去很花哨的饮料让我俩喝，说这是新出的，好喝。我还真没喝过，但也没拧开。马警官喝了一口，喝完还举着瓶看看。

　　胖子的父亲接着说，养这么一个孩子，挺不容易的。马警官说，你作为施害方的代表是个明白人，受害方也是明白人，要说不容易，大家都不容易，咱们就大事化小，小事化了，直接谈定赔偿金，结案——所里还有比你们这儿更严重的事儿等着处理呢，咱们都快点儿！胖子的父亲说昨天是他生日，他儿子非要等他收车回来给他煮面，往常这个时间都关门睡觉了，发生这事儿也是赶巧了，没辙。说着俯下身，头埋到货柜下面，翻腾了几下，拿出两捆百元人民币，放在货柜的玻璃面上，说家里就能拿出这些，两万。马警官看着我。我看着这钱，有点儿愣。

　　我听到胖子的父亲又说，如果还是不行，就等下周二网约车可以提现的时候，我把这半个月的钱取出来，不过那也不够三万……算了，我打断他，掏出医药费的单子放在柜台上，说看病花了一千九百多，给我两千就行了。

　　胖子的父亲数钱的时候，我从冰箱里取出一瓶酸梅汤，拧开喝了一口问，为什么你儿子不让我吹口哨？胖子的父亲停下手里的动作，往后面的屋子看了一眼说，那帮大孩子合伙欺负他的时候，都会先吹一声口哨，算发号施令，然后统一行动，扒光他的衣服。那天他光着屁股吐着白沫躺在地上打滚，从此脑子就不正常了，我带他离开老家，来了这儿。说完他继续从头数。

4

五天后，脑袋拆线。又让我在北京多待了五天，裹着纱布回家怎么都说不过去。离开医院，我买了一顶帽子，戴上正好盖住缝合处。头上已经长出一层青茬儿，伤口没那么明显了。现在可以去跟"小奶茶"告别了。

我是趁下午人少的时候去的。店里有两个女学生翻着手机在等奶茶，"小奶茶"系着围裙，正在操作间，我径直走过去。

头发呢？她看见我后问。想必是看见帽檐外面没了头发。

新发型。我稍稍后仰，摘下帽子给她看光头，然后又戴上。

你先找地儿坐。

我在最方便看到操作间大玻璃窗的桌前坐下，看她在玻璃窗后，用不同的盛具往塑料杯里兑制不同的液体，最后做出三杯不同颜色的奶茶，郑重地扣上盖儿，放进托盘，摆上三根吸管，端出玻璃窗。三大杯奶茶骄傲地游走在店中，她更显得小了。

两杯送到等候的学生那里，她们没马上喝，举着拍了一通。最后一杯摆在我面前。我这杯是原味的，迫不得已非要喝的话我都喝这个味儿的，草莓、木瓜、山芋等口味对我来说不过是在不喜欢的事情里搞花样，没必要。

怎么想起留个光头？

凉快。

热天儿都过了。

秋老虎，还得热一个月。

喝呀。她把吸管替我插上。我一直没告诉她我不喜欢喝奶茶。

我嘬了一口，觉得不是那么难喝了，又嘬了一口。

你今天来有什么事儿吧？我也觉得自己一进门就变得不自然了。

我又嘬了一口，叼着吸管没松开。

是不是钱的事儿？

我叼着吸管摇摇头。

她说，那我跟你说个事儿——能不能再借我两万？

我深吸一口，一粒粒珍珠像上膛的子弹，一排排涌入口腔。我松开吸管说，我要回老家了。

什么时候回来？

我嚼着珍珠，有点儿粘牙，说，不回来了，今天是来跟你告别的。

这样啊，为什么呢？

没意思，不想在北京待了。珍珠被我嚼出一种它特有的味道，说不上来。

"小奶茶"搓着手说，那应该把那三万还给你，可是现在又想开个分店，还差两万，这样一来，我就需要借五万了……

这时候进来一对情侣，"小奶茶"回到点餐台后面，等候他俩点餐。两人是慕名而来，女生给男生介绍，同学在朋友圈里晒的就是这家，问男生想喝什么味儿的。男生看来跟我一样，对奶茶兴趣不大，说来对鸡翅吧。女生把各种口味问了个遍，还是要了原味的，说先从基础款喝起，将来会把全部味道喝个遍。我看了一眼女生头顶上的灯箱饮品单，一共九种口味。如果女生未来不换男朋友，当她来买那八杯的时候，没准儿还能卖给她男朋友八对鸡翅。是该开分店了。

"小奶茶"服务完这对情侣，又坐回我面前。她说这家小店似乎在附近两家大学里火了，喝过的学生一发朋友圈，没喝过的就想尝尝，有些为了发朋友圈，特意过来买一杯。也带动了其他大学的学生，特意跑来喝时间成本太高，只好等过来这边玩的时候，赶上了买一杯。这些都是"小奶茶"和来店学生聊天，直接掌握的客户情况。

"小奶茶"说她觉得十分有必要在北京东边大学扎堆儿的地方开个分店，让东边的学生也知道这个店。学校的好处就是信息传播迅速，且转化率高，年年还会有新生入学，前景可观。

"转化率"这个词，让我觉得"小奶茶"在开店这件事儿上比我想象的专业。我说，那就开，那三万不着急，我就是临走前来看你一眼。小奶茶问我离京后有什么打算，是去省会发展，还是回老家。我说马上三十了，离六十岁退休还有三十年，得好好掂量掂量这三十年我能干点儿什么，找个别让我讨厌，也别讨厌我的工作，很有可能我就在左顾右盼中耗尽了此生，不过也没什么关系，至少我没有努力地去做一件我并不想做的事情。人生很长，也很短。

没想到"小奶茶"又蹦出一词儿：加油！

她满面春风的脸上呈现着灯箱上那九种奶茶所没有的颜色，让人艳羡。她说，她也为漫漫人生订了计划。年底前先把第二家店开起来，如果运营得好，明年开学前，在廊坊大学城开第三家。那儿的大学太多了，如果站稳脚，就算拿下华北市场了。然后就会有风投公司注意到她的奶茶店，给她在全国各地开连锁店。三到五年，这个名字的奶茶店会像麦当劳和肯德基一样，出现在各个二线城市的大学城或万达广场。她说，如果不相信她，她就想办法尽早把三万连本带息还给我，如果相信她，这三万就是我在奶茶店的原始股，像我们一开始在协议里写的那样，可以拿分红。她还说，如果我愿意参与，将来可以当我老家所在省的地区主管。当初在那种情况下我能信任她，把钱借给她用，让她觉得我是一个好人，所以现在她愿意跟我说这些。

从一家城市边缘的小奶茶店起家，最终做成上市公司，成为奶茶业大亨，那种事情是存在的，同时我也知道，肯定不会发生在"小奶茶"身上。但我还是问她，如果这事儿算她的梦想，实现了以后干什么呢？

"小奶茶"说，她就可以谈一场自由的恋爱了。之前她谈过两个男朋友。第一个是在高中，他们镇上的，男生考到广州的重点大学，"小奶茶"落榜。男生觉得二人的距离从此拉远，长痛不如短痛，两人抱头大哭后和平分手。第二个是去年来北京认识的。高考落榜后，"小奶茶"在当地一边打工一边读了个继续教育专科，某大学开设的分校，其实就是当地的职业技术学校被大学收并了，做个驻当地的办事处。拿到毕业证后，"小奶茶"来了北京，应聘了一家公司，也做前台。两个月后有男同事追她，吃了几顿饭后，两人谈起恋爱。过年的时候，男生非要去"小奶茶"家看看她的父母，"小奶茶"说不用，没到时候呢。男生还是拎着烟酒糖茶来了，"小奶茶"只好把他从镇汽车站接进家。到了"小奶茶"家一看，男生脸都白了。"小奶茶"说，我爸躺在床上微笑着迎接他，因为我爸七年都没有下过床了，之前在镇工厂上班，工伤，腿没了，在家吃低保。我妈要给他煮饺子，他说不用客气，就是作为我的同事，来拜个年，然后放下东西，走了，自己住宾馆去了。半夜，我收到他发的微信，说我俩在北京这片汪洋大海中漂泊，我们两个家庭的组合，很难让我们顺利上岸，为彼此好，还是不要在一起了。我哭着过完年，回到公司，就辞职了。肯定是不能和他在一家公司了，他怕溺水，守着公司不走，我不怕，哭完我就是女汉子了，我走。

我听明白了，这也是一个"集经济、历史、文化多重矛盾于一身"的人。"小奶茶"接着说，现在看，当初走就对了，要不然也不会开奶茶店。所以，我的理想就是等钱对我来说不再是钱了，就能自由地谈恋爱了，第三次谈可别再让我哭了。

跟谁？

跟你吧——但那时候你可能都有俩孩子了，我可能也快到更年期了。

"小奶茶"自己乐了。她接着说，跟谁都行，跟我喜欢也喜欢我的人。然后生个孩子，最好是女孩，她长大后，不会像我一样了，她可以有别的理想了。也没准到时候我不那么在意恋爱这事儿了，未必会有孩子，但是现在，它对我来说是个坎儿，有坎儿就想跨过去，要不然总觉得不自由。对，其实我不是想自由地谈恋爱，我只是想自由一点儿，让所有人都能自由一点儿。等我的奶茶集团成立了，如果有像我这样的女生找不到工作，我这儿全收，大区经理、品牌专员、渠道推广、店长、服务员、外卖员、公众号维护，总有一个岗位会适合她。到时候，在工作这件事情上，每个人都是自由的了。

哎，你想不想跟我一起实现这事儿呀？"小奶茶"又问我。

不想，我得回家。我尽量让语气平和，但感觉说出来还是透着抑制不住的感情色彩。——对了，你能给我做一杯九种口味混合在一起的奶茶吗？我买了明天的票，来不及每种口味都喝一杯了。

我攥着一杯特殊颜色的奶茶，离开奶茶店。再不走，我就哭在她的店里了。

我被感动了。我知道，多少年后，在这个理想破灭的时候，她一定会有办法面对，但是现在，它是夜色中汪洋大海上的微光，帮助这个理想在貌似能实现的道路上前进一小步，是我需要做的。如果我的人生是一部片子，我总觉得从来北京到离开北京这中间，缺一个镜头，现在我找到这个镜头了。我感觉到内心久未有过的激动。

走出奶茶店前，我让她等着，明天我把那两万送来。

5

我姐夫竟然在家，在门口嗑瓜子。我问怎么没去上班，他冲屋里一甩头，说照顾你姐。我问我姐怎么了，他说你进去看看。我推门进去，他跟在后面。

　　我姐的电动车在外屋充着电，她在里屋躺着。我问她怎么了，她往一边蹭蹭身，床上腾出地方让我坐，说没事儿。我坐下后见床头放着一堆营养品和药，拿一盒看了看，是妇科用药。她注意到我帽子下的发型变了，问我干吗把头剃了，我说方便，反正要回家了。我姐知道我在北京不顺，最近要回老家。我说我明天下午走，东西都收拾好了，有些没用的生活用具让姐夫拿过来用。姐夫问我是不是真不打算回来了，这里毕竟是北京。我说这里不适合我，姐夫说他倒觉得回去了才不适应。他手机响了，有人叫他去喝酒，他说今天去不了，老婆病了，家里躺着呢。对方执意叫他出去，他就去外屋打电话和他们周旋，怕吵到我姐。他俩是初中同学，早恋，都没上高中，到了年龄就结婚了。无论姐夫喝成什么样，他俩始终是夫妻。以前我觉得他俩能在一起，是爱情伟大，现在我觉得他俩还在一起，是无法为离婚买单。我姐现在从不过问他出去跟谁喝的，既是放心，又是灰心。

　　我问我姐到底怎么了，回家爸妈问起来，我也好交代。我姐拉开床头柜的抽屉，拿出病历。病历本崭新，就记了半页，我一看，人工流产，日期是今天。也就是说我姐刚从医院回到家，我能想象到我姐夫骑着电动车她坐在后座的样子。我说，现在不是让生二胎了吗，你俩不想要？生我的时候，国家还只让生一个，我爸想要儿子，好像有了儿子真能光宗耀祖改变命运似的，明知道要交罚款还生了我，为给我上户口，搭进去一年工资托关系。这些都是让生二胎后，我听他们说的。我姐说他和姐夫也想再要一个，但条件不允许，养活倒是好养活，但后面的事儿麻烦。我还没结婚，不能完全吃透这话，毕竟我姐已经养过一个开学就上四年级的孩子了。我姐又说，她去别人家做保洁，看北京孩子接受的教育，打小就学钢琴架子鼓跆拳道，英语说得跟小外国人似的，她觉得自己的孩子不可能竞争得过这些孩子，所以就别让孩子长大再遭罪了。很多事情不是靠努力就能改变的,如果命运那么好改变,就不叫命运了,我姐最后说道。

我给我姐微信转了两千块钱,她不要,我说必须收,要不然我明天不回家了。她没碰手机,我说明天之前你要是不收,我还过来。我姐跟我唠着家常话,让我走之前把事情都办利落了,我说都办了,最后一件事儿就是看你,你收了钱就彻底利落了。

走出我姐家,我琢磨着还能跟谁借这两万。

我想到我的同学。但是一想那晚我们在《光辉岁月》的气氛下都告别了,才过这么几天我又管他们借钱,不免尴尬。还想到一个人,胖子的父亲,五天前我在小卖部的柜台上看到他有两万。我可以去试试看,给他写借条,利息高点儿都没关系,实在想不出别人了。

我把身份证复印件和借款声明都放在柜台上,胖子的父亲听我说完,还真答应了。但让我明天早上来取,钱被他存银行了,现在银行刚下班,他马上要出车,会在拉活的途中去提款机取。我担心夜长梦多,问他几点收车,我来取。他说一般是凌晨四点,但是今天可以早回来会儿,让我两点来也行。我说好,那就两点见。

我先睡了一会儿,手机上了个一点半的闹钟。差十分两点我出了门,扫了一辆共享单车,骑过去不到十分钟。路过乡委会门口,只见又聚集了若干村民,并不断有人赶来,他们往墙上贴着维权标语,还没贴全,只能看到"人在做天在看,祖宗的土地……"我从这几个字前面骑了过去。

拐到小路上,又骑了一截,到了。离得挺远就见小卖部亮着灯,我把车停在门口,没锁,想着一会儿办完事儿还骑着走。正准备进去,听到有人在和胖子说话。说话的人被一堆货品挡住,看不见。只听见一箱箱"康师傅"后面传出的声音,说胖子的父亲没有运营证,开网约车在北京南站被扣下了,罚款八万,还要拘留十五天。我能看见胖子在柜台后面很愤怒,脸涨红了,恶狠狠回应道,活该!

"康师傅"后面又发出声音,说你怎么能这样说话呢,他是你爸,你现在得想办法捞他,你要是不管他,罚款八万不说,在里面待十五天不好受,他都那么大岁数了。胖子还是俩字:活该!"康师傅"后面的人挪动了一下,露出警服,看不清脸,听声音像是马警官,烟酒嗓,一口京片子。他说这事儿是怨你爸,但作为儿子,你得想办法救他。幸亏南站派出所有我同学,现在人家答应了,两万就给你爸放出来。趁天没亮,赶紧把这钱交了,就能见到你爸了。真给你爸带走报上去,那就晚了!胖子突然哭了,喊道,不管,杀死他,杀死天下的老子!说完口吐白沫,倒了下去。

我摸了摸我的嘴,并没有白沫流出来,但我感觉自己也变成了胖子,躁动不安,浑身抽搐。不光是口哨声,无论什么声音,都让我感觉刺耳。马警官还在喋喋不休。谁说北京话好听的?这声音让我烦躁!大孩子为什么要欺负小孩子?我爸是坏人吗?为什么会有坏人?为什么世界上有聪明人的同时又要有傻子?为什么要有北京和三、四线城市之分?为什么"三十岁真理"颠扑不破?为什么有人不能顺利地出生?为什么有人出生了又不能顺利地活着?命运真的不能改变吗?"集经济、历史、文化多重矛盾于一身"的原因到底是什么?去他的吧!

直到马警官背冲着我倒下去,我才知道自己做了什么。我扔下手中的板砖,跑出小卖部。没有人看见,他如果能醒来,也不会知道是谁干的。我忘了自行车还在门口,使尽浑身力量,竭力向远处飞奔。顾不上回头,我能听到自己气喘吁吁的声音,跟高中时跑一千五百米不同,这次我一点儿不累。黑夜中的飞奔酣畅淋漓。

不对,坏了!我突然想到,隔壁洗车房门前有监控。我一时半会儿回不去家了,哪里才是我的归宿?我听见警笛的声音。

这时我已跑上大路,侧面呼啸而来一辆途胜,红蓝光芒在车顶闪烁,没刹住,把我撞飞了。飞翔中,我看见马警官气急败坏地走下车,低头看了看车前，又伸头看了看不远处的乡委会。

我还在飞。飞是三维空间的动作，我不再是一只蚂蚁，我能进入三维空间了。不仅如此，我还具备了看到过去和未来的能力。科学家们说，打通时间，就能进入四维空间。原来四维的空间是这样的。我看到我爸为给我上户口在交罚款，他说有个儿子不容易，窗口那边还是不给上，我爸等到下班。我也看到自己因制服了穿假警服敲诈勒索的假警察而要被马警官颁发奖状。但是我的腿瘸了，不能走着去领奖了，但这又有什么关系呢，因为我已经在飞了。

火车不进站

1

姜蓉蓉七岁前,最盼望的事情就是听到家门口的火车道上,响起爸爸开的那趟火车进站的声音。她家住在铁路家属区,和火车道一墙之隔。火车进站前,会响几声喇叭。喇叭响后,用不了多久,爸爸便会走进家门。

姜蓉蓉的爸爸是个"大车",家属区里的人都管火车司机叫"大车"。见到姜蓉蓉他爸,就会喊一声"姜大车"。大,透着尊敬;车,透着重要性,掌管全车。

这片职工家属区住了百十来户,能被叫上"大车"的就三位。姜大车是其中之一。坐"大车"旁边的叫"伙计",就是副司机,也是徒弟。车头上贴着"非工作人员禁止入内"的标识,只有"大车"和"伙计"有权进入。姜大车开的是内燃机车和电力机车,高铁和动车出现之前的主力车型。等"大车"退休,"伙计"就可以当"大车"了,然后会有新"伙计"出现。能进驾驶室,是份实惠的荣誉,意味着会技术,而且工资高。

爸爸出车回来,就会给家里带回外面的流行玩意儿。比如这次,爸爸带回来的是两把不锈钢带花纹的勺子。花纹簪刻——也有可能是压制的——在把儿上，美观精致，拿着还不划手。家里之前用的都是半长不短的铝勺，不仅家里的勺子这样，幼儿园的勺子也是这样，外面卖豆腐脑的小摊儿上，用的还是这种勺子。摊主会将一捆勺子装进空罐头瓶里，摆在桌上，谁用谁就从里面捏出一把。罐里的勺子铝面已经磨得发污，多好喝的豆腐脑用它吃，味道也大打折扣。如果换成爸爸带回的这种勺，味道就会不一样。拿在手里，用它喝什么，都是一种享受。这是一种生活的恩馈，是一种日常生活可以很美好的证明。

姜蓉蓉拿着不锈钢的勺去买"碗糕"。"碗糕"是这座北方小城特有的食物，全市青少年儿童都吃过它。是当地食品厂做的冰淇淋，一个球一个球的，装在保温桶里，被各个冷饮销售点取走。谁要买，就用纸质小碗装，一碗最多盛四个球，买得多就多盛几碗，故称"碗糕"。

"碗糕"配小木勺，薄薄一片木头做的，软，不方便吃硬东西。刚盛出来的冰淇淋球冻得瓷实，水多奶少，木勺戳不动。大家就从家里自带铝勺，只有姜蓉蓉的勺子是不锈钢的，还带花纹。厚厚的勺柄，不会像铝勺那样一杵就弯，握在手里又舒适，又安心。勺面能当镜子，把自己和身后的世界都映在上面。

大家没见过这样的勺子，竞相传看，从你的手到我的手再到他的手，忘了吃冰淇淋。而当用它扛起冰淇淋放到嘴里的时候，那感觉更是无可比拟。不锈钢的材质完美传递了冰淇淋的凉，放进嘴里的勺子，比冰淇淋还凉。这个夏天因此而不再炎热。

吃完"碗糕"，姜蓉蓉骄傲地拿着勺子回家了。爸爸又出车了，不知道下趟会带回什么。

2

这次姜大车带回来的是字帖，欧阳询的《九成宫》。号称能万次书写，高科技布面纸，不用墨汁，蘸水就能写，速干，干了再写，省墨省纸，配笔配水盂，还送小笔架，附赠教学光盘。这一年，姜蓉蓉十岁。

于是情况变了，姜蓉蓉最不希望的事情就是火车进站。一旦火车进了站，她爸用不了多久就会出现在家门口。当他爸进门的时候，需要看到她正坐在上个月买的那张二手写字台前练毛笔字，这是姜蓉蓉最不愿意做的事情。

对于一个十岁的女孩来说，生活中有很多有意思的事儿可做，她却被要求把自己挺得比毛笔还直，然后拿着一根同样笔直的毛笔——刚适应拿铅笔的方式，现在又要用另一种方式握住毛笔——用每写一下都要弄湿笔头的方式，将笔毛软塌塌地落在纸上，力求写出刚劲之感。她爸列举了种种美好的事情诱惑她把字写好，诸如老师喜欢、给人留下好印象、能找坐办公室的工作，姜蓉蓉并不为其所动，不觉得这些重要，她更愿和那几个同龄的男生去河套里玩——自打上了小学，她就不愿意参加女生们的跳皮筋十字绣等活动了。

姜大车让姜蓉蓉写毛笔字，是希望她将来不要去开火车，当个"女大车"并不是值得自豪的事儿，而字写得好，可以去坐办公室。那张二手写字台，是姜大车送给姜蓉蓉的生日礼物。他觉得女儿十岁了，进入两位数的年纪，不能再稀里马虎，就去二手市场淘了这张书桌。此前姜蓉蓉写作业就在饭桌上。姜大车雇了一辆三轮车把书桌拉回家。

姜大车和媳妇都是工人身份，平时不需要写字，家里笔和纸都很难见到。写字台和这套文房用品的出现，给家里增添了文化气息。姜大车很满意。他自己就是因为文化程度不高，十八岁去当"伙计"，把师父熬退休，当上"大车"的。普通职工六十岁退休，"大车"都是五十五退，属特殊工种，熬夜不说，车头的辐射还大。姜大车的师父退休的时候，已经成了半秃。姜大车现在头发还算茂密，但大便不规律，因为睡觉起床时间没准儿。姜大车不想让姜蓉蓉也走这条路——当然，姜蓉蓉不好好学习文化知识的话有种种从事其他工作的可能，姜大车首先想杜绝的就是这种可能。可姜蓉蓉一点儿不念姜大车的好，她觉得这哪是生日礼物，明明是给生日添堵。

此刻姜蓉蓉正在河套里和几个男生烤鸟。鸟是男生粘的，他们在相隔十米远的地方立起两根竹竿，竹竿之间拴了一张网，像架起一张超大的排球网。然后跑到两百米外，冲着网子的方向吹哨子扔石头，惊动草窠里的鸟。鸟会往前飞，如果不拐弯，就会撞到网上，头陷在网眼儿里拔不出来，坐以待毙。今天烤的这三只鸟，就是这么逮的。男生们管这个叫粘鸟，网子叫粘网。

河套是一条河道。过去曾有一条波澜壮阔的河流途经此地，因此河道宽阔，厚厚的沙土下面，还有大块的鹅蛋形石头，现在只有中间一条涓涓细流。两旁的沙土上，杂草丛生，也有人圈出一块块方地，种了玉米。河套的坝上就是铁路，铁路的另一侧是铁路职工家属楼，从楼上能看到地里的玉米，所以玉米熟了，也不会少。去河套玩的孩子都被大家教育过：不要摘玉米，别给我丢人。

鸟从粘网上拿下来的时候，已经奄奄一息。网眼儿小，被套住的鸟，相当于被猴皮筋儿勒住脖子，用不了多久就会咽气。男生从那条巴掌宽的小溪里抠出泥巴，把鸟裹住，像把馅包进元宵里，再放进火里。河套太宽了，离家属楼也远，小孩点火没人管。清明节的时候，大人们也都拿着盆来这儿烧纸，远远望去，河道里流淌着一条火河。

烤鸟不是临时起意，一个男生还从家里带来盐和孜然、辣椒末儿。姜蓉蓉积极帮忙捡砖，搭建炉台。这是一个男生的主意，他说不光要放到火里烤，再用烟闷一闷，能弄出熏鸡的味道。姜蓉蓉第一次跟着他们这样干，对能否达到预期效果存疑，男生说骗你干啥！姜蓉蓉又捡来枯草，守着炉台，拭嘴以待。

这时候，她听见火车进站的声音。火车进站前要发出信号，鸣笛一长声。别的车也鸣笛，姜蓉蓉知道那不是姜大车在开。而这一声，她听得出就是姜大车那趟。姜大车按下的喇叭，姜蓉蓉不光耳朵里有反应，生理上也有反应，会让她全身收紧。对于姜大车已经回来了这一事实，她十分笃定——不能靠火车的颜色辨认，因为下趟车是哪个车次，会是什么颜色，姜大车自己都不知道。姜蓉蓉来不及验证砖膛中的烤鸟是否如男生们所说的那么好吃了，一瘸一拐地蹿上大坝——蹲久了腿麻，向家跑去。

火车站离姜蓉蓉烤鸟的地方只有一公里，沿着河套往前走，能走到火车站的背身。火车是从另一个省始发的，途经本省，在这个地级市设有一站，终点是第三个省。姜大车开的只是从第一个省到本市的这一段，接下来那段，就由终点所在省的铁路局司机来开了。交班后的姜大车要去调度站点一卯，可以洗个澡，赶上饭点儿还能去食堂吃口饭，然后再回家。如果归家心切，点完卯就直接回家了。从火车进站到姜大车进家门，快则十五分钟。姜蓉蓉需要在这十五分钟里，从河套的砖炉前，坐到家中的二手书桌前，并摆出一副在练字的样子。

书桌摆在姜蓉蓉睡觉的屋，卧室的门正对着客厅的门。姜大车进门了，看见姜蓉蓉真的在练字，竟有些意外。姜蓉蓉抬起头，做出一副才意识到姜大车回来了的姿态，喊了声"爸"。姜大车看见椅子背上搭着他给她买的那件红色绒衣。

姜大车摘下蓝色包裹着红色条纹的司机帽，挂在墙壁的粘钩上，走到书桌前。

写一个我看看。姜大车说。

姜蓉蓉把半湿不干的毛笔又蘸了点儿水，在布料纸上写了一个"鸟"字。

姜蓉蓉练得怎么样，姜大车也看不出来，他要是懂书法，也不会去开火车了。

把这个字的原型让我看看。姜大车说。

姜蓉蓉知道，姜大车的意思是说把字帖上古人写的这个字找出来，对照着看。

她不知道这本《九成宫》里有没有"鸟"，有的话，一比，也能看出她根本没练过这个字。

我没照着字帖写。姜蓉蓉说。

买字帖就是让你照着字帖写，自己瞎写能练出来吗？姜大车说。

那写字帖的人，不也没照着什么，自己随便一写就成字帖了吗？姜蓉蓉说。

姜大车拿过椅子背上的红绒衣闻了闻，脸一拉，说，把手伸出来。

姜蓉蓉每当做错什么，便会听到姜大车的这句话。随后就会是木尺子伴随着姜大车呵斥的节奏，落在姜蓉蓉的手心上。

这件红绒衣是今年春天姜大车出车时，在外省的商场给姜蓉蓉买的，本市没有这种样式的。刚才姜大车开着火车即将进站之时，看见这件衣服出现在河套冒着烟的小砖堆旁，他想到那会是姜蓉蓉。现在姜蓉蓉还给他演戏，并且狡辩。

姜蓉蓉不知道自己已经暴露，以为打手是因为字没写到令姜大车满意，就给自己开脱，我才练几天呀，你写一个试试。

我都看见你在河套点火玩了，自己闻闻，衣服上还有烟味儿呢！姜大车去客厅拿尺子。

姜蓉蓉扭头闻衣服，真有烟味儿，熏鸟没吃成，先给自己熏了。

姜蓉蓉不得不伸出右手。

那手。姜大车说。

为什么？姜蓉蓉还举着右手。以前每次打的都是右手。

右手给你留着练字，左手没用。

姜蓉蓉垂下右胳膊，抬起左臂，掌心刚摊开，木尺子便落在上面。

啪！

3

姜蓉蓉和马珂接吻的时候，左手一直紧紧地攥着。马珂从姜蓉蓉的嘴里拔出舌头，说，我都把自己全身心地交给你了，你还对我有所保留。马珂的右手包裹着姜蓉蓉的左手，他想让姜蓉蓉张开五指，和他的五指交叉握在一起，这样他俩的十指就环环相扣了——姜蓉蓉右手的五指已经和马珂左手的五指交叉在一起，只是左手迟迟不愿张开。

我不习惯。姜蓉蓉说。

她越这么说，马珂越好奇，想看个究竟。他总得清楚这个让他交出初吻的女生是不是左手有残疾，如果有，残疾到什么程度，他好知道能为这只手做点儿什么，并为她付出更多的爱。马珂举起姜蓉蓉的左手端详，冲向教室窗外的阳光，给手充当背景的蓝色的确良窗帘在随风摆动。现在是午休时间，教室里他俩所在的这片后排区域没有人，几个同学坐在前排写作业。春风和煦，阳光亮暖，姜蓉蓉的左手还是紧握着。

我爱你的一切。马珂说出这个年龄的男女生都无法拒绝其诗意的话，然后把头凑向姜蓉蓉攥紧的左手，亲了一下。嗞！声儿还挺大。

姜蓉蓉撤回左手，把脸迎上去，和马珂的脸挨在一起，两人又开始亲起嘴来。他俩认为眼前这个人，就是世界的全部，并不知道在五米之外，教室后门的外面，聚集了一群抑制着兴奋与骚动的外班同学，正透过后门上方供老师检查班内情况的观察口欣赏着他俩的现场直播。本班同学对他俩近半个月如胶似漆的表现已习以为常，中午该回家吃饭的吃饭，该在教室里低头做卷子的做卷子。同楼层的外班同学经过楼道时，刚刚发现这一幕，立即回自己班呼朋唤友，组团观看。他们和姜蓉蓉马珂一样，都上初三，正准备一模考试。

姜蓉蓉和马珂更不会知道，外班同学的扒头观望，引来了教导主任。

后者一脚踢开教室后门，把他俩吓一跳的同时，也让他俩知道了教导主任这个职位的工作职能是什么。

学校离火车站不远，留神听的话，还是能听到火车的喇叭声。若不留意，每天耳膜则更多是被上下课的铃声和老师训话的声音充斥。自打教导主任踹开门后——其实从容地从前门走进来也完全可以将马珂和姜蓉蓉当场擒获，"踹"的这一动作更像是对全校早恋学生的警示——姜蓉蓉就一直听着姜大车的那趟车什么时候进站。终于在两天后，汽笛声如期而至。

姜大车出现在学校，是在姜蓉蓉听到汽笛声一个小时后，想必是洗了澡。姜蓉蓉在教室的窗口看着姜大车走进位于对面平房的教导主任办公室，着便装，已经换下司机制服。半个小时后，姜大车走出来，和进去时的气色不一样，站在门口顿了几秒，仿佛刚刚结束长跑，需要喘口气，缓缓，然后才离开。

尽管姜大车总要出车，一走至少三天——连夜开到另一座城市后，可以休息一天，然后再把返程车开回来——不能及时到学校，给学校留的家长联系方式仍是他的手机号。他们家奉行小事儿姜蓉蓉妈做主，大事儿姜大车做主的原则。吃什么、饭菜咸了淡了、在哪儿买肉、家里需要添什么了，这些都是小事儿。给家里挣钱和教育姜蓉蓉，是大事儿，归姜大车管。火车司机的工作辛苦，挣得也多（相比铁路其他岗位的职工），不在家的时候是多数，所以三年前，姜蓉蓉升入初中了，姜大车就让姜蓉蓉她妈办了停薪留职，一心管家，保证姜蓉蓉一日三餐准时及合理利用放学后的时间而不是荒废在河套或别的什么地方。一个火车司机的月薪，足够一家三口每月的合理开销。李萍（姜蓉蓉的妈）每月的任务除了照顾姜蓉蓉起居，再就是把姜大车带回来的工资条上的数字和卡里收到的数额核对一下，然后取出姜大车下个月的开销，装进他的裤兜。三岁看大七岁看老，姜大车在姜蓉蓉三岁的时候，就觉得她将来可能比男孩子还不好管——刚上幼儿园就不好好坐着,前倾翘起椅子两条后腿美滋滋地晃悠——不严点儿不行。姜大车是经济支柱,话一出口,需掷地有声。所以姜大车真打姜蓉蓉的时候(小学前是打屁股,小学后是打手心),李萍也会识趣地回避。

如果是无关紧要的事儿,姜大军接到学校的电话,通常就让李萍去了。这次在电话里听说是早恋,姜大军在驶离这座城市的火车上说,老师,我两天后回去见您。

姜大车没想到姜蓉蓉不仅早恋,还成了校园一景,作为女孩子的爸爸,觉得很丢人。在教导处门口站定的那一下,是姜大军在劝自己别冲动,本来他想冲到姜蓉蓉的班里,不顾她已经过了十五岁的事实,把她按在课桌上照屁股一顿揍。同时,另一个声音告诉他,要从长计议,当务之急是让姜蓉蓉中考能考好点儿。姜大车深呼一口气,迈腿离开学校。

姜蓉蓉知道姜大车在家等着她,他会怎么做,姜蓉蓉想象不出来,也只能硬着头皮回家。马珂问姜蓉蓉要不要陪她走一程,姜蓉蓉怕姜大车出现在半路上,这两天正是最要命的时候,低调行事为好。出了校门,姜蓉蓉一个人向铁路职工家属区走去。

进了门,姜蓉蓉正要换鞋——她觉得无论一会儿姜大车怎样惩罚她,她总得把鞋换了再进屋接受惩罚——姜大车突然从后面蹿出,不由分说,抓起姜蓉蓉的头发,上来就是一剪刀。

姜蓉蓉感觉到自己的后脑勺轻盈了,梳着的马尾辫瞬间散开,变成垂肩短发,少掉的那一捆头发正被姜大车攥在手里,已经不再属于她。

啊!——啊!

姜蓉蓉吓傻了,泪如雨下。

李萍闻声从厨房出来,手上沾着面,刚准备擀面条。看到姜蓉蓉的大部分头发到了姜大车的手中,她赶紧挡在女儿身前说,有话好好说不行吗?

李萍知道姜大车被叫去学校，不知道姜蓉蓉犯了什么错，问过姜大车，姜大车进门后板着脸就仨字：不像话！

越跟她客气，她越不把你放在眼里！姜大车推开窗户，把那捆头发扔了出去。一撒手，像释放出一股黑烟，朝四面八方飘散。

姜蓉蓉靠在墙角哭得撕心裂肺。

李萍转过身，问姜蓉蓉，你干什么了？看把你爸气的！

姜蓉蓉抽泣得上不来气。

李萍心疼女儿，搂住她，又顾及丈夫，不宜过于亲昵。李萍和姜大车在管教孩子上有默契，当姜大车唱白脸的时候，李萍决不能唱红脸，否则姜蓉蓉见有人撑腰，意识不到自己的错。但现在姜蓉蓉哭得太惨了，李萍作为母亲，只能把她搂住。

别看现在可怜，在学校疯着呢！姜大车的每句话都如针刺，似乎犯错误的不是自己的女儿，而是一个不相干的女人。这种话也不像一个话少的人能说出来的，更像一个伶牙俐齿的人所为。姜大车平日里话并不多。在车上，无需主动开口，徒弟会找话题聊天，他只需要嗯啊哦附和就行。在家里，他只需要用表情传递所思所想便可。现在数落起姜蓉蓉，素来以工人阶级自居的姜大车发现自己在如此情境下居然具备组织语言文字的能力，很是惊讶。

说完，姜大车意识到自己的刻薄，对面的人毕竟是女儿，又找补道，剪你头发是为你好！头发少了，你就不胡思乱想，别人也不胡思乱想了。还有仨月就中考了！

姜蓉蓉面临的严峻问题不是中考，而是剪了头发怎么出门。姜蓉蓉泣不成声，像必须咬牙完成一项任务一样，嘟囔道，你这样对我，就别怪我到时候怎么对你！

说完，姜蓉蓉跑进自己房间，撞上门。

姜大车冲着门喊道，我不需要你对我怎样，我现在只要你对自己负责!

晚饭时姜蓉蓉没有出现在饭桌前。李萍已经知道事情的起因,觉得多大的错也得吃饭,要去叫,姜大车摇摇头,说叫也没用,过了今晚再说吧。

晚上九点,李萍在她和姜大车的卧室听到客厅有动静,是姜蓉蓉出来接水喝,随后又回到自己房间。李萍起身跟了进去,说,走吧,妈妈陪你出去修头发。

不用。

姜蓉蓉关了灯。往后一仰,倒在床上,腿蜷缩到胸前,脸冲墙,仿佛回到子宫里。

李萍替姜蓉蓉关上门,然后在隔壁跟姜大车说,明天早饭你做,赔礼道歉。

第二天,姜大车坐在那桌他试图缓和父女关系而笨手笨脚做出来的看上去丰盛过头的早饭前,翻看着从学校带回来的中考考前注意事项,一个异样的物体突然从眼旁掠过,定睛一瞧,姜蓉蓉以光头形象出现在他面前。

姜大车强忍着拍桌而起大喝一声你这是做给谁看呢的冲动,挤出一副和颜悦色的样子,磕开煮鸡蛋,三下五除二剥掉皮,递到姜蓉蓉面前,说,吃完了早点儿去学校。他知道再硬下去,只能鱼死网破。

姜蓉蓉根本没往他这边看,自己倒了杯凉白开,冲着窗外喝。

李萍从卧室出来,看到这一景象,赶紧打圆场,我去学校给蓉蓉请个假,先在家歇两天。

直接跟学校说我以后都不去了。姜蓉蓉开口了。

你爸不对,昨晚他已经跟我承认了,今天特意给你做了早饭。李萍说。

我这样怎么出门呀?

我只是想让你的头发短一点儿,是你自己弄成这样子的!姜大车觉得要是狠起来，还真狠不过姜蓉蓉，毕竟他是大人。

你把我的头发弄得跟狗啃的似的，至少这样整齐点儿。

快中考了……

和我有什么关系？

你不想上高中吗？

我想死。

说完，姜蓉蓉又回屋了。

下午，姜大车要出车了。自打姜蓉蓉早上回屋后，就没再见过她，房门也锁着。姜大车出门前还是跟姜蓉蓉打了招呼，说了软话。里面没动静，姜大车只好先走了。

三天后，姜大车带着一顶粉色的棒球帽回家了。进门前已从李萍处得知，姜蓉蓉一直在家，没去过学校。他当了快十六年父亲，开了二十六年火车，这时才懂得，想像驾驭火车那样驾驭女儿是行不通的。

棒球帽挂在门口，若姜蓉蓉出门，摘下便可戴在头上。挂了一个月，姜蓉蓉长出毛寸，无视帽子的存在，推开门，径直下楼而去。

这是姜蓉蓉一个月里第一次出门。此后也经常出门，但从未去过学校。李萍从其他家长那里了解到（这些家长也是听他们孩子说的），姜蓉蓉会和同学在麦当劳肯德基等地方见面，同学把新发的卷子带给她一份。班里已经不讲新课了，去学校也是每天做卷子，在哪儿做都一样。班里还有个QQ群，遇到不会的题，姜蓉蓉会在里面问，有人解答。老师也听说了姜蓉蓉的情况，对她网开一面，即便连月缺席也会发给她毕业证。有时候李萍还能听到姜蓉蓉的房间里传出笑声，这个消息也让姜大车安心许多。

另一个让人不安的消息是，姜蓉蓉和马珂还好着。姜大车知道马珂他爸，和马珂他妈离了婚，马珂他妈再婚了，马珂归他爸。他爸在家开麻将馆，人不够就凑一手，没时间管马珂。马珂也不爱在家待着，打小就在外面疯玩，练就了好身手，摸爬滚打足篮排球样样精通，就是学习不灵。进入初二，马珂开始蹿个儿，半学期长到一米七五，一张精致小脸，身材高挑，两条白腿细又长，穿着高帮耐克篮球鞋，出现在操场上，成了全校女生议论的对象。如果是别的男生，姜大车的担心还能少些，恰恰是马珂，姜蓉蓉最不该和他走得近。

姜大车在放学的路上等到马珂，说想和他谈谈，马珂大概知道姜大车想谈什么，也只能同意。两人在"仙踪林"相对而坐，姜大车开门见山，大意是年轻人互相爱慕是美好的，但得分时候，两情若是久长时，又岂在朝夕，现在他和姜蓉蓉更应该只争朝夕，全力备战中考，难道他们不希望对方有一个美好的前程吗？马珂说叔叔您说的听上去全对，我好像听明白了，又好像没听明白，您就说想让我干什么吧！

我想让你别再和姜蓉蓉联系了。

马珂真不和姜蓉蓉联系了。二模之前，他有了新女朋友，也是姜蓉蓉他们班的。

姜蓉蓉终于和姜大车说话了。

马珂说你找过他？姜蓉蓉问。

我是希望你能考个好学校。姜大车说。

姜蓉蓉说，既然你坏我的事儿，我也只能坏你的事儿了——我不会去参加中考的。

姜大车说，不要拿自己的前途开玩笑。

开玩笑的是你，生了我，让我难受，我也不会让你好受的！

姜蓉蓉真说到做到了。一周后，中考报志愿，姜蓉蓉没交志愿表。老师联系了姜大车，姜大车出车在外，就说了几个学校，让老师帮忙填上了。一个月后中考开始了，姜蓉蓉丝毫没有其他考生那些备考行为——削2B铅笔、吃药推迟例假、少吃西瓜免得腹泻等。

按列车营运表，姜大车返程的日子是中考的前一天，他打算就是绑，也要把姜蓉蓉绑到考场。结果列车延误，半路修桥，火车多停了一宿。天蒙蒙亮的时候，通车了。姜大车以职能范围内的极限速度，把火车往家开。每过半小时，就给李萍打一次电话，问姜蓉蓉起床了没有。

自打姜蓉蓉知道马珂另结新欢后，每天闷在屋里，不知道在里面干什么，也没有笑声传出来了。事已至此，对姜大车和李萍而言，姜蓉蓉憋在屋里，总比她往外跑要安全。

李萍早早给姜蓉蓉做了饭，还灌了一壶绿豆汤，等她起床，始终没听到动静。姜大军的电话打进来，她如实汇报进度。现在到了家里发生大事儿的时候了，姜大军说了算，她按吩咐来。

八点了，距离中考开始还有一个小时，姜大军远程遥控，让李萍去敲门，喊姜蓉蓉起来。李萍照做，但里面没反应，李萍拧门把手，里面上着锁。姜大军说那就一直敲，给她敲出来算！

李萍连喊带敲，周围邻居被惊动了，来李萍家探访，当得知是叛逆期的女儿不去中考后，隔着门帮李萍动员姜蓉蓉。

姜大车给李萍打电话的时候，是徒弟在开车，现在姜大车坐回主驾驶位。这趟车规定的时速是一百二十公里，一般司机都会把时速卡在一百一十五公里，姜大车坐下后又将时速提高了五公里。

电话这头是李萍和邻居们对着门大动干戈，女邻居叫来丈夫，拿着钳子改锥开始撬门。电话那头是姜大车开着手机免提时刻关注现场动态，以极限时速离家越来越近。

男邻居因为要撬的门不是自己家的，有点手下留情，姜大车冲手机喊着，使劲砸，砸坏了没事儿，我请你们喝酒！女邻居也给门里的姜蓉蓉做工作，自己出来吧，跟你爸赌气没用，门说话就撬开了！

姜蓉蓉就是岿然不动。

火车刚驶入市区，开始减速。徒弟在一旁纳闷，师父，没到该减速的地方呢。姜大车说，一会儿临时停下车。

车停到了铁路家属区前，车头正对着姜蓉蓉的窗口。铁路和家属区隔着一条马路两道墙，姜大车家在五楼，不被围墙遮挡，刚好能看见火车道。

窗外汽笛长鸣。姜大车在手机里说，我到楼下了。

门还没有撬开。

姜大车说，我用喇叭喊她，你们告诉她，她不出来，我就一直按下去。

果然，喇叭声像防空警报一样，划过天空，风暴般袭来。

职工楼的窗口纷纷出现了观望者的脸，他们不知道外面发生了什么，不知道这趟列车为什么不进站，却停在这里怒吼嘶鸣，像头愤怒的公牛。

这时，姜大车的手机显示"女儿"来电。姜大车挂断了和李萍的通话，接进这个电话。姜大车上来就说，你出来我就不按了。

对方说，姜叔叔，我是蓉蓉的同学，她让您别按喇叭了。

是个女生。

姜大车说，你也在她屋里？

对方说，姜蓉蓉已经在考场了，昨晚她偷偷来我家住了。

姜大车没明白这一行为的意义。对方又说，其实蓉蓉就是想给自己来参加考试找个台阶下，当着你们的面儿，她不好意思走出家门说去考试，毕竟扬言说过不考的话。

姜大车说，你怎么知道？

对方说，我们都是这种心理，现在蓉蓉去卫生间了，她让我给您打个电话。

姜大车说，她连志愿都没报，怎么可能去考试呢？

对方说，她知道您给她报上了，我们班有群。

姜大车说，我怎么相信你？你让她说句话。

对方说，那您等着，我进去找她……

十几秒后，姜大车在手机里听到姜蓉蓉的声音，你烦不烦啊！随后，电话被挂了。

与此同时，喇叭声也在这座小城的上空消失了。很多市民都知道了，今天姜大车的女儿参加中考。

4

姜大车改开慢车了。之前开 T 和 Z 开头的"特快"和"直达"，因为那次事件，违反了铁路司机行驶章程。慢车是民间的说法，官方管慢车叫"普客"，就是普通客车，没有空调。

一起跟着姜大车到了"普客"的还有徒弟和姜蓉蓉。徒弟转岗是因为作为副司机，在正司机做出违背章程的行为时，没有及时阻拦。姜蓉蓉是来上岗。

那年中考结束后，姜蓉蓉上了技校。她考得很差，连技校的分都不够。姜大车背地里给她安排好，报志愿的时候，让老师填了铁路技校，该校可以破格接收铁路职工子弟，使得姜蓉蓉的学业得以继续。

上不上学，上什么学，对姜蓉蓉来说是一样的，不过是找个地方再混几年耗过十八岁，然后走向社会。姜蓉蓉也没把工作的事儿放在心上，依然是姜大车暗中操持，当姜蓉蓉离开学校后，没有成为待业青年，直接去他那趟车当了列车员。十九岁的姜蓉蓉对工作没概念，不是玩的事儿她都提不起兴趣，但到了上班的岁数，也只能像到了节气的农作物一样，该长叶长叶该抽穗抽穗，该被晒被晒该挨浇挨浇。姜蓉蓉自觉盖住脚踝内侧的那块文身——两年前文的技校男朋友姓名的第一个字母——其意义已不复存在，无需被它拖累。

"普客"每节车厢配一位列车员，姜大车在车头，所以别人就把第一节车厢让给姜蓉蓉。但是姜蓉蓉从没去车头看过姜大车，哪怕是长时间停车的时候。姜蓉蓉不去的理由是，车头里有监控。姜大车说有监控没事儿，录下来也不会每分每秒都有人检查，姜蓉蓉又说车厢里事情多，忙不过来。

倒是姜大车的徒弟常趁停车之机去姜蓉蓉的车厢，帮她干活。姜大车发现后，再停车的时候，他就先来到车外抽烟，往门口一站，徒弟也不好意思明目张胆地往姜蓉蓉的车厢里钻了。年轻人冲动，有些事情抑制不住，停过几站后，姜大车再抽烟的时候，徒弟来到他面前，说师父我去车厢里买两瓶水，便又理所应当地进了后面那节车厢。徒弟再出来的时候，手里拿着两瓶"脉动"，一瓶给了姜大车，说，师父，喝水。姜大车没接，说我只喝自己的茶水。徒弟有点儿臊。车启动了，姜大车说你来开，我喝口水。徒弟坐到主驾驶位，姜大车拧开保温杯，吹着热气，看着杯内，慢悠悠地说，我是个司机，因为出车，名正言顺就可以不回家了，我知道不着家对过日子的影响，所以不希望女儿也找个司机。徒弟的脸红了。姜大车说，你要是觉得将来没把握换个更好点儿的工作，就别老去后面的车厢了。

试用期一年，合格才转正，姜蓉蓉很悬。姜大车烟酒糖茶化妆品买了不少，分发出去，想再给姜蓉蓉争取一年的机会。客运段领导有点儿为难，一年里没少接到姜蓉蓉那节车厢的投诉，要再有投诉，整个段里的奖金就没了。本来工资就不高，奖金对谁都挺重要，大家私下反映过，希望在自己努力工作力图多挣点儿提高生活质量的时候，不要被姜蓉蓉拖了后腿。可对待"大车"的女儿，一点儿不留情面也说不过去。多亏了姜蓉蓉自己替领导解决了这一难题。

试用期满，她主动提出不再干了。用她的话说，能坚持干满一年，已是给姜大车面子。"普客"的特点是见站就停，里程不算长，站多，每站上来的都是身上带着汗味儿和土地味道的老农，只有他们坐这种车。姜蓉蓉很愿意说"老农"这个词，无需其他描述，只此二字，经胸腔振动顺嘴而出，便可发泄对该词汇所指人员的怨愤。不讲卫生，不守规矩，上完卫生间不冲水，只因为花了点儿钱买了车票，就觉得自己该被伺候着。穿着漏洞的袜子，随便脱鞋，弄得车厢里跟鞋里一个味儿，扫地的时候也不知道把脚收回来点儿，还经常听到"咳——呸"的声音，随后地板上绽放出一枚枚随性的黏稠花朵。给多少钱姜蓉蓉也不愿意伺候这些人了。

如果不先斩后奏，姜大车肯定会强硬地把姜蓉蓉留在车上。这次姜蓉蓉学精了，人到了深圳后，才给姜大车和客运段报信，说自己以后不来了，这个别人梦寐以求的岗位留给真正需要它的人吧。

姜蓉蓉是跟着一个男人走的。男人是她在火车上认识的，在深圳做生意，来走访客户，系领带。客户所在的县城只有"普客"经停，他那天买的是站票，温文尔雅，爱笑。姜蓉蓉查票的时候，他微笑着掏出票；姜蓉蓉每次经过的时候，他微笑着侧身让路。姜蓉蓉记住了他。他在车厢连接处抽烟，正赶上姜蓉蓉把一大黑塑料袋垃圾抬过来，他伸了一把手，两人聊了几句。下车前，互留了电话。当晚，姜蓉蓉在异地的铁路公寓里正无聊的时候，领带男的短信进来了，问姜蓉蓉在干什么，姜蓉蓉说闲得发慌，领带男说稍等，客户叫他马上过去一趟，随后联系。第二天早上，姜蓉蓉醒来看到手机里有一条未读短信，是领带男半夜发来的，说不好意思，刚陪完客户。这天是姜蓉蓉的休息日，姜蓉蓉起床后没事儿干，就给领带男回了电话，问他昨晚没喝多吧。领带男马上回了短信，说喝多了，难受，吐得胃疼，现在还没睡。又问姜蓉蓉，哪天回程，还坐她的车。姜蓉蓉说那趟破车，她能不上去就不上去，正想请病假歇几天。虽然不晕车，老在上面工作，姜蓉蓉也快吐了。领带男善解人意地问姜蓉蓉想不想换个工作，姜蓉蓉说她在铁路公寓睡觉的时候，做得最多的梦就是自己不再是列车员了。领带男说那你跟着我去深圳吧，我的公司在深圳，你来当销售。姜蓉蓉问销售是干什么的，要卖什么，领带男说卖保健品。公司已有固定客户，需要人手维系，不让客户流失，他这次来就是做这事儿的，公司人手少，他是副总，只能亲自出动。姜蓉蓉想反正也不打算当列车员了，领带男靠不靠谱，跟他去深圳看看就知道了。虽然远，但她很向往，觉得年轻人就得漂泊在外，离家越远越可能发生奇迹。正好一年的试用期快到了，对姜大车，姜蓉蓉也算面子上过得去了。一年前，她以为自己的工作像动车上看到的那样——不用打扫卫生，只负责检票和整理行李架，扫地收拾垃圾的活儿外包给保洁公司——所以姜大车征求她的意见，说给她找了列车员的工作，问她干不干的时候，她一口答应了。可当第一趟"普客"工作结束后，姜蓉蓉觉得上了姜大车的当。

得知姜蓉蓉已到深圳后，李萍问她——也是帮姜大车问——同行的还有谁，姜蓉蓉说都是朋友。李萍追问是什么朋友，姜蓉蓉没再回复。姜大车让李萍问清姜蓉蓉的地址，他下个月请年假，两人一起去深圳看姜蓉蓉。等了两天，姜蓉蓉没回复。李萍把电话打过去，姜蓉蓉关机了。李萍觉得姜蓉蓉不懂事，换了当地的号码也不告诉他俩一声。李萍还每天给姜蓉蓉的老号打电话，并发短信留言，让她看到后给家里回复一声。

一个月没有动静。姜大车有点儿慌，跟李萍说自己右眼皮老跳，李萍也跟他交底，说自己昨晚梦见姜蓉蓉掉到井里了，一个劲儿喊救命。姜大车问救上来了吗，李萍说她想去救，急赤白脸地往井口跑，一着急，醒了。姜大车说，咱俩还是去趟深圳吧！

深圳潮湿闷热的天气让姜大车和李萍站在车站广场无所适从。他所在的车务段刚刚把中秋节的福利——两条秋裤——提前发下来，因为用得着了，而深圳的人们还穿着短裤。陌生的景象，匪夷所思的口音，四通八达且宽阔的马路，当这一切真实地摆在姜大车面前的时候，他才意识到自己出发前的设想多么幼稚。他以为深圳跟自己家的那座城市差不多，就那么几座不高的写字楼，就那么几条主要街道（每天至少都要经过一条），靠嘴打听或靠贴寻人启事，总能找到线索。眼前的深圳，大大超乎姜大车想象。可供贴寻人启事的电线杆和写字楼太多了，多得让姜大车不知道该从哪儿贴起。这套方案作废了。

　　姜大车为深圳之行准备的第二套方案，是去电台和电视台录寻人启事。录是录了，负责接待的人告诉他俩，电台电视台日渐式微，听的看的人都少了，这座城市每天流动人口几十万，即便一天播出三次，连播三天，也如大海捞针。姜大车说那一直播行吗？她是在这里消失的。对方说抱歉，我们不是给您一家开的，电视剧我们都很少重播，老播您这个，我们用不了几天就得关门，建议您最好也报个警，找人警察比我们专业。

　　警察做了登记，并给出两种判断。一是青春期叛逆，一个月不联系家里是常有的事儿，等她混出个人模狗样或彻底混不下去了，自己会联系你们。二是参加传销组织了，这种情况常遇到，手机没收，人被关在小屋里洗脑。李萍问有没有第三种可能，比如出事儿了？警察说概率很低，我们联网备案的事件里，没有你们说的这女孩。

　　五天后，没有任何信儿。姜大车和李萍又去了一趟派出所，接待的警察说有信儿自然通知你们，破不破案不取决于你们来多少趟。第六天姜大车和李萍坐车去了大小梅沙，浩瀚无边的南海海岸线上，攒动着如蚂蚁般密集的人群。姜大车都没靠近海边，远远地看着说，这么找没戏，回去吧！

　　在姜大车头发从基本全黑变到黑白参半的时候，李萍接到了姜蓉蓉的电话，此时距离他俩从大小梅沙回来，已经过去两个月。真被警察说着了，姜蓉蓉确实被带去参加传销了。

　　跟领带男到了深圳后，有人接站，领带男说是公司的同事，没有直接去住的地方，先找了个大排档吃晚饭。点了烤海鲜，还喝了啤酒。炎热的夜晚让人精力充沛，全身躁动，姜蓉蓉以为令人期待的"深漂"生活就此开始了。吃完饭，被领到一处民宅，说是员工宿舍。姜蓉蓉站在门口一看，客厅放着黑板，三三两两的人聚在角落聊着天，确实很像集体员工住的地方。有女员工，姜蓉蓉就放心了。

女员工单独一个房间，姜蓉蓉拉着行李进了女员工的房间，两张上下铺，一个大姐热心接待，让姜蓉蓉睡她上铺，上铺干净。姜蓉蓉临下火车时给李萍和客运段领导发了短信，发完手机没电了，现在想充电。大姐说外面有插座，我给你充去，拿着姜蓉蓉的手机和充电器出去了。领带男出现在半敞的门口，轻声敲门，露出亲和的笑，让姜蓉蓉把身份证给他，帮她去办暂住证，办完就还她。姜蓉蓉掏给他。坐了二十多个小时火车，又喝了点儿酒，姜蓉蓉困了，脱鞋爬到上铺就睡了。

第二天，姜蓉蓉起来想看手机，被告知工作期间不需要手机，随后男男女女一大桌开始吃早餐。姜蓉蓉从没吃过这么难吃的饭，粥没有粥味儿，像涮墩布的水熬的。主食是馒头配咸菜，也不知道是几天前的馒头了，根本掰不开，只能用牙一点点啃碎。吃完，有人抢着刷碗，莫名其妙地积极。然后姜蓉蓉被热心大姐叫到一旁，了解个人情况，了解完，另一个大哥又进来了解，问题都差不多。之后跟大家一起"做游戏"，都是些要靠多人配合才能完成的"游戏"。姜蓉蓉以前在电视上看到过，知道这里的"游戏"都是什么人设计的，清楚自己被带进传销窝点了。想出去，不太容易。下午和上午类似，换了两个人向姜蓉蓉了解情况，姜蓉蓉说上午都说过了，他们说我们还不清楚，掌握每位员工的情况是领导层的责任。听姜蓉蓉说完，他们又给姜蓉蓉讲述了公司的理念和构架，实行五级三晋制，姜蓉蓉更确信这是传销组织了。她想等见到领带男后要回手机和身份证，找个借口离开，"工作人员"却以各种借口搪塞领带男为什么没再出现。

也不是都关在屋里培训，还要出去培训，就是去别的窝点听课，他们管这个叫"串门"。姜蓉蓉想找机会跑走,但是前后左右都是"工作人员",训练有素,不动声色地把新员工团团围住。姜蓉蓉并不甘心,时刻寻找机会。终于在一次听完课"回家"的路上,姜蓉蓉留意到路旁的消防队,继续往前走了几百米,路旁有花坛,她提出要拉肚子,实在憋不住了。大家便原地等她,大姐陪她往花坛走。花坛外围种了一圈带刺的柏树,大姐穿着七分裤,怕扎腿,没再往里走,姜蓉蓉一个人从柏树间挤了进去,蹲下来,假装解手。从柏树间的缝隙里,姜蓉蓉观察着大姐。大姐一个姿势站得难受,时不常倒倒腿,当换成背冲姜蓉蓉的姿势时,姜蓉蓉站起身,拔腿就跑。姜蓉蓉从花坛的另一侧小柏树丛钻了出去,想追上她,需要经过两道柏树丛。很快身后还是传来"不要跑,等一下"的男声,男员工们追上来。

经过一家饭馆,小工正坐在门口穿羊肉串,脚边摆了一盆肉,一盘竹签子。姜蓉蓉抄起一把竹签子继续跑,如果有人追上来,就把竹签子戳在那人的脸上,她这么想着,离消防队越来越近了。姜蓉蓉未经门岗的许可,攥着竹签子跑进消防队大院,停在院中央,窝着腰上下揣气。追她的人站在门口看着。

姜蓉蓉被"请"进值班室。了解缘由后,消防队给派出所打了电话,派出所的车开来接上姜蓉蓉,姜蓉蓉带他们去传销窝点。车开出消防队大门的时候,那些"同事"已经不见了。到了小区门口,姜蓉蓉指着一栋楼说就是这儿,警察让姜蓉蓉带他们上去,姜蓉蓉不敢,警察说有我们呢你怕什么,姜蓉蓉这才跟在警察身后,指着路,进入在此上了两个月班的"公司",却发现已人去屋空。

姜蓉蓉去女生宿舍查看,床铺都空了,唯独自己的东西还在,打开包,手机和身份证也在里面。警察说赶紧用你的手机给你爸你妈打个电话,他俩过来找过你。姜蓉蓉一愣。警察说派出所都有登记,姜蓉蓉已经被算作失踪人口备案,现在可以销案了。姜蓉蓉不想打电话,警察说必须得打，需要她父母听到她的声音，他们也要跟她的父母再次确认。

姜蓉蓉当着警察的面儿，拨了李萍的电话。姜大车也在家，姜蓉蓉听到了电话那头的骚动，两人的问题像泄洪一样从电话这头喷出来。姜蓉蓉忍住委屈，电话里佯装轻松，轻描淡写把这俩月的事儿一说，便把手机交给警察。警察例行公事做了回访，又把手机还给姜蓉蓉，说行了。姜蓉蓉把耳机放在耳朵上听了一下，又交给警察，说我妈还有事儿找您。警察拿过来再听。李萍有个请求，希望警察能给姜蓉蓉送到车站，看着她走上火车。警察说她要是不想回去，半路也有可能下车，她是成年人了，有人身自由，没犯法，我们不可能派人盯着她。姜蓉蓉听明白什么意思了，又把手机要回来，跟李萍说放心吧，她已经长心眼儿了，不会再被骗了，同时也表达了自己在这边不混出个名堂来就不会回去的决心。

不行！姜大车在电话那头喊道。看样子李萍是开着免提在和姜蓉蓉通话。姜蓉蓉这时候有意识地看了一下自己的左手，又是紧紧攥着。姜蓉蓉张开了手，也在电话这头喊道，我就是不回去！喊完挂了电话。

警察说你都是大人了，少让父母操心，别到时候他们又来我们这儿找你。姜蓉蓉点点头，请求警察给她送到火车站，怕那帮人跟踪她。最快一班离开深圳的火车是去广州的动车，还有票，二十分钟后发车，姜蓉蓉赶紧买票上车。警察给她送到站台，让她转过身，举起车票，给她和车厢拍了一张照片，说这就算彻底结案了。

姜蓉蓉留在了广州，做啤酒销售员，每天晚上五点上班。到了餐馆，她换上"雪花"啤酒的衣服，露着胳膊和大腿，一副凉爽的样子，向来此吃饭的客人推销啤酒。工作地点在餐馆，但和餐馆不存在雇佣关系，工资是"雪花"发，跟推销出多少啤酒有关。姜蓉蓉的竞争对手有很多，她们穿着"燕京""青岛""嘉士伯"的衣服，也露出肤色深浅不一的胳膊和大腿，每个人走过来，都像走过来一个啤酒瓶，让人想喝。

客人们不太知道穿"雪花"和穿"嘉士伯"的区别，点啤酒的时候，只会喊"服务员"。听到这仨字，姜蓉蓉就会第一时间出现在他们身边，如果是点啤酒，就说现在"雪花"搞活动，买几赠几，让客人感觉这么大的便宜不占可就亏了；如果客人是点菜或撤盘子，她也管，出现在客人桌边的次数多了，建立了信任，说什么客人都信。当喝"嘉士伯"的客人想再加几瓶的时候，姜蓉蓉就说没凉的了。那什么有凉的呢？客人会问。姜蓉蓉就说，只剩"雪花"了。南方的夜晚，几乎不存在喝常温啤酒的人。因此"雪花"量走得大，姜蓉蓉奖金也高。餐馆过了城管下班时间在街边摆起大排档，门前硕大一片空场，拉着彩灯，桌桌都有啤酒，盛况空前。

有个三十多岁的客人因为老喝"雪花"，跟姜蓉蓉熟了。一次在他同桌去洗手间的空当，他叫姜蓉蓉再加四瓶。姜蓉蓉拎来啤酒，问都打开吗？他说对，都开。然后问姜蓉蓉，推销什么都是推，为什么推销"雪花"？姜蓉蓉说因为"雪花"厂子离她家近，亲切。客人问姜蓉蓉，东北人？姜蓉蓉说不是，挨着，离得很近。客人说自己是东北的，喝"雪花"长大的。姜蓉蓉说能听出来。客人说坐下喝一杯吧，乡里乡亲的。姜蓉蓉说上班时间不让坐，就站着喝一杯吧，感谢一直捧场。两人碰完杯，都干了。客人问姜蓉蓉几点下班，姜蓉蓉说要后半夜，看最后一桌几点走。客人说改天中午，请你吃午饭，晚上你得上班。姜蓉蓉说等周日歇班的时候吧，平时中午都睡觉呢，缺觉。客人说尽着你的时间，留个电话。

周末姜蓉蓉休息，真接到电话，她存的名字是"雪花男"。约的晚饭，睡了一白天，姜蓉蓉歇够了，傍晚换上一件衣服出发。对方看到姜蓉蓉的时候差点儿没认出来，说第一次看你穿便装。姜蓉蓉自己说穿着"雪花"的衣服，怎么看都像一瓶啤酒；只要不穿那衣服，穿什么都像一瓶矿泉水，是吧？雪花男笑了，问今天还喝"雪花"吗？姜蓉蓉说白的你能喝吗?

两人要了一瓶四十二度的白酒。雪花男喝酒之前，来了一段开场白，说为了让姜蓉蓉把酒喝明白、喝痛快，这几句话他必须先说出来。他说约姜蓉蓉没别的意思，就是亲切，半个老乡，自己是开灯具店的，要开第三家分店，缺人，想问问姜蓉蓉愿不愿来，她手脚麻利，人也敞亮。他还补充，自己已经成家，老婆是当地人，孩子三个月大，让姜蓉蓉别多想。姜蓉蓉说卖啤酒和卖灯都是卖，卖灯能落个晚上睡整觉，也直截了当，问能给开多少钱。雪花男问姜蓉蓉现在拿多少，姜蓉蓉说了一个加上提成奖金的数，雪花男说薪水不是问题，我多给你点儿，凑整。姜蓉蓉说卖灯这么挣钱？雪花男说他是以批发为主，走量。姜蓉蓉说万一到她这儿批不出去怎么办？雪花男说这家店设在新灯具城里，开在北郊，城市扩容后，北郊人口和企业骤增，还没有成规模卖灯的地方。干这行业的人，都在这灯具城加开了分店，不挣钱大家不会这么干的。姜蓉蓉又问，如果开了俩月，灯具城关门了怎么办，她还得重新找工作。雪花男说灯具城和商户签的合同是三年的，毁约有赔偿。姜蓉蓉问了最后一个问题，万一胜任不了，把她开了怎么办？雪花男说每月的工资我提前给你，真把你开了，你也有一个月的时间可以找新工作。姜蓉蓉说你就不怕我拿钱跑了？雪花男说这才多少钱呀，店里每天的流水比这多多了，你不能够那么干，那不把自己弄低了吗？姜蓉蓉说，行，喝酒吧！

姜蓉蓉脱掉"雪花"的衣服和靴子，换上一套黑色职业套裙，踩上高跟鞋，出现在灯具城。雪花男每天傍晚会来收账，看一下出货情况，再打电话备货。以前的老客户如果住北边，雪花男就让他们来新店拿货，交易完成后，雪花男还会请客户吃饭，到了下班时间，也拉上姜蓉蓉。客户吃好喝好了，一抹嘴就走了，雪花男还不着急回家，让姜蓉蓉陪他再坐会儿，不多喝，就一人一瓶"雪花"。姜蓉蓉问他孩子那么小，怎么不着急回家？雪花男说家里乱，孩子发出各种声音也就算了，大人也不消停，累一天了，不想回家再受罪。姜蓉蓉听出这是家里有矛盾，不多问。雪花男喝了口酒，憋太久了，自己主动说，孩子一出生，家庭矛盾放大了。姜蓉蓉给他续上酒，听着。雪花男说，南北方家庭差异太大，生活习惯、做事方式，都拧着。以前不那么明显，相互还有客气，没非要改变对方。但孩子不能变成那样，绝不能让孩子养成他们家那些习惯——我是这么想的，从他们家对孩子决策权一直占有从不撒手上，能看出他们也是这么想的。那就只能硬碰硬，碰了几次，吵几回架，都觉得婚姻是不是有问题。雪花男还想再来一瓶，姜蓉蓉说喝完杯中酒回去吧，早点回去问题能少一点儿。

姜蓉蓉才二十岁出头，不太懂雪花男遇到的问题，雪花男每次还愿意倾诉。终于有一天，雪花男说这种日子没法过了，我和孩子她妈决定离婚，孩子归她，我出抚养费。姜蓉蓉没想到他们两口子做事这么果断。雪花男说在这边做上门女婿，我不在乎，毕竟多年的事业在这边，现阶段只能在这边发展。孩子出生后，爷爷奶奶一直想看，我没让他们过来，过来只能激化矛盾。我想的是哪天带孩子回去，结果天天吵架，一直拖着，现在孩子准备留给她妈妈了——我一个人在这边势单力薄，孩子妈家一大家子人，孩子跟妈更合适——我得让孩子跟爷爷奶奶见个面。孩子妈肯定不能跟我回去了，所以想求你个事儿，跟我走一趟，我怕路上一个人弄不了这孩子。

姜蓉蓉找不出不去的理由。她花了两天时间在网上看怎么照顾婴幼儿，当雪花男把孩子交到她手里的时候，她抱在臂弯里，另一只手托着小屁股，竟得心应手。

如果没有小孩，雪花男会选择飞机，怕起降的时候对孩子耳膜发育有影响（他每次都很难受，觉得孩子更受不了），便选了火车。火车途经姜蓉蓉家所在的那座小城市，但是不停。雪花男知道姜蓉蓉家在这里，以前聊过，姜蓉蓉卖灯后，也回过家。雪花男说，我家的事儿忙完，你放几天假,回家看看。姜蓉蓉笑了笑,说,再说吧。这趟车走的线路和姜大车那趟的线路一样,经过铁路家属区。姜蓉蓉默默地看着自己那间屋子的窗口在眼前掠过。这间屋子一直空着,春节回来的时候,姜蓉蓉就睡在里面,没变样。李萍说广州太远了,咱们这儿也有灯具城。姜蓉蓉说那边挣得多,机会也多,我不会卖一辈子灯。姜蓉蓉也到了谈婚论嫁的年龄,李萍问姜蓉蓉有什么打算,她同学都有当妈的了。姜蓉蓉说不着急,事业为重。同时心里对姜大车有些不满,那时候不让她谈恋爱,现在又催她(如果姜大车没有这个意思,李萍也不会这么问),一点儿不关心她在想什么。

过了姜蓉蓉家,火车又开了两个多小时就到雪花男的家了。姜蓉蓉抱着孩子下车,雪花男拉了两个箱子在站台上轱辘着走,姜蓉蓉跟在后面。快到出站口的地下通道了,突然一个中年男人挡住姜蓉蓉的去路。

吓了姜蓉蓉一跳。是姜大车。

爸?姜蓉蓉喊了一声。中考前后那段日子姜蓉蓉从不叫他,技校毕业了才慢慢恢复这个称呼,也是能不叫就不叫。

蓉蓉,去哪儿呀?姜大车一身司机服,戴着帽子。旁边的站台上停着他那趟"普客",姜蓉蓉熟悉的绿皮火车。

怎么了?雪花男转身走过来,以为姜蓉蓉有麻烦。

这是我爸。姜蓉蓉介绍着。

伯父好!雪花男放下箱子,伸手要握。

姜大车摘掉手套,跟他简单一握,说,我想和我女儿单独谈谈。雪花男说好,从姜蓉蓉手里接过孩子,单手抱着,另一只手推着两只行李箱到一旁等。

孩子是谁的?姜大车问。

他的。姜蓉蓉说,说完意识到,姜大车更在意的是这孩子和她有什么关系,便又补充道,不是你外孙女。

我想听实话。

你认为我就会撒谎是吗?

姜蓉蓉没想到自己在姜大车心里是这种形象,又说,你想听什么,希望我说这孩子是我生的?行,那我明着告诉你,就是我生的,满意了吧!

这时候跑来一个女的,拽着姜大车胳膊说,干什么呢,快点儿,一车人都等着你呢!说完她才认出姜大车对面站的是姜蓉蓉,赶紧松开拽着姜大车的手。

姜蓉蓉也认出她,是列车上的推销员,一起工作过一年。那时候姜蓉蓉就有点儿烦她。

女推销员说,哟,蓉蓉呀,变漂亮了,你怎么在这儿呀,不是去广州发展了吗?

姜大车看了她一眼,她意识到自己话多了,赶忙闭口,说你们聊,我先回车上了。临走还叮嘱姜大车,抓紧啊,已经停车超时了!

刚才姜大车的那一眼,是他平时看李萍时惯用的,是当家男人那种不可动摇的眼神。姜蓉蓉很难过。

路过家门口怎么也不打声招呼?姜大车还在对姜蓉蓉的行为表示奇怪。

事儿没办完呢!

带着这么小的孩子办事儿?女孩?有六个月了吗?

女推销员走到车厢门口,列车员指着手表跟她说了句什么,她急迫地转回身冲姜大车招手,喊着"姜师傅"。

姜大车像轰苍蝇一样冲她一甩手,不可一世。转过头的时候又瞄了眼另一侧的雪花男,压低声音对姜蓉蓉说,别再被人骗了!

那也比你骗我妈强!搞你的破鞋去吧!

姜蓉蓉甩下姜大车,从雪花男手里抱过孩子,快步走进出站口的地下通道。月台上阳光猛烈，她的背影很快融进地下通道的黑暗里。

5

姜蓉蓉回家了，但不在家住，外面租了房子。她是租好房子后，才回家告诉李萍，她离开广州了，回来发展。姜蓉蓉回家的时候，姜大车不在，李萍说他一会儿就该出车回来了。姜蓉蓉说我不用见到他，你有事儿给我打电话，我就住星海国际，那儿听不见火车声，肃静。星海国际是他们这里新建的高档小区，一提都知道，姜蓉蓉在这儿租了个一居室。她没把门牌号告诉李萍，不希望李萍和姜大车真去。

离开这套她户口所在地的房子后，姜蓉蓉沿着铁道线走着，有一个强烈感受，这里只是李萍和姜大车的家，不是她的家了。出门前，李萍让她不忙的时候就回来吃饭，她跟李萍和姜大车已经陌生了，总去陌生人家吃饭不太合适。那张二手书桌还在，当年九成新，现在彻底陈旧了，还摆在姜蓉蓉以前的屋子里。刚才在那间屋子里，姜蓉蓉随手拉开抽屉，看到的都是自己小时候和青春期时玩的东西，在几本音乐杂志下面，姜蓉蓉看到一块延伸出来的布料，用手一拽，一张布面字帖被拽出来。是当年姜大车出车回来给姜蓉蓉买的《九成宫》，抽屉边缘还竖排放着那根毛笔，毛儿已经发黄。姜蓉蓉把字帖和毛笔装进包里。那间屋子除了换了一台新空调，陈设还跟姜蓉蓉去深圳之前一样。看上去，好像从姜蓉蓉离开那里那天起，李萍和姜大车就随时做着姜蓉蓉会回来的准备。姜蓉蓉在那间屋子里躺了会儿，以这样一种方式和它告别了。窗外不时传来火车进出站的汽笛声，没有姜大车那趟。姜蓉蓉有点儿害怕听到他按的喇叭，也有点儿希望听到，毕竟又有两年没见他了。

上回在火车站遇到，姜蓉蓉甩给姜大车的那句话不是被他逼急了瞎说的。她做列车员的那一年，跟姜大车一起出车，到了目的地，同住铁路公寓。她和另一位女列车员两人住一间，姜大车是司机，自己住一间。因为每隔几天就要住一宿，铁路公寓索性把那个单间长期给姜大车用，姜蓉蓉第一次走进那里的时候，发现了女性留宿过的痕迹。角落里的头绳，沙发椅上的长头发，还有一瓶用完的雪花膏，这些是姜大车未曾留意到的，他还像主人一样，给初次进入这里的姜蓉蓉烧水沏茶。姜大车端着白搪瓷带把茶杯走过来，姜蓉蓉想，他是不是也这样给那个女人泡过茶，还是那个女人这样给他泡？放下茶杯，姜大车拿出几本书，让姜蓉蓉没事儿翻翻，这里安静，可以学点儿东西，将来上个高自考什么的，把学历提升一下，当列车员没出路。真要是混个大专学历，最不济他也能给姜蓉蓉弄到调度站，比跑车舒服多了。那时候姜蓉蓉对列车员的辛苦已深有体会，也渴望换岗，但一想到一个不知道什么样儿的女人在这桌前坐过，姜蓉蓉就一阵阵犯恶心。

知道姜大车生活里除了李萍还有一个女人后，姜蓉蓉就开始寻找这个女人。终于——不过就是在第二次和姜大车出车的时候——她看出这个女人就是车上的推销员。高铁动车除外，其他列车上都有人推销保健袜、强光手电、皮带等产品。他们不是铁路局的工作人员，是外包销售公司的，弄件和列车员一样颜色的衣服，没有肩章，挨个车厢售卖，广告语一套一套的。这个女人推销的是刮黄瓜利器，每走进一节车厢，就会说：不要假装睡觉，要面带微笑；十块钱不多，买不了飞机大炮，也不用回家汇报；有钱不花对不起国家，方法不对苦力白费……说着，举着她推销的产品，拿出一根黄瓜，转起来。黄瓜皮被削成没有断的一条长片儿，被她贴在脸上，接着说：只要黄瓜足够长，轻松卷到太平洋，敷脸美容做新娘，用完还能进厨房，不买一个亏得慌……姜蓉蓉想过，这个女人会不会脸上贴着黄瓜片，躺在姜大车的公寓里看过电视？所以姜蓉蓉在列车上一直就是一副松松散散的状态，收车后也一次没有去过姜大车那屋看书，就这么破罐子破摔着，以此表达对姜大车的愤慨。她一年后坚决离职,更是为了躲开他俩。姜蓉蓉不知道李萍知不知道姜大车和那女人的事儿,她对李萍也有些不满,这事儿李萍不仅仅是受害者,也是制造者,如果平日里对姜大车不那么言听计从,姜大车在外面也不会如此嚣张。带着对父母的失望,姜蓉蓉跟着领带男去了深圳。就算遇到的不是领带男,去的不是深圳,姜蓉蓉也会离开这座城市的。

　　后来到了广州又遇到雪花男。姜大车觉得姜蓉蓉又会被骗。从事情的结局看,似乎被姜大车说中了。但细究经过,又不能定义为被骗。那年带着孩子从雪花男家回到广州后,雪花男开始和孩子妈办理离婚手续。讲好的条件,孩子妈一直在变。孩子的抚养费,从每月三千元,突然涨到六千元,说孩子越来越大了,将来要学习一门特长,每月学费三千。一轮艰苦的谈判后,最终商定为每月五千。孩子妈又变了脸,说要把孩子十八岁前的抚养费一笔付清,总共九十多万,否则不在离婚协议上签字。雪花男的钱都在账上压着,一下拿不出这么多,又是一番艰苦卓绝的谈判,最后商定先给五十万,剩下的一年后付清,连本带息,再付五十万。这轮谈判进行完,孩子已经一岁半了。付款当天,雪花男把孩子妈约到姜蓉蓉这家店里,姜蓉蓉已帮他取好五十万现金。店里有点钞机,孩子妈把钱一摞摞放进机器过完,重新打捆装进箱子,拿起笔,准备在离婚协议上签字。雪花男这时候抱起孩子,贴了贴脸,随口说了一句,爸爸回头去看你!孩子哇的一声就哭了。哭声穿透层层墙壁,让有意去了隔壁店避免目睹夫妻离婚尴尬场景的姜蓉蓉不能再没事儿人似的坐着喝茶了,赶紧回自己店看看情况。孩子妈责怪雪花男,说你跟孩子说这些干什么呀!雪花男说我哪儿知道她能听懂呀,才多大呀!两人一争吵,孩子哭得更凶,孩子妈也没勇气在协议上签字了。她要接过孩子,雪花男说以后都是你抱,再让我抱一会儿。孩子被感染,哭得停不下来。孩子妈也跟着孩子哭了,说再让我想想吧,先不签了。雪花男看了一眼已经站在门口的姜蓉蓉,没想到会是这种结果。孩子妈说孩子先留在你这儿玩，下午我再来接她，说完走了。姜蓉蓉看着桌上的提箱，里面的五十万是她一早去银行取出来的，按说应该被拎走，却还留在这儿。一切回到原点。

这时候姜蓉蓉已经跟雪花男好上了。她知道他们两口子过不下去，离婚的条件雪花男都跟她念叨过，她还给雪花男出过主意，包括取钱这种事儿雪花男也放心地交给她去做。今天这情况是他们三人都没想到的。

以为过了这段就能签字，结果越不签，越签不下来。孩子从矛盾爆发的导火索，变成矛盾的调和剂。孩子会说的话越来越多，对眼前的世界有了概念了，像个"人"一样存在了，离婚变成三个人的事情。想离的两方，因为第三方的出现，呈现出"二加一不仅等于三也等于任何可能"的状况，性格也变了，学会了谦让和牺牲。包括女方父母，也不那么飞扬跋扈了。家庭又平静起来。这一切姜蓉蓉都看在眼里。

持续了一年，姜蓉蓉对雪花男说想回老家了。雪花男当然听得懂什么意思，问姜蓉蓉有什么条件。姜蓉蓉说你想多了。雪花男还是想有所表示，姜蓉蓉说她打算回老家后开个灯具店，希望雪花男能给她供货，该怎么结账就怎么结账。雪花男说没问题，头三年我只供货不收账。姜蓉蓉说不用，她不想把事情搞复杂。

这次回来，姜蓉蓉租好住的房子后，开始为灯具店选址。这座城市的第一家红星美凯龙即将开业，马珂负责招商。姜蓉蓉也是去了招商部才认出那人就是马珂的，快十年没联系了，马珂给了姜蓉蓉一个位置好的店面。

灯具店开业，姜蓉蓉只告诉了少数朋友。朋友们送来花篮和"财源广进"的挂镜，吃了顿饭热闹一下。一周后，李萍来灯具店看姜蓉蓉。正是上午，店里没有客人，姜蓉蓉一个人在练字。已经改用宣纸和墨汁，她现在有点儿喜欢闻墨汁的味儿了，像把烟吸进肺里，让人平静安宁。毛笔是软的，能写出硬挺的字，让她明白了硬话也可以软说。她写的还是《九成宫》，这回找到了"鸟"字，原来写出来是这样：鳥。看到李萍进门了，姜蓉蓉赶紧展开一张白宣纸仿佛顺理成章地把桌面上的笔墨纸砚一盖，问姜大车怎么没跟她来。李萍说姜大车生气了，因为姜蓉蓉开业也没告诉她。

那次姜大车在车站遇到姜蓉蓉，擅自下车，跟她说了几句话，多停了会儿，耽误了开车时间，影响站点调度，为此又受到段里处罚，改开货车去了。好在还有两年就退休了，姜大车没说什么，黯然接受，也借机跟"普客"上的女推销员分开。他想着靠时间来修复父女关系，没想到姜蓉蓉回来后，根本不在家住，开了店也不请他过去看看。做父亲的很没面子。

其实姜蓉蓉是想告诉他的，可她也有难处。店铺位置不错，是马珂帮着选的，灯具都是从雪花男那儿拿的货，这俩人都是姜大车眼中的"坏人"。万一被问到，姜蓉蓉会很窘迫。哪怕说不到这儿，姜蓉蓉自己也心虚，不好意思大张旗鼓请姜大车来店里坐坐。

姜蓉蓉换了个角度跟李萍解释，说开店也不是什么大事儿，他想让我跟着他跑车，我现在当了个体户，没遂他愿，估计叫他他也未必会来。李萍说不会，他毕竟是你爸。姜蓉蓉说那改天，等他歇班，我叫餐，在店里吃顿饭。李萍说行，我问好他哪天歇班，提前告诉你。

结果不是因为下雨，就是因为客户约好来看灯，还有姜大车临时倒班，饭一直没吃成。一个月后，再约吃饭的时间，似乎也没必要了。开业了这么久，特意吃饭好像弥补什么似的，显得不正常。李萍也不再提这事儿。

一年后，姜蓉蓉打算结婚了。对方是个转业军人，在役时任士官，管技术，负责部队的网络，拿了大几十万转业费，回到地方进了中国电信，还干老本行。用转业费买了套新房，准备装修。逛灯具店的时候，转到姜蓉蓉的店，觉得姜蓉蓉的货和别的店不一样，有点儿特色，真打算买，就加了微信。当兵的比较严谨，又转了别的店，对他们的灯也有兴趣，就问姜蓉蓉，这些灯之间有什么区别。姜蓉蓉把自己知道的都告诉他了，说买谁家的都没关系，也没说别人家的不好，别人家却说了姜蓉蓉家的灯不好。转业兵在部队待了十多年，人事经验丰富，还是觉得姜蓉蓉实在，订了她家的灯。一来二去，两人熟了。转业兵还从姜蓉蓉的朋友圈发现，她还没男朋友，而他也没有女朋友，便约姜蓉蓉喝咖啡。喝完咖啡，又看过一次电影，转业兵让装修队先停下手里的活儿，他打算和姜蓉蓉一起装修这套房子。两人磨合了半年，转业兵坦承自己在部队没时间谈恋爱，家是本市农村的，有地，父母种了桃和草莓，收成还不错，他转业后已成本市城镇户口。姜蓉蓉也跟他说了自己的家庭情况，广州深圳的事儿一带而过，转业兵也没问姜蓉蓉两只脚踝内侧文的字母什么意思——在广州的最后一年，姜蓉蓉给另一侧文了雪花男名字的第一个字母——姜蓉蓉觉得这样的男的挺贴心，答应和他一起装修房子，也把准备结婚的消息告诉了李萍和姜大车。姜蓉蓉想的是，自己从上学起就没少让姜大车和李萍跟着操心，现在结婚了，别再让他俩跟着受累了，自己把一切安置妥当，到时候他们参加婚礼就行了。

姜大车不知道姜蓉蓉是怎么想的，只觉得她把结婚的日子都订好了才告诉家里，显然没把父母放在眼里，上回新店开业的气还没完全过去，现在更生气了，不想出席。李萍说生气归生气，女儿结婚就这么一次，你早点把假请了，我给你买身西服，那天必须参加。姜大车觉得叫他去他就去，更让自己在姜蓉蓉心里没分量了。正好那天是他出车的日子，不去顺理成章，他还担心那天休息，想不去都没有理由。

婚礼前三天，姜大车不顾李萍阻拦，毅然走出家门，去机务段签到，准备出车。每次出车最快也要三天后回来，完美错过婚礼。

婚礼前两天，姜蓉蓉和转业兵来看李萍，见李萍愁眉苦脸，姜蓉蓉问她怎么了，李萍看了一眼准姑爷，只说这几天没休息好。当晚，姜蓉蓉让转业兵自己回去睡了,她留下陪李萍。婚礼那天的计划是,直接在酒店开始婚宴,也没有之前的接新娘等环节,一切从简。李萍问姜蓉蓉摄影摄像准备了吗,姜蓉蓉说联系好了。李萍问伴郎伴娘都找好了吧,姜蓉蓉说没有乱七八糟的仪式,不需要这些配置。李萍又问花炮准备了吗,姜蓉蓉说今年市内结婚不让放炮了,放就罚两万。李萍说那有点儿遗憾,老话都说炮放得越响,越热闹,日子越红火。姜蓉蓉说不让放了,大家都在同一起跑线上,日子红不红火不在这个。李萍说嫁女儿,我还是想听听动静,托托人行吗,哪怕少交点儿罚款。姜蓉蓉说时代不同了,90后结婚不兴老礼儿。李萍说这次都你自己做主了,我和你爸也没帮上什么忙,他跟你赌气,又出车了。姜蓉蓉说没事儿,我不太讲究形式。李萍说你从小主意就正,我和你爸说的你也不听,我对你的将来总是有点儿担心,但你爸不担心,别看他故意不参加婚礼。姜蓉蓉很好奇她爸是怎么说的,问李萍姜大车都说什么了。李萍说她问过姜大车,觉得女儿找的这个姑爷怎么样,姜大车说应该还行吧。李萍问为什么这么说,姜大车说姜蓉蓉是个有分寸的人,不会苦着自己。李萍疑惑,说咱闺女是这种人吗?我怎么觉得她总干冒险的事儿?姜大车说从姜蓉蓉十几年前能去中考他就看出,姜蓉蓉不是一个不管不顾的人。李萍最后总结道,但是你爸成了不管不顾的人,真就不参加你的婚礼了!

　　姜蓉蓉问李萍觉得自己了解姜大车吗,李萍说什么了解不了解的,在一起快三十年了,没散就是了解。姜蓉蓉没再说什么,她觉得不了解可能才是散不了的原因。但又觉得家属楼里没有秘密,大家二十多年住在一起,根本无法保守自己家的秘密,也从不替别人家保守秘密。所以李萍可能比她更了解姜大车。她觉得自己的妈,并不仅仅是一位在家操持家务的妇女,或者说,是一位把家操持得很好的家庭妇女,可是这种好的背后,有多少心酸,如果换成她,该怎么办?姜蓉蓉无法让这个疑惑保存到婚礼后,她问李萍,觉得这辈子亏得慌吗,好像除了处理家务,在李萍的生活里看不到别的内容了。李萍说我干完家务活儿出去打麻将当然不能让你看见喽，人跟人不一样，你爸挣得多，一人顶俩人挣的，但也累，我当然就得在家伺候他了，多少人羡慕我这么多年不用上班呢！你看对门的黄阿姨，刮风下雨都得去售票口卖票，卖完票还得买菜做饭。男的和女的过日子，不都是这些事儿吗？

晚上，姜蓉蓉和李萍并肩躺在平时姜大车和李萍睡觉的床上。这张床是姜大车升为司机那年从外地拉回来的，是铁路家属楼里出现的第一张"席梦思"。关灯前，姜蓉蓉又问了李萍一个问题，说你跟我爸快过一辈子了，心始终往一个方向使劲，就没背道而驰过？李萍缓了缓，深吸一口气，又呼出来才说，也闹过。姜蓉蓉问，因为什么闹？李萍说，当司机挣得多，能花钱的地方就多，给这个花，给那个花，我跟他说，家只能有一个，让他看着办，不行就离。姜蓉蓉问，什么时候的事儿？李萍说了一个时间，姜蓉蓉一想，正好是自己在广东的那段时期。姜蓉蓉问，最后怎么不闹了？李萍说，还是考虑到你，他不希望你从外面回来，发现家已经没了，这样你就更不会回家了——你毕竟是他女儿，他再浑，也不希望让你委屈。

没有炮仗的婚礼确实差点儿意思。人群再怎么叫好、鼓掌，司仪的麦克风声音再大，也没办法把气势和气氛完全推上去。当姜蓉蓉站在台上，和新郎四目对望，准备交换戒指之时，突然传来震耳欲聋的汽笛声，划破长空，穿透万物。

举行婚礼的酒店和火车道只隔一条河套——当年姜蓉蓉烤鸟的河套，姜蓉蓉听得出，这是姜大车回来了。众人向窗外望去，一列黑褐色货车正缓缓停下，蒸汽机车冒着白烟，卧在铁轨上，嘶鸣着。一声长鸣过后，又是三声短笛，像在招呼所有人往这儿看，司仪的声音被盖住，大家全部望向窗外。

长长一列货车已完全停住，像条巨蟒，趴在堤坝上。伴随着又一声长鸣，一团更磅礴的白烟从火车头的烟囱口喷薄而出，像一条长龙，蹿上云霄，犹如一场盛大的烟火表演。

　　人们看到司机姜大车从车头里走下，坐在枕石上，掏出一盒烟，要点，摸半天没摸到火儿，烟又别到耳朵上。李萍笑了。

　　姜蓉蓉拖着洁白的婚纱，跑下舞台，向宴会厅的门外跑去。在场的很多人都看到——特别是马珂所在的那桌初中同学——她跑出去的时候，左手攥得紧紧的。

　　却没有人看到，她手心里捏着的一把喜烟和打火机。

戈多来了

1

　　和胖子是 2004 年认识的。那年我准备考电影学院导演系的研究生，因为本科不是学这个的，算跨行，便报了那里的一个进修班，除此之外，我想不到更好的能考上的办法了。

　　本是来学电影的，开学第一天，什么还没学，先被老师问了一个问题：什么是电影？每人都要回答。不愧是电影学院的老师，问题这么高级。谁都可以回答，也很难回答。

　　几乎所有的回答，都在说自己怎么理解电影。只有一个人的回答，说的是电影对自己的重要。回答者是个胖子，胖得左右两个座位都空着。他坐在第一排，说电影是自己愿意为其献出此生的一件事情。说得极认真，还是广东普通话，让人没有半点怀疑。

　　老师说很好。然后语调一转，又说，按道理，电影学院的教学，只负责传授技术，不需要改造学生头脑，但是他现在忍不住多说两句，问胖子多大了，胖子说二十五，老师说二十年后，或许用不了，也许在你四十岁的时候就会明白，电影不应该是生活的全部。说这话的老师五十多岁，拍过不少戏，电影电视剧都有，也算个颇有名气的导演，在上这节课之前，我们大部分人在网上看过介绍他拍戏坎坷经历的文章。老师说他接触过很多学生，希望我们不要成为《等待戈多》里的那两个人，电影或许就是"戈多"，永远不会来。老师还说，现在他拍戏，都是碍于朋友面子，不便拒绝，就当给朋友帮忙了。我们这些渴望拍点什么，但连剧组盒饭什么味儿都不知道的人不禁觉得这话说得有点儿飘；同时也没有半点质疑的能力，或许事实就是这样。

以为胖子的信仰会因此动摇，至少回去琢磨琢磨这番话，没想到胖子接过老师的话，说自己跟死神打过交道，除了电影，他根本不想做其他事情。又说得极认真。因为胖，说出的又是这种话，难免让人怀疑他有过什么严重病史，因此大家没把他的话当成那种为了博人眼球的轻佻话——比如有人会说电影是可以免费和女演员睡觉的工具——反而对他高看一眼。

老师怕把课堂气氛搞沉重，说自己作为过来人，也当了二十年老师，尊重所有人的选择，如果有一天，我们这个班的学生拍出电影，只要通知他，他一定去电影院看，等灯光亮起的时候，他会站起来为这位学生热烈鼓掌。全班一片掌声。四十五分钟一节的课，下课铃声在这时恰到好处地响起。

胖子也因此被我记住，除了他用广东普通话说的那些内容，也因为他的胖。他真应该去周星驰电影里演点儿什么。下课后我特意多瞄了他几眼，大眼睛，双眼皮挺明显，眉毛的线条也清晰，却不能用"浓眉大眼"来形容，因为他的脸更大，使得原本不算小的眼睛呈现在上面后便不再突出，而且这个词也往往适用在大高个儿身上，胖子并不高，于是更显出他的胖，让他成为一个一眼就能让人记住的人。大一号的蜡笔小新。

跟胖子熟起来，是因为在一起租房。胖子在电影学院后门租了个两居室，他住其中一间，另一间住的是个IT男。IT男从中关村的公司跳槽到望京的公司，上下班变远，决定退租，去望京那边找房子，胖子就在班上问，谁愿意接手那间房子。我之前每天从位于朝阳区的家出发，坐车一个小时去电影学院上课，早出晚归，又困又累，时值九月，还有三个月就考研了，我便租下。每天能省出路上的两个小时，可以背点儿单词，也可以多看一部片子。考研，又跨专业，对我挑战极大。英语四级我考了三次才勉强通过，考研英语相当于六级的难度，不多付出点儿，想考上，没戏。这时候我手上有一笔钱，刚刚出版了一本长篇小说，比起那些超级畅销书和卖不动的书，我这本卖得不好不坏，出版商给了我八万块钱。当时北京房价均价四五千，我没想过去买房，刚大学毕业不久，想的都是意气风发的事情，不太懂首付、贷款什么的，更是预料不到房价在未来十几年里的增速。虽然出了书，我也不好意思以作家自居，觉得自己在各方面都没做好准备，尤其心理上，也没想继续当一名作家，因为我觉得自己并不擅长写东西，学的是工科专业但并不喜欢所学的，所以要考导演系，方便转行，将来接点儿广告宣传片之类的活儿，养家糊口。我第一时间和IT男做了交接，他拉着行李搬走，我带着考研书和电影光盘入住。

电影学院的课不是全天都有，有时候就上午半天，但晚上学校礼堂还要放电影，很多同学住得远，不愿多往返一趟，下午没地方去，就去我和胖子那里消磨时间。那时候我们都没有睡午觉的习惯，精力充沛，不知疲倦。胖子哪怕看上去很胖很容易累，也从没困过。度过下午的方式通常是我找几张DVD，众人围在房东那台老式电视机前，拉上窗帘，遮住午后的阳光，在屋里一闷就是一下午。直到晚上礼堂的电影快开始前，才匆匆下楼吃口东西。和本科时所不同的是，这段时期，我们没看过一部毛片儿，而本科时聚众在宿舍里看的，多是毛片儿。

一周后我和胖子已经很熟了。晚上看完礼堂的电影，尤其是看到一部好电影后，我俩会去学校后门的小饭馆吃点东西，主要也是为了喝点儿。胖子血压微高，更喜欢微醺，喝到没有界限的时候，我就问了他所说的死神是怎么回事儿。

　　胖子是广东人，家在一个不大的沿海地级市，本科在上海一所医学院上的。大五的时候，班里一个高干子弟要来北京的医院实习，顺便完成毕业论文，课题也是这家医院正进行的研究，需要个伴儿，便找到胖子，因为胖子专业好。说白了，就是指着胖子去完成课题论文，高干子弟到时候挂个名儿。胖子很清楚自己的作用，为了能来看看北京，他同意了。那时候胖子已经喜欢上电影，他知道北京有电影制片厂，有电影学院，这些地方在他脑子里，就是梦工厂。胖子就这样第一次到了北京。医院安排了宿舍，双人间，他和高干子弟一屋，后者到北京露了一面后就消失了，直到毕业答辩前才出现。胖子在北京的这一年，应付完医院里的事儿，就来电影学院蹭课。每周末电影学院都有为在职人员开设的进修班，进修班收费不菲，为杜绝蹭课现象，每次都清点人数，胖子被赶出来多次。后来摸清规律，过了八点半再进去就安全了，通常进修班的辅导员会在八点二十巡视，赶走不是本班的人员，胖子守在楼道，见检查的老师走了，便溜进教室，在后排找个角落，掏出笔记本，在这里度过一天。在蹭课的时光中，胖子跟电影加深了感情。

　　胖子说他是在大二开始喜欢上电影的，那时候同学都开始谈恋爱，他太胖了，无人可谈，就自己去学校的机房看电影，越看陷得越深，不能自拔。好电影就像一个恰到好处的姑娘，撩拨着他的心，让他无论夜晚几点走出机房，都热血沸腾，回味深长。机房带光驱的电脑数量有限，他未必能赶上，就去二手市场淘了个超强纠错的影碟机。那还是VCD时代，宿舍楼线路老化，管理员不让用除电脑和电扇以外的电器，他就把影碟机藏在被窝里，避开一次次检查。胖子看片的速度每周在三部左右，一年能看一百五十部，大五毕业的时候，阅片量已经超过五百部。在互联网刚刚盛行的年代，已经算个发烧级影迷了。

　　胖子在北京的实习表现不错，医院新院区落成在即，诊室多了，需要更多大夫，问他想不想来北京，解决户口。他问那个高干子弟同学，这事儿靠不靠谱，对方说靠谱，这个名额本来想给高干子弟同学留着的，人家有了更好的出路，就让给胖子。就这样，胖子跟医院签了三方协议，试用期一年，期满后落户北京，成为该院正式医生。好事成双，毕业之际，胖子所在的学校跟同济大学合并，于是他拿着同济大学的毕业证，来北京报到，做医生的同时，继续做一名电影发烧友。

那时候 DVD 机刚问世，胖子拿到第一个月工资便买了一台，他对看电影的要求也越来越高。画质清晰了，无异于跟姑娘的恋爱又近了一步，在这方面的投入，和给姑娘买化妆品性质相当，都为了更赏心悦目。看着看着，胖子知道了一部电影的创作者，是导演。他也想创造自己的电影，来电影学院后门买盘的时候——当年这里有一家闻名于世界电影圈的 DVD 零售店，吸引了全国热爱电影的文艺青年，国际大导演来北京做文化交流都不忘来这儿看看，能看到自己的电影被盗版，便会满足地离开北京，后来店被查封了——赶上该校考研报名，他交了报名费，给志愿表里填上导演系，决定考一把，就当玩一场注定失败的冒险游戏。

胖子的文化课基础不错，英文不用怎么复习，政治突击背了一下，专业课买了几本书，翻了翻之前的蹭课笔记，然后就去考试了。第一场考英语，路上堵车，晚了五分钟才进考场。两天四场考下来，胖子说考得挺爽的，特别是专业课，答题过程就像拉着女生的手，让他心跳加速。我们问他拉过几个女生的手，胖子说就一个，1999 年国庆节，电视台转播大学跳集体舞，他也参加了，右手边站的是女生，别的系的，除了交流动作要领，两人没有过其他交流。

春节过后，考研出分，同时公布艺术类专业提档线，胖子竟然上线了。按电影学院的考试流程，下一步就是复试，除了面试和导师聊天，还要拍个一分钟以内的短片。胖子用数月的工资买了一台 DV，开始练习。

未等来复试，"非典"疫情暴发。四月底，小汤山医院急需各科室医护人员，胖子作为年轻医生被抽调去，安排在CT室，他本科读的是医学影像。这年电影学院研究生复试取消了原定的现场面试形式，改为电话沟通。胖子在报名表上留了两个电话号码，一个是医院为他提供的宿舍座机，一个是自己的手机。电影学院研究生部拨打了这两个电话号码，均未联系到胖子。两个月前，胖子回老家过春节，手机在春运大潮中不知道是掉了还是被人掏走，他重新换了张手机卡，号码也变了。"非典"爆发得太突然，他没想到自己会被匆匆拉去位于昌平的"非典"专治医院，也不知道自己什么时候能出来，那阵子人心惶惶，他连自己能不能安全返回都不知道，也就没关注复试的事儿。宿舍的同事也跟他一起坐上支援小汤山医院的大巴车，电影学院打到宿舍的电话在屡次无人接听后，便不再响起。根据联系上的考生在电话中的表现，录取名单公布在学校网站上。

最终"非典"被战胜。胖子离开小汤山医院的时候，正值夏至，回到宿舍，上网看到了发布于一个月前的新一年电影学院导演系研究生的录取名单。他未参加复试，名单里自然没有他。胖子犹豫要不要给导演系打个电话，讲明情况，想了想，还是没打。这届导演系招收的是纪录片方向，他更喜欢故事片，将来要拍的是故事片，这次没被录取正好为下次报考故事片方向留出后路，没让他纠结去做上还是不上的选择——上，委屈自己；不上，不给导演系面子。

进入七月，北京天气到了一年中最让人不舒服的日子，户外像一个偌大的桑拿房，置身其中一动不动都会一身汗。胖子所在的医院有中央空调，宿舍也装了，这份工作不仅能让胖子舒适体面地度过夏天，也能让胖子从此顺利扎根北京。从小汤山回来后，组织决定奖励这批外派人员，涨一级工资，升职称时也会重点考虑这段工作的贡献。胖子正好一年试用期满，通过了考核，医院提供给他一份六年的工作合同，随后户口也可以从本科所在的学校调来，但他拒绝了这些。他觉得六年后自己都过三十了，再去实现电影梦已经来不及，应该在学习能力和创造力最佳的二十几岁完成这件事儿，然后三十岁着手准备处女作，三十一岁完成拍摄，三十二岁电影上映，并开始准备第二部影片。于是，他辞职了。

胖子的勇气一部分来源于对电影的热爱，第一次考研便上线的经历让他对未来踌躇满志，更大一部分决心来自在小汤山医院那一个多月所经历的。多少人因"非典"丧生已是事实，造成全社会恐慌，不仅疑似病症的患者神情中透着绝望，最前沿的医护人员也担心起自己的命运。胖子负责给每位送进来的病号做CT扫描，最多的时候每天送来二十多人。这时候他开始问自己，如果明天他就死了，最大的遗憾是什么？每次他的回答都是自己没能拍一部电影，而不是还没交过女朋友、还没好好孝敬父母什么的。他说那段时间对死亡的认识有切肤之痛，绝不是随便一想。每晚入睡的时候，医院的那些大夫都不知道自己有没有被感染，不知道自己第二天会不会成为患者，然后在那些症状中煎熬几日便与世长辞……特别是关了灯后，在黑暗中，这种感受更为强烈，以至吓得很多人不能入睡。这时候，电影又出现在胖子的脑海中，它能让胖子紧张的内心得以舒缓，因电影而衍生的幸福感会覆盖恐慌，渐渐进入睡眠。后来疫情结束，他回原单位那天，有康复的患者来欢送，谈话中，他发现这些从生死线上走过一遭的人在健康后都做出同样的选择，改变了过去的生活方式，开始做自己认为真正有价值的事儿，比如有人去了向往已久的地方，有人关掉公司，把更多时间花在家人和孩子身上。这些案例和坐在CT室玻璃窗后面那一个多月的洗礼，让胖子对自己该干什么有了清晰的答案。所以他在进修班第一堂课上会说视电影为生活的唯一可能。

那年夏天，胖子汗流浃背地拉着东西离开医院宿舍，搬进他新找的房子——后来我跟他合租的这套。

胖子说，对他而言，一秒钟二十四格展现生活的影像比一层一层的器官纹理影像更吸引他，甚至搬出鲁迅，说这老哥当年弃医从文，也应该是抵抗不住火热生活的诱惑，哪怕这生活让他心痛。胖子也喜欢毛姆，这位英国哥们儿也是弃医从文，而且写的多是热爱艺术的青年，于是成了胖子的精神导师，胖子的床头一直放着一本《月亮与六便士》。前面至少有两个这种人了，胖子不知道这世界需不需要第三个。

第二年如胖子所愿，导演系故事片方向招生，胖子报了名，却没有通过初试。其中一门专业课是剧本命题写作，满分一百五，胖子只得了七十八分。事后，每年的考生会凭记忆，把题目发在考研论坛里。那年"剧本写作"有两个题目，各七十五分。第一个题目是给出三种元素——一个男人、一个女人、一朵花，要求写一篇三千字左右的故事。胖子洋洋洒洒写了几页纸，即将收笔时突然发现，自己审错题了。三个元素，他只看到两个，没看到最后那三个字"一朵花"，因为这三个字在排版时，换到了下一行，胖子也说不清自己是马虎还是紧张，竟然没看见。考试时间已经过半，重写已来不及，胖子匆匆结束故事，在末尾加了一朵可有可无的玫瑰花，因为是临时补进去的，花并没有参与故事，像衣服上的一个补丁。第二个题目是给出一个故事，让以剧本格式，改写成分场剧本。第一篇剧本没写好，胖子有些慌，完成第二篇的时候也不在状态，最终就得了这么个分数，落榜了。胖子安慰自己，今年的导师是偏理论型的，对自己将来拍电影未必能有多大指导作用，明年说不定会有更好的导师。于是潜心住在电影学院后门，没事儿继续蹭个课，看完好电影会写影评，给各种电影杂志寄去。那年头电影杂志正流行，稿费颇丰，胖子每周写一篇三千字影评，收入可应付房租和生活费，还小有剩余，他已经这样过了一年。只因喜爱电影，便放弃了稳定的工作和北京户口，胖子的事情一传开，他便成为班里的一个标杆。

因为身形太突出，电影学院又小，胖子蹭课蹭出名，老师发现他后会说，怎么又是你？胖子听到这句话后也很难为情，攒够学费便报了这个进修班，他想理直气壮地听一年课。这一年我恰好和他一个班，他第三次考研，第二次考导演系的故事片方向，我要考的也是此方向，和他成为竞争对手。当然，我更期待另一种可能，我俩干掉其他对手，双双考中。

2

很快，我和胖子的那套两居室住进第三个人，一个来进修班蹭课的应届毕业生，小茂。小茂是开学一个礼拜后出现在班上的，那年夏天他刚从南京的一所理工院校毕业，也想考研，不知道电影学院的门朝哪边开，就从南京过来咨询。咨询完在楼里闲逛，我们教室敞着后门，他便走进来，坐下听了一堂课，受益匪浅。各种进修班均已报满，不再揽新，同时抱着能省则省的态度——进修班面向社会人士，学费比本科高很多——小茂退了回南京的火车票，在学校对面的地下小旅馆租了长期房，每日找课蹭。

那年夏天小茂大学刚毕业，没上过一天班，像个好奇的孩子能问出各种匪夷所思的问题。没有人在意他的无知，相反，还因其单纯，给出各种帮助。比如班主任出现在门口清点人数之时，蹭课经验丰富的胖子会利用肥硕的身躯对小茂加以保护。再比如小茂租住的地下小旅馆因水管爆裂不能居住的时候，我和胖子收留了小茂，让他先在客厅凑合凑合，反正客厅夜晚的时候也空着。打了几天地铺，小茂请我和胖子在楼下小饭馆吃饭，喝着酒问以后能不能一直住下去，他也承担一部分房租。没什么不可以的。就这样，我们仨成了室友。

小茂在二手市场淘了一张单人床，搬进客厅，倚着墙放。我们不做饭，吃饭要么去食堂，要么去楼下小馆儿，摆在客厅的餐桌一直没用上，小茂就让家里寄来他的台式电脑，摆在餐桌上，一天二十四小时开着，从网上下电影。USB 接口插着块移动硬盘，指示灯不停地闪烁，一部部电影通过包月的网络被拷进电脑。每有新片上线，下载完成后小茂就会通知我和胖子，我们搬来椅子，不分昼夜地看，常常有邻居敲门，让小点儿声。还有一次房东来了，邻居把电话打到她那儿去了，说我们屡教不改。房东是二十年前表演系毕业的，演过几部电影后便嫁人息影，现在看上去依然美丽端庄。这套房子不知道被转了几手，现在的租客成了我们，她来看看是什么人在租自己的房子。当得知我们是准备考研的进修生后，她给出一条建议，我们拉晚儿没关系，下回看电影戴上耳机。我们说电脑只能接出一根耳机线，可我们是三个人看。她说她老公是录音师，在隔壁北影厂院里开录音棚，有那种一拖三的插头，可以让电脑分出三个耳机插孔。然后她打了一个电话，半小时不到，录音棚的人送来接头，还搬来一台电暖器。房东说冬天客厅暖气不足，睡觉可能冷。小茂无比感激，不知道该说谢谢大姐，还是谢谢阿姨，最终从网上下载了几部房东演过的电影，用认真观看的方式，表达了感谢。

  通常说起导演，都是人高马大留着胡子那种，小茂则属于玲珑型，外表看上去毫不像一个能成为导演的人，但就是这么个"小家伙"，竟有过一部长片的拍摄经历。他是那部片子的导演兼编剧兼演员兼制片兼美术兼道具兼武术指导兼剪辑，基本就是一个人带领十几个理工科不懂电影的同学，用 DV 拍了一部古装喜剧动作片。那是 DV 尚未普及的年代，片子拍完在南京引起小小的轰动，还有报纸采访小茂，说他是南京本土第一部动作喜剧电影的缔造者。学校也在礼堂放映了一场，全场笑声不断。小茂一时成了校园名人，但名声来得太晚，此时距离他大学毕业已不到一个礼拜。从拍 DV、来北京、蹭课、合租、买床这几件事能看出，小茂是个行动力极强的人，个儿小能量大。他拍过东西，按说对电影的理解应该比我深，却总问出好像昨天才知道世界上还有电影这种奇特玩意儿的问题，相比于班里那些社会经验丰富老成持重的大龄同学，我更愿意跟小茂坐在一起。

我们俩在班里算最小的，目测全班平均年龄三十五六岁，最大的1960年生人，快四十五岁了。来进修的目的各不相同，有想充充电的，比如电视台的编导、主持人、外地大学的老师、拍过一些戏的摄影师或美术师；有想多结交些人的，比如文化公司的老板、报纸文化版的编辑；也有不抱任何目的只是时间难以打发衣食无忧又多愁善感的文艺女中年。

小茂在班里算年轻才子，开公司的同学请他去帮忙，劳务丰厚，也叫我和胖子去。我跟人来往主要凭第一印象，印象好了，后面都好说，我对这同学的第一印象不怎么样，便找个借口回绝了。胖子为人随和，怎么都行，觉得不妨去增加些阅历，便和小茂去了。两人忙活大半个月，项目黄了，分文未得，那同学也不来上课了。这也印证了我对他的第一印象不好是有道理的。小茂问我，你当初怎么就能看穿呢？我说，凭感觉。小茂又幼稚地问，怎么获得的感觉？后来更多事实浮出水面，当老板的那同学不再来上课，还真不是为了躲胖子和小茂，而是骗了班里一个女生，没跟女生说他已经有老婆了，睡完便人间蒸发。

通过这事儿，能看出小茂想挣点儿钱。他目前在北京的开销，都是家里出的。胖子问小茂愿不愿意写影评，他推荐给杂志，让小茂挣点儿稿费。小茂连夜写了一篇，胖子看完，发到编辑邮箱，三天后杂志社回信儿，留用。小茂很感激胖子，说杂志就那么几种，留给影评的版面就那么几页，用了他的，就没版面给胖子了。胖子说多一篇少一篇无所谓，他这个月正好能多歇歇。那时候我们的房租是两千多，小茂出零头，我和胖子一人一千。一篇影评就是胖子一个月的房租。对比现在的房租，那时候可真便宜，北三环边上的两居室，不到三千块，现在至少六七千。可那时候，包括任何时候，在北京租房的人，都不会觉得房租便宜。胖子并不纯是为了在经济上帮助小茂，而是通过这种方式交流电影，看小茂的影评相当于和小茂在聊电影，一聊起电影，胖子就忘乎所以。那时候我们仨经常是几瓶啤酒聊到小饭馆打烊，再拎几瓶啤酒上楼接着聊，聊得口干舌燥，烟雾缭绕，然后沉浸在幸福中微笑着睡去。闭上眼，黑暗中，依然有种发亮的东西在闪烁。

当年十月底，电影学院研究生部公布考研招生简章。如胖子所愿，导演系果然有个创作型老师兼导演要带研究生。共三个导师，每人计划招收两名研究生，也就是说，这届只会招收六人，报考人数接近四百，录取比例不到百分之二。后来的事实表明，实际录取比例比这个更低，其中一位导师只招收了一名研究生。但我们仨并没有觉得形势怎么严峻，每天仍过得乐呵呵的。班主任常看到我们仨一同出入，理所当然地认为小茂就是进修班里的人了，她再查点无关人员的时候，小茂也不用遮遮掩掩，甚至有一次还面对面喊了一声"老师好"，然后绕过站在门口的她，大大方方走进教室，身板笔直地坐下。

三个人在一起，人均抽的烟喝的酒，都比一个人时多。记忆中那个时期我没怎么买过矿泉水，因为不渴，等渴了的时候，就到了去小饭馆喝酒的时间了。楼下小饭馆的价格，也决定了我们的这种生活方式。清炒油麦菜六块，鸡蛋西红柿八块，一条水煮鱼二十六，普通青岛啤酒两块一瓶，我们仨即便喝得烂醉如泥，也不过百余块——烂醉也不是我们所追求的，我们只求高兴，见好就收。

那些原本可以用于背背单词的时间都改为守着啤酒瓶谈天说地，也怪背单词确实没有闲扯有意思。我们似乎忘掉了自己此时此刻为什么会出现在这里，考研的愿望已无当初那般迫切和直截了当，除了上好每天的课、咂摸每部电影，别的没想那么多。考得上考不上，那就是命了。

元旦过后，考研的日子一天天临近，我们不再熬夜看片子，开始调整作息时间。导演系的三百多名考生被分在十余间教室，我们仨散落在不同的考场。开考的头天晚上，我失眠了，十二点起来上厕所，听到小茂躺在客厅说，睡不着。话音未落，胖子也从屋里出来了。我们打开灯，披上衣服，打开三听啤酒，喝了起来。小茂说要不要放个电影，我说别了，看俩电影天就亮了。后来喝完六听啤酒，我和胖子强行回屋睡觉。第二天早上，我们仨在楼下吃早饭，小茂说夜里我俩进屋后，他戴着耳机看了一部电影才睡。我说我也是，用笔记本电脑看了一部才睡，胖子说他看了两部。小茂问胖子，都考第三年了，还紧张？胖子说不是紧张，是兴奋，养兵千日，终于出征了。

四门考完，我们仨交流，都马马虎虎，不坏不好。这时候进修班第一学期的课也结束了，有个经常跟我们在一起喝酒的老大哥不回老家过年了，买了一堆花炮，趁我们刚考完还都在学校，带来找我们放。

那晚我们喝完酒，抱着花炮去了学校后门的小月河。河面已经结冰，像一条擦得锃亮的水泥马路，映着月光。老哥是东北人，为人彪悍，买的花炮也带着强烈的个人风格，多是脸盆大小的礼花弹和二踢脚，仅有的几个卡通小烟花和一把小呲花都是卖家送的。老哥点着一根烟，手捏着二踢脚放，看得胖子大呼牛气。胖子胆小，礼花弹也不敢放，怕自己跑得慢被炸到。我们想出一个办法，让胖子点燃一根儿呲花，利用喷出的火焰去启动礼花弹的火药捻儿，延长了他和礼花弹的距离。胖子觉得可行，举着火星四溅的呲花，蹲下身，一点点伸向立在冰面上的盒状礼花弹，胖脸在火焰映射下，紧张而投入，像年画里抱着大鲤鱼的胖小子长大了，学会人间的语言，从纸上跳出来玩。老哥用数码相机拍下胖子那张五光十色的脸的同时，礼花弹也喷射出来，胖子转身就跑，脚下一滑，一屁股坐在冰上。原来呲花的焰火不均匀，时长时短，在胖子以为距离火捻儿还有一段距离的时候，呲花突然像挣扎了一下，喷出的火苗变长，提前引燃了火捻儿。在头顶炸开的礼花弹并没有那么可怕，胖子坐在冰面上，笑吟吟仰头看着一束束礼花升空绽放，索性坐着不再起来。礼花放完，老哥把相机立在礼花的纸箱上，我们和胖子一起坐在冰面，拍了合影。光线太暗，老哥把那些卡通烟花放在我们面前，一一点燃，小海豚朝天吐出彩色的水柱，小陀螺旋转着甩出一圈圈火光，孔雀口吐着莲花，尾巴徐徐展开成一张扇面后噼里啪啦闪耀出满天星，小坦克尾部喷出火焰，一边前进一边从炮筒发射出彩弹……在这些焰火的照耀下，我们的脸和笑，被相机清晰地拍摄下来。合影拍完，发现还有一个凤凰的烟花没点，老哥掏出打火机，胖子说留着吧，将来咱们谁拍出电影，到时候再放。我们都觉得这个主意不错。

3

春节过后，进修班开课。像上学期一样，我们的住处更理所当然地成为班中的聚点。上学期他们来这儿玩，还偶尔问一句"复习得怎么样"，不懂事的待上几个小时也就走了；现在我们仨考试结束，他们便没有丝毫顾忌，来了就往小茂的床上一坐，头靠着墙，脚搭在床边，正对着餐桌上的电脑，说，放吧！毫不客气地将这里当成看片室。小茂俨然一位资料员，各国电影被他分门别类存在硬盘的不同目录中，在鼠标的若干次双击后，电影便开始了。我和胖子也在人群中挤出个位置，跟着一起看。

后来想想，同学们都爱往我们那儿跑，大概是因为我们仨比较纯粹吧，因纯粹而好接触，除了电影，别的都无所谓，对人没有敌意。电影让所有学电影的人和睦相处。同学们——男女都有——在我们那儿抽烟、喝酒、发人生的牢骚，我们陪着抽着、喝着、听着，话题从电影跑到火星也浑然不觉。还有一些大我们近十岁的大姐，开着车来上学，我们搞不懂她们的世界。其中有个大姐，趁我们上课的时候，借我们那套房来受孕，她老公特意在她指定的时间赶来北京，只为同房。这大姐是委培生，平时住在单位在京提供的宿舍，三人一屋，老公来了不方便。据说两人上个月也去了宾馆，没怀上，这个月决定在我们这里试试，说我们这里有人气。班上一个大哥说，换床如换刀。一个月后，大姐果然有了，请我们仨吃饭，但不许我们当着她的面抽烟。我们是毛头小伙子，什么都不懂，就知道喝着啤酒闲扯傻乐。大姐劝胖子少抽点儿烟，胖子说少抽不了，不抽他就更胖了。我和小茂大笑，跟胖子碰杯。大姐坐到十点，熬不住了，加了十瓶啤酒，结账走掉。我们仨又面面相觑呵呵傻乐，终于可以抽烟了。如今我也即将四十岁，想想当年的大姐们，她们那时不过是三十四五岁的小妹妹，不过刚刚结束青春期，有的甚至依然迷茫着，我们那处凌乱简陋的房子，能成为她们的人生加油站、为人父母之风水宝地、激发灵感的创作场所、打发时间的休闲空间，也算把一所房子的功能利用到了极致。作为房子的提供者，我们也享受到额外的馈赠，跟着她们一起成长。

立春一过，天气转暖，就让人觉得接下来会有新的事情要发生。也真的会有新的事情发生——考研就要出分了。

那个周末我回了家，周一上午进修班是电影史的课，因为考研背过这些，我便没去上，在家睡了个懒觉。然后早饭午饭一起吃了，吃完去学校，先在后门的影碟店泡了会儿，淘了两张盘，才上楼。胖子和小茂正在客厅吃喝，椅子上摆着楼下小馆送来的菜，啤酒瓶已经有七八个了，胖子坐在另一把椅子上，窝着腰，小茂坐在他的床上，情绪不高。我问怎么了，此前还没出现过下午有课中午也这么喝的情况。你该请客了，小茂说。胖子说，出分了。我预料到小茂后面可能要说的话——你上线了。我问，我多少分？三百三十。你俩呢？胖子三百零九，我二百九十多。分数线是多少？三百二十。

上午各学校公布了考研成绩以及各类专业提档线，艺术类是三百二十分。从以往六七年的表现看，电影学院的复试线和国家提档线持平。我们仨的准考证一直放在一起——房子里那台未使用的冰箱中，他俩上午查分的时候，把我的也查了。此刻，三张准考证就放在小茂开着的电脑旁，我上网一查，果如他们所说。我确实很开心，同时也为小茂和胖子遗憾，尤其是胖子，都考三次了。

我说，是该请客，想吃什么？我俩已经吃饱了，小茂说，眼睛微红着。一会儿还上课去吗？我问。小茂说，不去了。胖子说，我也不去了。我用脚钩过来一把某个同学留在这里用于看片的小板凳，坐下，打开一瓶啤酒，跟他俩喝起来。

如果考研过线这一事实能说明我对考试比较拿手，那么如何面对没过线的朋友，是我不擅长的。相比小茂的强颜欢笑，胖子倒是心平气和，说没事儿，那么多人考，考不上才是正常的。小茂说，这种情况下做个不正常的人是幸福的。我不知道该说些什么，若一点儿不说，也奇怪。我说，其实我也做好了考三年的准备，现在只是过了初试，如果复试被刷掉，明年咱仨还接着考。

我真是这么想的，但同时对自己能过初试，并无意外。我甚至觉得胖子和小茂理所应当也能通过初试，我们仨已不算业余爱好者，各种课听了那么多，各类书也都翻过，对电影的理解已在常人之上，只是缺乏实践。我始终认为，学什么，是需要点儿感觉的，我们仨对电影的感觉都还可以。我这么评价自己的依据是，本科四年我过得极为苦闷，大学的专业是我为了能有个学上，随便报的，一点儿不喜欢，完全是混了四年。我也不愿浑浑噩噩，可无力改变。毕业之时不想从事本专业的工作，出于本能和发泄需要，随便写了一本小说，颇费周折出版后，竟然挣到些版税，解决了生存问题，于是有了考研的资本。电影我从小就喜欢看，随着少年向青年的转变，随着对电影院和电影学院是两个不同概念的了解，那种朦朦胧胧的喜欢变成一种愿望——去学习拍电影的手法，拍不成电影，拍点别的也行。来到电影学院，一坐进教室，我发现自己仿若一块一直干燥着的海绵，老师讲的什么都像水一样，被我吸了进去。这说明我不排斥电影，我跟它的基因是匹配的，只是遇见晚了。对于胖子和小茂，我也这样认为。我看过胖子写的影评，还在电影歧途上的人写不成那样。小茂自己拍的那部略显粗糙的长片，我是从头笑到尾看完的，小茂有另一种才华，那年头管这种风格叫无厘头。所以，我觉得我们仨，考三年，总有一年能考上。

说出这些真实想法，不是安慰他俩，是坦诚相待，我也喝酒了。或许是因为我过线了，小茂开始重视我的看法，让我说说他的问题所在，并要求必须说实话。我说你的问题就在于太年轻了，你的东西很有意思，可是没有力量，咱们是考研，需要点儿成熟的东西。小茂长得古灵精怪，人小巧，鬼点子多，眼睛一眨，就能冒出一个，大致也能知道他此前的学业之路顺风顺水。拍那部电影的时候，和一个女生产生暧昧，他来到北京后，两人更暧昧了，每日短信不断，虽未得手，也没给人生留下痛苦，小茂算是个在幸福中长大的孩子。小茂追问什么叫成熟和有力量，我说是那种看完了能让人有一点点心痛和冲动的东西。小茂问他的东西里没有吗，我如实说，没有，我只被逗乐了。小茂沉默了。

胖子这时候让我说说他的问题。真挺难说的，我组织了一下语言后说，胖子没有很明显的问题，也没有标志性的个人风格，写出来的东西不够抢眼，这可能是个问题，但是怎么弥补，说实话，我也不知道。胖子点着头说，有道理。

小茂补充说胖子第二个问题就是不坚持自己的原则，别人一说什么就认了，不坚持自己。胖子又说，有道理。小茂和我都笑了，胖子自己也笑了。我们干了一杯后，我说我也有问题，不等我开口，小茂说，你的问题，是命太好了，一次就中。我们哈哈大笑，又干了一杯。

这是我们聊彼此聊得最深入的一次。小茂的情绪好多了，跟我周末离开这里时的状态差不多了。酒喝了不少，话没少说，该聊的也都聊了，菜里的油都凝住了。我说，要不然看部电影吧！掏出包里刚在楼下买的两张盘。胖子挑了一张，放进台式机的光驱。

我和胖子看得比较专注，小茂的手机一直在振，他时不常就拿起来看一眼，回复对方。我估计那边是那个和他暧昧的女生，今天出分，必然惦记。

一部两个小时的电影还没看完，班里的同学下课过来了。他们也知道出分了，特来看望。下午上课见我们仨都没出现，就发短信问小茂我们干吗去了，小茂说了没去的原因。同学们最关心的问题是胖子明年还会不会考，再考就第四年了。胖子说，考，反正也不耽误干别的。所有人都为胖子捏了一把汗，当听到这个答案后，大家都放心了。只要考，就还有希望，就不会离开电影，所有人都希望胖子激流勇进梦想成真，寄兴寓情大致就是如此吧。小茂悬着的心也放到肚子里了，明年他也要接着考，有胖子做伴，不会孤单。

复试名单和复试要求公布了，一共十人进入复试，将在四月底进行，要求和往年一样，除了面试问答，还有短片拍摄、小品创作和表演等环节，耗时一天。最难的是短片拍摄，让考生自带DV，现场公布题目后，给两个小时，自己出去拍，然后把DV带交上去，考官现场验收。我开始主攻这个。

胖子贡献出他的那台DV，我对照说明书，熟悉了各个按键，每天带着，看到什么有意思就拿出来拍下。拍完，整理个大概思路，然后在电脑上把有用的镜头剪接到一起，让胖子和小茂看，提意见挑毛病。那段时期，是我平生第一次接触镜头，第一次拍点什么，胖子和小茂的意见，让我知道了什么叫"镜头语言"，它和文字语言截然不同。人心里想的事情，往往是以文字语言的逻辑进行的，无法直接转换成画面——

除非让人物对着镜头把心中所想说出来，可这不叫电影——需要换一种思考，用能拍下来的景致去表现。比如拍"风很大"，单看文字，主体是风，但是画面拍不出来空气在流动，只能拍狂舞的树枝或飘在空中的女人的纱巾，要切换视角。胖子的DV成了一位启蒙老师，让我对这些有了切实体会。

复试那天，我背着胖子的DV出门。先在楼下小饭馆吃了早饭。四月的天气不冷不热，我坐在靠近门口的桌旁，点了豆浆油条。东升的太阳正好照进门里，沐浴在阳光中，我的心情不错，也没有患得患失的紧张。我已想好，大不了考不上，明年跟着胖子小茂再考一年，有他俩，我怕什么呢。这时候我注意到门口的鱼缸，里面养着一条草鱼，应该是昨天剩下的，这里每天都能卖出十几盆水煮鱼。空旷的鱼缸里，只有那一条鱼在缓缓游荡，阳光透过玻璃缸照进来，让缸里的水呈现出蓝绿色。鱼缸在我的斜前方，那条鱼的眼睛正无辜地瞪着我。我和它对视了几秒，喝掉豆浆出了饭馆。

复试时间到了，先考的就是短片拍摄，让用两到十个镜头，完成一部不超过一分钟有连贯情节的短片。要求顺拍，就是不经剪辑，把镜头按最终完成片的顺序拍出来，题目是《地上》。看到这俩字，我瞬间想到了这半年的生活，研究电影背单词背政治，不就是为了能考上研吗？无异于渴求一个地上的状态，而考上研就能梦想成真吗？我不知道……

我先去学校的小月河拍了那条河的空镜，就是三个月前，我们站在这里的冰面上放烟花的那条河。正值上午，日头不大，河水泛着金光，两岸春色。然后给胖子和小茂打电话，让他俩在楼下我吃早饭的那个饭馆等我。返回饭馆，胖子和小茂已经到了，两人抽着烟，听我说完考试题目和想法，我们分了工。第二个镜头是对着鱼缸拍那条鱼，缸中水的颜色跟河水颜色接近，突然一张渔网入画，是小茂在操作，捞走了那条鱼。第三个镜头是一盆水煮鱼端上桌，一双筷子扒拉开辣椒，夹起一片鱼肉，递至嘴边，吹吹，然后放进嘴里。那是胖子的嘴，未露鼻眼，仍能看出那张嘴属于一张幅员辽阔的脸。鱼肉进嘴，双唇油润。胖子用他的嘴，给出精彩的表演，吧唧吧唧咀嚼着那片鱼肉。第四个镜头，又冲着空鱼缸拍了个满屏浑水的空镜，鱼被捞走时泛起的那些杂质，正在沉淀，阳光普照下，这些正清晰地在屏幕里发生着。然后用手机放了电影《无间道》里那段著名的悲伤配乐，结合画面，都记录在 DV 带上。最后在摄像机上做了一个淡出的黑屏效果。那个年纪，我没经历过什么悲惨的事情，却莫名地对带悲剧色彩的东西有兴趣。

带子交上去，被接在一个六十寸的有低音效果的背投上看。声音和画面都被放大，效果加强。我的带子放完，在场老师没有人说话。我一下紧张了。沉寂了片刻，后来成为我导师的那位老师问了一个问题，他问花了多少钱？我说二十六。随后又改口，二十八，还有一瓶啤酒。之后便又没人说话。我突然轻松起来，觉得这事儿差不多板上钉钉儿了。

后来录取名单公布，复试的十个人留下五个，我在里面。另外四人靠的什么榜上有名我不知道，我很清楚自己的竞争力是在和胖子小茂相处的这几个月里增长的。我很幸运，能在备考的时候遇到胖子小茂这样志同道合的朋友。再有四个月，新一年的考研报名又要开始了。

4

进修班第二个学期临近尾声，一些课程结业需要交论文。我因为考上研，便不打算拿进修班的毕业证了，那段时间很轻松，无论文之赘。胖子的目标也是考上研，今年未遂，于是进修班的毕业证也并非一无是处，好在阅片量巨大，论文对他来说易如反掌，很快就搞定。班里多数人是冲着毕业证来的，没有胖子那般深厚的积累，写起论文颇感吃力。很多人来找胖子帮忙，在小茂的那台电脑上写，写一半写不下去了，就让胖子出主意。胖子站在一旁口述，求助人把胖子说的话打成文字。有时候胖子的广东普通话不好懂，他便索性坐到电脑前，替他们把字敲上。

盛夏已至，屋里开着门窗通气，论文常常搞到凌晨以后，小茂困了就在胖子屋里先睡。胖子在客厅陪他们写完论文，也不关门，躺在小茂的床上眯一会儿。用不了多久，下一个被论文卡住的同学又要登门求助了，给胖子带来咖啡和早饭。胖子像不倒翁一样，又坐起来了。只要干跟电影有关的事儿，他都毫无怨言且热情洋溢。

那段时期，我们那里就没关过门，人来了走，走了又来，像开了一桌流水席。在那个依然很容易丢自行车的年代，北京北三环边上能夜不闭户的房子，也就电影学院后门6号楼5层我们住的那里了。后来天气转凉，到了需要关门的时节，倏然发现门已经变形，关不上了。

进修班结业时，外地同学要离开北京，退掉房子回老家，带不走又扔掉可惜的东西就留给了我们，也有些人打算先回家安抚好家人，然后再杀回北京。一时间，我们那里堆满木耳、桂圆干、枸杞、食用油、大米，还有锅碗瓢盆、被子褥子，厨房已无下脚之地。还有人留的自己在北京的通讯地址也是我们那里，包括日后谁来了北京，也会去我们那里歇脚，约人过来欢聚，那处房子一度成了那届进修班的驻京办事处。如果没有电影，没有对电影如痴如醉的胖子，这个地方便不会存在。

新学年开学后，我搬离那里，住进研究生宿舍。正好一个进修班的同学想在学校周边找房子，便住进我之前的那间，房子里维持着三个人不变，依然是聚点。我的新宿舍在一楼，朝西，中秋节过后越来越冷，只有日落前能见点儿阳光，有时候中午吃完饭，我就不回宿舍了，到胖子他们那里待一会儿。我坐在原来的那间屋里，靠着冲南的窗口，晒着太阳，跟胖子他们东拉西扯。我会把能蹭的课告诉胖子和小茂，我们仨还会在一起上课。不能蹭的课，他们会问我讲了什么，我挑有用的告诉他俩。

　　有一次我去找他们的时候，胖子正在他的屋里看一本名为《最好的时光——侯孝贤电影记录》的书。我问，好看吗？胖子正看着书的最后几页，说，真是最好的时光。随后他合上书。我问，怎么了？拿起书翻。胖子说，这几个人，把台湾电影所有事儿都干了，他给他写剧本，他给他做监制，他给他做摄影，他给他做制片。我翻到刚刚合上的那几页，看到原来侯孝贤给陈坤厚当过编剧，陈坤厚给侯孝贤做过摄影，侯孝贤给陈国富做过监制，还给杨德昌做过编剧和制片。这说明两个道理：第一，谁都不是一上来就能做导演，只能先以其他身份进入行业，然后再发展成导演，侯孝贤最早也当过场记和副导演；第二，得互助互利，才能成气候。学过中国电影史的都知道，张艺谋陈凯歌这些二十世纪八十年代中期发迹至今仍霸占影坛的第五代导演，毕业后也是抱团取暖，才有了后来拍电影的机会。我们自然清楚，摆在我们前面的路也大抵如此。

　　我终于迎来第一个拍短片的机会，耗材是十六毫米胶片，片长三分钟，学校按一比三的片比提供胶片和洗印，也就是说我们能得到九分钟的胶片。通常进电影院的电影都是三十五毫米胶片拍的，十六毫米胶片比它低一个规格，但毕竟是胶片，是根正苗红的电影器材，贾樟柯那部久负盛名的《小武》就是用十六毫米胶片拍的。我们这次拍的短片虽然只有几分钟，却流动着电影的正统血液。我把这消息告诉了胖子，胖子也很兴奋，让拍的那天叫上他。

　　三分钟也得有故事和人物表演。我写了一个小清新的剧本，由同届摄影系的研究生同学掌机，同届录音系研究生同学收音，表演系大一女生出演。那时候找表演系的女生办点事儿，她们还不会一开口就是"我得问问我的经纪人"——现在不仅女生，连男生都这样了，他们从发榜那天起，就会被等候在门口的经纪公司签掉，在未来上学的几年里，公司会宣传他们，替他们决定该接什么戏，不该接什么戏，给他们拉到饭局上,认识各种人,开拓星途,扶植摇钱树。

拍摄那天,胖子在现场很兴奋。第一次见到真的摄影机,在没装进胶片前,他抱在怀里冲着天、冲着树、冲着人看来看去——我比他早一周摸过摄影机,是在器材课上,拿到手里,做的第一件事情也是如此:好好看看这个世界。

一切就绪,摄影师开启摄影机,马达转动,嗒嗒嗒嗒,听着就让人亢奋。能想象出,胶片在里面以每秒二十四张的速度被曝光,将镜头前的一切复印在上面,然后通过化学药水,它们会一张一张呈现出来,最后再以每秒二十四张的速度被光投射在银幕上,这就是电影。在电影发明了一百一十年后,我终于拍上了电影。我看了一眼胖子,他也是一脸激动。

这次十六毫米胶片拍摄,引出两个结果。一个是很快我就和短片中饰演少女的女生好上了,真应了那句话——电影是可以免费和女演员睡觉的工具。日后,没有了电影,我和这个女生在一起睡觉依然不花钱,因为她成了我的老婆,屋子有限,想不在一起睡觉也做不到。

另一个结果是更激励了胖子考研,考上后研一就可以免费拍胶片,研二研三不知道学校还会提供什么更激动人心的拍摄实践。

我又在学校后门租了房,和女生谈起恋爱后,需要二人空间。经过去年冬天的客厅生活后,小茂觉得自己也需要一个独立的有阳光的卧室,我和他一拍即合,在另一栋楼找了两居室,各占一屋。到了考研的冲刺阶段,小茂开始备战。

表演系的课不多,女朋友没课的时候会去楼下买菜回来做。做好了,我也下课了,叫小茂一起吃,隔三岔五也会叫上胖子。每次聊的还是电影,最近又看什么好片儿了,哪天学校有放映交流会(往往主创会到场)。跟我们一年前的生活差不多,只是我身边多了个女朋友。

冬去春来，又到了考研出分的时候。出分那天，我上午没课，一个人在屋里睡觉，听到小茂在隔壁又喊又叫地打电话，细听，原来是在抱怨自己命苦，这次只差了三分。我起了床，进卫生间洗漱。过了一会儿，小茂那屋没动静了，我推开门说刚才的电话都听到了，小茂说是胖子打来的，胖子差五分，他俩打算一会儿去研究生部复查一下分数。

我陪着他俩去了。我已经是在校生，希望研究生部的老师能给个面子，认真加一下他俩专业课的分数。复查只是核对各部分分数相加的总和，不是重新阅卷。在等待结果的过程中，我们仨面面相觑，气氛紧张。此刻，没有什么比能从试卷的某个角落捡回几分对他们更宝贵了。天堂地狱，就是几分之差。我觉出此刻自己内心的祈求比去旅游景点站在寺庙佛像前的那种象征性祈福更强烈。

老师拿着两人各部分分数从档案室出来，当着他俩的面又加了一遍，和公布的分数无异。

就差这么几分，又得重来一年。

胖子再考就是第五次了，我也给他数着呢。小茂是第三次，他在回去的路上恶狠狠地说，事不过三，再拿出一年，还考不上就不考了。

研二那年我又写了一本小说，父子题材，既有创作冲动，也有经济需要，租房吃饭都要用钱。我写上一本书的时候纯属是有劲没处使，不管不顾乱写一通，而写这本书则有了一些控制。在电影学院上了两年课，我对"叙事"有所了解，也看了不少片儿，对细节、语言、动作这些表现手法的使用有了一种从不自觉到自觉的转变。书卖得还行，使我生活无忧，能继续心无旁骛与电影为伍。这本书也被我做好了毕业后当作电影处女作的打算，小说和剧本虽有不同，可以把它看成电影的故事大纲，基本呈现出人物和故事，方便跟影视公司谈事儿用。那时候还不流行管原著叫IP。

胖子和小茂也不能除了考研什么都不做，除了写影评，还写点儿电视片的策划案，有在电视台做编导的进修班同学给他俩派活儿。这些事儿无法让他俩致富，只能保证基本生活，吃饱肚子去考研。

结果这一次，两人又名落孙山。

发誓不再考的小茂，还是第四次报了名，胖子也第六次报了名。上次查分，研究生部的老师记住了他俩，尤其是胖子的模样和口音，给人印象深刻。这次现场报名的时候，研究生部的老师亲切地对他说，加油！

据说赌博比性爱能让人分泌更多的多巴胺，多巴胺是一种让人变得快乐的物质。考试于某种程度上也是一种赌博，赌自己和试卷，看谁能赢。它让胖子分泌着多巴胺，永无疲倦，充满干劲，越战越勇，丝毫不介意别人对他已经是第六次考研的评论。

小茂也不甘心就此和电影学院失之交臂，他说先报上，考不考再说。他也确实将人生重点转到接活儿上，参与事情获得的乐趣，是枯坐在书桌前无法比拟的，我隔壁那间屋子关不住他瘦小身体里蕴藏的巨大能量。

研三的下半学期开学不久后，新一年考研成绩出炉。那天北京下雪了，不知道是场瑞雪还是场憋屈的雪。我和小茂——他这一年报了名，因跟朋友去外地拍宣传片缺席考试——特意没有发短信问而是亲自去胖子那里探问。

胖子一开门，我们就知道了结果。胖子也知道我俩的来意，主动说，又没过。

相比几年前这里的喧哗，此刻异常沉静。

小茂问差几分，胖子说跟上回一样。小茂说再去复查一下，死马当活马医。胖子说没必要了，不会发生奇迹。窗外的雪大了起来。来的路上，我已经想好，中午请胖子吃顿饭，如果上线，算作庆祝，如未过线，权当安慰，喝点酒问问胖子后面的打算。正好快到饭点儿了，我说下去吃口东西吧。胖子说不饿，不太想吃。这么一说，更需要陪他吃个饭，让他从现在的情绪中走出来。我给楼下饭馆打电话点餐，一直占线，便下楼去点。

路面已经铺了厚厚一层雪，硕大的雪片噗噗落下，有愈演愈烈之势。点餐的时候，小茂打来电话，让我别从饭馆拎啤酒了，他回房间去拿白酒。

我点完餐回到胖子那里，他正站在窗前，仰望着外面。我问他干吗呢，他说看雪。我也站到窗前望向窗外。胖子说，仰起头看。我微微抬起头。他说，多抬起来一点。我把脖子仰到超过四十五度。这样看了一会儿后，胖子问我，发现什么了？

仰起头后，眼前便只有天空和飘落下降的雪花，出现另一种视觉效果——人似乎坐在电梯里上升着，掠过一片片静止在空中的雪片。胖子说，很难界定到底是雪花在下落，还是人在随着建筑上升。

是啊。习惯认为的是，黑暗中电影院银幕上呈现的是人类的梦幻意象，灯光亮起后走出电影院阳光下明晃晃的一切是人类的现实，可是如果变换坐标，把银幕上可能发生的当成现实，那么银幕以外的一切才是梦幻。

胖子说，有时候他就是这么觉得，每天吃饭、走路、睡觉都是虚幻的，只有电影开始的时候，那才真实。

因为不是每天都在下雪，也因为我们知道重力在发生作用，雪花会下落，所以我们能确认不是人类在上升。而电影不一样，特别是生活在电影学院这个环境中。在这里，每天都可以看到电影，每个教室里都在放着电影，每间宿舍里都在谈论着电影，学校标准放映厅每周固定时间会放映电影，每月不固定时间会有剧组主创带着新电影来交流，每年七月份全校有应届毕业生联合作品展，每年十月份举办全球国际学生影展，除了电影，在这里看不到别的，别的都是多余的。生活在这样的电影世界中，真的很难判断眼前的现实和银幕上的幻影哪个更真。小茂的白酒取回来了，这是影视馈赠给他的，上回他去给别人的拍摄帮忙，对方没结账，给了一箱白酒充当劳务费。小茂把这份电影的馈赠倒进纸杯，我们端了起来，喝进肚子，又回馈给电影。

5

那顿酒后不久，我接到青年电影制片厂的电话。每届毕业生都要拍一部三十分钟以内的剧情片，学校提供所有院线级专业设备，还有资金支持，青年电影制片厂也会参与，片头贴厂标，曾获得过柏林电影节银熊奖的《本命年》就是该厂出品。这意味着毕业生拍出的短片不再是普普通通的学生短片，而是电影厂出品的"小电影"，主创也由应届毕业的各系同学担任，所以叫毕业联合作业。这个传统自1978级张艺谋陈凯歌他们那届就开始了，一直延续，以至于很多人上电影学院就是为了获得这个拍摄的机会。但拍摄机会有限，不是所有毕业生都能拍，先要提交拍摄脚本，青影厂审查，通过后再考量是哪个系的学生，有无拍摄好这个剧本的可能，全校只给不超过三十个拍摄名额。毕业作品拍什么我早有准备，春节前青影厂一说可以交剧本了，我就发了过去。现在接到通知，约我去谈，讨论拍摄事项。

我第一次走进青影厂的大门——原来就是学校里那栋三层白色小楼——坐下和负责这个项目的老师聊了什么时候开机、什么时候还设备（因为别的组还要用）、不能拍有损国家形象的东西，现场签了承诺书，然后拿着现金离开。

整整一包钱！当然这钱怎么花，要由剧组的制片人定，通常是管理系的同学担任。有了设备，有了钱，终于可以像模像样地拍点东西了。我开始筹备，胖子主动来帮忙。那一大车散发着金属光泽的器材，像准备出兵打仗的武器，让人肾上腺素飙升。这件事在一定程度上对胖子又起到诱导作用，在拍摄过程中，闲聊天时，他说，看来还是得接着考。

　　一周的拍摄如期完成,我们把一车器材拉回学校,然后去吃关机饭。开始还有些拘谨,在座的是我找来的各路帮忙拍片的朋友,互不熟识,第一次坐一桌吃饭。酒过三巡,彼此认识了,开始各自碰杯。胖子在剧组担任的是场记,和各部门打过交道,加上他逢人就爱聊电影,外形也让人印象深刻,大家跟他自来熟,纷纷先和他喝。吃关机饭时人特容易喝多,拍摄期间会遇到各种没天时地不利人也和不了的问题,能关机,说明最终还是克服了那些困难,到了吃关机饭的时候都有发泄的需要,在推杯换盏中摆脱前日的苦闷,把满腹的牢骚一吐为快。

　　胖子在众人的围攻下,啤的白的乱喝一通,渐渐抵挡不住,去了卫生间。我开始挨个致谢,都是义务来帮忙的同学和朋友,片子顺利杀青,让所有人都欣慰,于是喝得口有点儿大,很快我也眼前发飘。

　　从卫生间回来的一个同学让我出去看看,说胖子在卫生间吐上了。

　　进到卫生间,我看到胖子的背影,正在洗手池前洗着脸。我从后面喊了他一声,说没事儿吧,听说你吐了。胖子抬起头,看到镜子里的我,说没事儿。然后突然哭了起来。我一时不知所措,旁边盒里有纸巾,我抽出几张递给胖子。胖子接过纸巾,擦了一把脸颊,随后擤了鼻涕,扔掉纸巾说,没事儿,我是高兴,为你高兴。眼泪已经没了,眼圈红红的。

　　我有点儿理解胖子。他目睹着我三年完成了研究生学业,在学校搭建的平台上,拍了各种短片。今天毕业作品杀青,这意味着我可以毕业了,将来可以成为一名导演了。

　　我也目睹了他的这三年,我清楚地知道,我的明天,将是崭新的明天,而胖子的明天,则和三年前的昨天一样。如果我是他,在此刻也会落泪。

　　我伸手拥抱了胖子,这是我第一次拥抱一个成年男性。胖子也对我回以拥抱,然后整个身体向我压了过来,我一时准备不足,被他带倒在地。

喝得太多，胖子醉倒，断片了。

还好这时有同学进了卫生间，试图帮我扶起胖子，我看有人伸手了，便笑呵呵地松了手，兀自躺在地上，如释重负。这三年我过得也并不轻松。头往后一靠，倚着墙，闭上眼睛，当晚我也没再醒来。

我和胖子都是被人送回去的。据说我比较省事儿，两个人就给抬走了。胖子则费了老劲，四个人倒是能拽着四肢把他搬起，但怕给他抻坏了，便抬到楼下，借用饭馆的小推车，像拉摄影器材一样，四个人倒手才将他弄回房间。

后来不久，我穿着文学硕士的礼服参加了毕业典礼。和导师留影。和校园留影。我毕业了。

随后北京奥运会召开，又闭幕。自2001年申办下奥运会，没举办过奥运会的中国人就觉得2008年后会是一个新的时代，它开始了吧？

新时代开启之时，奥运会结束后两个月，新一年的考研报名网络通道也开放了，胖子又给自己报上了。二十八年的人生里，第七次考研。

我这时候已经研究生毕业，进入一个电视剧剧组。我的那本关于父子的小说被影视公司看中，打算拍成电视剧，为保留原有味道，让我做编剧。我的目标虽是导演，也知道这不是一蹴而就的事儿，先进社会剧组混混再说。参加完毕业典礼，我便退了学校后门的房子，进了剧组。我每天在电脑上写剧本，挂着MSN，看胖子也在线上，时而正常状态，时而"离开"状态。我能想象到胖子在干什么，正常状态的时候，是他在电脑前写那些出于生计需要的各种文案；"离开"状态是他在阳台上抽着烟翻书看，或是用影碟机看电影。有时候我半夜赶剧本，看胖子的头像变灰了，那是他睡觉了。这几年胖子都是这样过来的。现在小茂又和胖子搬到一起，胖子隔壁的人搬走了，小茂住进那里。铁打的胖子，流水的隔壁。

听说胖子又考研报名了，当年进修班的同学在 MSN 上和我聊天，说胖子别走火入魔，真活成"等待戈多"。

咱们走吧!

咱们不能走。

为什么不能走?

咱们在等待戈多。

《等待戈多》里的这段台词，放在胖子身上适用吗？剧中那两个流浪汉，日复一日地等待着戈多，只有戈多能告诉他们接下来该干什么，除了等待，他俩什么也做不了，哪怕是自杀。而戈多就是不来，所以他们连死也死不掉，每天只能重复"等下去"这种无意义的行为，除此以外，Nothing to be done（什么也没有干）！

胖子的考研是在"等待戈多"吗？

胖子具备考上的实力，我已经研究生毕业了，了解那些考上的人的实力，如果他们能考上，包括我也考上了，胖子没有道理考不上。这种横向推测，我没有告诉胖子，免得误导。哪怕他某一年点儿背，第二年也没走运，总是差几分，不至于年年点儿背吧，只要正常发挥，总有撞上的一次。如果考上了，他可以像我和所有导演系研究生一样，先通过拍那些学校要求的短片练手，然后某一天找到机会，成为一个真正的导演。当然最后这一步，我们这些已经毕业的人也尚未做到，但我们相信这是早晚的事儿。我目前已经从所在的电视剧剧组获得了因影视而产生的不少的收入——小说改编费和编剧费——这就算进入这个行业了吧。我毕业后一天也没浪费，无缝对接，一离开学校便进了剧组。我想，这跟我是电影学院研究生毕业不无关系吧，这个行业的大部分从业者走的都是这样一条路。如果胖子考上了，这大概也是他的路，还能说考研对他是无意义的"戈多"吗？

我想胖子自己也是这么认为的，而且更多想做导演的人认同这条路，所以胖子能在考研报名人数越来越多的情况下，依然要去竞争那有限的几个名额。

半年很快就过去了。从报名到出分，只有半年。这半年里，我仍困在剧组，修改剧本，头昏脑涨，精疲力竭，脱身不得。胖子也收到了自己第七次落榜的消息，我是通过小茂得知的。我在 MSN 上问小茂，胖子这次结果怎样，小茂发来"哭"的表情。我问胖子情绪如何，小茂说和以往的这个时候一样。每年的这一天，都是胖子一年中情绪最低落的时候。这一天一过，他会慢慢好起来，随着看到的新电影越来越多，他又成为那个为电影而生的人，然后在当年深秋将至未至，这个总能让人浮想联翩的时节，走在黄灿灿的银杏叶树下，又一次去报名。

我也在深秋的时候完成了剧组的工作，电视剧杀青，我全程跟组改剧本，经历了不少，也学到了不少，前后历时一年。我第一次挣到片酬，买了车，开着去看望胖子。

尽管迎来的是自己第八次考研，胖子依然快乐而满足。他和小茂坐进我的车里，我仨一路嘻嘻哈哈开到香山。然后像学生秋游一样，爬上香山，站在北京最高的地方，看着这个容纳了我们的梦想与悲欢的城市。这时候，不仅胖子，连我，也浑然不知三十岁离我们越来越近。

6

胖子的三十岁生日是在楼下饭馆过的。叫了几个当年进修班里还在北京的同学，我也赶来，小茂因表哥结婚回了南京。已近一年没来过这里，走在这条街上，有种回家了的感觉。胖子让我们点菜，我随便翻了下菜单，有些陌生，已经不是我们二十四岁时的价格了。饭馆的老板早就认识我们，知道是胖子生日后，送上一道新菜，麻辣香锅，那时候北京流行吃这个。老板也胖了。当年我住在这里的时候，饭馆才开业，看似他也刚来北京不久，乡音浓烈，现在已经能说出不标准的北京词汇了。端来麻辣香锅的时候，他说了句：你们尝尝这个，太牛了！当年他儿子不到二十岁，在店里帮忙，有学生点餐，他儿子就骑着自行车送到宿舍楼下，然后仰头大喊：×××，你的熘肝尖儿！有时候饭菜里吃出头发和虫子，学生跟他理论，他也年轻气盛，双方对骂，成为校园一景，为这座只有电影生活的校园增添了几许世俗乐趣。现在他的儿子已不在店里，雇了个看上去脾气柔和的人忙时送餐闲时剥蒜，自行车还是儿子当年那辆。

进修班已经结业五年了，同学们回到原单位或进入新的工作岗位，境况都有所改变，只有胖子还和五年前一样。大家都关注着胖子考研，他已经考了七年，成为传奇。

有人问胖子，还想回去当医生吗？胖子说不想。又问，明年还考吗？胖子说，不然呢？大家只有举杯祝福胖子。喝完，胖子自己说，他的本科同学，现在有的已经是副主任医师了；也有人下了海，做医药公司，在上海买房置地，买卖铺得硕大；还有人在卫生部门升了处长，出入配车。我们知道，胖子这几年一直住在这里，靠写影评和策划案挣点儿小钱，仅仅温饱无忧，也不可能攒下什么钱。从世俗相上看，相比那些同学，胖子就是Nothing to be done(无事可做)。胖子自己一定不是这么认为，他说最近看了一个波兰斯基的故事。波兰斯基小时候总受同学欺负，会把感想写进日记，有一天他在日记里写道：我要去拍电影了，你们将望尘莫及。说这个故事的时候，胖子眼睛里闪动着光，显然很喜欢波兰斯基隔空送给他的这个生日礼物。

立秋过后，我接了一部网剧。当年互联网上能看到的网站定制剧都是搞笑类的室内情景剧，五分钟一集，更像笑话段子，还没出现剧情连续、场景不局限于室内的类似电视剧的网剧，这次要拍的就是这种。但剧本很烂，制片公司找到我，觉得我能把剧本改得像点儿样，又是导演系毕业，拍也应该不成问题。这时候我已经研究生毕业一年，做过编剧，还没做过导演，需要多接活儿练手，为有朝一日能拍部像样的电影打基础。我知道在原剧本基础上修改的空间有限，改也不会加分太多，还是应了这事儿。总投资八十万，每集十五分钟，一共二十集，平均每分钟三千元制作费，在当时算大制作，当年网站上的情景剧一集制作费才三千。

我觉得这事儿不错，需要个副导演，问胖子愿不愿意干。我还记得他在看《最好的时光》那本书时说的话，同时也问了这会不会影响他考研。胖子说没问题，不耽误，他已经考出经验，每年不需要用大量时间来准备。于是我和胖子就进了剧组。这时候距离开机还有十天，我每天在房间改剧本，胖子在另一个房间做整理场景、筛选演员等工作。改剧本改得我头昏脑涨，想改好无异于重写，但时间来不及，只能降低标准，越降心情越沮丧。我找胖子喝酒，说要不然算了，把活儿推了吧，拍出来也未必好看。胖子鼓励我再坚持坚持，这几年浮出水面的那些导演，拍的电影不怎么样，但就是因为拍过，所以才有人给他们投下一部，越有下一部，别人越会找他们继续拍。他也知道这部网剧未必能拍好，但拍了总比不拍有利于拍后面的东西，这次投资八十万，下回就有人敢投上百万的了……胖子说了很多，道理我也都懂，但最终让我下定决心无论发生什么也要坚持拍完的，是想到胖子考研，八年他都坚持了，半个月我有什么坚持不了的呢？

拍摄周期是十天，统筹会每天把第二天的拍摄内容择出来，列表变成通告单，发到各部门做准备工作，隔天剧组到了现场直接开拍，不用再候场浪费时间。统筹的作用相当于告诉厨师几点钟、在哪儿，把菜炒好端上桌，人到了就开吃。结果第三天统筹出现问题，一早出工之前，她发了一份新的通告单，本来要去拍办公室A，临时改去拍办公室B。美术组疯了，说还没陈设，没法拍。统筹说那就现在去陈设，美术人员说陈设需要道具和置换办公家具,这些工作做完,至少半天,而我们总共的拍摄时间才十天。统筹脸一扭,说你们去找导演商量吧!我听说后,问办公室A为什么不能拍了,统筹说那个场景今天有人加班,不给用了。我问什么时候得到的消息,她说刚刚。我看了一眼手机,还不到七点,略感蹊跷。这时候外联制片的电话打到美术组,他们说已经在B办公室等了一宿,怎么还没过来布景?美术组说才接到换场景的通知,之前一直以为仍要去原计划的A办公室。美术组的人在我旁边接的电话,我拿过手机,问外联制片什么时候得到A办公室不能拍的消息。外联制片说昨天晚上听说的,然后他们及时联系了B办公室,并告诉了统筹,可以连夜进场置景,让她通知美术组。结果等到天亮,不见美术组来,这才打电话询问。真相大白。我问统筹,为什么没有及时传达,统筹毫无愧色地说昨天太晚了,接完电话就睡着了。我一脚踢飞用来送早饭的泡沫保温箱,早饭已被拿光,剩下空箱子,被我踢漏了。我气得说了句,你傻吧,是来拍戏的还是来睡觉的!统筹一下哭了,制片主任和胖子赶紧把我推到一边,说已经这样了,想想有什么补救办法吧!我还在气头上,让统筹赶紧滚蛋,换个新的来。平时我很少发火,我觉得事情都是可以讲清道理的,但是这次的事儿不需要讲道理,她就是欠骂。制片主任说统筹走不走不重要,把戏拍完才是关键。我仍赌气说谁那儿出的事儿谁负责,能拍了告诉我。说完我就回屋了,听到制片主任问美术组,最快午饭后能布置完开拍吗?美术组也不敢打包票,说有点悬,保守估计下午四点前应该可以。胖子也是第一次见我发火,跟着我往回走,然后告诉我,其实可以把几天后要拍的花卉园外景提上来,今天拍掉,外景不需要陈设,正好今天天气也不错。胖子说完,我的气全没了。我关心的也是今天能不能拍上,既然能拍,不会耽误时间,也就没什么好生气的了。但我还是和胖子回了我的房间,解决的办法不能立即公布,否则犯错的人意识不到严重性。这是我在上一个社会剧组学到的工作方法。

我泡上茶，让胖子把今天可以拍的内容挑出来。制片主任来到我房间，不清楚胖子为什么在翻剧本，看我喝上茶，以为不想出工，有些慌。他说和美术组商量好了，尽量下午两点前收拾出办公室的场景，午饭后出工，行不行？我说不用。我记得他以前说过，花卉园那个外景位于郊区，刚建好，未对外营业，随时可拍。我说今天去拍花卉园。制片主任拍着大腿豁然醒悟，赶紧给花卉园打电话。

事儿就这么解决了。胖子承担起统筹的工作，把这天能拍的内容统计出来，一个小时后，剧组出工了。这里的外景没人干扰，景色宜人，天气给力，演员状态也好，拍得很愉悦。收工后，回到驻地，见到还没走的统筹。她叫了声"导演"，然后把明天的拍摄计划单给我看。因为拍得不错，我心情也变好，没纠缠她为什么还在剧组，只问了一句，场地没问题吧？她说，这回保证没问题！

可是两天后，她那儿依然出了问题，没通知清楚演员，演员以为第二天没自己的戏，去了天津。我们到了拍摄现场，等不来演员，一看通告单，又是她的错。我要去找统筹大吵一架，不泄泄火浑身难受，胖子说算了，他们不专业，咱们尽量把戏拍好就行了，以后每天的通告单，他会检查一遍。然后胖子出了一个改剧本的主意，不耽误拍摄，弥补了那位演员不在的尴尬。

接下来的几天还算顺利。倒数第二天收工回来后，统筹已经离组，只留下最后一天出工的通告单，上面列出所有尚未拍摄内容的清单，然后只写了一句话：随机应变，看哪儿合适在哪儿拍。

我和胖子看到这张表，笑了。后来得知，统筹是制片公司老板的外甥女，所以有魄力做出这种事情。

当年北京的亦庄开发区刚建好，马路、写字楼都是空的，日后的那些五百强大公司和国企尚未入住，仿佛一座按城市样貌建造的影视城。

我们很幸运，无人干扰，可以在这儿敞开了拍，果真在执行通告单上的要求——看哪儿合适在哪儿拍。

那天我和摄影师在现场，一旦开拍后，胖子就拿着剧本，骑着剧中的道具自行车，满亦庄转悠，发现能和剧本对上的场景就打电话。我们开车过去考察，如果合适，就让大队人马过来，胖子再去找下一场。

很多次当我这边开拍后，看见胖子坐在摄影机背面的马路牙子上，翻看着剧本，一页页划掉拍过的戏，检查还没拍的，然后骑上那辆粉色的坤车，又去寻景。我想起胖子在进修班第一天上课时说的话，电影是他愿意为其献出此生的事情。虽然我们现在拍的只是网剧，距离电影还远，但他一贯的态度，令我动容。

按制片计划，只剩这最后一天的拍摄时间了。我对胖子说，拍不完就明天接着拍，预算超就超了，反正也不是咱们造成的。胖子很有把握地说，要是抓紧点儿，差不多能拍完。一天里，我第二次被胖子感动。我也铆足干劲，每拍完一场，歇也不歇，直奔下一场，胖子已在那儿等着我们。

那一天，我们拍了剧中的街道A、街道B、街道C、街道D，拍了写字楼A的前门、写字楼B的后门，拍了十字路口，拍了报刊亭，拍了城市的河边……还临时加拍了一场男女主人公躺在草坪上，仰面聊天的戏，他们的脚边是鸭蛋黄般的落日，眼前是变换着形状的云朵，在蓝天的背景下，自右向左缓缓飘动，偶尔还有鸟会掠过。女主人公对男主人公说：如果能永远不起来，一直这么躺下去多好。那天胖子给我的感觉，让我特想加这么一场戏。

终于，华灯初上时，如期杀青。

这部剧上线的半年后，播放它的视频网站也在纳斯达克上市了。这部剧被当成他们那时期最好的原创视频作品公布在年报、季报中。我也在电视上看到这部网剧的片段，是中央台的人物访谈，配合公司的上市，网站总裁介绍该网站目前已开设了哪些视频业务，重点提到这部剧，说它开创了国内视频网站的另一种先河，改变了只有电视台才能放电视剧的固有模式，并播放了一段片花，多次出现亦庄的街道（以此表明不是室内情景剧）。我恍惚看见了演员对面，也就是摄影机背后的胖子。胖子绝非 Nothing to be done！

如今这家视频网站已宛若一座商业帝国大厦，里面的人未必知道，在它动工之初，有个胖子曾做出颇大贡献。

网剧关机当晚，我们跟剧组车回到驻地宾馆，大家都回家心切，也没有吃关机饭，就地解散。我和胖子单独吃了晚饭，我俩都喝了酒。他喝得很快，很主动，我知道这阵子他承受的压力很大，需要释放。我没喝太多，还要开车回家。我问胖子，觉得这十天拍得怎么样，胖子说比预想的好。我问他预想会是什么样，他说他也不知道，这是他第一次参与社会上的商业剧制作，不知道会发生什么，第一天有点紧张，后来拍上了，一忙起来，就顾不上紧张了。我说我也是，可能第五代第六代那些导演也是这么过来的吧！我俩同时举杯，干了继往开来的一杯。

快到十点的时候，饭馆要关门了，我俩也把话说完，准备走了。胖子喝得脸蛋红扑扑的，看样子回去能睡个好觉。那时候酒驾还没入刑，大家安全意识比较薄弱，两瓶啤酒对我影响不大，我开车送胖子回去。

到了楼下，不好停车，我便没下车，看着胖子走进那个熟悉的楼道。再过两个月又要考研了，我比以往更希望他能考上，也比以往更担心他最终仍会差那么一点点运气。

翌年春节过后，考研出分。胖子又落榜了。总分勉强过线，但单科低于国家线，这次折在政治上，没上心背，考了三十分出头。我有些愧疚，说如果没去跟我拍网剧，用那时间多背会儿政治，现在就能准备复试了。胖子多少有些遗憾，同时也说，在不知道拖后腿的会是哪门的情况下，哪怕多给他一个月，他也未必会用来背政治，不是时间的问题，是命。

我已养成习惯，每次在得知他落榜后的第一时间问明年还考不考，但是今年有些问不出口了，这已经是他第八次考研。可是不问，又显得故意回避什么，不够关心朋友。最后还是我女朋友探出口风，她说想考表演系的研究生，胖子如果还要考，两人可以做伴，去上政治考研押题班。胖子说，行呀。说得若无其事，能听出来，考研这事儿，在他自己那里已经变得比在我们这里轻松。

我劝胖子甭考了，耽误时间。理由是，胖子已经把电影学院能上的课都上了，该学的都学了，考上了还要继续上课，耽误时间，很多东西没必要学两遍，而且拍电影和上学是两件事儿，我也上过学了，也拍了点儿东西，对此算有发言权。胖子说他也知道，但还是觉得考上了再拍电影，名正言顺。长久以来，电影学院教学楼前一直挂着条横幅："北京电影学院——电影工作者的摇篮"。正是这个逻辑，让胖子能一年年坚持考下去——想成为拍电影的，得先进入这个摇篮。二十年前，甚至十年前，不进电影学院基本没有拍电影的可能。那时候，摄影机、胶片，不是一般学生能摸到的，电影学院的学生为自己是全国唯一一家提供胶片教育和胶片实践机会的学校的学生而骄傲，没有第二家学校有能力开设胶片摄影专业。其他艺术院校也开设教授拍摄画面的院系，但不好意思叫"摄影系"，只能叫"摄像系"，学生毕业了去电视台拍拍新闻、晚会什么的，艺术含金量有限。哪怕是电影学院摄影系、文学系和美术系等非导演系的毕业生，都比外校导演系毕业的更容易拍电影。但这些是胶片时代的事情，现在时代不同了。数码相机和数码摄像机出现以后，壁垒不见了。宁浩就是个例子。我渴望胖子忘掉世上还有考研一事，转移精力写一个易于操作的剧本，然后找机会拍出来。即便考上研究生，毕业后还是要做这件事情，我就面临这个问题。新的时代来了，电影学院毕业生的优越性随着相机都能拍出电影感的视频而急速下降。

新旧时代的交替需要个过程，胖子一时半会儿还转不过这个弯。

女朋友说，胖子愿意考就考吧，再考对他就是举手之劳。这倒是事实，胖子确实不需要怎么准备了，每年报上名，到了年初的那几天，带着准考证坐在那里就行了。

7

一年后，胖子第九次考研出分，延续了之前的结果。同时他也公布了另一个可以暂时覆盖掉再次落榜这一结果的消息——他们家在广东的老房子因修路占地，拆迁后得到九十万补偿费，父母花四十万在那座三线城市买了套新房，剩下的五十万给了他，让他在北京选处合适的房子交首付，自己想办法还月供，还考不考研随他便。

胖子一下蒙了，说买光盘他会，买房子哪儿会呀！我也刚好面临买房问题，就和他一起分析研究。当时北京的现状是五十万首付可以买总价一百五十万以内的房子，这个价钱在电影学院附近只能买老小区的一居室，在南四环能勉强买个小两居。

我开着车，带胖子去看房。在南四环转了一天，胖子有些失望，他不知道北京还有这样的地方，周边没有大学、没有文化场所，只有建材城、家具城和服装城，很少能看到电影学院周边的那种年轻人，多是一些从外地来做买卖的男男女女。胖子本来想冲着小两居的方向使使劲，若父母来了，能有个独立的房间。一看到北京南城的情况，胖子决定还是在北三环买个老一居，父母来了就睡他的床，他打地铺。至少不睡觉的时候，他能一出门就走到电影学院，方便买盘、看电影、听讲座。于是看房活动仅维持了一天，便宣告结束。

最终胖子看中了电影学院对面蓟门里小区的一处房子。业主是个北京阿姨,并不着急拿到钱,跟胖子签了合同,收了胖子三万订金,剩余首付在三个月后支付,然后去过户。这房子目前正在出租,三个月后才到期。

这下踏实了。立秋之后,胖子可以在自己的房子里准备考研了,换换风水,说不定能带来好运。万一又没考上,这里可以供他疗伤,在自己家里抽烟喝酒不睡觉双眼通红地颓废几天,总比在出租房里进行这些事更能让人看到缓过来的希望。哪怕一年的光阴又竹篮打水,至少北京还有一角属于他的地方。

不过这般生活也是要付出代价的,胖子再接活儿的时候不能挑三拣四了,每月数千元月供的严重性不亚于考研,只要保住这套房子,想在里面考多少年都行。

紧接着,胖子的一个剧本被一家小影视公司看中,打算拍成小成本悬疑片。中国电影市场正在回春,电影需求量大了。胖子写的是一个关于梦的故事:一个年轻男性,情感遇到问题,女朋友要离开他,他想挽留,女朋友却被他逼到楼顶,扬言他若靠近一步,她就跳下去。他不信,真的往前走了人生中最后悔的一步,女朋友真的跳下去了。他惊慌失措地醒来,原来是在做梦,而现实中他并没有女朋友。这时候他的手机响了,是他妈妈打来的,说他爸爸被检察院传唤了,公司涉嫌贿赂,家也被查封,需要取证,他赶紧坐火车回了老家。车上太乱,他的手机丢了,联系不到家人,一时间不知道自己该回哪儿。他一着急,又醒了,原来这也是个梦,他爸爸早在几年前就已经去世。这时候他妈妈的电话真的来了,是他舅舅打来的,说他妈妈脑出血住院了,现在就需要家属签字,他们只能代签。他匆匆赶往长途汽车站,坐上回家的长途车,驶上高速,却有一辆卡车逆向驶来,两车相撞,他所坐的大巴车腾空翻滚,他在里面像洗衣机里的一件衣服,被甩来甩去,五脏六腑都快要吐出来,难受得再次醒来。其实他妈妈在他很小的时候就和他爸爸离婚,离开了他。

醒来后虽然摆脱了梦中的危难，可现实中他只是一个人生活着，倍感孤单，他多么希望梦是真的，身边出现一个让他牵挂的人。这时候手机又响了，他不敢接，怕现在也是个梦，接了以后醒来就到别的世界了，那个世界连他也没有，他只是这个梦境中的一个过客。电话一直在响着，他一动不动地坐着，不知道自己到底身处现实还是梦中。一部很有胖子风格的电影。那时候那部获得四项奥斯卡金像奖的《盗梦空间》还没出现。

想投资的老板也在电影学院上过进修班，看中这片子的立意，有点儿文艺气息，还带点儿商业味道，打算把成本控制在六十万以内，拍完了卖给电影频道能回收成本，同时参加一些电影节，如果获奖，奖金就是利润。投拍的前提是剧本费和导演费就没胖子的了，让胖子也承担一些风险，毕竟他是新导演。在此之前，老板的意思是买断胖子的剧本，让已经拍过长片正处于上升期的导演拍，胖子不卖，就要自己拍，最终聊出现在这个结果。

老板找来一个制片人，让他负责这个项目。胖子找到帮我拍毕业作品的摄影系、录音系和美术系同学，请他们参与这部电影的拍摄。有拍长片的机会，这些同学也满心欢喜。剧组成立了，开始选景，找演员。

这时候也到了合同规定房子过户的日期，胖子要支付剩余首付，业主老阿姨突然不想卖了。中介去了解情况，原来在这三个月里，北京房价一直在涨，她这套房子市场价涨了二十万，觉得卖亏了，便要反悔。中介说那不行呀，咱们都签合同了。老阿姨在这三个月里早就找专业人士研究了合同，上面约定，违反合同者双倍赔偿对方的损失。她打算赔偿胖子双倍订金，也就是六万块钱，说得毋庸置疑。胖子说那不行，既然签了合同，就得执行合同，君子一言驷马难追，如果违反合同，他就打官司。中介说胖子太书生气，硬碰硬这事儿肯定成不了，他去跟老阿姨协商，找个折中的办法。谈的结果是老阿姨同意过户，但要求胖子多加十二万，中介问胖子能不能接受这种方式，如果可以，他去跟老阿姨再谈谈，争取砍到十万。胖子不答应，说不纵容这种恶。中介说言过了，随行就市，也是人之常情。胖子说有合同在先，违背承诺，嘴脸太丑陋，他不愿意买这样的人的房子。中介说千万别较劲，房价已然如此，小不忍则乱大谋，赶紧过户，落袋为安，免得夜长梦多，再拖兴许就不是多十万的事儿了。胖子说，不加，而且执意要和这种恶死磕，准备找律师咨询。中介公司就有法务，如实告诉胖子，如果卖房人执意毁约，从法律上也真能毁，只需双倍赔偿胖子的订金即可。胖子说合同里写的是赔偿损失，他的损失不止订金。法务说为这事儿花费的时间当然也可以算作成本，但这种成本能换算成多少钱，还是要根据已经花费的金钱数额来算，已经花费的就是三万，所以时间成本抵不了多少钱，法院判的话，最多会让对方赔偿胖子十万，其中有三万是胖子已经支付的。而等待审判结果可能要一年以上，他们以前接触过这种事情，搞得买卖双方心力交瘁，卖房的拿不到钱，买房的住不进去。胖子依然不妥协，说反正自己不着急住进去，就让法律来裁决吧！中介说胖哥你这是何苦呢，北京的房子早买着早赚着，真较这真儿，你这些钱可就赶不上北京房价尚可接受的末班车了。

　　胖子的脾气一上来还挺倔，中介的嘴脸让他更不想买这房子了。当年进修班的同学里有个做律师的，想转行做影视没成功，又回去当律师，胖子联系了他，想让他帮忙打官司。他人在外地出差，答应过些日子回京后帮胖子看合同想办法。

　　胖子继续筹备电影，见了不少演员，挑中几名主演，敲定了档期，需要签合同给预付，制片人却找不到老板了。几经周折，终于得到消息，老板涉嫌经济纠纷，被警察带走了，一时半会儿出不来。没有老板批准，公司会计不敢支出这笔钱，而演员那边必须完成预付合同才生效，制片人左右为难。这时候胖子挺身而出，说要不然他先垫付，好不容易谈妥的演员，得先稳住了。胖子便把计划用于买房的钱拿出来，给了演员们。

钱倒是不多，小几万块。主创也都签了合同，该拿预付了，听说是胖子在垫钱，纷纷表示可以先不要，等老板的事情解决了再说。

剧组筹备期的日常开销也是一笔钱，公司预支给制片人的钱花完了，没米下锅了。老板什么时候能出来悬而未决，原定的开机日已越来越近。制片人跟胖子商量，要不就先解散剧组等老板出来后再说。胖子问制片人能不能从别的公司找来钱，制片人说需要的资金不多，要找也能找，但是能投钱的肯定希望自己主控项目，当大股东，原老板未必会松口，不先谈好了，将来也得闹纠纷，别他刚放出来又进去。胖子说先不要解散剧组，他来想办法。

第二天胖子把一张存有二十万的银行卡交给制片人，里面是他买房的钱。这就是胖子想出的办法。胖子不打算买房了。他接受了原业主赔偿双倍订金的方式，放弃了那套房子。胖子希望制片人能把预算压到四十万以内，个人出资完成这部电影，后面的二十万等开机了再拿出来。等有一天老板出来了，是把钱退给胖子，还是就算胖子接盘了，自己给自己投了部电影，怎样都行。胖子想得很简单，就是把电影顺顺当当拍出来。他说有个叫策兰的诗人说过："一个诗人若放弃写作，这个世界就什么都没有。"

听说胖子要自己掏钱拍电影，主创们表示可以全程不拿钱。制片人刨掉这块费用一算，四十万刚刚够，希望胖子可以把后面的钱也放在他这儿，他能心里有数，要不然万一拍到一半，钱拿不出来，都白瞎了。我们建议胖子，如果他后面肯定能拿出尾款，那就不会白瞎，让制片人尽管推动开机好了，钱在自己手里稳妥，到时候指不定什么情况，花在哪儿，胖子可以自己安排。胖子听了我们的，没有把剩下的二十万给制片人。现在他不仅是编剧和导演，还是出品人，制片人要听他的。身材敦实的胖子从沙发上站起来，颇有几分面朝大海胸怀天下的味道，剧组迎来春暖花开。胖子说，按原定时间开机。

景都选得差不多了，胖子和摄影师开始做分镜头。到了中午，不见盒饭送来。胖子给制片人打电话，通了，但对方没接。胖子给他发短信，问他为什么没准备午饭，然后带着大家出去吃拉面。吃完回来接着干活，其间胖子又给制片人打电话，想提醒他别再忘了安排晚饭，一直联系不上。胖子急了，给他发短信：晚上我们吃什么？迟迟等不到回复，到了饭点儿胖子又领大家去吃黄焖鸡饭。

　　胖子到了半夜也没睡着，制片人失联，手机还关机了。胖子也拿不准明天是继续带大家出去吃，还是报警，先把制片人找到。在他即将把烟抽光的时候，手机响了，是制片人发来的短信，大意是说钱他拿走救下急，一时半会儿不能出现了，但早晚会把这钱还给胖子的，为此深感歉意，并祝顺利开机，拍摄大吉。胖子再把电话打过去，那边又关机了。

　　胖子赶紧报了警。警察听了来龙去脉，说你们的拍摄流程我不懂，但是从他的短信留言看，他不是把钱挥霍了，而是借用，算你借钱给他。胖子觉得制片人干的这事儿相当于挪用公款，想让警察把他逮回来。警察问如果是公款，这笔公款的公家是哪儿？走账的时候有没有公章？胖子拿出制片人收到钱时写的收据，上面只写着这笔钱将用于拍摄，没有章，只有一个签名。警察说你俩是民间经济纠纷，不归这儿管，有专门的仲裁机构受理，然后说了一堆胖子不太懂的术语和流程。

　　报案之前胖子脑子里已然一团糟，听警察说完更乱了，离开派出所时几乎崩溃。我们几个同学商量，不行就大家凑二十万，让片子继续拍下去。主创也表示，他们不但可以不拿钱，也愿意贴补一些，让片子得以完成。到了这一步，我们终于能够理解，电影史里时不常会提到的，哪怕是功名成就拍了一辈子戏的导演，保不齐哪部戏就让他倾家荡产无家可归。

　　大家的态度让胖子的情绪平复了许多。通过朋友介绍，又找了一个能张罗的人来当制片人，他去联系前期已经签了合同的演员，自报家门，准备如期开机。演员们却纷纷表示，没和这个剧组签过合同。胖子找出剧组里的合同，对方看完说，这不是他们的签名。原来前任制片人伪造了演员们的签名，使项目看似已进行到即将能开机的程度，以便骗走更多投资。后来经打探得知，那个制片人嗜赌如命，债台高筑，借了高利贷，放钱的人扬言再不还钱就剁他手要他命，他卷走剧组的钱也是走投无路。

现任制片人执行胖子的意思，跟演员们商量，现在正式签合同，到时候能不能来演。有演员说已经和别的剧组签了合同，即将开机，拍电视剧，一走就是三四个月。也有演员看完剧本后说感觉自己不适合这个角色，这是客气的说法，其原意很可能是感觉剧本还有待改进。这也是正常反应，没有一个剧本能让所有人挑不出毛病。现在项目又回到原点，也就是重新再选一轮演员，如期开机肯定是不可能了。由此也牵扯出一系列问题，场景不能按之前说好的时间进行拍摄，而改换时间，那些场景未必可行。阵脚乱了。

胖子想干脆就按明年春天过后拍摄重新做准备，热情并未消退，虽然及时解散了剧组以减少开销，仍积极组织大家碰面开会。别人在经历这些魔幻般的事情后，都觉得拍电影绝非唾手可得，需要更多准备和积累。一句话，自己的命还没到该拍电影的时候。想凑钱帮胖子完成电影心愿的朋友开始打退堂鼓，毕竟也没打算把钱白扔出去。主创们都有养家糊口的需要，已经搭进去半年，再无休止地陪伴下去，自己吃不上饭不说，也觉得是在害胖子。前面种种坎坷，未来哪怕勉强开机了，拍完也未必会有好结果。拍到晚年再倾家荡产和拍处女作就倾家荡产，这是两种人生。他们不忍心出于好意帮胖子，然后而且很可能导致的就是后一种结果。心气一散，事儿就更成不了了。

可胖子还在执念里，仍觉得春暖花开之时便会柳暗花明，没察觉到大家的反应，或者感受到了也没深究为什么。大家不好意思跟他直说，他们是我的同届同学，胖子是我的朋友，希望我来传达这层意思。这时候美国导演诺兰的大片《盗梦空间》在大陆上映，我看完后问胖子看了吗，胖子也看了，知道我的意思，他说从一层层梦里醒来的概念和他要拍的那部电影太像了。我问他还拍吗，胖子说是个麻烦事儿，得好好想想。原本胖子决定自己投钱拍的时候，也是赌这电影能参加国际影展，哪怕收不回成本，能在影展上露个脸，也算有收获，方便日后拍电影。但是现在诺兰这种奥斯卡级别的导演把梦的概念玩烂了，胖子再拍这么一部只会成为东施效颦，不可能被任何影展看中。

胖子开始越来越少谈及他的电影了。考研的日子也越来越近，我没有问胖子还考不考，但心里还在给胖子数着，再考的话就可以画两个"正"字了，整十次。后来胖子回了一次家，说是家里有事儿，我们也没问什么事儿，毕竟出了这种事儿，家才是避风的港湾。一个月以后胖子回来了，精神状态尚可，和他住在一起的小茂那里有几条广告策划案的活儿，胖子写的两条被选中，挣了点儿钱，然后就到了考研的日子。听小茂说，胖子还是考了。每年到了这个时间，出去考一下成了胖子的本能，就像惊蛰一到，蛰伏的动物们会不由自主地离开洞穴一样。

一年又结束了，从年初到年尾的境况看，胖子这一年只做了两件事，一件是让原本五十万的买房款缩水一半，另一件是又考了一次研。

考完那天，我觉得有必要去看望一下胖子，并约了小茂，晚上不要安排事儿，一起吃个饭。小茂也见证了胖子这一年的起伏，半年前，他还是胖子剧组的副导演，现在又成了胖子的室友。小茂这几年没再考研，做些影视周边的事情，有时候也做导演。导演有很多种，不是每类导演都能拍电影，小茂也深知想要的是豆腐，越往磨盘里放高粱，磨出来的越不是豆腐。但磨盘停不下来了。

我到了曾经住过的那所房子时，胖子正一边等我一边收拾着东西，明天他就要回家了，提前订了票。显然东西是刚开始收拾，行李箱像一本展开的书，正口儿朝上敞着，除了靠近底部的位置塞着十几张 DVD

和一个移动硬盘，别的东西还没放进去。看上去与其说是胖子回老家过年，不如说只是换了个地方看电影。

那晚，我控制着话题，尽量不聊考研和电影，却发现如果避开这些，我们好像也没什么可聊的。当喝上酒以后，我原本以为那些会引发不快的话题——十年考研和夭折的电影——也不再是障碍，又被津津乐道。

以往元宵节一过，胖子就返京了。这一年他直到正月过完才回来，并带来一个令所有人震惊的消息：准备离开北京，回老家当公务员。

胖子说他爸爸身体不太好，需要他在身边照顾。这是我们第一次听到胖子谈论父母，怎么个不好法儿我们也没问，胖子的那种胖看上去就像有些遗传，由此可以预见到他爸爸的身体情况。可是公务员也不是说当就当的，我们问胖子打算怎么当，胖子说去年秋天他回家那趟，就是考公务员去了，结果还就考上了。他的本科专业是医学影像，又有北京医院和小汤山医院的工作经历，虽已久远，搁老家仍拿得出手，家里给他联系了当地卫生部门，下个月就去卫生局报到。我们问胖子，能习惯远离电影的生活吗，胖子说没办法，他爸爸那里需要人，他都这岁数了，得尽点儿做儿子的义务。听得我心底掠过一丝寒意。

考研已经出分，不清楚胖子这么做是否因为再度折戟。为了能给他更好的建议和帮上切实可行的忙，我问胖子考得怎么样。他说没查，万一又没过，对此生打击太大。我说万一上线了呢，胖子说还是当成一个美好的念想儿吧，将来回忆起来，给别人讲起来，也是一个不错的结尾。说完开始收拾东西。

胖子最多的物品还是电影光盘，桶装色拉油的箱子，整理出三纸箱。他不打算带走了，随身携带的话，怕安检的时候被当成盗版盘贩子，邮寄的话也太沉了，麻烦。更主要的是可能他觉得一名公务员无需拥有这么多电影了吧，打算留给小茂。小茂坚决不要。胖子走后，将有别的人住进小茂隔壁，小茂很伤心，躲回自己屋，不看胖子收拾东西。胖子说那就把光盘留给我,我说可以先拉到我那儿去,等什么时候胖子需要了,或者他再回北京,我把光盘给他拉来。我是当真说的,真的觉得他还有回北京的可能,不相信他跟北京的缘分到了尽头。

一本叫《电影艺术辞典》的硬皮书里夹着胖子这些年在北京的照片,他可能自己都忘了,收拾书的时候,里面的照片散落出来。我在照片上看到一些熟悉的场景:进修班聚会的小合影,我们在学校后门小月河冰面上放烟花,我拍十六毫米胶片时胖子怀抱着摄影机……还有一些我没见过的场景,其中一张是胖子穿着密闭防护服,戴着护目镜的照片。照片上有很多医护人员,站成一排,冲相机比画出"V"的手势。胖子说这是在小汤山医院照的,那天北京市宣布"非典"疫情彻底结束。他们的防护服上都写着自己的名字,穿上全套防护装备后,彼此很难辨认,只能通过衣服上的名字认出对方。我没有对照那些名字,还是一眼认出胖子,包裹在同样严实的防护服下,他的身材比他的名字更明显。

最后被收拾起来的是胖子在自己第一次考研上线后花了一个多月工资买的那台 DV 机,后来在我考研的时候曾助我一臂之力。胖子曾试图让它开启自己的电影梦,可是它已经落伍了,现在的 DV 机都用存储卡拍摄了。箱子和背包里都塞不下了,好在 DV 机有自己的包,是一个摄影包。

我开车给胖子送到机场,小茂陪同。或许北京真的伤了胖子的心,他选择坐飞机离开,可以早点儿到家。托运完行李,我和小茂跟随胖子到了安检口,他接受完检查,斜挎好那个装着 DV 机的包,在安检门的后面冲我们摆摆手,我和小茂努力笑着对他摆手,然后他便融入登机的人流中。

那个宽硕而敦厚的背影,和我在进修班第一堂课上看到的背影并无二致,我恍惚觉得,时光仍停留在原地,那个背影随时可以转过来,然后我们肩并肩地去上课,在小饭馆里谈论着电影哈哈大笑……而事实并非如此。

8

　　胖子离开北京后没多久，我结婚了。是我妈促使了这事儿的实现。那时候我和女朋友在我爸妈对面的小区租了个一居室，他俩都退休了，身体不坏也不好，住得离他们近，双方心里都踏实，我们还能经常回去蹭饭，吃完再带走点儿，有饭辙了。我每日的心思还在弄电影上，对吃住行也不怎么上心。日子一天天就这么过去，没觉得哪儿不对。

　　突然有一天，我妈跟我说，你俩把证领了吧。我说不用着急，现在这样挺好。我妈说你都三十好几了，再不结婚就算晚婚。我确实人过三十，不过只是三十出头，离我妈说的"三十好几"好像还差得远，况且头两年我才二十八九，现在的日子和那时候没什么区别，也就没想过自己的年龄已经三字头了。跟女朋友还算融洽，没考虑过分手，也没往结婚那儿想过，就觉得现状挺好。说了归齐，还是因为心思仍在电影那儿，不在这些事情上，没想过改变现状。但我妈在想，她退休了，每天除了买菜，想的都是这些事情。

　　她这么一说，我想都没想，就跟女朋友领了证。结婚对于我俩，不是什么兴师动众的事儿，无非就是去提前预约好的民政局递上照片，贴在本上，盖上章。所以我也很不理解，我妈为何老逼我结婚，其实质无非是逼我出趟门把上述动作完成，然后她跟邻居、同事聊起我的婚姻状况时，不必再遮遮掩掩。

　　领了证，我们也没办仪式，就是分头跟两边的亲戚吃了个饭，认识了一下，没等认全，又投入各自的事情中——她找戏演，我找钱拍。

　　作为一名已婚男人，我没觉得生活发生多大改变，倒是胖子的离开，让我觉得少了一个能聊天喝酒的人，有些落寞。我总有种直觉，胖子有一天还会杀回北京。

我当时的情况是想改编那本关于父子的小说作为电影处女作，根据它改编的电视剧已经拍完，迟迟未播出，制片人说是卡在发行上，跟电视台没谈妥，至于为什么不妥，就不是我业务范围需要知道的了。因已有电视剧，在改编电影上也没太难，有公司迅速买下版权，也同意我来编剧导演，签了合同，接下来我就开始干活了。

因为这东西在心里酝酿已久，我用了两个月，写出四万字的完整剧本交给公司。开剧本会的除了有60后的老板，还有他们公司的三个策划，分别是50后、70后和85后，50后负责大方向，70后和85后补充细节。他们的意见是，局部都可以，但整体性欠缺，要明确这电影在讲一个什么样的故事。我说讲的是一对父子的故事呀。70后策划说，得讲清楚这对父子在故事里干了什么，改变了什么。我说干了什么不都写在这四万字里吗？50后策划说，没看出故事，都是生活场景，太散。60后老板也补充，太散就不卖座。最终得出的结论是，忘掉这稿剧本，重起炉灶，回到第一步，先写清楚五千字故事梗概。我开始一稿一稿地写。同时在这期间买了房，老能在影视事情上见到钱，我也敢贷款了。

这家公司也有别的业务，每次剧本发过去后，总要至少一周才接到通知去开会，开完会我回来接着改，如此反复。二十万字的小说我用一年写了出来，五千字的电影梗概一年竟然无法完成。人一辈子能干点事儿的时间最多四五十年，一年就被这么用掉了。当然这是事后回看才意识到的问题，当时身陷其中，并不觉得有何不妥，每次开完会，我都迫不及待并满怀信心地开始下一稿，总觉得终点就在眼前，绝没想到摆在前面的路没有尽头。我想胖子年年考研，大概也是这种心理吧！

终于梗概定稿，然后是分场大纲。因为梗概已经框住情节，再用一个场景一个场景的方式表现出来并不太难，很快也定稿了。随后是完整剧本，有小说在先，加上写电视剧时积累了大量细节，人物怎么说话我也心里有数，所以在第三年到来之际，拍摄剧本也定稿了。可老板却说，不用着急，可以继续打磨，正好等电视剧播出，看看反响，根据社会情绪，再定稿电影版剧本。

可电视剧那边迟迟没有播出，电影这边也就一耗再耗。每家公司有每家公司的风格，基本是由老板的性格决定的，这家公司的风格就是力求稳妥，不干冒险的事儿。现在回想它当初在买版权上的快速行为，并不是老板魄力使然，而是觉得这是一桩胜券在握的买卖，怕让别人抢了，才赶紧据为己有，是这家公司保守性格的另一种表现形式。

按说剧本定稿了，就该进入拍摄阶段，需要真金白银的投入，开始动真格的了，这时候公司保守的底色再次显露，仍按兵不动。借东风也是人之常情，我只有等待，同时盼着电视剧那边早点儿开花结果，每次询问等来的都是制片人相同的答复：在弄。而电影这边的态度是：再等等。

陷入僵局。

我也开始了"等待戈多"吗？

这时候，我妈又郑重跟我提出第二个要求：该生个孩子了。

这事儿我以前跟老婆聊过，打算做个丁克家庭，搞文艺的对有没有下一代不是很在乎。有人说没孩子的家庭是不健全的，我更觉得受制于某种世俗观念才是不健全的。而这段时间我妈总在我耳边唠叨这事儿，说她和我爸身体尚可，可以帮着带孩子，等过几年，他们也老了，那时候我们再要孩子，他们抱都抱不动了，到时候我老婆已算高龄产妇，想要都不一定能要了。我觉得言过了，便没当回事，但没想到，有一次她在我家跟我急了，说我不着调，后悔生了我，然后气哄哄地走了。

我很纳闷，多大个事儿，不就是不要孩子吗，怎么就急了呢？而且这跟着不着调有什么关系呢？我不想跟她争个你死我活，这又不是真理，不值得。我决定委曲求全——生一个不就完了吗？反正她说她和我爸可以带孩子。我不希望每天生活在争吵中，我需要安静地思考电影。

可这事儿不是我一个人说了算的。老婆坚决不要，她无法想象自己当妈的样子，像戒律一样，拒绝这件事情。我明白这种心情，也明白当妈后她就要把自己的事情放一放了，而她现在事业刚起步，如果生养孩子，可能就彻底告别这个行业了。可是我妈不明白，甚至说风凉话：当初就不该找个演员当老婆。当然这话是背着她儿媳妇说的，但是越往后，说得越明目张胆。她甚至故意当着儿媳妇面儿提这事儿，说我舅舅老问她怎么还不当奶奶，我姑姑问过我和我老婆谁身体有毛病并推荐了老中医。也不知道是真事儿，还是我妈编的。这之后，我带老婆去父母那儿吃饭的时候，她没再去过，我只好每次都为她的不来找不重样的借口。慢慢地，我也不愿意回去了。没想到我妈还没完没了，以送米为由，挑准我和媳妇都在的时候，来到我家。放下米，说了没几句闲话，又扯到生孩子的问题上。我和老婆故意都不接话，她自己急了，说不孝有三，无后为大，还说别以为这事儿躲就能躲过去。说完又气汹汹地走了。

她走后，我和媳妇大吵一架。我希望婆媳之间能多些理解，少些猜疑，可事与愿违。她俩充满敌意，以至于我替我妈说两句的时候，媳妇就认为我和我妈是一头儿的，一起欺负她。包括之前，在我妈那儿我替媳妇说话的时候，她说我胳膊肘往外拐，娶了媳妇忘了娘。这都哪儿跟哪儿呀！所以看到她俩崩了，我竟有些幸灾乐祸——自食其果吧，省得你俩再闹了。

我觉得我是故意把两头都得罪了。一是为了公平，不偏不倚。二是我也烦了，累了，拜拜吧您哪——我离开了她们。我接了一个写剧本的差事，为了能顺利完工，制片人给我拉到六环边上的一个别墅区，周围不见城市的烟火，留下一把钥匙，让我安心干活。每天会有阿姨来做饭，我只管码字就好。待到第三天，我有点儿想回去，但是一想到回去要面对的人和事，便立即觉得这里其实挺不错的。

没过多久，老婆也接戏了，要去外地待几个月。是她到当地发了朋友圈后,我才知道的。结果她那年春节也没回来,拍完上一部后又接了一部要在横店跨年的戏,并在横店租了房子,还在朋友圈里晒她新买的窗帘,看样子要久居下去。

春节我是一个人在我爸妈那儿过的。他俩知道我老婆没回来过年除了要拍戏,更主要的原因是什么。想必我妈也是既无奈又不愿放弃当奶奶的念头,往年对春晚高涨的热情消失殆尽,很早就困了,没有熬到十二点煮饺子,早早回屋躺下了。

我也回了自己那儿,一个人走在空旷的除夕夜里,家家窗口亮着灯,看上去都有个年样儿,远处有炮声传来。在这种时刻,一个人走在路上这件事儿,似乎说明了什么问题。

我觉得我也挺有病的,非要拍什么电影呀!这跟我妈非要当奶奶和我媳妇就不想当妈没什么区别,都够轴的,死性。死性的人,活该日子不好过。

开了春,我继续忙活手头的事儿。写累了就一个人绕着小区慢跑,眼前身后都是些为了能多活几年而每天坚持甩着胳膊快走健身的老年人。我戴着耳机,连着手机,软件按我平时的听歌喜好,随机播放着乐曲。有一天我听到老狼唱的《关于现在,关于未来》,初次听是十七年前,至今六千多天过去了,再听,每句歌词都如针刺:关于未来你总有周末的安排／然而剧情／却总是被现实篡改／关于现在你总是彷徨又无奈／任凭岁月／黯然又憔悴地离开……出乎意料之外／一切变得苍白／出乎意料之外／一切变得苍白……

我觉得自己越来越像胖子那台过时的DV机,创造奇迹的可能性已经不大了。另一种可能性,倒是越来越大。我跟老婆分居一年了,再这么下去,哪天她突然跟我说离婚吧,我不答应也不行了。法律规定分居够日子了,便可以自动离婚。我想我不会不答应的,要是真有那么一天,说明日子也过到头儿了,不如好合好散。

我渐渐对什么事情都提不起兴趣，累，趋近佛系。不知道这是不是传说中的中年危机。不愿和人交流，觉得聊不到一块儿去，特别是不愿意聊电影。经过这么多年的摸爬滚打，我发现没几个人是真心实意想把电影当成传统意义上的电影去拍，都是把电影当成理财产品，干的是经济学的事情。后来我又有两个剧本被制片方拿去扎钱，手法是先低价买断剧本，然后拿去大公司议价，将成本作价两到五倍，算作投资股份，和大公司联合拍摄。后者往往有上市的目标，在上市之前需要将财务报表里放进一些正在开发的项目，激起股民的兴趣，获得一个理想的开盘价。我爸就是一个股民，我想跟他说以后能不炒就别炒了，退休金干点儿什么不好。最终不仅我的剧本没了，时间也没了，只收获了这些在电影学院即使考了博也学不到的商业操作。每当这时候，我便会怀念起胖子，那时候我们聊电影，是喜悦的。现在，对于中国电影票房呈现井喷式增长的现状，他有何看法呢？还是压根就不看电影了？

那年胖子离开北京后不久，我回学校调档案，转入户口所在区的人才中心。我们这种自由职业者，需要自己缴纳社保和养老金，人过三十，这些问题都不再不是个问题。办完档案，我特意回导演系看了昔日的老师们。办公室正在商议考研复试的时间和内容，我随口一问上线了几个人，负责统计的老师说八个，然后把手里的名单放到桌上，我一瞥就看见了胖子的名字。我想一定是他。叫这个名字的，且能上线的，不会有第二人。我赶紧给胖子打电话，告知这个消息。胖子那边却异常平淡，说他早就知道了，离开北京前他查过分数，知道自己上线了。我说那你还要离开北京——不打算好好准备一下复试吗？胖子说不用了，他爸爸那里需要他。我问他爸爸身体有什么问题，胖子说不是严重的毛病，陈年旧病忽隐忽现，他在他爸爸身旁，对全家都比较好。我说那导演系你就放弃吗，胖子说他现在挺好的，已经适应了上班的节奏。

胖子回到老家后，手机号码换了。当年中秋节，我接到一个陌生号码发来的短信，就四个字：中秋快乐。署名是胖子的。我回复短信，问这是他在老家的号码吗，胖子说对，以后就用这个号码了，原来北京的号码注销了。我简单地问了胖子的近况，他回复说都挺好。我存下了号码。

后来春节，又收到胖子的短信，依然是四个字：新春快乐。后面还带着署名。我也回复，新春快乐。紧接着元宵节的时候，收到胖子的五字短信：元宵节快乐。仍有署名。这次我没有再回复。我想可能是胖子群发的，身为公务员，逢年过节不能再像文艺青年那样我行我素了，需要跟领导和同事们联络一下。如果是特意发给我的，后面无需署名。所以当第二年端午节再次收到胖子相同格式短信的时候，我依然没有回复。接下来就记不清从什么时候开始收不到胖子的短信了。起初也没在意，直到进修班的一个同学在QQ群里找胖子，问谁有他的联系方式，我把胖子老家的新号给了那个同学，那个同学说他也有这号码，联系过了，是空号时，我才意识到，和胖子很久没有联系过了。

胖子跟大家失联了。那个同学找胖子有急事，知道胖子当了公务员，想让胖子挣点儿外快帮忙写个东西。胖子在北京的时候，我和小茂跟他走得最近，我俩也被安排了寻找胖子的任务——胖子在班里人缘不错，大家很想念他。我和小茂动用了所有能用得上的网络联系方式，均未收到回复。胖子就这样在我们中间消失了，为什么，谁也不知道。后来班级有了微信群，每年过春节，群里都热闹一下，互相祝福，每次都会有人问，胖子找到了吗？我和小茂继续承担着回答"没有"的任务。然后就会有人问，胖子为什么消失？胖子怎么就突然不考研了？我没有把胖子最后一次考研上线的消息告诉大家，胖子自己闭口不提，我也就没有必要说。

我和小茂仍有联系，他还在北京，已经搬离电影学院后门。当年那套房子被房东收回，她儿子大学毕业了，要离开父母自己住。小茂没有继续在周边找房，也许是故意离开的，现在这里出现的是比他小近十岁的下一代追梦人。他搬到了北四环外，找了个女朋友是文学系在读研究生。他没考上研，女朋友是研究生，印证了我的判断，小茂有些特殊才华。听说他总帮女朋友完成作业。

我和小茂见面的时候，少不了聊胖子。我俩核对了各自跟胖子最后一次联系的时间，基本前后脚，也就是说胖子是同时和我们断了联系。如果胖子还在用以前的QQ和邮箱，那么我们的留言他会看到，应该知道我们在找他。如果他看到了没有回复，说明他不想再和以前有联系，但我觉得以前大家和他的相处，应该是快乐的，不至于突然中断联系。如果他不用以前的邮箱和QQ了，也就看不到我们在找他，可是他为什么突然抛弃了那些联络方式呢？这些问题我和小茂也搞不懂，也就没再多往下想。

现在，我似乎有点儿理解胖子了。他那时候就累了。因为还爱着电影，所以人间蒸发，不愿意被人找到后还拉着他聊电影。

9

我没想过特意去找胖子一趟，但有个机会，让我到了胖子所在的城市。我有个表姑，北京出生北京长大，1979年高中毕业，考到广东的大学，毕业后留在当地工作，两年后读了研，跟同学结婚定居在这里。她女儿，也就是我表妹，也是这边出生的，模样一看就是南方姑娘。表姑和我爸是同一个爷爷，表姑的父母也就是我爸的二叔二婶去世后，表姑每两三年回一趟北京还会看望我的爷爷奶奶并留下些钱。所以表妹结婚，爷爷奶奶觉得我们这支应该有人过去。我父母这代人都老了，出门怕有闪失，我这代人就我是自由职业，时间充裕，我想又有机会见到胖子，便主动请缨。表妹的老公是胖子所在那座城市的公务员，通过他，说不定可以打探到胖子，临行前我动过这样一念。

　　落地后，住进订好的酒店，表姑发来一个酒楼地址，让我去吃表妹的上轿饭。表姑夫这边的亲戚在当地的多，来了几个家庭的长辈，表姑这边的亲戚都在北京，算上我，来了四家。二十多人围坐在一张能自动旋转的大桌旁，在广东潮湿温暖的空调包房里，北京话、广东普通话和粤语交相辉映。我脑子里始终闪动着一个念头，如果多上几趟卫生间，会不会跟胖子在那里相遇，他正陪着某位领导，或者他自己已经是个小领导了由手下陪着，在水池前洗完手，一抬头，我们发现了对方。

　　表妹和表姑父那边的亲戚更熟一些，有的聊，表姑这边的亲戚由表姑陪着，聊的都是北京的事儿。上轿饭是个形式，明天婚礼是重头，晚上表妹还要准备准备，吃饱了便结束了，也没多坐。表姑让我们去她家，晚上还有个简短仪式，需要亲朋在场。

　　一进表姑家，就看见客厅放着几个泡着大绿叶子的脸盆，听说里面是柚子叶，婚礼头天晚上，两位新人要各自用柚子叶水洗脸擦身，去污驱邪，准备开始新生。我又在想，胖子大概也经历了这一番吧，用柚子水洗去北京的时光和对电影的热爱，成为一名普普通通又合格的广东丈夫。

　　表妹冲洗完毕，换上新衣服新拖鞋，坐到梳妆桌前，一个从外面请来的中年女性开始给她梳头。当地管这一环节叫上头。负责梳头的女人叫大妗姐，也就是明天主持婚礼的人，北方叫司仪。大妗姐拿出特别制作的银梳子，半圆形的梳子上绑着柏叶和一段红绳，柏叶寓意婚姻常青。大妗姐一边梳，一边念叨着：一梳梳到头，富贵不用愁；二梳梳到头，无病无忧愁；三梳梳到头，多子又多寿；再梳梳到尾，举案又齐眉；二梳梳到尾，比翼共双飞；三梳梳到尾，永结同心佩。念完，也梳完。表姑递上一个红包，大妗姐笑纳。随后表姑去厨房取来糖水，用莲子、百合、红豆和花生煮的，让大家喝，沾沾喜气。我喝了一碗，一个字，甜。

第二天睡了个懒觉，午饭过后，我到了表姑家，昨天被安排了任务，负责堵门。四点过后新郎会来接新娘，这边的婚宴都安排在晚上。表姑家在二楼，鞭炮一响，就知道新郎来了。从窗口能听到新郎在进入楼门口的时候就已受阻，门里的人让新郎掏红包，新郎一边掏一边嬉皮笑脸地哀求。因为知道七点钟婚宴要开始，这个门早晚都得进来，所以当看到堵门的和被堵的仍各尽其力时，就像看着一出始终穿帮演绎的戏剧。楼门在一阵哄闹声中打开了，新郎来到房门前，孩子们被安排在这儿堵着，有大人带头儿。门被轻轻敲开一条缝儿，还挂着链锁，新郎塞进一把红包，带头儿的大人分给孩子们，说不够，继续掏。新郎拿出一把喷发红包的玩具枪，透过门缝，扣动扳机，一个个不知面额的红包像雪片一样从枪口喷出，漫屋飞舞。大人和孩子都猫腰去捡红包，新郎趁机把手伸进门缝，打开链锁，进入新娘家。前面用掉的时间太多了，大妗姐在一旁催场，进入新娘的房间没怎么费周折。新娘房里的伴娘还没机会拿到红包，所以红鞋迟迟没有出现，一群说着粤语的伴娘折腾着新郎和伴郎，表妹不时看着墙上的表，只是微笑。各种体力游戏把新郎搞得额头冒汗，红包也发得令人满意了，红鞋终于从一个伴娘的裙摆中出现。而此前，新郎屡次猜到红鞋所在的位置，故意试探而不翻出，还大动干戈地去翻箱倒柜，只为让游戏能进行下去，场面更欢乐。没有点儿表演型人格，真不适合办婚礼。我冷眼看着，想象着胖子穿着西装在这种场合里的样子，和曾经在课堂上跟老师争辩得面红耳赤的差异。

　　接走表妹前，新郎新娘向女方长辈亲属敬茶。表妹的爷爷坐在中间，两旁坐着下一代的长辈，新人站在对面，逐一敬茶。表妹的亲舅舅和舅妈也从北京来了，也就是我的表叔和表婶，当表妹敬到他俩的时候，大妗姐又甩出一套漂亮话："饮过新抱茶，富贵又荣华，舅妈靓过林青霞，舅舅帅过刘德华；一杯饮到尾，青春又健美……"整个就是一部周星驰的电影。胖子以前说过，周星驰的电影好看归好看，他不是特别喜欢。

此时两位来自北京的老人端着茶杯，已乐不可支合不拢嘴。

敬完茶，新郎抱起表妹，大姈姐在前面打着红伞，让表妹莫回头，亲友们夹道欢送，纷纷把米抛在伞上面，表妹被接走了。

到了婚宴酒店，门口又是噼里啪啦满地鞭炮乱崩。有个小女孩被吓得直往他爸爸身后躲，说长大了不想结婚，结婚就得放炮，她不喜欢。还问她爸和她妈结婚的时候放炮了吗，他爸爸说，当然了，结婚放炮是传统。

能让人迅速又兴奋又被催泪的抖音风格音乐响彻酒店宴会厅，追灯照耀之下，换过婚纱的表妹踏上T台，停住。对面，二十米外，站着同样换了衣服仍西装革履的表妹夫。在大姈姐流畅而煽情的串词引导下，表妹缓缓走向了她的老公。音量被拉高，全场黑下来，只有追灯跟着表妹，在T台投下长长的被婚纱包裹着的影子——所有女性在这一刻的投影都一样吧，这是人类共同的命运。表妹眼睛里闪着光，是欣喜的泪花吗？还是被两旁放出的烟熏到了？她距离表妹夫越来越近，一个新的家庭在众人的注视下就这样诞生了。加上昨天，我跟表妹从小到大总共见面不超过五次，我看着都跟着感动了。

现在我有点儿明白了婚礼的作用。靠一种热烈喧闹的方式，让结婚的两个人逐步热身，最终在众目睽睽之下，将此后人生的注意力一股脑放在过日子上。婚礼的一切元素，预示的都是过日子的美满和传宗接代的顺利，这是一种世俗的标准。我和老婆没举办婚礼，少经历了这么一遭，婚前婚后心态没什么变化，仍各自为战，劲儿没往一处使，导致现在分居一年半了。而大多数夫妻在一场轰轰烈烈的婚礼尘埃落定之后，心态被强行扭转过来，把"早生贵子""承担起家庭的责任""操持好小家，照亮大家"这些婚礼上出现的说不清是敷衍还是真心祝福的话当真了，于是真就那么过下去，从此摆脱稚气，是个大人了。这很像电影的表现手法，当觉得从剧情上无法扭转一个人内心的时候，往往会在场景上想办法，通过视觉冲击和震撼音效，让观众相信主人公被改变了。以前对婚礼这种事儿我还不屑一顾，现在看来，它的存在对人类社会起到了极大的维稳作用。

最终，在食物和酒水带来的喜悦下，婚礼达到高潮，每个人都获得了满足。婚宴结束，年轻朋友们去闹洞房了，我一个人溜达回酒店，顺便看看这座城市。

空气湿湿的，风吹在脸上还有点儿凉。我穿着北京带来的羽绒服也并不会觉得热，当地人顶多穿件风衣或皮夹克，白天还净是穿着半袖的，这使得我一眼看上去就像个北方来的外地人。酒店坐落于市区一条繁华的路上，晚上十点过了，茶馆里还有客人，二十四小时的便利店灯火通明，摩托车来来往往，路边还停着几辆，后座上放着安全帽，司机戴着安全帽在一旁抽烟，是拉脚的。刚才在婚宴上我没有喝酒，现在买了罐啤酒，坐在路边，打开"大众点评"，查看周边两公里内开设的消费娱乐场所，餐馆、按摩店、电影院、健身房、商场，跟在北京没什么两样。胖子就生活在这座城市里，他现在还常去电影院看电影吗？一个人去，还是拖家带口？他跟老婆是怎么熟识的，通过聊电影吗？聊过他在电影学院的那些日日夜夜吗？给她看他写的剧本吗？老婆也是公务员吗？能听懂胖子所说的这些吗？还是两人情投意合，惺惺相惜？

原本我想通过妹夫帮着找找胖子，他是公务员，说不定有同学在胖子那个部门，再不济，他是当地人，通过不太远的关系一定能托到派出所的朋友帮忙查查，人口登记电脑里姓名和照片都对得上的胖子，一定就是我要找的胖子。可是这次参加完婚礼，我有点儿不想让妹夫帮着找了。妹夫是个八面玲珑的人，他一定很容易就能找到胖子，但我不希望胖子被妹夫用他的那种方式找到，那样也许会吓胖子一跳，毕竟我和他已多年没有联系。

更主要的是，对胖子所在环境的好奇心被满足后，另一个事实清晰地出现在我面前：我们俩的见面，会不会是一次悲伤的重逢？我未成名君未嫁，可能俱是不如人。见面对我俩是否有益？生活已经很无情了，我俩还需要自残吗？胖子离开北京后的这些年，越来越多的人成为导演了，他们是演员、编剧、歌手、美术师、摄影师，拍电影越来越成为一种需要资源垄断才能进行的事情。我的电影越来越拍不出来，离当初的梦想越来越远，这也曾经是胖子的梦想。两个被梦想抛弃的人，有必要见面自取其辱吗？会不会越聊越颓丧？像当年坐在电影学院的教室里一样，我俩并排或面对面坐着，配上这样一段对话：

咱们这会儿在干吗？

等待戈多。

他到底还会不会来？

不知道。

那为什么还要等？

不等我们还能干什么呢？

不如相忘于江湖。

我放弃了寻找胖子的想法，坐在街头喝完那罐啤酒，回酒店睡觉了。

睡前，我习惯看一会儿手机，发现大家都在说新冠病毒肺炎的事儿，湖北已经集中爆发，各地陆续出现疫情。病毒从何而来尚未有明确信息，但有一点已经确认，人传人。

经历过"非典"，我知道这时候应该早点儿到家，否则很可能会被隔离在外面。我订了回北京的机票，已经是最后一张，第二天的红眼航班。

机上乘客和空姐已经佩戴口罩，并给尚无准备的乘客也发放了口罩。即便如此，我也没预料到疫情的严重性。直到凌晨飞机降落北京，我到家睡足觉，下午出门，才发现气氛大变。街上的人比以往过年前少了许多，出门者也大多戴着口罩。我去购置年货，超市已无往年的红火，购物者彼此离得很远，沉默地挑选各自所需，像一部默片电影。从每辆没堆了几样商品就去结账的购物车看得出，走亲访友这类的事情也停止了。年味儿混进一股奇怪的味道。

想必接下来的一段时间就会是各在各家，和"非典"时候的做法一样，直到病毒消退再恢复正常秩序。这样一来，恐怕我和老婆分居真就满两年了，待病毒离开人间时，我俩是不是也可以直接离婚了？

继上个冷清的春节后，今年春节，我家想必只会更加冷清。我妈比我更清楚我老婆离开家的天数，在尝到不管不顾的苦果后，她终于学会站在他人角度看问题，这从她给我发短信的语气中能看出来。她问我，年三十儿在哪儿过？从前她会说，五点前到家！

但是晚了，甄东西容易，粘上难。我可以不跟她计较，我媳妇做不到。我没立即给她回信息，因为我也不知道该在哪儿过。本来你我相安山河无恙，各种糟糕都是人自己折腾出来的。现在我家的状况，和这新冠病毒，都说明着这一点。

我自己在家上网，热搜榜被各种疫情信息霸占着。湖北一些地方已经封城，事态严重到什么程度，身在异省无从知晓。病毒可能就在身边，或许实际上它离得很远，但越来越多的人因此而倒下的事实像一张网，正一点点扣下来，要把所有人罩在里面，然后收口儿，统统带走。一个不同寻常的春节正一点点走来。

太阳落山，天还没彻底黑，室内黯淡下来。这个时间开灯，对于屋里的明暗起不到显著作用，更黑一点再开灯，才会有豁然明亮的效果。我在半明半暗中刷着手机，突然心头一闪，看到了什么。朋友圈里出现了南方医院的"请战书"，二十几个参加过小汤山抗击"非典"的医护人员十七年后决定再度出山，义无反顾奔赴武汉一线补充医护人力，请愿文字下面是他们的签名和手印，二十几个椭圆形红点，像群星闪耀在朋友圈。随后，写在河南省胸科医院稿纸上的当地心血管病区大夫的请战书、陆军军医院医疗队出征仪式的照片也出现在朋友圈。仿若一记春雷，在头顶炸响，给已经黑下去的沉闷天空，划开一道透过光的口子。

年，因为这些照片，又增添了新的意义，注入了希望。春天依然是值得期盼的。

又一张广东某医院医护人员们身穿防护服、头戴护目镜的照片被发出来，他们也出征在即，这身专业装备让人看了备受鼓舞，同时也深感疫情之严重。听说湖北各类防护用具已告急，防护服每次进出诊室都要脱换，这批广东医护人员到了那里，能否得到专业防护也未可知。这时，一个熟悉的身影出现了。在一排穿着防护服的人员中间，我认出那个身形最宽硕的人，就是此前我一直在念叨的胖子。

我看过胖子抗"非典"时穿防护服的照片，此时眼前这个包裹在防护服下的身影是我再熟悉不过的，这是和我一起租房生活过多年的身影，是我三十岁前每天都会看到的身影，即便只是一张裹着厚厚防护服的电子照片，我依然能嗅出胖子身上的味道。这家广东医院就在我刚刚离开的那座胖子老家所在的城市，由此可断，胖子回到当地卫生部门后，应该没有一直做公务员，而是又回到医务一线。

这一瞬间，我心跳提速，浑身冒汗，阻塞了许久的脉络、神经都被打开，天灵盖儿开始往外冒热气。

甭管弃医从文，还是弃文从医，总有什么东西让人愿意倾力而为拼死一搏永不后悔。

我下楼买了一盒烟。已经好久不抽了，但此刻，为了胖子，我愿意抽一根。小区里空空荡荡，近旁无人，我点着烟深吸几口，感到久违的舒畅。

抽了几口，我掏出羽绒服里的凤凰烟花，就是十五年前胖子留下的那个。现在，我决定给它放了。

这只凤凰曾经放在电影学院后门我住过的那间屋子的书柜里，后来我搬走了，它就被放进胖子那屋的书柜，再后来胖子离开北京，他把他的光盘连同这只凤凰一起交给我。我带回家后，觉得它是易燃品，且放了这么多年，早过了保质期，接触空气放置的危险系数会越来越高，便把它装在宜家的密封玻璃瓶里放进冰箱保鲜室的最底层。我从一堆装芝麻酱和韭菜花的瓶瓶罐罐后面找到这个瓶子，取出凤凰，摸着冰凉。我想象着手心里是一个脆冬枣，摸着凉，但不潮湿，一咬，还嘎嘣脆。

下楼前，我先给我妈回了微信，让她准备准备，明天我会拉着她和我爸，去老婆的剧组探班。虽然两地分居着，我没事儿还会在老婆发的朋友圈下面点赞，以示对她没有屏蔽我的回应。

我也给老婆发了微信，让她注意防护，同时告诉她，我们会在年三十儿之前，赶到她所在的剧组，一起过年。很快我就收到她的回复，让我慢点儿开车，并发来位置。

前序工作做完，我拿着凤凰下楼了。进电梯的时候，想到人为了不被传染，都戴上了口罩，我便把它也塞进羽绒服里。

来到楼外，找了片空场，放置好凤凰，我打开手机的拍摄功能。烟头伸向它的火捻儿，像开启一个尘封多年，不知道里面的宝藏还在不在的坛子。

天空微蓝，正好是放焰火的最佳时刻。影视制作上管这时候拍摄叫"抢密度"，再过一会儿，天空就会一片死黑，没有密度了。

我调好视频设置，准备拍下这只晚起飞了十五年的凤凰，然后发到进修班那个每年春节都要有点儿动静的微信群里。

有点儿小紧张。

我小时候放过这种烟花。点燃后，凤凰先是嘴中喷出火焰，喷至尾声，底部也会冒火，凤凰便口吐焰火垂直升空。但飞不高，只能到小孩的腰部，少儿烟花，安全第一。而这一幕，足以让一个儿童欣喜若狂。

现在，面对这么个小玩意儿，我依然内心澎湃。

烟头碰到了火捻儿。也许是在冰箱久待的原因，火捻儿像一根蔫头耷脑的芹菜，任烟头烫来烫去毫无反应。我改用打火机，举着火苗去烧它。它终于如梦初醒，一个激灵，恢复活力。眼看着火捻儿烧尽，将火种引入腔膛。

这只放了十五年经历了若干次搬家的凤凰，应是腹中火药发生易位，禀性大变。当火星进入腹腔，它也确实从嘴里喷出火苗，但并未在原地停留片刻，却直接腾空而起，不是垂直起飞，而是打着转儿升空，然后毫无规律可循地朝着斜上方飞走了，越飞越远，同时空中传来金石撞击之声，锵——锵！

这是凤凰的叫声吗？

手机里已经看不到它飞去何处，而锵锵之声，在这个岁暮天色将晚之时，仍久久回荡，像给我和我的朋友们——所有在路上蹉跎着和奔跑着的不再年轻的朋友们——带来一则令人振奋的消息：戈多来了！

背光而生

上　部

1

　　天安门看升旗的人太多，到时候就坐在摩天轮上看看降旗吧，反过来想，效果一样。这是米乐爸爸制定的北京出游计划。米乐终于在六岁半的时候迎来人生中的盛大时刻——去北京游乐园。

　　几年前北京游乐园盛大开业，宣传语是：直逼东京迪士尼，华北地区最大的现代化游乐园。作为一名华北地区的儿童，米乐向往这里许久。里面有一座六十二米高的摩天轮，号称亚洲第一高，坐在上面能看到半个北京，包括天安门的旗杆。

　　米乐的家，距离北京坐火车四个多小时车程。他在幼儿园已经知道北京是首都，有天安门，有故宫，还知道那里新建了一座巨大无比的游乐园，里面有过山车、海盗船、摩天轮，但这些什么样，米乐并不知道，只听去玩过的同学回来说——太好玩了，待在里面就不想走！

　　幼儿园已经结业，再开学米乐就上小学了，对他来说当务之急是去趟北京游乐园，要不然和同学聊起天来，显得特没见识。那时候每周工作六天，只有星期日休息，妈妈请不下假，为了让米乐进入小学不觉得低人一等，就让爸爸带米乐去一次北京。米乐爸爸是老师，有暑假。

去的是首都，在当时，算重大出行。妈妈给米乐和爸爸准备了煮鸡蛋，带上黄瓜和西红柿，临出门前，又给包里塞了几把动物饼干，看还有地方，要再装俩桃。米乐说别装了，光吃这些，都没肚子吃烤鸭了。爸爸掀开褥子，从下面摸出一个信封，数出五十块钱，放进包里。妈妈说用不了那么多，离月底发工资还早着呢！爸爸说好不容易去趟北京，我们得吃两只鸭子。

爷俩儿出了门。

米乐爸爸在火车站排队买票的时候，听见有人喊"姐夫"，一扭头，看见米乐的小舅走过来。确切地说，是米乐的小表舅，米乐妈妈二姨家的孩子。米乐妈妈和米乐爸爸结婚的时候，他来参加过婚礼，那时还在上初中，现在七年过去了，已经成人，穿着警服。

小舅问米乐爸爸准备去哪儿，米乐爸爸说带米乐去北京。小舅报出一个车次，问是不是这趟，米乐爸爸说对，小舅说那不用买票了，跟我走。小舅初中毕业后，考到本省另外一座城市的警校中专，学制四年，还有一年毕业，实习单位找的是铁路公安局，期满后就是一名铁道战线上的民警，跑的就是米乐爸爸要买票的这趟车。

米乐爸爸和这个小舅并不熟，婚礼后，只在米乐姥姥的葬礼上见过一面，两家也没什么走动，即便是亲戚，也是隔得有点儿远的那种。但是现在，因为同去北京，同次列车，这趟旅程让关系近了。小舅要带米乐爸爸和米乐从出站口进站，说工作人员有这个特权，他可以带他们进去。米乐爸爸说这样不好吧，小舅说没事儿，都这么干，谁没个亲戚朋友。

米乐爸爸还是觉得这样不好，继续排队。他是中学老师，要为人师表，总觉得背后有双学生的眼睛在看着，小舅子的警服那么扎眼。小舅说姐夫你想得太多了，你们学校的校长去北京都不买票，走吧！说着给姐夫拉出排着的队伍，直接向出站口走去。米乐爸爸觉得拉拉扯扯更不好，没再拒绝，身不由己跟着去了。

米乐不十分了解情况，看到别人都在进站口排着队，以前他坐火车也在这里排队，现在却从另一个方向进了车站，问："咱们还是去北京吗？"

"当然，而且能第一个上车！"小舅颇为得意。

火车已经停在站台上，还没开始检票，站台上也没人。小舅带着米乐和他爸，来到一节车厢前，一个阿姨正在门口打扫卫生，穿着检票的制服。小舅管检票阿姨叫了声姐，然后介绍米乐和他爸，说这是他的外甥和姐夫，要去北京，检票阿姨一侧身，说上来吧。米乐和他爸就这么上了火车。

小舅带他们来到民警值班室，是个独立的房间，左右两排座椅，中间是张小桌，门可以关上，有窗帘，还有挂帽子的地方。小舅放下包，摘下大檐帽，挂上，招呼姐夫和小外甥随便坐，也可以躺着，说就咱仨，在这里面多舒服，不用出去闻臭脚丫子。

米乐问小舅有枪吗，小舅说那还用说，米乐想看看，小舅说还没发呢，等明年这个时候，就会有一把七七式。米乐问里面有子弹吗，小舅说当然，米乐想要子弹壳，小舅说没问题，子弹留在坏人的体内，子弹壳留给你。米乐约小舅，以后每个礼拜天来这儿取子弹壳，一定给他留着，小舅说一言为定。

检票铃响起，有人从检票口出来了，拿着行李，往火车这边走，举着车票看，寻找着自己的车厢。

小舅从包里掏出一只烧鸡，还有一瓶白酒，摆在桌上，说姐夫一会儿咱俩喝点儿。米乐看着眼前的烧鸡，已经馋了。小舅掰下一个鸡腿，递到米乐面前，让他先啃着。米乐看了一眼爸爸，爸爸说，吃吧，谢谢小舅。米乐谢了小舅，接过鸡腿。

小舅又掰下半只烧鸡，说给他师父送过去。这趟车安排了两位乘警，一位正式的，一位实习的，小舅管那位带他的正式乘警叫师父，师父在那头的车厢。小舅拿着烧鸡出去了。

　　米乐爸爸掏出茶缸，把包里的午餐肉、花生米、黄瓜也摆上桌，和小舅子在车上聚顿餐势在必行。

　　车上乘客越来越多，一片嘈杂，车厢里也越来越热，有人光起膀子，各自忙碌。有的举着包往行李架上放；有的掏出扑克牌，开始洗牌；有的为了和同行人挨着，跟一旁的人调换了座位，交换着手里的车票。米乐啃着鸡腿，有些担忧，问爸爸，一会儿检票，咱俩没有怎么办？爸爸不知道该如何回答这个问题，小舅回来了，米乐又问了小舅。小舅说，坐在这屋里的，都不需要票。

　　米乐还是有点儿没想通——可我毕竟没有票呀，没票怎么能坐火车呢？但烧鸡比这个问题对他的吸引力更大，他很快就忘了这事儿，手里又换成一个鸡翅膀。

　　发车时间到了，又是一阵铃声，列车缓缓启动。车厢广播里响起音乐，是刘欢和韦唯唱的《亚洲雄风》，曲调高昂。还有一个多月北京就要召开亚运会了，这首歌吻合了人们对生活的美好期望，风靡祖国大江南北，更贴合火车启动的这个瞬间，一个新鲜的世界就在前方，火车正不可阻挡地朝它而去。

　　咣当咣，咣当咣，火车有节奏地行进着。窗外的景象配合着歌词，一排排白杨树立在铁路旁，看上去根连着根一点儿都没错，天上白云一朵朵挨在一起，真的是云也手握手，莽原缠玉带，田野织彩绸。虽然火车开得平稳，米乐还是想象出一个蒸汽机火车头，拉着一节节车厢，喷着白烟儿，穿行在旷野上，雄风震天吼……

　　小舅拿出白酒，准备拧开，米乐爸爸拦住，说不喝了，别耽误他执行公务。小舅说喝点儿才会促进工作，仗着酒胆，真遇到流窜犯了，也敢扑上去，只要别喝得找不着北就行。说完拧开盖儿，把白酒倒进米乐爸爸的茶缸，让他先喝着，自己要出去查验旅客，一会儿就回来。《亚洲雄风》播放完了，广播里提示乘客们准备好车票，开始验票。

小舅从包里拿出手铐，撩起衣服，别在裤腰带上，用衣服盖住，又故意露出一截，米乐崇敬地看着小舅这番操作。小舅冲米乐得意地一笑，走了。

米乐吃饱就困，上车时的新鲜感已经没了，倒在爸爸身后睡着了，座椅的长度正好够他躺下。米乐爸爸看着茶缸里的酒，觉得小舅子还在实习期，不喝为妙，又灌回酒瓶，出去接了热水，沏了一缸茶。

小舅查完票回来，看姐夫没喝酒，不干了，说好不容易见一面，多少也得喝点儿，让他尽回地主之谊，而且他师父也说了，既然有亲戚上车，就陪好。米乐爸爸说这合适吗，你还在实习期。小舅说没事儿，他跟师父没那么见外。小舅把缸子里的茶换成酒，自己也倒了一杯，举起来和姐夫碰杯，米乐爸爸拗不过，只好碰完喝了。

有酒有肉，还有人聊天，就不觉得旅途漫长。米乐睡得挺香，翻了几次身，喝了两次水，又接着睡了。中途经过两个县城，停了两次车，上来些乘客，小舅也都出去巡查了，一切正常。车厢广播说，下一站就是终点站北京了，请大家收拾好随身物品，不要遗忘。

小舅喝美了，也喝热了，摘下手铐，放在桌上，警服也脱了，只穿着跨栏背心。他听到这段广播笑了，说自己跟车一个月，这些广播已经烂熟于胸，每次火车开到窗外的哪根电线杆，放哪段广播，他能分秒不差地背出来。说着就模仿起广播员的声音：尊敬的各位旅客，三十分钟后，车上的洗手间就要关闭了，有上厕所的旅客，请抓紧时间！话音未落，广播里果然响起一模一样的声音，米乐爸爸听到，也跟着笑了。

米乐爸爸问小舅初中毕业后怎么就上了警校，小舅说那时候看完《少林寺》的电影，想上少林寺学武术，觉得只有一身功夫才能出人头地，父母不让，太远，学完了也不好找工作。只好曲线救国，先上个警校，警校也开设搏击课，如果江湖需要，先在公安系统混出点儿名堂，再去少林寺镀金不晚。说完小舅自己笑了，说那时候太幼稚，被电影毒害太深，不过误打误撞，现在也挺好，能吃着烧鸡上班，自己还有间独立的屋子，每次走在车厢里，让乘客掏出证件他们纷纷照做的时候，还真有种江湖侠客受人拥戴的感觉。如果能这样度过一生，也知足了，现在就等毕业后转正了。

桌上的食物所剩无几，瓶里还有二两多酒，米乐爸爸喝不动了，小舅说分了，酒瓶就扔了，又给米乐爸爸的茶缸里倒了点儿。一斤酒，米乐爸爸喝了四两多，剩下半斤多是小舅喝的。

车上广播通知现在锁厕所，再有二十分钟，就进北京了。米乐爸爸叫醒米乐，让他缓缓神，准备一会儿下车。小舅开始收拾桌子，拿起酒瓶准备扔了，之前在车厢门口遇见的那位女列车员推门进来，说前面第四节车厢，一个乘客喝多了和你师父戗戗上了。小舅问为什么呀，列车员说喝多了的乘客要上厕所，已经锁门了，找我开，我不给开，正好你师父路过，让他坐下，他不听，两人就顶起来了。

小舅放下酒瓶，说了句我去看看，来不及穿上警服，就蹿出包厢。动作之快，让米乐觉得功夫片里那些飞檐走壁的人真的存在。

米乐对这一幕记忆深刻。六年后，他坐在小升初的考场上写作文的时候，脑子里浮现出这件事儿，写到作文里。作文的要求是：我们平凡人的身边都有一些不平凡的事情发生，写一位你眼里的平凡英雄。米乐写的就是这趟北京之旅，小舅走到那节车厢，制服了犯罪分子，成为全车的英雄，让火车平安抵达了首都北京。时间有限，作文里没有过多描写烧鸡的味道。

考试结束，老师收上卷子，跟大家说，后会有期，前途似锦，欢迎常回母校看看，便结束了小学的最后一堂课。

同学们陆续走出教室，米乐被老师叫住，说把钥匙留下吧，以后就不用来开门了。米乐是班长，之前每天都会早到学校，打开教室的门。米乐没反应过来，说那以后门谁开呀？老师说以后这里就是别人的教室了，再开学你们就去初中报到了，小学和你们没关系了。米乐这才认清小学上完了的现实，留下钥匙，跟老师庄严地说了再见。

2

米乐回到家，见他爸跟豁牙老何正准备开喝。豁牙老何就是六年前非要在火车上上厕所的那位旅客，此时他冲米乐咧嘴一笑，露出豁牙打招呼，公子放学了，快来吃饭！

豁牙老何已成为米乐家的常客。他知道今天是米乐小升初考试的日子，带来了熏肝、蒜肠，还有烧鸡，庆祝小学生变成中学生。米乐家有点什么事儿，无论是刷房，还是米乐爷爷去世，豁牙老何都身先士卒，帮着张罗，表现出对这个家的巨大热情，而他自己家的墙早黑得不像样子了，自己的妈都快进养老院了，也没太认真管过。

米乐说不饿，没上桌，回了自己屋。他对豁牙老何很有意见，不仅因为老何把这里当成了自己家，还因为妈妈和爸爸离婚，也跟豁牙老何有关，哪怕米乐还是小学生，也能觉察到其中的些许联系。

那年在火车上，小舅听说有人和师父戗戗起来，蹿出包厢，米乐爸爸不放心小舅，也跟了过去，让米乐坐在包厢里不要出来。

到了吵架的车厢，小舅见一个中年男人正顶撞着师父，这个人就是豁牙老何，那时候他还有一口整齐的牙齿。老何始终在围绕一个议题发牢骚，就是为什么不让上厕所。答案显而易见，刚才广播里都说了，马上要进北京了，按铁路章程，就是要关闭厕所的。

老何认为自己可以上厕所的依据是：我是在广播结束之前走到厕所门口的，可是门已经锁了，这说明锁厕所的人没有遵守章程，剥夺了旅客的上厕所权。

小舅师父说列车员在广播前,已经在车厢里走动着提示要锁厕所了，没人上，才锁的，只比广播早锁了十几秒而已。老何说既然车上有广播，就该以广播为准，列车员的声音太小，听不到，再说了，没什么人关心列车员说什么，他们不是推销袜子，就是推销手电，没想到这次推销的是厕所。

人们哄笑。

老何一身酒气，说打开厕所让我上一下，事儿就解决了。

人群中有人插话，就是，出门在外，都不容易，正好我也方便一下，刚来尿。

人们哄笑。

小舅师父是个面相和蔼的老警察，说现在火车离北京站越来越近，不适合再使用厕所，首都有规定。老何说首都怎么了，首都就得让人把屎尿弄到裤子里吗？

人们哄笑。

小舅被人群隔在外面，没穿警服，没人给他让路，他就往人群里挤，米乐爸爸跟在后面。

小舅师父说，北京在准备开亚运会。

亚运会怎么了，我也是亚洲人，歌词里都说了——我们亚洲，树都根连根。老何还唱了起来。唱完说，屎都不让拉，简直就是斩草除根！

人们哄笑。

老何更来劲了，说那些运动员难道进了北京就一直憋到亚运会结束吗？

不一样，人家是在房间里上厕所，你在火车上上厕所，直接落到铁路上，影响北京市容。小舅师父说。

那是火车设计得不合理，要憋就让设计火车的人憋着，别让我们老百姓也跟着憋，我们又没犯错——你快点开一下吧，我真快憋不住了。老何配合上表情。

人们又哄笑。车厢那头的人也围过来看热闹，几点钟到北京已经不重要了。

小舅师父掏出烟说，咱俩去过道抽根烟唠唠，在这里影响别人。

烟是中华。老何视而不见，说我一般都是拉着屎才抽烟，你光请我抽烟，不让我拉屎，屎拉到裤子里怎么办？

众人又笑。

小舅师父说，真拉到裤子里，我给你洗。

老何说，我怕你洗不干净。

小舅这时候从人群中挤出，不由分说，冲着老何伸手就是一嘴巴。

怎么说话呢！小舅呵斥老何，喝点儿猫尿就来劲是吧！

你谁呀？老何被突如其来的这一下抽蒙了，转过脸，要还手，一看是个小伙子，估计打不过，没再往前冲，捂着脸说，凭什么打人？

打的就是你！小舅还要往前冲，被师父一伸胳膊拦住了。

老何冲着小舅师父说，你是警察，他打人你不管，我拉屎你倒管！小舅师父说，我都会管，一件一件来，你要是不闹着上厕所了，就先这样，我再管他，让他跟你道歉。老何说甭想这么把我打发了，先解决上厕所的事儿，再解决我平白无故挨这么一下的事儿。

小舅没师父这等好脾气，更是没经验，隔着师父，照着老何面门就是一拳。打完说，我给你打出屎来信不信！

米乐爸爸赶紧抱住小舅，防止他做出更冲动的事儿。

打完，小舅觉得手里黏糊糊的，一看，都是血，酒有点儿醒了。

这一拳打得老何扭过脸去，等再转回来，已经鼻青脸肿。他觉得嘴里多了点儿什么，一张嘴，用舌头顶出两颗门牙，纷纷坠地，当当两声。鲜血汩汩流出来。这一时刻，为日后老何的新名"豁牙老何"奠定了基础。

师父给了小舅一句话，别再添乱了，赶紧消失！

师父的话管用，小舅真的就消失了，被米乐爸爸抱回包厢。

人群中有人说，不能让打人的走了。

小舅师父怒了，喊出一句："都别废话，回去坐好！还嫌事儿少！"

这句话喊出来的同时，枪也掏出来了，冲天举着。黝黑的枪身，让人对这位老乘警刮目相看，大家之前以为他没什么脾气，现在都不说话了，回到座位上。

老乘警举枪的姿势保持了几秒，像威震四方的托塔天王，见人都老实了，收起枪，问老何："还上厕所吗？"

"牙疼。"老何说话已经漏风了，捂着嘴。

没人再笑。

老乘警让老何跟他走，他那里有医药箱，先给老何处理伤口，然后处理打老何的人。老何捂着嘴没动，酒精和突然打在脸上的拳头，让他大脑有点儿短路。一分钟前他还很得意，众人用笑声给他助威，现在那一张张面孔不笑了，同情而痛惜地看着他。他成了全车厢最狼狈的人，有些害臊，站不起来。老乘警见他不动弹，说那我去拿医药箱，来这儿给你处理伤口，说完走了。

老何捡起自己的两颗牙，攥在手里，把事情从头到尾想了一遍，发现自己如此惨状的罪魁祸首是那个穿背心打了自己的人。老何想不通，我怎么就被他打掉两颗牙呢，凭什么！

老何站起来，左右寻摸，用漏风的嘴问身边人："打我那人呢？"

没人说话。

"打我那人呢？不能就这么完了！"老何又问了一遍，"呢"字因为漏气给说成"了"。

看老何可怜，有人冲米乐小舅走掉的方向扬了一下脖子，算给老何个提示。老何心领神会，朝那方向走去。

米乐在包厢里等到小舅和爸爸回来，看他俩表情凝重，问怎么了，俩人谁也没回答。小舅一屁股坐下后，又站起来，说，我去洗洗手。

米乐又问了爸爸一遍，怎么了？爸爸只是说，没事儿，马上就到北京了。

小舅洗完手，回来说，不是他的血，我的手破了，牙给磕的。小舅举起手，手背的指根处皮开肉绽，往外渗血，米乐看着直龇牙。

老何捂着嘴，一路找过来，终于在包厢看到白背心，敲敲玻璃，拉门进来。

"这是你进来的地方吗？"小舅仰头坐着，依然没好气。

老何看见小舅身后挂的警服。"你是警察？"老何话一出口，又一股血流下来。

米乐爸爸撕了一段卫生纸，让老何擦擦。

"您是便衣？"老何接过纸问道。

"不是。"米乐爸爸说。

"您做什么工作？"老何还问。

"哪儿那么多问的，回你座上去！"小舅拿起桌上的手铐，"找铐呢吧！"

米乐爸爸按住小舅子的手，对老何说："我是老师。"

"在哪儿当老师？"老何抹掉血问。

米乐爸爸报上学校的名字。

老何点点头说："离我家不远。教什么？"

"生物！"

"生物指的是什么？"

"植物、动物和人。"米乐爸爸说。

"哪儿那么多问的废话！"小舅用手铐敲在桌上。

老何不由自主又看向小舅，小舅的目光像拳头一样打在老何脸上："看什么！服了吗？"

老何没说话，小舅伸手揪住老何的脸："问你话呢！"

老何的嘴被揪得咧开，露出没有门牙的牙床，牙床下面的缺口里一片黝黑，像条隧道，仿佛在笑。

"笑什么笑，问你服了吗？"小舅手上的劲儿更大了。

这时候小舅师父拿着医药包进来，小舅松开了手，窗外突然黑下来。火车进站了，站台的顶棚遮掉了天光。

北京到了。

3

亚运会开幕在即，举国欢庆，老何也跟着高兴，本来给自己计划的是亚运之行，没想到变成挨揍之旅。他特意攒了四天假，打算参观完亚运村和比赛场馆，再去故宫、慕田峪长城看看，最后饱食北京小吃后返程。结果门牙没了，小吃的计划难以开展，导致北京之行无法完美收尾。尾收不成，老何觉得头儿也没必要开了。他下了火车，出了北京站，直接买了当天夜里的票，返程了。

再下车已经是第二天早上，老何没回家，去售票处讲述了昨天的经过：他买了张去北京的票，上了火车，因为啤酒喝多了，想上厕所不能上，和老乘警争论的时候，被小乘警打了。老何张开嘴，让售票员看他的门牙。售票员盯着使劲看了看，说没看见门牙呀。老何说因为被打掉了，说着从兜里掏东西，递到售票窗口，摊开手心，露出两颗白色硬物说，在这儿呢！老何对售票员说，我想找车站评评理，售票员说我只负责买票和退票，没碰到过你这种事儿。老何问他们这儿的领导呢，售票员犹豫着不知该不该说，后面排队买票的乘客有经验，告诉老何不用在这儿耽误时间，直接去站长办公室就行。

老何带着自己的牙和票根，在站长办公室门口等了一上午，不见人来，门一直锁着。找穿铁路制服的人打听，原来站长去省城开会了，没说什么时候回来。老何讲明情况，人家说这事儿只能等站长回来解决。

老何不能直接回家。他有一个女儿，开学上初三，这次去北京没带女儿，是因为她想利用暑假好好补补课，准备来年的中考。老何觉得自己这样回去，会吓到女儿和她奶奶。多年前丧偶后，老何一直带着女儿和母亲过。

老何去了市医院，挂了口腔科，现在酒劲儿过了，嘴里疼得火烧火燎。他想先装两颗假牙遮掩一下，至少保证回到家不给亲人带去恐慌，出现在单位也不至于被同事们东问西问。

大夫看完老何的情况，说现在装不了假牙，牙床上有洞，要等创口愈合和牙槽骨吸收后才能装，至少一个月。而且牙龈都肿了，当务之急是消炎止痛。老何听从了大夫的建议。治疗操作时，大夫听说老何是被人打的，说打成这样，可以追究打人者的责任，问是什么人打的。老何没说是乘警，只说是朋友喝多了闹着玩，闹急了。大夫不信，说朋友喝多了都是一起打别人，也不再问，让老何留好病例，如果将来打官司，用得着。

老何叼着纱布，一嘴药水味儿，离开医院，在火车站旁边找了旅馆住下。他这次去北京，请了假，现在可以利用这几天假，等站长回来处理这件事情。从昨天和老乘警发生争执，到牙齿被打掉，再到现在，老何经历了几个过程。

最开始，老何因为啤酒喝多了，膀胱要爆炸，只想上个厕所。之后的半分钟里，冲上来一个人，把他的牙打掉了，老何蒙了，尿也没了，不知所措。缓过神，他觉得即便自己在上厕所一事上胡搅蛮缠了些，也不至于挨顿打，得让打人者道歉，把医药费和装假牙的钱出了，如果有可能，再追讨些误工费和精神损失费，给自己找回面子。发现打人者是个警察后，老何觉得这个道歉未必那么好要，毕竟自己喝了酒，捣乱在前，对方的行为可以理解为执行公务，只能这么算了。后来在火车上的包厢里，老乘警拿出碘酒纱布，要给老何处理伤口，老何没让处理，是想早点结束和这件事情的牵扯，这时候火车也进站了，便转身离开。北京虽然到了，玩的心情随着门牙一起没了，加上人生地不熟，无心逗留，便当晚返程。回来后，老何想到接下来的生活，尤其是几天后就要上班了，不知道该如何解释自己形象的骤变。他在市百货大楼一层的糕点柜台做售货员，微笑服务是工作宗旨，可是现在的笑容，无法给顾客带去温馨，只能送出滑稽，影响百货大楼形象。所以，最终老何的想法是，找站长开一份证明牙掉了的主要原因不在自己的书面报告，对单位有个交代，也消除家人的担忧。

接下来的几天，老何光往火车站跑了。候车大厅的墙上刷着一行红色大字——高高兴兴出门去，平平安安回家来。看到它老何就觉得心里堵得慌，索性躲着走。终于，在第三天，见到了开会归来的站长。

站长说这个证明开不了，事实是否如老何所说暂且不论，关键是当事人的人事关系不在本火车站。站长帮老何梳理：这趟开往北京的火车属于本市铁路局，但车上的乘警不属于铁路局，是公安局派驻的，如果是实习乘警，则也不属于公安局，档案在警校，归警校管。所以结论是，这份证明只能警校开。

老何觉得是这个理儿，问清地址，连夜赶往警校所在的另一座城市，还好尚有一天假。第二天一早，老何走进警校的大门。

校长听完情况，说警校是讲法的地方，我们会调查此事，您回去等消息吧。老何说最好今天就拿一份学校开的证明回去，对单位有个交代。校长说此事非同小可，如果您说的属实，我们要处分当事人，但调查需要时间。老何问需要几天，校长说尽快。老何也没有更好的选择，只能回家，准备明天上班报到。

　　孩子和她奶奶看到老何这副模样回来，问他怎么弄的。老何说爬长城的人太多，他没站稳，被拱下山坡，磕的。第二天到了单位，老何也这样说，还补充说亚运会要开幕了，北京人山人海，还净是丢孩子的呢。有人信了，但看领导的反应，似乎没信。领导皱着眉，说老何这样会影响糕点的销量。老何爱喝酒，在单位尽人皆知，闹出过笑话，领导早就想给他调离售货岗位，现在老何再次闻出领导要给他调换工作的味道。他不愿离开这个岗位，以前新到了软和的糕点，他能先给自己老妈买点儿，现在自己也需要吃软和的东西了，更有必要留在这个岗位上。老何向领导保证，他会更加努力完成销售任务，并且超额完成，如果完不成，不要奖金，同时保证尽快装上假牙，恢复温馨笑容。毕竟是老员工了，领导给了老何面子。

　　老何一方面履行着自己对百货大楼的承诺，勤奋工作，另一方面着急拿到警校的证明。有了证明，领导就不好意思再把他调到别的岗位了。

　　老何每天给警校打一次电话，问处理结果。对方说没那么快，让老何留下电话，有结果了给打过来。虽然长途电话费很贵，老何还是坚持自己打过去。终于有一天，电话里说有结果了，那位实习乘警给校方的说法是没发生过老何所说的事情。老何说这怎么可能,那么多人看着呢！校方说如果您说他动手了，能拿出证据，或有在场人员作证，证据确凿，我们不但会给您开证明，还会追究他的责任。

　　老何不便再请假，等到周日，买了站台票，登上那趟去北京的火车。米乐小舅早已做好老何会来找他的准备，还是那个包厢，两人面对面坐下。老何问米乐小舅，敢打人为什么不敢承认呢？米乐小舅说，承认什么？没发生过的事情让我承认？老何说你也是成年人了，不能睁着眼睛说瞎话。他张开嘴说，我的牙怎么没的，你最清楚。

打完老何的这几天，米乐小舅也很忐忑。他上过刑法课，知道自己这个身份打人是什么后果。他渴望留在火车上，渴望这身警服，所以咬死不承认。老何现在知道这个小年轻还在实习期，也不打算难为他，说我找你不为别的，医药费都不管你要，只是希望有个证明，让我别丢了工作。米乐小舅说，别的都好说，就是这个证明，成全不了你。他深知如果承认了这事儿，对自己意味着什么。

老何说那你说怎么办呢？我跟他们说是我在北京自己摔的，没人信。米乐小舅了解了老何的工作后，说要不这样，现在牙窝也愈合得差不多了，我给你找最好的医院，配最好材料的假牙，先让你在仪表上不被单位挑出毛病。老何说假牙我自己也能装，我需要的是单位对我有个好印象。米乐小舅承诺明天回程后，连续三个月去老何柜台买糕点，每月的实习工资都花在这上面，帮老何提高销售额，销售额上去了，单位自然对他刮目相看，糕点还留给老何吃，配合他吃不了硬东西的现状。说着还拿出昨天刚发的工资条。老何见米乐小舅也挺实在，说算了，都不容易，就先这样吧。

这时候车上广播说火车要开了，送亲友的旅客请下车。老何站起身，米乐小舅也跟着站起，向老何伸出手。老何递上手，两人握了握。米乐小舅说，这事儿是不是就算过去了？老何抿着嘴，舔了舔牙床，张开嘴说，但愿吧！

米乐小舅当然没幼稚到以为这事儿就这么过去了，退乘回来的第一件事儿，就是去了米乐家，给米乐带去了子弹壳。小舅并没有配枪，子弹壳是他以前收集的，米乐并不管子弹壳的出处，觉得小舅能带来子弹壳，一定是个厉害的人，迫不及待地拿着子弹壳出去向小朋友们炫耀了。

小舅还给表姐和表姐夫，也就是米乐的妈妈和爸爸，带来了北京的果脯和六必居酱菜。当着表姐的面，米乐小舅把老何来找他的事儿跟表姐夫说了。表姐听明白了，让表弟放心，说咱们毕竟是一家人，胳膊肘不会往外拐。米乐小舅放心地离开后，米乐妈妈问米乐爸爸，表弟到底打没打老何？老何的牙是不是表弟打掉的？米乐爸爸说你怎么还不明白呢，他要是没打，能拎着东西来咱家吗？米乐妈妈说我看不明白的是你，他是我表弟，拎着东西来看你，还给米乐带来子弹壳，不就是为了告诉你，他没打过老何吗？没打就是没打！米乐爸爸说你可真够护家贼的，米乐妈妈说你用不着借题发挥对我家的成见，米乐爸爸说我只是希望米乐别受你们家风的影响。米乐爸爸确实对米乐妈妈家的成见不小。米乐有几个亲姨，和米乐妈妈一样，都喜欢女孩，在米乐还很小的时候，给米乐涂脂抹粉，脑门中央还画了个红点，带去照相馆照相，照片洗出来，放老大，挂在米乐姥姥家墙上的相框里。客人来了，看见照片，冲姥姥竖大拇指：您这外孙女够俊的！米乐爸爸听了心里很不是滋味。姥姥家的人都把米乐当女孩养。米乐刚会走路的时候摔了跟头，米乐爸爸说不用管，让他自己爬起来，姥姥家的人偏要伸手抱，还打地，说都怪地不平，摔到宝贝了。为了让米乐多点男子汉气概，米乐爸爸给米乐买了足球，让他再去姥姥家带着。米乐和姥姥家邻居小朋友一起踢，在土地上摔倒，擦破膝盖的皮，姥姥家的那些姨就不干了，说会留下疤的，听说蜈蚣粉能祛疤，药店的太贵，就去抓蜈蚣。还真抓来了，河边潮湿的砖头底下就有，装进罐头瓶，闷死蜈蚣，然后晒干了磨成粉，熬制偏方往米乐膝盖上抹。米乐爸爸看着一瓶瓶不同日期抓来的蜈蚣因窒息弯曲成千奇百怪的形状，觉得做法夸张，说一点擦伤不至于，未必落疤，而且男孩子腿上有疤也不是什么大不了的事情。米乐的妈妈和姨们不干了，说米乐是不是你亲儿子呀，怎么能说出这么没感情的话呢！米乐爸爸和她们不在一个频道，无言以对，只是郑重地告诉过米乐妈妈，以后少把米乐往姥姥家带。米乐妈妈说，可以不带去，那以后你管孩子。米乐爸爸要忙活学校的各种事儿，管一个班五十个孩子，留给米乐的时间几乎为零，看着米乐妈妈和亲姨们把她们的好恶投射在米乐身上，却无能为力。对于米乐的教育，两人吵过若干次，已经习惯了。这次由表弟转到米乐，又吵了一架，互不理睬，上了床背对背躺下，各自而眠。

老何装上了假牙，在家里对着镜子练习微笑，越看越觉得自己笑得假。没法不假，这副假牙本不是什么开心的原因装在嘴里的。内心苦涩，却更要笑出来，让别人看出甜。顾客的心情影响食欲，顾客的食欲关乎销售业绩，销售业绩是自己工作稳定的保障……老何站在糕点柜台后面，抬起头，勇敢地笑着。

新装的两个颗牙比老何以前的那两颗牙白，亮白，笑起来有一种灿烂闪光的效果。每个经过糕点柜台的顾客，都会因为这两颗白牙而多看一眼柜台里的糕点——种类繁多，颜色各异，千姿百态，油、润、面、脆、酥，各种质地，软硬兼施——视觉上受到刺激，勾起食欲，不想买的也买了。

老何的工作保住了。

秋去冬来，元旦一过，春节就快到了。前税务局局长的老爷子拄着拐棍来买蛋糕。他儿子退休前，蛋糕年年有人送，儿子再给他端去，后来儿子退了，没人送蛋糕了，他还馋这一口，就自己来买。

老头挑了桃酥、虎皮蛋糕和松仁枣糕，各要一斤。称完，老何用油纸给每种分别包上，系上纸绳，方便日后一块块吃，吃完封上纸，蛋糕不会干。包到虎皮蛋糕的时候，老何的假牙突然从嘴里迸出，翻了个跟头，正戳在蛋糕上。

这副假牙老何装得有点儿着急，没等牙龈稳固就配上了。配的时候大夫提醒过他，现在装上，过段日子会不合适。老何说不合适就再换，现在急需先将城门缺口堵上。堵是堵上了，但局势不稳定，随着牙床的迁移，堵在缺口上的两颗牙变得碍事了，老何嘴里像戴了紧箍儿，随时要炸裂。想再配一副，但春节前买糕点的人多，不好请假，就先凑合着。

不舒服了,他下意识会用舌头去舔那两颗牙。这次不知道是舔得猛了,还是终于开闸泄洪,两颗牙像陨石一样,坠落在虎皮蛋糕上,排列整齐,像准备咬上一口似的。

老头看清是两颗牙后,说怎么着伙计,比我还着急吃?老何赶紧拾起假牙,装进嘴里,还沾着蛋糕的甜味儿。蛋糕上留下两个齿痕。

老头不乐意了。老何要给老头换块新的,老头不干,说要换就把老何换了。吵闹着把百货大楼经理召了出来。老头话里话外一通埋怨,经理听明白了,老头是前税务局局长的父亲,没少沾儿子的光,这次自己来买蛋糕,从自己兜里掏钱,有点儿不平衡,又碰上这事儿,借题发挥,撒撒怨气。经理赶紧派车给老头和糕点送回家,还额外饶了三斤肉松卷,才算没把事情闹大。老头上了车还不依不饶,说别以为我儿子退休了,税务局就没人了,你们好自为之。哪怕老头只是随口一说,经理也不能让老何继续站糕点柜台了,万一老头日后再来买蛋糕,看见老何,赶上哪根筋又不对了,指不定会发生什么。送走老头,经理开诚布公地和老何谈话,劝他离开销售岗位,从长计议。

这天也是老何给女儿开家长会的日子,初三第一学期的最后一个家长会,很重要。经理和老何谈完,老何来不及为自己辩解,骑上车就去了女儿学校。

先是坐在自己孩子的座位上听老师分析今年的中考形势,嘴里的紧箍儿让老何坐立不安,索性摘了假牙,放在女儿的课桌里,继续听老师讲。

后来散会了,家长们挨个向老师打听自己孩子的情况。老何也排队等着,轮到他的时候,才从兜里摸出假牙,装上,忍着疼痛和老师交流了几分钟。在此之前,门牙的地方一直空着,老何被人认了出来。女儿同学的家长里,有坐过那趟火车的。

班里的学生很快就知道何丽云的父亲在火车上被警察打掉两颗牙的事情了,何丽云就是老何的女儿。一个学习成绩和何丽云同样名列前茅的男生，跟她关系要好，认真地问何丽云，他们都说你爸爸的牙是被警察打掉的，不是这样的吧？何丽云面红耳赤，无言以对，瞬间成绩一落千丈。回到家，跟老何的话也少了，甚至躲着老何走。老何未察觉，以为女儿忙于中考。

  第一次模拟考试结束后，又召开家长会。老何已经有了一副舒适的假牙，这次让他坐立不安的，是女儿的排名从班里前三名跌到三十多名。老何很诧异，会后等到所有家长都走了，问老师是怎么回事儿。老师对学生中间发生的事情略知一二，说自打上回开完家长会，班里男生就开始拿老何的豁牙取笑何丽云，成绩下降，想必与此事有关。老师已经找带头男生谈过话了，希望老何回去再做做女儿的工作。

  回到家，老何问女儿学习成绩下降是不是受了他的影响，女儿没说话。老何又问女儿，如果我证明了是火车上的警察犯了错误，你的成绩能上去吗？女儿反问老何，你真能证明吗？

  老何懂了。

  距离中考还有两个多月，为了能让女儿考上好学校，老何带着女儿去找米乐小舅。

  米乐小舅再有两个月就能拿到警校的毕业证了，若不出意外，将会留在火车上工作。老何的再次出现，让米乐小舅如临大敌。你怎么又来了？米乐小舅把老何父女带到包厢。

  老何先说了自己因为工作中假牙掉了，导致不能卖糕点的事儿。米乐小舅说，你想让我怎样赔偿？老何说这是次要的，重要的是女儿学校里在传言自己喝多了撒酒疯，被警察打掉两颗牙，影响了女儿的情绪，致使她成绩下降，再有两个月就中考了，他希望女儿能考个好学校。米乐小舅说这还不简单，转向老何女儿说你爸爸没有犯错误，我和你爸爸之间发生了点儿误会，但他的牙不像你们班上说的那样，好好学习吧！女儿看着面前的乘警没说话，往车下拉老何。老何知道女儿有话不好意思讲，下车问女儿想说什么。女儿说我相信你了，但你得让我们班的同学也相信。老何让女儿在车下等着，他又上了车，跟米乐小舅说刚才的话光跟我女儿说还不够，得让女儿全班都知道，你去学校里讲一讲。米乐小舅说你这样就太过分了。老何说我女儿没妈，就我这一个爸，中考对她很重要，我没理由让她因为我耽误前途。米乐小舅说要不这样，女儿的工作你自己去做，我也让你打我一顿，给我也打掉俩牙，三颗也行，出出气。老何不打，说自己不是为了出气，只想证明自己没错儿，米乐小舅说那我真帮不了你了。老何说我就这一个女儿，米乐小舅说我就这一次毕业分配的机会。老何说那让事实自己说话吧，牙是你打掉的，我就不信没人看见。米乐小舅说看见了能怎样，老何说看见了就能帮我作证，我要是找到了证人怎么办？米乐小舅说你去找吧，该怎么办就怎么办。

　　老何带女儿回家了，让女儿别着急，先安心备战第二次模拟考试，他会击破班里流传的谣言。

　　老何又去找了那天火车上的老警察，结果车上换成一位中年警察。老何问老警察去哪儿了，中年警察说无可奉告，不说有不说的难处。老何只好去分局打听，被告知那位老警察查出肝癌晚期，刚做完手术，已经处于半退休状态。老何讲明找他的缘由，接待老何的人听完，问老何是不是要报案，他去拿本记下来。老何说千万别拿本，也不用记，并不想把事情搞复杂，只是想问问那位老警察，能不能替自己去学校做个证，证明自己没犯错误。分局把老警察的家庭住址给了老何，老何摸上门，老警察不在家，出去抓中药了，老伴在。老伴听明白老何的来意，给老何作了个揖，说谢谢老何，希望他赶紧离开这里。老何不明就里，老伴说大夫已经给老警察下了最后的期限，也就能活个一年半载了，让他想吃什么吃什么，想干什么干什么，少琢磨那些不开心的事儿，单位也给他放了假，现在让他掺和这事儿，无异于榨取他硕果仅存的健康细胞。说完老伴拿出手术单、医药单，给老何看。老何一看，都是真的，想起老警察在火车上要给自己包扎的场景，心里一酸，说自己在百货大楼上班，如果想吃点心了，可以去后门找他——老何从糕点柜台被调换到楼后的车棚看自行车，但是在糕点柜台还有面儿，新到货了能刷脸先买。然后就告辞了。

第二天老何到单位打了声招呼，要请几天假，不等领导点头，就坐火车去了异地的那所警校。为了女儿，豁出去了。校长见到老何，还记得他，说如果实习乘警真打人了，就不是给你开个被打证明那么简单的事儿了，而是要追究他的刑事责任。老何说他不想把事情搞大，大家都不容易，但是女儿需要自己的证明。校长说这并不是一件小事，如果真如你所说，性质很严重，国家刚刚颁布试行了《人体轻伤鉴定标准》，其中就有牙齿脱落这一条，我们可以再调查一次。老何说这次我住下不走了，每天来一次，直到出结果。第二天，老何在招待所接到警校的电话，校长说打电话询问过当事人，他说没动过手。老何一下子怒了。老何气冲冲来到校长室，要把米乐小舅叫来当面对质：他当着我的面都承认过了，还让我把他的牙也打掉两个，算扯平了，我要有一句骗人的话，我是这个……老何用手模拟出一个王八的形状。校长让老何冷静，说私底下的话不能当真，如果当事人不想公开承认，叫来也没用。老何说那总得有个说理的地方吧！校长说国家保障公民的基本权利，如果老何真的受到人身伤害，可以去检察院起诉，检察院会立案调查。老何说那不就成打官司了吗？校长说说不清道不明的事情，对错只能由法律裁决。老何问只能如此吗？校长说没有二法。老何喃喃道，那就打吧！

老何并不愿意惹麻烦，他认为温良恭俭让、你好我也好、吃点儿亏喝点儿小酒就过去了的日子挺好，但想到女儿的未来，又觉得这样没出路。自己这样，是因为人过中年看不到改变的希望了，瞎凑合，女儿才十五岁，不能凑合！

老何视女儿为掌上明珠。丧妻后有人给他介绍过对象，两次女方都提出只要老何把女儿交给他妈妈带，自己和老何单过，就答应跟老何结婚。老何都没同意，单身至今。女儿和老何一直很亲，现在父亲形象在她心里大打折扣。老何证明自己的时候到了，不仅是挽救父女关系，重塑自己的形象，更是为了给女儿展现一个光明的未来——让女儿知道，社会是公正的，正义是值得相信的！

老何去了检察院。工作人员做登记，问老何有目击证人吗，老何说有。对方说我们需要他的联系方式，老何说我现在也没有，但马上就会有。

一天，米乐爸爸正在办公室判作业，同屋的老师走过来，说米老师有人找。米乐爸爸抬起头往门口看，站着一个人。米乐爸爸走过去，打量站着的人。

您还认识我吗？站着的人问。在米乐爸爸辨认的时候，站着的人背过身，摘下假牙，转过头又让米乐爸爸看，说这回您认出来了吧。米乐爸爸说是你呀，找我吗？老何装上假牙说，对，火车上的事情，想麻烦您。随后把来龙去脉一说。米乐爸爸问老何怎么找到这儿的，老何说，打听。米乐爸爸说一会儿还要给学生上课，让老何周日去他家，给了老何地址，叮嘱以后不要来学校找他。

周日，老何拎着点心匣子如期而至。米乐妈妈已经知道老何去学校找过米乐爸爸的事情，一大早就把米乐爸爸支出去，让他带米乐去公园玩，晚上再回来。米乐爸爸说了句"妇人之道"，不情愿地出门了。

是米乐妈妈给老何开的门，说米乐爸爸去同事家帮着打组合柜了，不一定几点回来。老何放下点心说没关系，我等。边等边讲述那天火车上的事情。米乐妈妈给老何倒了一杯水，也不接话，任老何自己在那儿说。老何知道米乐爸爸和那位实习乘警肯定认识，要不然也不可能坐在乘警室里，就问米乐妈妈，他们的关系紧密到什么程度。米乐妈妈直言不讳，说别问了，你就不应该来。米乐妈妈如此态度，老何已有所准备，说知道这事儿挺麻烦人的，但还是愿意试试，毕竟牙是在米老师眼皮底下被实习乘警打掉的。米乐妈妈一心帮米乐小舅找老何的把柄，问老何那天是不是喝酒了，老何说喝酒归喝酒，喝成什么样警察也不应该打我呀，再说我喝的啤酒也是火车上卖的，他们卖酒，就说明允许旅客喝酒。米乐妈妈说咱俩不用争这个，喝没喝酒、打没打你，是你自己的事儿，你自己的事儿能不能自己解决，找我们干什么呢？老何说只要米老师实话实说就行了，米乐妈妈说你让他说什么，他跟我说他什么也没看见。老何一愣，沉默片刻说米老师是故意出门躲我吧，米乐妈妈说你要这么认为也行。老何站起身，说那我早点回去吧，米老师好早点回家。米乐妈妈说点心拎走，给看到过现场的人吧，一个车厢里那么多人呢。老何说，点心还有，人不好找。叹着气，走了。

　　第二天，米乐爸爸下了晚自习，回到家又见到了米乐的小舅，他和米乐妈妈正守着桌上的一张报纸，一筹莫展。米乐妈妈把报纸拿给米乐爸爸看，是本市的日报，刊登了一则寻人启事，说某年某月某日开往北京的火车上，某节车厢，穿跨栏背心的实习乘警打人，致使受伤害人门牙脱落，现寻找目击证人，希望在场人士能勇敢地站出来，不畏强权，帮受害人讨回公道，弘扬社会正气。米乐小舅看到这份报纸，赶紧来了米乐家，得知老何已经来过，对米乐爸爸说，姐夫，这人也找过我和我们学校，问题的关键就在于有没有人给他作证；有，我的麻烦就大了，没有，这事儿就只能这么过去。米乐爸爸没说话，拿着报纸反复看。米乐妈妈宽慰表弟，说既然老何登报了，说明你姐夫这条路他没走通，这一关，你放心。表弟点点头，看到窗台上的空高粱酒瓶，对米乐爸爸说，姐夫，等我转正了，给你弄两瓶茅台。米乐爸爸放下报纸，拿起空瓶，扔进簸箕说，喝完这瓶我就打算戒酒了。米乐小舅瞪着眼睛不知道姐夫什么意思，米乐妈妈替米乐爸爸解释，你来之前，他就想戒酒了。米乐小舅说，那我给你们弄台录像机，以后看电影不用出家门。米乐妈妈说，都是一家人，不用客气。送走表弟，米乐妈妈从簸箕里捡起酒瓶，戳在桌上，问米乐爸爸，什么意思？米乐爸爸又把酒瓶扔回簸箕说，我说不说话的资格，就值两瓶破酒吗？米乐妈妈冲着簸箕踢了一脚，说你耍给谁看呢，是你自己不买票，非跟他坐一块儿。米乐爸爸说他是你表弟，是他非拉着我上车的，要不是你们家，我能认识他？这时候里屋门开了，米乐睡眼惺忪地从里面走出来，说你们吵什么呢？看见了桌上的子弹壳，来精神了，问，小舅来了？你们怎么不叫醒我？米乐妈妈把米乐往屋里推，说叫了，你没醒。米乐信以为真，攥着子弹壳又回屋睡了。米乐妈妈还要再跟米乐爸爸说出个所以然，一转身，米乐爸爸点上根烟，去院里抽了。

一个礼拜后的一天，米乐爸爸推着自行车走出校门，看见了马路对面的老何。老何走上前说："米老师，下班啦！"

米乐爸爸知道这回躲不过去了，冲不远处一甩头："那边有个小饭馆。"

两人坐下，要了炸花生米和黄瓜蘸酱。老何开门见山，说我知道，您和那乘警肯定是朋友，要不然也不能坐在他那屋里。米乐爸爸点点头。老何又说我去您家没见到您，我大概知道什么意思了。米乐爸爸叫来服务员，要加个蒜苗炒肉，今天他请客。老何说不用，今天是最后一次来找米乐爸爸，日后不会再来，他请，又让服务员上一塑料桶啤酒。这么一说，米乐爸爸心头一松，之前这事儿确实成为一道难题，困住了他。

啤酒上来，老何先给米乐爸爸倒了一杯，又给自己的杯里倒上，两人碰杯。喝了一口，米乐爸爸放下杯，老何还举着，说了句对不住，米乐爸爸一愣。老何继续说，今天我已经把您家的地址给检察院了，他们会去找您取证，到时候怎么说，是您的自由，我先干为敬！老何一仰头，喝光了杯里的酒。

刚有些许轻松的米乐爸爸，心情顿时又沉重起来。

老何又给杯里倒满酒,说走到这一步也是没办法,时间不等人,我必须在女儿中考前给她个说法。

米乐爸爸看着对面的老何,这个把包袱甩给了自己的中年男人,眼中闪动着光,不知道是希望之光,还是狡黠的光。米乐爸爸有点儿讨厌这光,带着愤怒说:"你有什么权力这样做!"

老何不紧不慢地说他了解过了,作为公民,他有这个权利,而且米乐爸爸也有配合出庭的义务。

米乐爸爸没说话,端起酒杯,一饮而尽。老何又给续上酒,说我知道您会说不在场、没看见,您这么说我还真没办法,因为我也没有其他方式证明您在场,但我还是要拼死一搏。

米乐爸爸更觉得老何胡搅蛮缠,指着老何的鼻子说,我真想给你这俩假牙也打掉了——你怎么就断言我会这么说呢?老何说您爱人都告诉我了,所以我也只能破釜沉舟了。米乐爸爸说你等会儿,我媳妇都跟你说什么了?老何把那天去米乐家的经过一说,米乐爸爸问,我媳妇真是这么说的?老何说不信你回去问。米乐爸爸说,那我如果就这样说,你会怎么办?

老何摘下假牙,嘿嘿一笑,又用漏风的嘴说:"等女儿到了十八岁,我会找到那个实习乘警,当然那时候他早就转正了,然后挥起拳头,把他的门牙也打掉两颗,带回来给我的女儿看看,让她知道善恶有报!"

"你这样会被抓起来的。"

"没关系。"老何说,"我现在都这样了,对这个世界没什么留恋的,里面外面都一样,但是要让我女儿知道这个世道不能胡来。"

"我看你就够胡来的。"米乐爸爸说。

"我是被逼的,我现在还记得他在火车上,揪着我的腮帮子,问我服了吗的样子。我现在可以明确地告诉他,不服!"老何腾地站了起来,肢体配合着语言。

情绪没完全到位，又说："为了能一拳把他的门牙也打下来，我建议，咱俩再来盘酱牛肉吧！"

老何冲服务员招手。

当晚米乐爸爸一身酒气回到家。米乐妈妈不知道他是跟老何喝的，只对他这么晚回家还喝了酒很不满，说你不是戒酒了吗？米乐爸爸说戒不戒酒是我的事儿，用不着你替我做主。米乐妈妈说谁愿意管你呀，给米乐爸爸晾在一边，先上床睡了。米乐爸爸自己倒了杯水，说以后我的所有事儿，你都不要管。米乐妈妈一伸手，关了灯。米乐爸爸说这儿还有人呢，米乐妈妈说你不说不用管你吗，翻身留下一个背影。米乐爸爸站在月光里，端着水杯，水中浸着月影，突然不舍得喝。

4

米老师从大衣柜里取出一件白衬衫，穿在身上，站到镜子前照了照，没发现什么问题。一转身，看见一直在旁边看他的米乐。米乐知道今天是个特殊的日子，爸爸似乎要去做一件特殊的事情，为了这件事情，爸爸和妈妈已经争吵了很久。米乐不愿意看见他俩争吵，也不想问这件特殊的事情是什么。

每天都是米老师送米乐上下学，他任教的中学和米乐所在的小学顺路，但是今天米老师告诉米乐，中午放学不去接他了，让他和家近的同学结伴回家，学校离家并不远。

米老师还指着桌上盖着网罩的饭菜说，如果他没回来，米乐就自己先吃，菜已经炒好，六月中旬了，不用热也能吃，主食是方便面，暖壶里有开水，一泡就行，倒的时候小心点儿。米乐爱吃方便面，平时父母都不让吃，这次主动给他吃，更说明今天是个特殊的日子。米乐已经会感受大人的心理。米老师检查了米乐脖子上的钥匙绳，确认了家里的钥匙在上面拴着。最后他叮嘱米乐，吃完饭锁好门，电视机上有一块钱，拿着买零食，去找隔壁的同学，一起去学校。

米乐妈妈今天出门比以往都早，在米乐印象里，父母好像有几天没说过话了。对于妈妈的早早出门，米乐并不意外。

米乐斜坐在自行车的大梁上，拐过门前那条都是露天面摊儿的小路，就到了所谓的大街上，沿着大街一直往前走，是市法院。经过门口，米乐问爸爸，你今天是要来这里吗？米老师有些意外，问米乐为什么这么说，米乐说你们聊天总说法院法院的，这不就是法院吗？米老师以为自己和老婆那些避着米乐说的话影响不到他，结果米乐还是听到了，而且走心了。米老师只能告诉米乐这是大人的事儿，小孩只要好好上学好好吃饭就行了。

后来米乐回忆起来，大约也是在这之后，家里的气氛变了，像一座冰窖，回到家就感觉冷，想赶紧出去晒晒太阳。爸妈也不怎么说话，米乐倒希望他们吵场架，通过谩骂的言语，也能知道两人的关系到什么程度了，现在相安无事但谁也不理谁的生活，突然让米乐喜欢去上学了，不愿意待在家里，不愿意过礼拜日。作业需要家长签字的时候，米乐也很为难，不知道该找谁。爸爸是家长，妈妈也是家长，找爸爸不找妈妈，会不会让妈妈伤心？反过来，会不会让爸爸伤心？米乐觉得自己长大了，能替大人着想了。

当然米乐更要为自己着想，必须有个家长的名字出现在纸上，他只能花钱找一个擅长模仿家长签名的高中生写上父母其中一方的名字。远近有需求的中小学生都会找这个高中生，代价是一袋干脆面。

妈妈和爸爸还颇有几分默契，两人尽量不同时出现在家里，不是他昨天加班，就是她今天加班。赶上周日，不是他这周带米乐出去玩，就是她下周带米乐出去玩。至于为什么不能三口一起出行，米乐在父母嘴里得到的说法都是对方工作太忙。然而无论多忙，无论两人的时间多不凑巧，神奇的是，竟然没有耽误过米乐一顿饭。

这种日子持续了几年，直到有一天，妈妈突然不在家住了。米乐不清楚到底发生了什么，问爸爸，妈妈为什么不回来住了，爸爸的回答很简单：工作需要。

取而代之的是老何开始频繁出现在米乐家。妈妈的消失、老何的出现和再也没有出现过的子弹壳，让米乐觉得一定是发生了什么。

终于在五年级期末考试结束后，米乐知道发生了什么。这次他考了三百分——语文、数学、自然三门都是一百分——受到老师表扬。放学回家的路上，一个没考好的男生对米乐说："你有什么可得意的，你爸你妈都离婚了！"

米乐已经快十二岁，加上父母长久以来的表现，他大概知道离婚是什么意思了。他反问那个男生，你怎么能保证你妈你爸没离婚？那个男生说，我妈我爸天天一个被窝，他们不可能离婚！米乐想到妈妈很久不回家住了，如果一个被窝才代表不会离婚，那么这说明妈妈已经和爸爸离婚很久了。想到这里，悲愤喷涌，米乐扑向那个男生，两人扭打成一团。

这一架打得米乐身心通畅，多日积蓄的苦闷一扫而光。那个悬而未决的疑惑——父母到底怎么了——也有了答案。米乐挨了几拳，身上的疼痛感让这个答案变得对他失去杀伤力。打架的结果是两败俱伤，两个小孩本就没有多少力气，打累了，被路过的大人一伸手就拉开了。

米乐鼻青脸肿回到家，爸爸一眼就看出他打架了，问因为什么，米乐当然没说因为你和我妈离婚了，而是说那孩子欠揍，因为在考试的时候给他捣乱。爸爸说我看欠揍的是你，这事儿你可以告诉老师，但不能动手打人。爸爸让米乐趴下，用扫炕扫帚打了他屁股三下，帮他长记性。

米乐并不记恨爸爸，也不记恨妈妈，觉得他俩也是受害人，只是对老何耿耿于怀，因为父母离婚和老何有着千丝万缕的联系。所以当看到这次小学毕业语文考试的作文题目是《身边的平凡英雄》时，米乐立即想到了小舅在火车上制伏老何的事情，终于借此发泄了对老何的愤怒。

米乐把他知道的和幻想的都写了进去，塑造了一个讨人厌的老何，而作为平凡英雄的小舅，及时出现将这个害群之马绳之以法。

没想到交完作文，回到家就看见了豁牙老何。豁牙老何知道今天是米乐小学毕业的日子，每年里，他都会以各种名义，找米乐爸爸喝一顿。老何本来已经有了一副合适的假牙，却故意不戴，就愿意咧嘴一笑后，露出里面的黑洞，他说这是自己的光辉业绩，是自己反抗强权的勋章。

米乐进门后没有坐下和这两个大人一起吃喝，厌恶地看了一眼老何的豁牙，径直进了自己的小屋。米老师替米乐打圆场，孩子越大越不懂事儿，也不知道叫人。老何并不挑理，扯下一个鸡腿，又掰了一块肝，盛在碗里，送到米乐门口，敲门说："少爷，饭给你送到门口了。"

米乐在里面没动静。

老何又敲着门说："劳驾您亲自吃一下。"

里面依然没动静。米老师知道老何越敲，米乐越不会开，米乐对老何很有意见，虽然爷俩没交流过，他也看得出来。米老师说算了，小孩不会饿着自己，饿了就出来了。

米乐不是不饿，是不喜欢看见老何，此刻还沉浸在写作文的情绪中，看见老何像看见坏人。其实他就躲在门后，关注着门外的动态。饥饿感和对老何的愤恨，正在身上蔓延，他为那一刻的到来做着准备——冲出去大声宣布：老何，你不要再来我家了！米乐觉得，老何如果不来了，妈妈就有可能回家。但是现在米乐没有勇气破门而出喊出这句话，他需要更愤怒一些、更饿一些，藏在门后积蓄着这种力量。

老何没敲开门，把碗端回桌上。他还算有点自知之明，知道米乐对自己为什么这个态度，也清楚自己是米乐父母离婚的导火索。他端起酒杯，一手捏着，一手托底，颇有仪式感地说，米老师，还是那句话，感谢的话不多说了，都在酒里，我自罚三杯，一杯敬你，一杯对不住你前妻，一杯对不住你前小舅子……老何在得知面前这个男人因替自己出庭作证为自己打赢官司找回尊严而被丈母娘家的人恨不得千刀万剐了后，不禁肃然起敬，一口一个米老师，宛如从五行山下蹦出来的孙悟空管唐僧一口一个师父地叫着。

米乐在门缝里观察着，老何自斟自饮，每杯都倒得挺满，喝的时候也一丝不苟，瞬间三杯进肚。米乐想，他也真好意思！但是爸爸并没有撵他走的意思，而且每次都跟他一起喝，虽然不像他喝得那么凶。这是米乐所不能理解的。

三杯过后，老何已经不说中国话了。本来摘了假牙就漏风，酒劲儿又让他舌头捋不直了，彻底变成大舌头，说话的欲望却异常强烈。

米老西（师），我心里难锈（受）呀！老何捶打着自己的胸口说，其实我并不好意西（思）来你这儿，我细（是）你家的坠（罪）人呀，弟妹跟你离婚……

你也不用自责，过不到一块儿去终究是过不到一块儿去，离开是早晚的事儿。米乐爸爸说。

渗两年，你和弟妹复婚没可能的话，我给你介笑（绍）一个。老何发自肺腑地说。

先给你自己找一个吧。米乐爸爸说。

我要是宅（再）婚了，你还一个人，我更没脸进你家的门啦。老何喝得红头涨脸。

回回跟你说，以后再提这事儿，就走，你是来喝酒的还是来干什么的？

好吧，那我再记（自）罚山（三）杯。

想酒就喝，别老自罚自罚的，倒上就行啦。米乐爸爸给老何续上酒。

要吃（知）道那个实习乘警是你小舅子，我就不来麻烦你了——没敢相信你能大义灭亲,你是这个……老何竖起一个大拇指。

毕竟他不对,不应该动手。

也怪我有点儿喝多了。

那也不能打人,出手还那么狠。

我倒觉得有点儿对不住他,让人家秋(丢)了工作。

这亏他早晚得吃,要是不改改,将来会栽更大的跟头。不当警察了,他现在也挺好。

电视一直开着,突然冒出一句话:"用事实说话。"老何扭头看向电视,正重播着前一天的《焦点访谈》。老何一拍大腿,说这话总结得好,米老师,你是这句话的践行者,尊重事实,用事实说话,实话实说——跟中央电视台一个声音。米乐爸爸说你喝多了,今天到此结束吧,拿过酒瓶,拧上盖。老何要酒瓶,说再喝最后一杯,米乐爸爸不给,说你的最后一杯永远又是半斤。老何说这次真的是最后一杯,这杯一定要喝,瓶子拿在你手里,你给我倒。米乐爸爸倒了最后一杯,没满。老何说,倒满。米乐爸爸又给续上点儿。老何端起酒杯,这回是双手并排握着,像古装剧里的人物在喝酒,说这杯是替我女儿感谢你的。米乐爸爸说你又来这套,喝就喝,不喝就放下。老何说女儿来信了,提到你,说你给我们一家带来希望,再开学她就大四了,准备考研,法律系,要不是你那时候及时帮我洗白,稳定了她的情绪,她都不一定能考上高中,她说以后当上律师,你有什么事儿,尽管说。米乐爸爸说没必要跟孩子说大人的这些事儿,老何认为很有必要,让孩子分清善恶,知道社会是有规矩的,这样他们才有所为有所不为,如果孩子长歪了,社会就完蛋了。

说完老何东张西望,开始满屋子看。米乐爸爸问他寻摸什么呢,老何说看看哪块儿适合挂锦旗,说着从包里掏出一个卷好的画轴,站起来,一抖搂,画轴展开,是一面锦旗,右边一排写着"毫不利己专门利人",左边一排写着"好人难得一生何求"。

老何说:"米老师,你是一位高尚的人,这是女儿建议我送给你的,我带钉子了,你看挂哪面墙合适?"

米乐爸爸让老何先坐下,老何举着锦旗,说坐下就拖拉到地了。米乐爸爸说卷好了,拿回去,老何说宝刀配英雄,挂在这儿才物尽其用。米乐爸爸急了,说叫你拿回去,你就拿回去!站起来,夺过锦旗,三卷两卷,收起来,使劲往桌上一拍:拿走!老何第一次见米乐爸爸这么大反应,悻悻地塞回包里。

米乐爸爸自己倒上一盅酒,情绪有所收敛,缓了缓说,其实自己并不是一个高尚的人。接着说,帮老何出庭作证,是因为日后要站在讲台上教课,腰杆得挺直了,自己还当着班主任,学生犯错误了,批评他们的时候需要底气。老何说,所以你当老师,对得起为人师表这几个字——要不我把锦旗上的字改一下?

米乐爸爸说,但这些不是最重要的,我可以不当老师,不必在意学生们的目光,我是怕。怕?老何问,怕如果不作证,我打击报复吗?我可不是那种人。老何端起酒杯,试图让气氛轻松一下。米乐爸爸冲米乐所在的房间甩了一下头说,怕米乐以后会看不起我。说完,也端起酒杯,喝了一口。他继续说,我想如果有一天米乐长大了,还记得这件事儿,问起我,我可以如实告诉他。虽然我也说不清为什么要这么做,但能心安理得地说,我尊重了事实,没有歪曲谁,也没有袒护谁。说实话,你第一次来找我的时候,我也不知道怎么办好,冥冥中那句话一直在起作用,就是刚才电视里的那句——用事实说话——虽然这句话当时电视上还没说过。如果因为我没有说出事实,米乐知道了这个社会有空子可钻,等有一天他做了错事,甚至犯了法,他说这是跟我学的,我会后悔一辈子!说完,米老师一口喝完杯里的酒。老何及时给添上。

隔着门,米乐在爸爸嘴里听到自己的名字。他已经小学毕业了,能把六年前火车上发生的事情、爸爸和老何刚才酒桌上说的那些事情,以及父母离婚的事情串起来，其中的因果大致清楚了。第一反应就是，自己的那篇作文写错了。这么多年，错怪老何了，作为少先队员，不应该在作文里玷污老何的名声。他要去找回那篇作文，销毁。

米乐冲出房间，举止之突然，吓了爸爸和老何一跳，愣愣地看着他。米乐冲到桌前，端起桌上爸爸的白酒杯就喝。

"放下，那是酒！"爸爸说。

老何把之前给米乐盛肉的碗递到面前说："别光喝，吃口东西。"还替米乐开脱："让他喝吧，小男子汉喝点没事儿，都要上初中了。"

米乐喝进嘴里的酒，还没往下咽，已经在口腔里燃烧。他觉得是男子汉的话，就不该怕辣，于是眼一闭，豁出去，咽了下去。瞬间浑身发热，胸口像点了一个二踢脚，第一响已经炸开，第二下不知道要把他崩到什么地方爆炸。

米乐飞奔出了家门，左拐右拐，跑到学校门口。大铁门紧锁，米乐敲门。一扇小门镶嵌在大铁门中间，从里面被拉开，露出看门大爷的脑袋，问米乐怎么了。米乐说自己是六年级的，要找老师，大爷说你们已经毕业，老师都走了，学校也放假了，一个人都没有了。米乐问去哪里能找到老师，他的作文写错了。大爷看他这副着急的样儿，问怎么个错法，帮他想办法。米乐把经过从头到尾一说，大爷耐着性子听完，笑了，说你这个不影响毕业，也不影响你上初中。米乐说怎么可能不影响呢，明明老何不是坏人，我把他写成坏人了。大爷说作文该怎么写，我也不会讲，但是我知道，无论你的作文写成什么样，得了多少分，哪怕不写，开了学你依然会是初中生，小升初的考试就是走个形式。大爷问了米乐家住哪儿，然后万分肯定地告诉米乐，你会在二中上初中。米乐知道，二中是重点中学，高考升学率全市第一，可自己作文写得这么糟糕，怎么可能上二中呢？大爷说上不上二中不是因为考得好坏，而是因为米乐家住在二中的学区，二中的初中部采取就近入学，不管会不会写作文都能进二中。大爷最后说:"回去吧孩子,放暑假了,痛痛快快玩一个夏天,以后上了二中,就没这机会了。"

米乐一听,哭了,觉得自己作文写跑题了,配不上二中,有损二中的荣誉。大爷不明白,又补充:"孩子,如果开学你上的不是二中,再来找我哭,行吗?上了二中应该高兴!"

米乐哭得更凶了。

米乐也不知道自己是怎样离开小学门口的,悲戚地往家走,一边流泪,一边想:还有一次机会,等开学了,一定要告诉二中的老师这篇作文是怎么回事儿,如果就这么不明不白地上下去,初中这三年就抬不起头了……

中　部

1

初中一开学,米乐就找到老师,坦白自己不该在本校上初中。老师并不意外,说知道米乐要去北京上学了,这是好事儿,跟作文写得怎么样没关系。这话让米乐一愣。老师还说你妈妈已经来过学校,说等北京那边的学校找好了,就给你转走。

米乐带着疑惑回到家,问他爸这是怎么回事儿。爸爸告诉米乐,他将在北京上完初中,然后上高中,北京的高中生考大学容易,录取分数线低。看样子也早知道这事儿了,还替米乐把未来都计划好了。米乐说可是咱们家不是在这里吗?米乐爸爸说,北京有你的新家。

这个新家,是米乐妈妈给米乐找的,她已经和一个北京男人登记结婚,还要把自己和米乐的户口迁到北京。北京的升学优势,让米乐爸爸无法拒绝她的要求。毕竟那里是北京，米乐的一辈子才刚开始，因为这一点，米乐爸爸同意前妻带走米乐，和继父一起生活。把米乐培养成大学生，是米乐父母离婚后仍能达成共识的地方。

米乐的继父，比米乐妈妈小三岁，两人是在舞厅认识的。在米乐三年级的时候，父母开始分居。米乐妈妈不再回家住，家里的房子是米乐爸爸学校分的，教委的家属楼，她搬出来，住到自己单位宿舍。所谓宿舍，是临时搭建的，米乐妈妈在群艺馆上班，所在的三层小楼有间道具库，除了取送道具，很少有人进，她就在这里面，用景片搭了一个封闭的卧室。领导知道米乐妈妈为什么不回家住，对这事儿睁一只眼闭一只眼。

那些景片上要么画着崇山峻岭，要么画着浩瀚海洋，一个人住在里面，眼前的景象，越发让人孤独。米乐妈妈是群艺馆的舞蹈老师，担负着为全市交谊舞爱好者普及探戈、华尔兹、伦巴的工作。晚上找不到别的事情可做，为了打发时间，就去了舞厅教课，还能多些收入。那时歌舞厅刚在大城市兴起，小城市不认，看着旋转的灯，不敢进。老板为了招引客人，就办扫舞盲培训班，请来群艺馆的老师上课，更好的也请不来。就这样，米乐妈妈在舞厅认识了小黄，也就是米乐的继父。

小黄是陪领导从北京到这里考察的，领导坐着一辆京牌的小轿车，小黄是司机。晚上领导休息得早，小黄还年轻，睡不着，瞎转悠，进了舞厅。正好赶上米乐妈妈的"慢三"培训班开课，小黄就交了费，跟着学起来。

每晚两个小时，中间休息几次。休息的时候，师生闲聊，双方年龄相仿，有共同语言。聊到小黄，得知他是北京来的后，大家并不惊讶，说一听小黄说话，就知道是北京人。问到小黄在北京做什么工作，为什么来这里，小黄说自己是"二炮"的，给领导开车，领导上哪儿，他就开到哪儿，也不多问领导的事儿。米乐妈妈听说过"二炮"，知道那是为国家研发导弹火箭的，可是本市并没有跟火箭相关的单位，问小黄来这里能干什么呀，小黄只是笑笑。大家知道部队有规定，很多事儿不能外露，也不再难为小黄，只是说小黄不穿军装，肯定是为了工作的保密。小黄笑的幅度大了些，像在验证着大家说对了。

小黄无论是坐着、站着还是跳着舞，都身姿挺拔，一看就是当兵的。展示动作的时候，米乐妈妈愿意拉着小黄做示范。在场男士看到小黄挺拔的身姿，也下意识挺起自己的胸脯。在得知小黄尚未成家后，很多老大姐想给小黄介绍对象，可是作为拥有北京户口又是"二炮"身份的人，哪怕是开车的，怎么可能找个外地媳妇呢。老大姐们强忍住把单身姑娘们带来舞厅见见小黄的冲动，自己拉起小黄的手，在镭射灯光的旋转中，和小黄翩翩起舞。

摸清领导晚间的规律后，小黄就敢开车来学跳舞了。散场后，还能送顺路的舞友回家。在车里，小黄从舞友们嘴里听到米乐妈妈的故事。

在搬进道具库之前，米乐妈妈向米乐爸爸提出离婚，得到的答复是孩子还小，再等等。但米乐妈妈不愿意和这个男人继续在同一屋檐下生活，一旦两人对不上眼了，看对方做什么都别扭。米乐妈妈选择搬出这个家，她记得一条法律常识：夫妻分居两年可自动离婚。

米乐妈妈并没有放弃做母亲的责任，有时候会把米乐接到群艺馆写作业，等人都下班了，用电炉子给米乐做饭，周末还会带米乐去姥姥家。米乐问过妈妈，为什么不回家住，她的回答是单位事情多，需要加班。米乐不明白什么叫工作，姑且信之，也知道爸妈不和，却没能力多想。

有一天，米乐妈妈突然出现在米乐爸爸的学校门口，约他找时间聊一聊。米乐爸爸说我知道你什么意思，截止到今天，你搬出去正好两年了。

在米乐五年级的时候，父母协议离婚，双方默认米乐跟随父亲生活。父亲有房，又是老师，对米乐成长的帮助更大。离婚后，有人劝米乐妈妈再成个家，老住道具库也不是个事儿，米乐妈妈说等米乐上了初中懂点事儿了再说，劝说者说那时候你年纪更大了，选择余地小了。米乐妈妈说小就小吧，随缘。

如果没听说这些事情，小黄并不知道舞蹈老师已经有一个十二岁的孩子。常年的舞蹈训练，让米乐妈妈胳膊腿上的肉依然紧绷，皮肤光润，眼睛里也有一种并未被生活所束缚的光芒。小黄自己刚刚失恋，犹如大病一场，还没缓过来，但是舞蹈老师作为一名刚离婚的女性，竟然没有一点儿小黄想象中的那种症状，每天沐浴在阳光下，毫无阴影。教起舞蹈来，专注、投入、忘我，小黄却总分神，和女朋友分手这一事实时常在他头脑中掠过，让他从内心到舞蹈动作，都无法绽放。米乐妈妈提醒过他，你的身姿是优秀的，四肢还要再打开，让动作舒展，记住，打开。

小黄三十岁前才开始初恋，却得到个被甩的结局，有限的人生经验里，对"打开"很陌生。他暗暗观察着舞蹈老师，跟她学习打开。

离婚后，米乐妈妈也有种挫败感，毕竟婚姻是自己选择的，还有了孩子。为了铲磨这种挫败感，她选择用舞蹈重新和这个世界建立联系——每当身体摇摆、旋转的时候，附着在身上的阴霾也被甩掉，甩出一个崭新的自己。这期间，全省各地区爆发了百年不遇的洪水，本市也受了灾，一条途经市区的河流在几日暴雨后，平日深蓝色的河水，先是变成黄泥汤儿，一点点涨满河道，随后上游又涌下更多的黄泥汤儿，汪洋一片，卷起白色的水花，像给这座城市过了一个泼水节。干枯的河床瞬间被淹没，水位迅涨，势头凶猛，眼看就要涌上公路。省里派来抗洪官兵，用一包包麻袋，挡住了肆虐的河水，保护住国家和个人财产，也保护了人民的生命安全。洪水退后，艳阳高照，抗洪官兵要走了，市文化局要举办一场慰问演出，让各单位出些节目。这种活动，群艺馆向来是选送节目大户，其中有米乐妈妈的独舞。在临时搭建的舞台上，音乐响起，米乐妈妈穿着土黄色齐腰的裙子，自右向左，艰难走上舞台。伴随着雷雨的音效，大家看明白了，她其实是在演绎水已经淹到腰了，摆动的土黄色裙子就是滔天的洪水，眼看就要把她冲走。乐曲一变，米乐妈妈一个转身，面向舞台的右侧，露出自己右半身的服装，黄色裙子换成绿色军裤，摇身一变，俨然一名抗洪战士，向受困群众游去。一人分饰二角，一会儿在洪水中挣扎，一会儿在洪水中劈波斩浪，最终合二为一，左右手拉在一起，受难群众得救，军民鱼水情达到高潮。这是米乐妈妈自己编排的舞蹈，在长达六分钟的演出里，她忘情地挥洒着身体的能量，赢来抗洪官兵的阵阵掌声。熟悉她的人，看到的不是她在演出，而是在抵抗生活的洪流。此时此刻，那些以为离了婚就会过得灰头土脸的人，看见了她身上的光芒。年底，省电视台春节晚会策划组选节目，为了让人们记住当年省内发生的大事，这个节目被选中，导演对内容重新包装，添了一组人，依然由米乐妈妈领舞。大年初一播出后，重塑了群艺馆口碑，市民说群艺馆的老师不全是半吊子，也有能上春晚的专业的。米乐也在电视上看到了妈妈，他觉得妈妈所说的工作忙，可能是真的。

米乐妈妈通过自己的努力，把别人对她的认知从"一个离过婚的女人"，切换到"舞蹈老师"。群艺馆借春晚余温，开办了各类舞蹈班，均由米乐妈妈代课。私人舞厅也请来米乐妈妈教课，招揽人气，小黄就是在这个时候遇见米乐妈妈的。

从米乐妈妈身上，小黄知道了打开的意思，不光是动作到位，还要忘我。忘了我，就能做出超出想象的事情，跳起舞像飞；忘了我，也就忘了自己失恋的事儿。每天，米乐妈妈都高扬着脖颈，出现在众人面前，像一头长颈鹿，仿佛脑顶悬挂着一撮树叶，老想够到。长颈鹿是一种看上去美丽，且特别骄傲的动物。

小黄尝试着打开。再做舞蹈动作的时候，胳膊能伸多长就伸多长，让肢体带领心灵解放。这一表现，被米乐妈妈看在眼里。她当众表扬小黄，说他一夜之间知道什么叫舞蹈了，还把小黄叫到前面，亲自带领小黄跳了一段，展示给大家看。当再次拉上米乐妈妈的手，音乐响起，舞步开始后，小黄看着米乐妈妈的眼睛，似乎看到夜空中挂着一轮明月，除了在月下起舞，别的心思都不合时宜。小黄第一次有种享受舞蹈的感觉，胳膊伸出去，似乎比实际长得还长，快能够到月亮了。月亮也回应着他，发着光，照耀着他，照得他头皮一阵发麻，突然从耳根、脖颈涌起一层鸡皮疙瘩，往下蔓延，布满全身，融进了月亮。这一刻，小黄知道自己打开了。

以后每次，他都有这种反应。

刚为自己的生活找到新方向，小黄就收到领导指示，该回北京了。他没有告知舞友们，当天培训班结束后，以请教为由，让自己和舞蹈老师有了独处的机会。故意做错几处动作，被纠正后，单独辅导结束，小黄要请米乐妈妈吃夜宵，米乐妈妈说不用客气，教好每个学员都是分内的事儿，明天见。小黄说以后的课都不能来了，要回北京，想请她吃个饭，也算告别。米乐妈妈说那还是我请你吧，给你送行，我再叫几个学员，热闹热闹。小黄说不用了，想安静地走，米乐妈妈以为小黄的身份不便接触人太多，便两个人去了。饭馆都到了打烊时间，米乐妈妈一筹莫展，小黄说他知道有个地方还能坐一坐。小黄带着米乐妈妈到了本市最豪华的饭店，他们有时候就在这里谈业务，大堂有咖啡厅，二十四小时营业。米乐妈妈知道这是全市第一家也是唯一一家三星级饭店，当地电视台常播放这家饭店的广告，只是从来没进去过，不知道怎么消费，怕自己的钱不够，说要不然再找找别的地方。小黄说这里他熟，一切都由他来安排，并友善地提醒米乐妈妈：打开。米乐妈妈笑了，下车，跟着小黄进了饭店。

两杯咖啡端上来，托盘里还附着糖包。米乐妈妈没喝过，怕不习惯，晚上睡不着。小黄说要勇于尝试——打开。米乐妈妈笑着打开了糖包，倒进咖啡杯。

品着咖啡，欣赏周围的环境，米乐妈妈问小黄这趟业务谈得怎么样，小黄说看领导那意思，似乎是没谈拢。米乐妈妈说天天在这里谈业务，还没谈成,那钱不白花了吗?看来在部队就是好,活动经费充裕。小黄配合着笑了,问想吃点儿什么,说这里的炒牛河不错。二十世纪九十年代中期北方城市的老百姓不太知道什么是牛河,米乐妈妈一头雾水,小黄说那就更要尝尝。

牛河的味道,让这个夜晚多彩起来。吃得差不多了,小黄冲服务员招手,做出写字的动作,服务员拿来纸笔。小黄说,老师,留你一个电话吧。小黄一直管米乐妈妈叫老师。米乐妈妈把群艺馆的电话写在纸上,说我也留一个你的电话吧,小黄有些为难,米乐妈妈突然明白过来说,忘了,你们工作保密。小黄收起米乐妈妈写下的电话,说,姐,我送你回去吧。年龄小的学员都管米乐妈妈叫姐,小黄也跟着这么叫上了。

送到群艺馆门口,铁栅栏大门锁着,米乐妈妈说就到这里吧,她敲门进去。值夜班老头听到动静,看见有车送米乐妈妈回来,觉着难得,赶紧打开大门,让车开进去。

车停在楼下,米乐妈妈要上去了,小黄从车里拿出手电,照着路,非要送上去。因为总有学员找米乐妈妈单独辅导,她住在什么样的地方已不是秘密,她也不避讳,谁来都接待。足有一间能容纳五十人集会的仓库被收拾得干净整齐,各类文艺演出的道具有序地分列在四周,庙会上用的大头娃娃和《西游记》人物面具微笑着看着小黄,也给这里增添了几分人气。仓库中间腾出一片空场,能当排练厅,摆了一张木桌,放着录音机和各种舞曲磁带。米乐妈妈按下录音机说,有时候也在这儿教学生。探戈的乐曲填满房间。

仓库的一侧立着景片,把室内空间隔出一片特殊的区域,米乐妈妈推开一扇"泰山日出"说,这是我住的地方,进来坐会儿。

小黄跟着走进去,墙边摆着一张单人床,两面都有窗户,头顶悬吊着大灯,仿佛在舞台上搭了一个家。米乐妈妈搬过一张欧式的道具椅让小黄坐。小黄坐下,看着这个奇特的家,真有种演戏的感觉。

这儿挺有意思。小黄说。

米乐妈妈说回到这儿,感觉自己在表演一个人过日子,倒是平时在舞台上和舞池里,那些蹦蹦跳跳的时间,才觉得是真的生活。说着,插上"热得快"烧水,拿出茶叶,准备给小黄沏茶。

别麻烦,我走了。小黄站起身,离意坚决。

也好,明天还要开车,早点儿休息。米乐妈妈要送小黄出去。

小黄让米乐妈妈留步,说自己有手电,然后走到门口想起什么,问她留的电话是哪个房间的,米乐妈妈说就是隔壁办公室的,晚上也可以打,她有钥匙,能开门接电话。小黄点点头下楼了。

米乐妈妈去楼道的卫生间洗漱完,回到"家"里,拉上窗帘,正准备睡觉,看见小黄的车还停在楼下。她靠在窗帘后面琢磨要不要下去看看,可是已经换了拖鞋和睡觉的衣服,想等等再说。

等了会儿,从窗帘后偷偷往下看,看见看门的大爷走出传达室,来到车前,跟驾驶室里的人说着什么,然后驾驶室里伸出一条胳膊,和大爷握了握手,大爷又回了传达室。车门随后打开,小黄走了出来,又向这栋楼走来。

可能是东西落下了。米乐妈妈这样想,左右张望,没发现有小黄的东西。

但门迟迟没有响。

米乐妈妈一直等着,觉得小黄一定是忘了什么,披上外衣,等着给小黄开门。

等了好半天,门还是没响。

要不要下去迎迎?左右为难的米乐妈妈往楼下看,看到那辆车正启动驶出院子,大铁门随后关上了。

米乐妈妈也关上灯,不知道是不是因为喝了咖啡,躺在黑暗中睡不着,琢磨刚才小黄耗半天不走也不上来是什么意思,想不通,脑子一累,不想了，也睡着了。

　　第二天晚上，米乐妈妈上完课回来，经过大门口，问大爷昨天那辆车为什么停在这儿半天没走，大爷笑眯眯地反问，你真不知道？米乐妈妈说我要知道干吗还来问您，大爷说那小伙子对你有意思，我要锁门催他走，他说想看着你窗口的灯熄灭了再走，我也就没催，鼓励他可以再勇敢点儿，结果他还是开车走了。米乐妈妈说您别开这种玩笑，大爷说不是开玩笑，我真是想帮你也想帮他，这北京来的人还挺斯文。米乐妈妈嘱咐大爷，您别乱说，留下一个会意的眼神，走了。

　　可是一直没有等到小黄的电话。不是米乐妈妈听完大爷的话后想和小黄发展，而是真有需要，想让小黄帮忙在北京找几盘舞曲磁带，又没有小黄的联系方式，便盼着小黄打来。结果一天天过去了，小黄石沉大海，米乐妈妈也就当没有过这么个人了。

　　直到一年多以后，米乐妈妈接米乐放学，米乐要吃冰棍，她带着米乐走近冰棍摊，前面一个人刚刚买完，举着两根冰棍一转身，正是小黄。

　　小黄也很意外这时候遇到米乐妈妈。米乐妈妈让米乐管小黄叫叔叔，米乐叫了，小黄把其中一根冰棍给了米乐，说他今天刚到这里，单位换了领导，上回业务没谈成，这回新领导再来谈谈，刚刚领导太热，想来根冰棍凉快凉快。米乐妈妈看见旁边停着原来那辆车，让小黄先去忙，不耽误他时间。小黄举着冰棍要走，还是没走，问米乐妈妈是不是不在群艺馆上班了，米乐妈妈说一直都在。小黄问现在搬家了吧，米乐妈妈说没有，还住在群艺馆的楼里。小黄说那好，回头找你，然后去了车那边。

　　当晚没有课，米乐妈妈带着米乐在她那儿写完作业，给米乐送到他爸那儿，骑车回群艺馆，在门口看见了小黄的车。

　　小黄开车门下来，走到米乐妈妈面前，说我看楼上都黑着灯，知道你不在，又去上课了？米乐妈妈说今天没课，刚给孩子送到他爸那儿去了。这么一说，小黄听明白了，两口子依然处于离婚状态。虽然对于小黄前后的表现有点儿不解，米乐妈妈也没有埋怨小黄的意思，还是邀请他，上去坐吧！

小黄再次从"泰山日出"走进这个家，里面和一年多前比没什么变化。小黄问现在隔壁还有电话吗，米乐妈妈说一直在，就是写给你的那个号码。小黄听出这话后面的意思，说，我打过电话，他们说你不在这里上班了。米乐妈妈一愣，问，什么时候？

小黄说，我上次走后没多久，白天给你打过电话，你们同事接的，让我稍等，然后就喊你过来，我听到另一个同事说别喊了，你提前下班出去相亲了。米乐妈妈不好意思地笑了，说我姐给我介绍过一个，非让我见见，见完也就拉倒了。小黄说后来我在晚上也打过电话，连着打了两个晚上，我让铃声一直响一直响，觉得你在隔壁能听到，影响睡觉了，肯定会过去接，结果打到天亮也没人接。再后来我又在白天上班的时候打，又是你同事接的，冲着电话里就喊，让我别再骚扰你了，你已经有对象了，工作也调动了，不在这里上班了。我问换到哪儿了，他说你管得着吗！挂了电话。眼见为实，我在一个周末开车来看你，在门口等了一晚上，这个房间的灯一直黑着，我想你可能不住在这里了。等到天亮，周一一早也没看到你进院儿上班，印证了电话里说的都是真的，我就开车回去了。这次来办事，本打算办完就回北京，不找你了，没想到还能碰上。

一年前你打电话，还开车守了一晚上，是想干什么呢？米乐妈妈问。

小黄搓搓手说，不提了，都过去了。

米乐妈妈给录音机里放进一盘磁带，乐曲响起。米乐妈妈伸出手说，跳一曲。

这是小黄学"慢三"时常听的曲子，小黄接住米乐妈妈的手，跳了起来。

曾经熟悉的感觉再度涌起，鸡皮疙瘩又在小黄身上出现了。小黄任它们生长、蔓延。小黄想起了"打开"，扭过头，直视米乐妈妈的眼睛。米乐妈妈像以往一样，依然是那种鼓励所有学员的眼神。

在乐曲即将结束的时候，小黄问米乐妈妈，姐，你还想再从这里搬走吗？

米乐妈妈说，我一直也没搬走过。

乐曲结束，两人恢复坐姿。米乐妈妈说，你看到窗口黑着灯的那几天，是我在医院陪床，米乐姥姥病危，我请了一段时间的假，白天也没来上班。等我处理完我妈的后事，我姐介绍的那个人还总缠着我，一喝完酒就往这里打电话，我交代了同事那样答复他。

小黄勉强地笑了，说幸亏今天碰上了。然后他郑重地问道，姐，你想去北京吗？

别叫姐。米乐妈妈说，你想找个姐跟你回北京吗？

小黄又问了一遍，你想去北京吗？

米乐妈妈说，去北京能干什么？小黄说，我们一起生活。米乐妈妈问，你是什么时候有的这个想法？小黄说，第一次送你回来的时候，但是上楼以后就没了，现在看见你，又有了。

为什么？米乐妈妈问。

其实我不是"二炮"的，我在北京第二灯泡厂上班。小黄说完，又补充一句，北京人喜欢调侃。

米乐妈妈听完笑了。笑着笑着，眼泪流下来，问，你不是军人？小黄说曾经当过兵，在部队开车，退伍后就去灯泡厂开车了。

小黄终于轻松了。身体里似乎有一副衣服架子被撤去，他也不再那么紧绷、挺拔，像一个普通人了。他接着说道，第一次送你上来，看你住在这里，你知道我是怎么想的吗？我羡慕你，羡慕你能住这么大的房子——我在北京只有一间小平房。因为没房子，已经黄了一个对象了。

怕你也不会接受,所以就走了。我在楼下犹豫了好久,要不要问问你,好歹试试,万一呢,我又上来了。走到一半,我觉得你现在挺好的,楼里有暖气,有贴了瓷砖的厕所,人都愿意往高处走,何必要跟我去北京挤间小平房,就转身开车走了。

那你后来为什么还要打电话?米乐妈妈问。

因为我们那里要拆了,我那间房子是私房,回迁至少能落套一居室。小黄有了底气,又说,如果家庭人口多,还可能是两居室,你带着孩子也够住。

你是为了两居室才来找我的?米乐妈妈问。

我是看到住房终于不是问题了,才敢找你。小黄说。

我比你大——三岁,还是四岁?

我谈过小的,再也不想找比我岁数小的了。

我还有孩子。

我说了,可以带孩子一起去北京,会分套两居室,一间给孩子住。

米乐妈妈还想问小黄会对米乐好吗,知道嘴上说的未必靠谱,也就没问,改问,你为什么选择我?

从你拉我手跳舞的那一刻,我就盼着你和我之间发生点儿什么。小黄说,而且这次还能遇到,我觉得就是命,我认命。

就这样,小升初的暑假,米乐和妈妈的户口都变成了北京的。这一切是经过米乐爸爸的同意,并瞒着米乐进行的。拆迁对户口迁入有时间限制,晚于截止日期迁入的,即便派出所给登记了,拆迁办也不认,不会再多分面积。米乐妈妈想既然选择了这条路,那就冲最好的结果去,第一时间和小黄在北京登记结婚,并把米乐的户口也从他爸爸的户口本上迁到小黄的户口本上。

米乐妈妈还提前找到初中的老师,了解转学手续,帮米乐把一切安排妥当。办这些事情的时候,米乐妈妈清楚地知道,她之所以这么快答应了小黄，不是因为和小黄的爱情，当然那晚之后，两人的感情也浓了起来，但更多的原因，是希望米乐能有一个更好的求学环境。北京的教育优势和升学条件，多少人看着眼红。也正因为这一点，离婚后获得米乐抚养权的米老师，配合着米乐妈妈完成了米乐抚养人和户口的更改。

初一上半学期结束后的那个春节一过完，米乐就跟妈妈，坐着黄叔叔的车，拉着所有属于自己的东西，去了北京。

去之前，米乐哭着过完那个春节，每天以泪洗面，不想走。爸妈的劝说均无效，越劝哭得越凶，便不再安抚，让他哭够了算。连哭若干天后，米乐认清现实，去北京已板上钉钉，哭光眼泪也于事无补。同时爸爸说，你越长越大，已经是小男子汉了，碰到什么事情都不要再哭了。米乐接受了现状。

小黄换了新车，是一辆桑塔纳2000。灯泡厂的新厂长上任后，重新做了规划，顺利并购了这座城市的小灯泡厂，配车也换了新的。

2000年就算下个世纪了，还有两年多才到，米乐坐在桑塔纳2000上，感觉已经过上下个世纪的生活。而这种生活，让他隐隐有些畏惧。

2

米乐妈妈一直担心工作的事情，不知道去北京能不能找到单位。她知道自己这舞蹈水平，在小城市教教业余爱好者还行，到了北京，不敢说自己会跳舞。那里有中央芭蕾舞剧团，有北京舞蹈学院，就是舞蹈学院附中的孩子，都比自己跳得好，而且这岁数，再提升也不可能，身体开始走下坡路，靠舞蹈吃饭，想都甭想。

小黄当然也想到了这些，打算给她弄到灯泡厂的工会上班。米乐妈妈问到了工会干什么工作，小黄说就是组织点儿工人的文化活动，元旦晚会、妇女节表演、劳动节演出、国庆节献礼，只要不组织工人罢工，怎么都行。米乐妈妈说罢工当然不可能，现在需要的是上工，但灯泡厂也不是想进就能进的吧。小黄说他给新厂长开了一年车，跟厂长提一下，厂长还是会点头的，况且米乐妈妈的从业经历也胜任这工作。就这样，米乐妈妈也成了"二泡"的人。

米乐和妈妈住进小黄在二环里的院子。院子里还住着小黄的大哥、二哥以及父母。大哥有个五岁的儿子，三口人住一间屋子。二哥结婚了，还没生孩子，两口子也住一间屋子。小黄的父母快七十了，老两口住一套有里外间的房子，外屋是这个家族的待客厅，来人喝茶、全家聚餐、爷爷逗孙女玩都在这里，里屋是老两口的小卧室。米乐没有想到，北京人的居住环境是这样的。

小黄的那间屋子是哥仨里最小的，现在又搬进来两口人，屋里一下就填满了。小黄把单人床换成双人床，屋子近一半的面积就没了，双人床上面搭了个上铺，就是米乐睡觉的地方。躺在上面，闭上眼睛，倒也能睡着，但米乐总觉得怪怪的。米乐有半夜撒尿的习惯，现在再尿，得先从床上下来，迷迷糊糊中不是踩到妈妈的头发，就是踩到黄叔叔的脸。后来妈妈给米乐找了一个可乐瓶子，说不用下床了，往这里尿。瓶子被米乐放在床边，一次也没用过，倒养成了睡前一小时不喝水的习惯。

后来米乐有了自己独立的空间，他很感谢那次失眠。学校也是一个崭新的环境，让米乐很不适应，白天学校的事儿，夜里躺在床上还会想，越想越睡不着。突然床下冒出一句，睡着了吧？米乐听出这是黄叔叔的声音，随后他妈妈说我看看，米乐感觉妈妈站了起来，床被踩得吱吱响。米乐闭着眼睛，装作睡着的样子，妈妈冲他小声喊着，米乐、米乐……米乐不想被人知道他失眠了，睡着的人不应该听到任何声音，便没有理睬妈妈的轻唤。妈妈重新躺下，说，睡着了，那也别开灯了。随后米乐听到近乎湿布擦玻璃的声音，是从黄叔叔和妈妈嘴里发出来的，他能想象到配合这些声音的动作，床又开始吱吱响起来。妈妈嘴里似乎含了一口水，咽不下去，也吐不出来，一直在喉头晃荡。米乐后悔刚才的装睡，为了让自己和大人都不难堪，最好的办法就是保持安静，此时他应该是一个睡着的人。

但下面的声音越来越大，床还晃动起来，米乐屏息凝神，让自己像铅块一样压在上铺，试图减小晃动，却因为憋得太久，一口气没捯上来，咳嗽了一声。

这声咳嗽是一听就没睡着的人才能咳出来的效果。

床下立即安静了。

米乐等待着接下来会出现发生什么，他担心妈妈会再问他睡着没有。但是等了一会儿，什么都没有发生，也什么声音都没再出现，米乐觉得自己像一个潜伏在草丛中的士兵，不清楚是否已经被敌人发现，只能继续潜伏……不知不觉，他睡着了。第二天醒来，天亮了，妈妈像往常一样准备着早饭，黄叔叔像往常一样，拎着一桶水，去胡同口擦车了。米乐像往常一样，吃完饭说了句"叔叔再见、妈妈再见"，慌慌张张跑出门，去上学了。

没多久，小黄运来建筑材料，在房前的小厨房上，给米乐接出一个阁楼。厨房很小，只能放下一组两眼的燃气灶和一个碗柜，因此二层的阁楼也只能放下一张单人床和一个小书柜。小厨房是后建的，不在房产证上。小黄房本上登记在案的只有那间摆着双人床的老房子，房顶是拱形的，没法搭建，所幸后盖的小厨房是平顶的，为化解米乐和两个大人在晚上的尴尬提供了物质基础。

米乐入住阁楼的第一天晚上，妈妈也顺着梯子上来了，单人床上坐了两个人，显得有些挤。妈妈问米乐，有了自己的房间，高兴吗？米乐说，高兴。他确实高兴，黄叔叔的家人对米乐来说始终是外人，他在这里老有种做客的感觉，来北京后他还是第一次和妈妈在没有外人的情况下共处一室，似乎回到从前的时光里。

妈妈看着阁楼门外油漆刚刚变干的梯子，和不远处同样的阁楼，那里住的是另一户人家养的鸽子，摸着米乐的头说，别着急，胡同口已经贴了拆迁通告，咱们快搬进楼房了。米乐长大了，不喜欢再被妈妈摸头，但这次没有躲。

更大的苦恼是在学校里。班里男生都在传阅一本叫《伏魔战记》的日本漫画，里面有零星情色画面，都不敢在教室看，因为有女生，老师还随时会出现，只能是传到谁那儿谁带回家看。传到米乐这儿，米乐不愿意带回家，这时候他的小阁楼还没盖好，怕妈妈和黄叔叔看到，就说自己不喜欢看这种漫画，更喜欢看《篮球飞人》，还说湘北高中已经打进全国联赛的半决赛，不知道会不会闯进决赛，拿下冠军。当他扬扬得意地说完的时候，男生们大笑起来，说这套漫画半年前就出完了，湘北高中进了决赛，但是输了。米乐不信，他在来北京之前，刚刚看完新出的那本，距离连载结束还早着呢。一个男生从课桌里刨出两本被翻烂的《篮球飞人》，说不信你自己看。其中一本的封面上写着"大结局"几个字，画的也是米乐熟悉的人物。不知道这两本的真假，米乐带着它们回到家，认真看完，情节都能接上之前的，真书无疑。米乐却高兴不起来，他想到老家的同学还在期盼湘北高中夺冠的幻想中生活，事实却是几个月前漫画就以他们输掉比赛而终结。米乐知道了老家和北京有时差，像地处不同经度的国家，有的天先亮，有的很久以后才能亮。

班里的同学还老聊去滚轴的事儿，说有多好玩。米乐听不懂，不知道怎么个滚法，"滚"和"轴"这俩字加在一起，他想象不出这项活动的场景。大家约着去玩的时候，米乐装没听见，直到初一结束的暑假，全班都去，米乐躲不开，硬着头皮去了滚轴大世界才发现，原来是滑旱冰。米乐对这可太熟悉了，早说是滑旱冰，他早就来了。米乐穿上旱冰鞋，正着滑、倒着滑、单腿滑，终于能撒次欢儿了。当走出溜冰场，他向同学们介绍滑旱冰技巧，觉得自己终于有件拿得出手的事情可以炫耀的时候，却突然被人纠正：那不叫滑旱冰，太土了，那叫滚轴！

还有一件事儿也让米乐困惑，北京小孩说话总带个"丫"字。有时候说"丫怎么怎么着"，有时候说"你丫怎么怎么样"，还有时候说"小丫挺的"，也不知道这个"丫"到底是第几人称，是名词还是形容词，为什么"丫"不能和"我"连用呢？有一次米乐说了个"我丫"，又听到同学们发出那种熟悉的笑声，上次是因为不知道《篮球飞人》已经连载完。

米乐想回到以前的环境，那里虽然还不知道湘北高中的结局，却能让米乐每天过得明明白白。在北京米乐没有能交流的人，就跟自己交流，写日记。他在日记中写下：我很想问问妈妈，我们为什么要来北京？

不久后，在日记本上看到四个字：为了将来。妈妈的笔迹。

从此，米乐不再写日记。他更孤独了。

终于等到拆迁。小黄大哥的回迁补偿是三居室，他是长子，要和父母一起生活，给父母养老，他名下的那间平房和父母的两间房共同换得一套三居室。小黄二哥早就结婚了，房小没要孩子，得到的补偿是一套小两居，正合心意，住得宽敞了，也可以要孩子了。小黄的补偿只是一套一居室，拆迁公司给的理由是他在得到拆迁消息后才结的婚，而且找了一个比他大的女人，还带个孩子，近期又加盖了小阁楼，种种迹象表明，是试图以不法手段获得更多补偿。

当初小黄对米乐妈妈的承诺是分得一套两居室，一间给米乐住，若没实现，在那娘俩儿面前抬不起头。就实际情况而言，什么时候结婚是小黄的自由，他已经过了三十，再不结婚都算晚婚了，女方带个孩子，盖小阁楼，这都是赶上的，并无半点骗房动机。即便小黄和别的女人结婚，将来也得有孩子，按张榜公示的拆迁政策，这种情况的家庭都会分得一套小两居，小黄的要求不仅在情理之中，也在政策范围之内。但拆迁公司不这么想，他们的逻辑是，小黄户口本上一下多冒出俩人，加盖房子，还盖那么高，这片儿的拆迁户都看到了，一旦满足了小黄，这片区域一夜之间便会多出无数的小阁楼甚至盖上第三层，杀鸡给猴看很有必要。

小黄哥儿仨商量好了，拆迁协议一起签字，共进共退，大哥二哥对自己的拆迁补偿虽然满意，因为小黄的两居室还没着落，也都渗着没签。拆迁公司来找小黄谈了多次，未果，便换了一拨光着膀子戴金链子的秃瓢来谈。本来小黄的大哥二哥已在外面找好临时过渡的房子，都准备搬家了，见此状况，也先不搬了，给小黄坐镇。

院里除了小黄哥仨和父母，还住着几户人，他们的情况比较简单，已经签了字，拿了临时安置费，搬出了院子。腾出的空房被拆迁公司捣毁了门窗，一片狼藉，小黄家族生活在一片近乎废墟的瓦砾之上。小黄所在的院子在这片拆迁区域的外层，拆迁公司的策略是剥洋葱，一层层拆。刚剥到小黄的院子，卡住了，如果不能拿下，越往里越不好剥。拆迁公司的态度是，在不死人的情况下，不管付出多大代价，也得让小黄在一居室的合同上签字。小黄一旦被铲平，后面将一劳永逸，别的住户看小黄没占到半点便宜，也就不抱什么奢望了，只会乖乖签字搬走。

大光头们先是早上堵在院门口，以和小黄谈判为由，挡着不让他出门上班。十几个壮汉填满院门的过道，密不透风，小黄接厂长都晚了。还是小黄的二哥，打派出所电话报了警，警察赶来，教育了双方，驱散人群，小黄才脱身去上班。晚上小黄下班，院门口又堵了十几个光头，小黄进不去家，光头们说再找小黄谈谈，问是请他们进去谈，还是去他们的地方谈。小黄说没什么好谈的，谈也很简单，给我两居室就立马签字搬家。光头们说既然他们来了，就是让小黄放弃这个想法，小黄不放弃，他们就不回去。小黄又去胡同口打报警电话，没等警察来，光头们先撤了，但是第二天在米乐放学的路上又出现了，说是调查一下这孩子的妈妈跟小黄是真结婚还是假结婚。米乐不知道拆迁是怎么回事儿，看这些人面带凶相，以为妈妈惹了麻烦，吓得一宿睡不着。到了周末，为首的大光头又来了，这次只带了两个人，拎着马扎，包里装着暖壶水杯和一居室的合同，坐在院里不走了，说小黄想好了随时可以出来签。小黄说你们这是扰民，影响我们的正常生活。大光头说你错了，我们这是上班呢，这里是待拆区域，我们的工作就是出现在拆迁现场，跟需要安置的居民沟通，你想沟通了就出来。小黄清楚这是一场拉锯战，谁能耗到最后，谁就赢了。大光头他们坐在这里，影响米乐学习，小黄就在别处租了房子，让米乐和妈妈周末去那边，大哥、二哥的家人以及父母也搬去了，只剩他和大哥、二哥在这里守着房子，和他们耗。

　　大光头们见小黄油盐不进，只好来硬的。他们也有原则，就是绝对不跟拆迁户有任何身体接触，免得被投诉强拆。在首都拆房子，需要一万个小心。他们来硬的方式是堵锁眼儿、往门口扔死猫、往墙上泼粪，怎么缺德怎么来。小黄没有证据是他们干的，报警没用，就忍了，只坚定一条：只要不签字，对方更难受。小黄知道他们也有时间成本，越拆不下来，后面的压力越大。

　　又是一个周末，一大早，小黄还在阁楼睡觉，大光头们又来了。昨天半夜，有人往阁楼上扔石头，砸碎了玻璃，小黄举着锅盖，打着手电爬上阁楼，扔石头的人跑了。小黄刚下来，又开始有人扔，小黄找出床下的几箱灯泡，朝着石头飞来的方向扔去，灯泡落地，砰砰炸开，赶跑了扔石头的人。小黄后来索性抱着灯泡上了阁楼，守在窗边，看有可疑的人，就往下扔几个，也没再有石头飞过来。天快亮的时候，小黄就睡在阁楼的单人床上，刚眯瞪着，听到下面有人吵吵，是大光头们。

　　为首的大光头问小黄睡得可好，小黄说我是没睡好，你们也未必睡好了。大光头说咱们都痛快点儿，把字签了，睡个好觉。小黄说给我两居室，现在就签。大光头说他们想了想，政策是死的，但方法是活的，他们可以给小黄一套顶层的一居室，如果小黄有本事，可以在顶层继续搭建阁楼，到时候是搭成两居还是三居，那就看小黄的能耐了。小黄说你们糊弄小孩呢，那是说搭就搭的吗？大光头指着小黄身后说，这阁楼你不说搭就搭了吗？小黄说我这是生活需要，即便没这阁楼，我一家三口，按政策，两居室也在情理之中。大光头说可是你这三口之家不是纯天然的，听说要拆了，找了个带孩子的女的结婚，好歹你也是初婚，也不知道是你占到便宜了呢，还是那女的占便宜了。小黄知道他们故意拱火，不理他们，说随便你们怎么说，反正我们是一家三口。说完小黄返身回了阁楼。小黄二哥从屋里出来，跟大光头们说，你们说话能不能好听点儿。大光头们说你弟弟做这种恶心事儿，还想听好听的，他要是找个老太太结婚，老太太带几个儿子几个女婿过门，下面再带一群孙子外孙子，难不成我们得补偿一套别墅？

　　听到这儿小黄冲出阁楼，脸涨得紫红，走到梯子旁边，也不扶着，头朝下飞了下来。

　　大光头被吓了一跳，以为小黄会武功，至少练过体操，会竖直旋转三百六十度后，脚着地，然后拉开架势。结果没有，小黄一度也没转，直直地拍了下来，噗的一声，趴在地上一动不动。

　　急救车来了，确诊小黄死于心肌梗死。一宿没睡好，再加上情绪激动血压升高，让本来就心脏不好的小黄发了病。

　　当天下午，拆迁公司的领导带着两居室的合同，出现在殡仪馆，说发生这种事情我们也很难过，小黄平时做体检吗？

　　米乐妈妈说，不管做不做，没有你们，他也不会这样。拆迁公司的领导说话可不能这么说，我们的人也是在工作，双方只是交谈，没有身体接触，但是出于人道主义精神，我们自掏腰包，放弃奖金，为你们申请了二居室，满足小黄生前的意愿。

　　米乐妈妈说，晚了，现在没这么简单了，小黄没了，他的孩子在我肚子里，我要两套一居室。

这也让一旁小黄的大哥二哥吃了一惊。

米乐妈妈说，小黄都不知道他有孩子了，我也是今天上午才查出来的。说着拿出怀孕报告，上面盖着大夫确诊的章。刚知道怀孕，就接到通知，告诉我小黄没了。说完，眼泪下来了。

拆迁公司的领导瞬间脸就白了，把怀孕报告看了又看。

不知道这个孩子能不能保住，如果也没了，就是两条人命。米乐妈妈说得面无表情。

拆迁公司的领导包里的两居室合同用不上了，说这事儿比较严重，得回去请示更大的领导。米乐妈妈表明态度：什么时候这事儿解决了，小黄就什么时候发送。

拆迁公司的领导走后，小黄的大哥二哥问米乐妈妈是什么态度，要不要找拆迁公司打官司。米乐妈妈说小黄已经没了，打也没用，还伤胎气，如果能满足两套一居室的条件，就马上签字。对这两套房子，米乐妈妈的分配是，其中一套的产权属于肚子里的孩子，无论男孩女孩，都是老黄家的骨肉，拆老黄家的房，小黄没了，新房只能留给小小黄。她是这个孩子的妈妈，会抚养孩子长大，在孩子成人之前，房子的产权可以写爷爷的名字，先租出去，房租一半孝敬孩子的爷爷奶奶，一半留给她做孩子的抚养费。另一套一居室的产权给她，她是小黄的妻子，法律上理应和丈夫共享家庭财产。

小黄的大哥二哥对一个外姓女人在自己家老宅被拆的时候分走一套房子心理很不平衡，但想想自己得到的并没有少，而且这个女人又是弟弟的遗孀，还是未来侄子或侄女的妈妈，便释然了。大哥二哥已无心恋战，要不是看在兄弟情义的分上，他们早就签字搬家了。米乐妈妈这么处理，考虑了老黄家的老人，考虑了老黄家的孩子，也算妥当，大哥二哥认可。接下来就看拆迁公司的态度了，对于当初他们给出的条件，整整多出一套房。

拆迁公司也怕整出第二条人命被米乐妈妈起诉,毕竟堵锁眼儿扔石头那些事儿是他们干的,而且以后对别的钉子户还得使用,如果两套一居室能了事,他们求之不得。这样一来也不会给后面的工作带来负面影响,不是所有住户都愿意以命换房的。可又担心这是米乐妈妈的探路石,一旦答应,说不定她又会要两套两居室,这种事情他们见得多了。于是找了一个中间人,街道居委会的,让她去探探口风。

大光头们不来骚扰了,米乐和妈妈回到院子里住,离学校近,也方便妈妈和拆迁公司交涉,小黄的大哥二哥已经搬走了。中间人当然不能把拆迁公司同意给两套一居室的底牌亮出来,只是问米乐妈妈,是不是真的想好了,如果她帮米乐妈妈谈妥,能不能签字。米乐妈妈说当然,我现在怀着孕,没工夫逗咳嗽——来北京一年,也会说北京土话了。中间人进一步追问,说看你一个人拖家带口不容易,小黄还在停尸房躺着,这片儿早点儿搬完我们的任务也就完成了,我现在就去撮合,要是他们同意了,今天签吗?

签!米乐妈妈说。

结果自然是成了。拆迁公司让米乐妈妈签两个字,一个是补偿协议,一个是小黄的死和拆迁队无关的说明。米乐妈妈都签了。

对这个黄叔叔,米乐之前并没什么好感,他的出现让自己离开了爸爸和熟悉的环境。现在得知黄叔叔没了,很大程度上是为了能让自己有个独立的房间,为了保护自己和妈妈才死的,米乐很是愧疚。他更不明白的是,小黄叔叔不是坏人,为什么没错的人,却没有一个好结果?

在灯泡厂,有了一种说法,说小黄好么央的,非找个二婚带拖油瓶的,进厂十多年都没事儿,刚跟她结婚就死了,这女的克夫!在这种议论下,米乐妈妈在群众里没有威信,组织工会活动也不得力,一年前在老家个人价值还有空间展现,在这里完全施展不开。工作倒因为小黄的去世更稳定了——小黄给厂长开车，他死了就剩下米乐母子俩，如何对待离世下属的家属，这是厂长在群众中树立威信的关键。米乐妈妈倒是想换个工作，可人生地不熟，学历能力都有限，哪能要她呢？她想回老家，可她是为了米乐上学才来的北京，现在离米乐考大学还有好几年，她要是走了，谁照顾米乐的生活呢……四十岁的米乐妈妈从那时候起开始计算，再有三千六百五十天，就能退休了。

搬家的前一天晚上，整个院子只有他们娘儿俩。妈妈告诉米乐，自己并没有怀孕，但是必须让所有人认为她怀孕了。米乐不明白妈妈为什么会这么做，也没问，他觉得自己还小，这不是一个初中生能懂的问题。

倒是他妈，在搬进临时过渡的房子后，一次在吃饭的时候，漫不经心地说，我做的这些，都是为了咱娘儿俩！

渐渐地，米乐明白了妈妈的苦心。后来除了偶尔在回迁的小区里看见黄叔叔的哥哥时喊他们一声大爷，他们爱答不理地应一声，米乐和妈妈跟那个家庭没有了任何来往。

刚拆迁半年的时候，小黄二哥打来过电话，问知道肚子里的孩子是男孩女孩了吗，他们帮着想想名字。这时候回迁的事情已经有了眉目，米乐妈妈吐露真相，说自己并没有怀孕，报告单是假的。小黄二哥说你怎么能这样呢，米乐妈妈说我只能这样。小黄二哥比米乐妈妈小一岁，一直不知道该称呼她什么，叫名字，显得不礼貌，叫弟妹，毕竟她年龄大，现在终于对她有了称呼：骗子！骗走一套房！米乐妈妈说，对，我是骗子，对你们黄家，我也尽力了，另一套一居室是老爷子的名字，将来会是你们哥儿俩的，小黄没了，我也不代表他和你们分了。小黄二哥说你想得美，还想代表他分我们家的房！米乐妈妈说，我就知道会有这么一天，我是嫁过来的，跟你们家不沾亲不带故，小黄没了，你们不会管我和米乐的，看看你们现在的态度……话没说完，电话已经挂了。

小黄心肌梗死发作的时候，米乐妈妈正在医院开怀孕证明。她来北京一年了，也结交了些朋友，托人联系了位产科大夫。开证明是想帮小黄要两居室回迁补偿，看小黄跟拆迁公司斗得难解难分，她也想尽份微薄之力，家里多了人口，之前拆迁公司怀疑的骗婚也就不攻自破。拿到证明，正准备跟小黄联系，却接到他二哥的通知，小黄没了。犹如行进中的船突然底儿掉了，米乐妈妈觉得自己被水下暗藏的漩涡吸了下去。第一反应并不清楚这些漩涡具体是什么，随着沉陷得越来越深，一个念头像救命稻草一样出现在她脑子里。她抓住这个念头，一点点往上游。当赶到医院，看到小黄像开玩笑那样躺在那里并且永远地躺下去的时候，她更坚定了那个念头。这个念头就是一块木板，渡过汪洋大海，全指着它了。当天下午，面对着拆迁公司和小黄的大哥二哥，米乐妈妈拿出了怀孕报告。

　　两年后，搬进回迁的新家，米乐妈妈在小黄的照片前上了一炷香后，依然庆幸那天恰好开了怀孕证明。住进新家的第一个春节，米乐妈妈买了烟酒和张一元的花茶，带着米乐给小黄的父母送去，但是没有敲开门。

　　米乐大了，也懂点儿人情世故，拎着东西回去的路上，情绪低落。回到家，妈妈跟他又说了一遍：当初我如果不那么做，今天咱俩流落街头，也不会有人管的。

　　米乐不太喜欢妈妈这么说，觉得夸大了事实。不知道如果换成爸爸，会不会像她这么做。

下　部

1

　　多年后，米乐想起妈妈说过的这句话，这时候距离他俩来北京，已经过去了十六年。米乐坐在那套已经墙皮脱落的一居室里，回忆着这十六年。

　　初二暑假，妈妈给米乐报了化学和物理的辅导班，想帮米乐提升成绩，考一个好高中。自打来了北京，米乐在学习上有些恍惚，太多跟学习无关的事情分散了他的精力，而那些东西在他的生活中又占据了很重要的地位，比如《篮球飞人》，比如黄叔叔的死。辅导班傍晚上课，离米乐住的地方坐车八站地，下课已是晚上九点，如果加上等车和走到车站的时间，单程要四十分钟，有时候会更长。为了节省时间，米乐就滑着旱冰鞋去上课，避开堵车，还锻炼了身体，增强肺活量，为初三毕业的长跑体测打基础。

　　辅导班最后一天下课，米乐叼着冰糖葫芦，正一边嗑一边往家滑的时候，听见马路对面有人叫他，停下一看，三个班里的男同学在冲他招手，米乐滑了过去。他们看米乐背着书包，又穿着旱冰鞋，问米乐干吗呢？米乐不想让同学知道他在上辅导班，就说自己刚从亲戚家串门回来。其中一个男同学说甭着急回家，今儿我过生日，一起去网吧刷夜！米乐不是很想去，又没办法拒绝，这是他跟大家拉近距离的一个好机会。他转学过来，生活背景的差异，让他很难融入这个集体。过生日的同学是班里的小头目，家庭条件也不错，有好几双名牌篮球鞋，在男生中间颇有威信，现在叫米乐一起去玩，如果不去，米乐日后会更难融入集体，于是米乐就跟着走了。走之前米乐想，要不要打电话告诉妈妈一声，又觉得这样太幼稚了，会被同学笑话，想等到了网吧，有机会再给妈妈打电话。

网吧老板不让他们进，说他们不满十八岁未成年，过生日的同学说他们够十八了。老板要看身份证，拿不出来，多给钱也不行，说万一警察来检查，看见你们在这里，我这买卖就黄了，你们还是到十八岁以下能去的地方找点儿乐子吧！有同学建议去唱歌，有同学说去滚轴场蹦迪，可过生日的男同学就想打"红警"，说一大群坦克乌泱乌泱开到对方营地，一顿猛干，跟放炮似的，那才像过生日。

有一同学说他知道有处黑网吧，让小孩进，就是远。过生日的同学说远没事儿，打车。米乐脱下旱冰鞋，装进书包，上了车。网吧在三环外，坐落在一片临时建筑的平房区，区域里住着也分不清是北京还是外地的人，锁着门，贴了封条。过生日的同学撅着屁股辨认封条上的字，没看懂什么意思。带路的同学绕着网吧转了一圈，叫他们来侧面，指着头顶的一扇窗户说，特想玩可以从这儿跳进去，里面有十台586，飞利浦十七寸显示器。过生日的同学说那还等什么，跳啊，到十二点我生日就算过完了。窗户里面别着插销，他从地上捡了一根细铁丝，窝成一个圈儿，站在一辆自行车上，顺着木窗框的缝儿伸进去，一钩，一拉，插销活动了。窗户几下便被打开。米乐不放心，问合适吗？

过生日的同学已经跳了进去，在里面说，没什么不合适的，到时候我把包夜的钱给网吧留下，老板高兴还来不及呢。

过生日的同学举着打火机，显示器上都贴着封条，接上电源，开机，亮了，仿佛一辆停在车库里的跑车马达在轰鸣。他揭掉封条，像打开了车库的门。

别愣着了，开干啊！过生日的同学提醒了他们。随后又有三台显示器亮了，没有开灯，显示器的光已足够照亮他们的喜悦。米乐没玩过"红色警报"，他才初二，还没摸过电脑，带着畏惧在电脑前坐下，学着别人的样子，揭去封条，打开主机和显示器，又像别人那样冲着桌面的"红警"图标双击鼠标，进入了游戏界面。

米乐知道妈妈在等他回家，然而此时是他来北京后最从容的时刻，觉得自己终于融入集体，和北京的同学平等了。他觉得事后再跟妈妈说为什么会回家晚了，妈妈会理解的。再说上了一个暑假的辅导班，也该放松一下。

米乐在同学的培训下，学会了怎样建设基地、怎样挖矿挣钱造坦克和电网、怎样用快捷键编队，然后参与到战斗中，完成一个个任务，打开一幅幅地图。四个人享受着战争胜利的滋味，为攻城拔寨欢呼，也为城池失守骂街，他们不知道惊动到周围的邻居，已经有大妈报警了。

过生日的同学掏出一包烟，给另外三人各扔去一根，让提提神。另外两人都点上了，米乐犹豫了一下，也拿起打火机。火苗蹿起的一刹那，他觉得很神圣，不亚于当年加入少先队，像在电视上看到奥运会的火炬传递到自己手上了。这是米乐第一次抽烟，还要一手拿鼠标，一手按键盘，颇有难度。烟只能斜叼在嘴上，熏得眼泪直流，泪水中，更多的是喜悦。来北京后的重重障碍，被这眼泪冲开了。

这时候门外投来影影绰绰的光，晃在墙上。过生日的同学叫人过去看看，一个同学走到门口，看见两个警察正打着手电朝这边走来，眼看就到门口了。四人扔下鼠标，只能从哪儿进来的再从哪儿出去，跳窗而逃。过生日的同学多了个心眼儿，掏出张一百块的钱扔在桌上。

跑出平房区，到了街边，停下喘气。有人问米乐，你的书包呢？米乐脑袋嗡的一声，发现书包不在身上，刚才跑得着急，忘了拿出来，他太紧张了。他们问米乐书包里除了旱冰鞋还有什么，米乐没说还有书，就说乱七八糟什么都有，不想让同学知道他假期还在补课。他们说那没事儿，就是损失一双鞋，开始在路边招手打车。一辆夏利停下来，四人进了车，米乐犹豫了一下，又下车了，说还想看看能不能把书包找回来，让他们先走。过生日的同学说找不回来就算了，下次米乐过生日的时候送米乐一双，然后车开走了。

不把书包找回来，米乐没法向妈妈交代。他在周围一圈圈游荡，缓缓向网吧靠近，又绕了一圈，发现网吧四面都没有人了，才装作路过的样子，匆匆走上前。余光看到正门还贴着封条，没停留，继续往前。绕到侧面，装作不经意抬头，看见头顶的窗户上也新贴了封条，之前靠在下面的自行车已经不见了。米乐往两侧的路看了看，没人，赶紧又搬了一辆自行车，踩在上面，扒着窗户往里看。屋里的显示器都灭了，墙边供的关公还亮着红色电子灯，之前那旁边放了米乐的书包，现在也没了，只剩下孤零零一个持刀捋须的关云长。

米乐不知道会发生什么。空手回到家，已经十二点多，妈妈一直坐在椅子上等他。米乐跟妈妈说下课后碰见几个同学，去同学家玩了，书包忘在那儿，开学后同学会给他带去学校的。妈妈说书包怎么会忘呢，米乐说先去了同学家，然后放下书包出去玩了，玩完散了就直接回家了。妈妈说知道这么晚回来，也不打个电话，米乐说同学家没交电话费，停机了。妈妈问米乐饿吗，还吃饭吗，米乐说在同学家吃了，妈妈说那就早点儿睡吧，休息几天，准备开学。

五天后开学了。米乐刚进教室，就被班主任叫出来，让他跟着去趟教导处。米乐第一次去教导处，以前都是调皮捣蛋的学生才被叫去，他在路上，隐隐约约想，会不会跟跳网吧窗户有关。果不其然，一进去，米乐就看见了自己的书包，摆在教导主任的办公桌上，已被打开，旱冰鞋和书本都被掏了出来。

这是你的吗？班主任替教导主任问道。

米乐悬着的心终于落地。之前的五天，他惶惶不安，出现过各种可怕想象，也幻想这件事儿能不了了之地过去。现在答案出来了。

米乐点点头。

再仔细看看，不是你的也可以不承认。班主任引导着。

米乐认真看了看，也希望它们跟自己无关，但越看越无法否认。

你去网吧玩了？教导主任问。

米乐再点点头。

跟谁？教导主任又问。

米乐半天没反应。

和班里的同学？教导主任试图找到线索。

米乐说，自己。

上课铃响了。教导主任让米乐先回去上课，下午再来一趟。书包能拿回去了吗？米乐问。教导主任说不能，这件事情很严重。

有多严重米乐也不知道，上课的时候心不在焉，想网吧老板会不会让他把四台电脑的网费都付了，想学校会不会为此处分自己，还想到如果拿不回书包，怎么向妈妈交代。

中午放学,米乐把书包已经到了教导主任那里告诉了过生日的同学,过生日的同学说看来是警察顺藤摸瓜，找到学校来了，问米乐书包里到底有什么，承认是他的了吗，米乐说里面有作业本，写着名字，没办法不承认。过生日的同学更关心自己的命运，问米乐调查是和谁跳进去的了吗，米乐说问了，但是他没有说，他也不会说。过生日的同学拍拍米乐的肩膀说，如果你能坚持到最后什么都不说，等你过生日的时候，我安排全班同学给你办一个大派对。米乐说从小到大，还没受过处分。过生日的同学说他受过，不影响吃不影响喝，害怕几天就过去了，初中的处分不计入档案。米乐说他知道出了这事儿，一个人也是受处分，四个人也是受处分，不会因为多出三个人处分就能撤销，保不齐性质还更严重，他不会说出他们的。过生日的同学说，你能这么想，很好。又给米乐吃定心丸，说毕竟给留了钱，没白玩。

下午是班主任的语文课，米乐试图在她的脸上找到事情会如何处理的答案，但是她没有往米乐这边看一眼，平时讲课，目光还会从每个学生身上掠过。同时米乐也害怕迎接到她的目光，他不敢想象那目光中饱含的意思。充满悬念的语文课上完了，米乐如释重负，刚轻松一下，班主任又叫他过去，告诉他别忘了下午的事儿。

米乐第二次走进教导处，屋里坐着一位警察，教导主任在陪着喝茶。教导主任告诉米乐，警察问什么就说什么，实事求是，态度诚恳，就能大事化小。警察拿过书包里的书，翻到扉页，问米乐，是你的吗？米乐说，是。这是一本辅导班自己印的习题书，米乐在扉页的右下角，写了学校的名字和自己的名字，以防在辅导班被拿错。

警察拿来纸、笔，让米乐把这几个字再写一遍。

米乐写完，警察对比着看了看，把纸叠起来，放进兜里，又让米乐穿上旱冰鞋试试。米乐脱了自己的鞋，套上旱冰鞋，系好鞋带，站起来，人突然变高了。警察猫腰摸了摸大脚指头的位置，让米乐坐下换回自己的鞋。

在米乐换鞋的时候，警察突然问，另外三个人是谁？米乐一愣，无法回答，只能装没听见。警察说，现场亮了四台显示器，除了你，应该还有三个人。米乐系完鞋带，抬起头说没有了。警察问米乐，你一个人同时玩四台电脑，还同时抽四根烟？米乐不再说话。警察又问，红塔山多少钱一盒？米乐毫无概念。警察说现场的烟头，都是红塔山的。

教导主任这时候插话，说问题基本搞清了，只要米乐说出另外三人是谁，就能考虑减轻对他的处罚。

会怎样处罚？米乐问。

你现在无需知道。教导主任说。

警察接过话，问米乐，你知道你玩的是什么电脑吗？米乐说586。警察说我问的不是配置，你看见门口和电脑上的封条了吗？米乐点点头。

警察说这是法院查封的抵债电脑，擅自使用是要追究法律责任的。米乐茫然地看着警察，似懂非懂。警察又说，而且你们是跳窗户进去的，更严重了。可是我们什么也没拿，还留了上网费。米乐急着解释。警察说看来你也承认不是一个人了，他们仨是谁？米乐又不言语了。教导主任问，是不是咱们学校的？他关心的依然是这个问题。米乐摇摇头，说是在外面滑旱冰认识的。警察让讲述一下事情经过，米乐说下了辅导班后遇见几个在街上玩花式旱冰的，相互切磋了一下，有人滑累了想找个网吧打游戏，大家就都去了。教导主任问，他们多大？哪个学校的？米乐说岁数差不多，没问在哪儿上学。警察说，他们的旱冰鞋怎么没有忘在网吧，没有提醒你也带上旱冰鞋再跑吗？米乐被问蒙了，开始胡言乱语，却始终坚持一个原则，就是不说出那三个人。警察说今天先这样，你回去也好好想想，过两天我再来，又告诉教导主任，动员下家长，好好开导开导这孩子。

　　米乐妈妈被班主任叫去学校，得知了经过，跟她那晚从米乐嘴里听到的不一样，她当作第一次听说，说回家和米乐谈谈。这时候小黄已经去世，回迁房还没盖好，米乐和妈妈住在租的房子里。妈妈对米乐说，北京只有咱们两个亲人，你跟我说实话，那晚到底怎么回事儿？米乐如实说了，省略了对那三人的描述。妈妈问他们仨到底是什么人，米乐说您就别问了，不是坏人。妈妈说可是你已经跟着他们抽起烟来了，还溜门撬锁。米乐说但我们没有偷东西，我们给钱了，抽烟只是为了增进友谊，我自己是不会抽的。妈妈说，那你为什么不能说出他们是谁？米乐说，说出来我就在这个学校待不下去了。妈妈说，看来还是你们班的，至少是你们学校的，对不对？米乐哀求妈妈，您就不要问了，我有我的难处。妈妈说，说出来你才能轻松，学校会减轻对你的处分，你才十五岁，派出所也说了不会把你怎么样，他们只是想了解实情，然后就结案。米乐说我宁愿被处分，也不能说。妈妈说那样你会被送去工读学校，老师已经跟我打过招呼了。米乐第一次听说"工读学校"四个字，问妈妈这是什么学校，妈妈说跟少管所差不多，进去了人就完了！

米乐害怕了。

明天你就把实话说出来。妈妈在米乐睡觉前命令道。

米乐根本睡不着，翻来覆去，各种可怕的念头控制着他。最终这些念头变成梦，继续控制他。警察给米乐胸前挂了一朵大红花，教导主任也给他颁发了三好学生奖状，可是回到班里，所有同学都恶狠狠地看着他，坐在身后的女生踢他的椅子，坐在前面的男生转过身，像放鞭炮一样点燃了大红花上的线头儿，那个线头儿竟然像火药捻儿一样嗞嗞向上燃烧，眼看要引爆大红花。米乐试图用三好学生的奖状碾灭着火的线头儿，结果奖状也着了，烧了手，大红花轰的一声爆炸了……米乐被炸醒，躺在床上心怦怦跳，要跳出胸口。天已经亮了，妈妈在给米乐做饭。吃早饭的时候，又叮嘱米乐：一定跟学校说！

上学路上，米乐的心口仍隐隐作痛，像真被炸过一样。到了教室门口，迟疑着不敢进去。梦里的感受如此清晰强烈，全班的怒目让他无地自容，那是种地狱般的煎熬。胸口的疼痛加剧了。

教导主任从对面走过来，站在米乐面前，米乐毕恭毕敬说了句"老师早"，对面的回复是：打算什么时候说？

在地狱和监狱之间，米乐更愿意选择后者。

在学校做出处罚决定前，班主任和教导主任一起来到班里，站在讲台上问那天有没有和米乐在一起的同学。除了米乐，全班同学都在，底下没有反应。

教导主任说不好意思公开承认也没关系，欢迎私下去教导处找我，今天周二，周五之前都可以。

三天后，没人走进教导处。

先这么结案，破坏社会治安，送工读学校，警察说，不是什么大事儿。

教导主任把学校和派出所都盖过章的送遣书摆在米乐妈妈面前，让她准备给米乐转学。米乐妈妈想再替米乐争取，也无济于事，决定权在公安机关。教导主任安抚米乐妈妈，说不要被字面名称迷惑，解放初工读学校是半工半读，现在改成全读，早没生产任务了，和普通中学一样，上文化课，依然可以考高中，而且工读学校的好处是管理学生的办法多，执行力度强，学生住校，半军事化管理，在那儿表现好的话，半年后还能转回本校。米乐妈妈盯着教导主任的眼睛说，真能转回来吗？教导主任说只要表现好，完全可以，如果他的学习成绩还突出的话。

就这样，像悄无声息地来到这个班一样，米乐又悄无声息地离开这个班。没有和大家告别，这是班主任的意思，免得影响到大家的情绪，毕竟已经初三，要全力备战中考了。

对于未来，米乐并不慌张。他觉得自己像个英雄，保护住朋友，迎接他的似乎不是工读学校，而是一座耀眼的舞台。网吧里的那座关云长，一直在他脑子里晃。他终于以离开这个集体的方式，融入这个集体。

2

米乐进工读学校的第一堂课，就是接受培训。这里的老师告诉他，工读学校和少管所不一样，这里是教育的最后防线，也是对刑事犯罪的预防，进来后不要自暴自弃，不要轻易放弃人生理想——如果这理想是健康的。从这里出去的学生，有考上大学还当了学生会主席的，也有当上企业家的社会中流砥柱，每年为国家缴税上百万元。当然，如果继续放任自流，不悬崖勒马，也有走上犯罪道路被枪毙的。

米乐穿上工读学校的校服，开始了里头的生活。男生八个人一间宿舍，四张上下铺。这里有个传统，第一天熄灯后躺在床上要向大家介绍自己是因为什么进来的。得知米乐来此的原因后，宿舍里响起掌声。一分钟后，老师推开宿舍的门，说你们不睡觉干什么呢？精力充沛是吧，好，都起来，到操场跑圈。是那种毋庸置疑的口吻，比米乐之前的老师要严厉得多，手里拿着教鞭。米乐想这就是所谓的执行力度强吧！八个人没有反抗，穿上衣服，排队去了操场。

跑了几圈后，老师不见了。米乐问身前的人，老师也不说跑多少圈，要跑到什么时候？七个人排着整齐的队列，一副任劳任怨的样子，米乐跟在最后，前面的人回过头说跑到老师再出现的时候。看样子大家对此习以为常，只是速度越来越慢。米乐说不好意思，让你们跟着受累了。大家说鼓掌之前就知道要面临这种惩罚，但是他们愿意，在这里能遇到一件让人鼓掌的事情，是幸福的。

慢慢地，米乐也了解到别人是怎么进来的。有跟父母对着干把父母惹急了的，有劫小孩钱的，有早恋的，有顺学校门口玩具摊儿东西的，也有打架和被打的。如果光看这些"罪行"，这些人凑到一块儿，学校简直就能乱了套，但纪律却出奇地好，比普通学校还守规矩，学生一个个都特老实。过了俩月，米乐知道了这种现象产生的原因——大家都被管怕了。

这里的年级分布和普通中学一样，初高中都是三个年级，每个年级只有一个女生班。女生进到这里，一律剪成齐耳的短发，学校里专门开了理发教室。隔三岔五，总能听到那里传来哭哭啼啼的声音，一定是又有女生新转进来了。理发店不仅给女生剪头，也给男生绞。在学校里想看到金城武郭富城林志颖那样的发型是不可能的，其中有一节公开课，就是全校学生站在操场上，理发老师挨个儿挑，挑出来的直接去理发教室排队，等候处理。清一色的短发，加上灰色的校服，根本没了男女生的概念。在这里不要说早恋，如果有人提出退学出家，很容易找到伴儿。

除了晚上九点熄灯，早上六点起床跑步，还有一些必须遵守的规矩。和老师说话的时候，眼睛只能看老师衬衣从上往下数第二个扣子的高度，也就是不能看老师的眼睛，始终是半低头被训话的状态。要是赶上个子矮的老师就麻烦了，为了遵守校规，大家要把头垂得更低，甚至猫点儿腰，如果不是因为对面站了个人，还以为在低头找什么东西。

日本漫画和滚轴、网吧想都甭想，这里没有任何娱乐，唯一的娱乐就是体育课。有限时间里的跑跑跳跳还跟在干坏事儿似的，有若干双眼睛在操场上、教学楼里乃至树后盯着，时刻提防着有人跑出学校。米乐想，或许每个学生心底都藏着一个离开这里的愿望，要不然老师干吗那么怕有人跑掉呢？连课间上厕所，都安排了"所长"值班，就是管理厕所的队长，有男所长和女所长。下课铃一响，所长先站在厕所门口，要知道进去了多少人，上课铃响的时候，就得出来多少人，防止有人藏在厕所里逃跑。少了人，就拿所长是问。

校规里还有一种特殊的惩罚方式，关禁闭。禁闭不是罚站，也不是干坐着，是要抄书。校长说十五年前，几十位诺贝尔奖获得者齐聚联合国，商讨人类的顽疾，认为解决目前全世界所面临人性问题的关键，是回到两千五百年前的中国，在中国传统文化中找到方法。为此，学校特别设立了禁闭室，里面摆好了纸和笔，凡是违反纪律的学生，就停课进禁闭室，抄写《弟子规》和《三字经》，抄多少遍视犯错误情节的严重程度，少则几百遍，多则上千遍，且必须字迹工整，以示改正的决心。

尽管如此，有少管所减刑后来这里上学的学生，依然说这里比少管所还是舒服多了。

对于这种现状，米乐妈妈倒是松了一口气，果然最危险的地方也是最安全的。她告诉米乐，苦不会白吃。

不是每个人都需要用卧薪尝胆的方式度过一生，尤其是青春期的孩子。工读学校两米多高的院墙把这里完全围成了另一个世界，在里面憋久了，看墙外的天都比这里的蓝。尽管每周放假一次，可以回家，但随之而来的又是一周的封闭生活，周而复始，苦不堪言。每个礼拜周二还没过完，大家就急切盼着周五了，剩下的几天都靠忍。忍久了，就容易心理扭曲。

一天有个同学披着棉被来上课，说自己发烧了，冷。老师看他带病还坚持上课，精神可嘉，准许了。结果下了课，老师离开教室后，他打开窗户，裹着棉被，从四楼跳了出去。外面是一处管道抢修的工地，有个沙堆，他已经计算好，自己呈抛物线运动，能落在沙堆上。但不知道是执行失误，还是计算有误，越过了沙堆，落到准备安装管道的坑里。被问到好么央的怎么想起越狱了，他说是在里面待烦了，想出去透透气。听起来很可笑，可这里每个学生的心理莫不如此。

学校给这个学生关禁闭一礼拜，还延长了在此三个月的考察，相当于之前被"判刑"就读工读学校半年，现在"加刑"到九个月。为了加强管理，学校还新开了一门课，叫举报课，每周一次，让同学们互相揭发谁在这周里犯了什么错误。举报成功者，加一分；被举报如实者，减一分；自我检举的，分数不变。分数就是衡量半年后能否离开这里的标准。老师说这门课的目的是加强学生自律，米乐却觉得这更像间谍课，让你时刻监视着别人的一举一动，也让你时刻处于别人的监视中。为了拿到分数，上厕所唱粤语歌、不刷牙就吃早饭、梦话里骂人这些事情也会被举报。每次上完这节课，米乐都更坚定了早日离开的决心。

事情发生转变是在米乐的十五岁生日以后。在被告知要送到工读学校后，那晚和米乐去网吧的三个同学找到米乐，说感谢他的挺身而出和守口如瓶，等他过生日的时候，会送他一双旱冰鞋，问他还有没有别的想要的礼物。米乐被这句话感动了，说不用客气，这是自己应该做的。到了工读学校，米乐一直记得这句话，十五岁生日那天，他一睁眼就开始想，今天会不会有惊喜——寄来的礼物？一张生日贺卡？一通祝福的电话？

一个上午过去了，没有任何动静。米乐想，会不会下午放学后，他们来这里看望自己？结果到了晚上熄灯铃响起，也没能如米乐所愿。长这么大第一次在外面过生日，工读学校的同学并不知道今天是米乐的生日，这一天过得有些凄惨。

第二天晚饭后，轮到米乐班给家里打电话。学校规定一周可以使用一次电话，联络父母，每次不超过三分钟。米乐把电话打给了溜进网吧那天过生日的同学。电话是他妈妈接的，米乐说找他，他妈妈让米乐稍等，然后叫他过来接电话。他拿起电话，米乐报上名字，他的反应出乎意料地冷淡，说，哦，是你呀！米乐还是寒暄了一句，你们在班里都好吗？对方不冷不淡地说挺好的，然后问米乐有什么事儿。米乐的心一下子凉了，又不想过于尴尬，就问他学校有没有发别的区的模拟题，想借来看看，工读学校这里资料有限。没想到对方问，你们那里也需要上课、考试吗？米乐被这句话激怒了。对方语气之轻佻，好像工读学校就不是学校了似的，更好像米乐上了工读学校是天经地义的事儿！米乐郑重地说，对，这里也参加中考，然后挂了电话。

这时距离半年后可转回原校的考察期还有一个月，妈妈去学校了解过情况，按米乐的表现，下学期开学就可以走了。但米乐已不愿离开这里。他委屈地跟妈妈说，在这里他会玩命学习，一定要考个好学校给原来的同学瞧瞧！工读学校的任务是让更多少男少女顺利度过青春期，不是让他们考上高中，教学质量很有限。妈妈看米乐学习的劲头这么足，同意他留下，周末继续给他报辅导班，有限的工资都花在米乐身上。

米乐死心塌地在工读学校待了下来，憋足一口气。另一个让他不想回到原来学校的原因是，不愿意再和那些已经被他看扁了的人同班了。

老家的爸爸来看过米乐一次，爷儿俩没有多说什么，米乐觉得自己进了工读学校愧对父亲，含着眼泪说，我不会让你失望的！

爸爸坐在米乐宿舍的床上，点点头，说，我知道。然后他看向窗外，是一片荒地，杂草丛生。他说，他会在那里给米乐种一棵向日葵，现种来不及，只能移栽，让米乐每天看到它。这是他作为生物老师，此时能为米乐做的唯一一件事情。当向日葵冲向太阳的时候，就是他在给米乐加油。

米乐眼泪又要落下来，忍住了，拿起饭盆，说食堂开饭了，拉爸爸一起去吃。爸爸说出去吃吧，给你改善一下，也叫你妈妈过来。米乐说下午还要上课，不想请假，爸爸说也好，就去食堂吧！

吃完，米乐给爸爸送出学校，到了门口，爸爸拿出一个厚厚的信封，说这是给米乐和妈妈的，他相信米乐会如数转交给妈妈。他又拿出几张钞票塞进米乐兜里，给米乐零花。走出校门前，爸爸留给米乐一句话，说这也是他活了四十多年才领悟到的，希望对米乐有帮助："以后再做什么事儿的时候，多想想，如果有两个选择，就选那个日后无论什么时候想起来都不害怕、不后悔的那个。"

米乐点点头记住，回学校上课了。

下午的课结束后，米乐回到宿舍，窗外真的出现了一棵向日葵。

这棵向日葵让米乐每个清晨都能意气风发地醒来，每个晚上都能因白天没有荒废而问心无愧地入睡。

中考成绩出来了，米乐的分数没有预期的高，刚刚压着普通高中的录取线。随后公布了重点高中的录取名单，然后是普通高中的录取名单，米乐均不在其中。虽然上线了，在提档学生里是最低分，如果提档人数大于录取人数，被刷掉可以理解，但如果提档人数少于录取人数，没被所报志愿的高中录取就属于没被公平对待。可所报志愿的高中提档了多少人米乐妈妈也不知道，她去那高中打听，正放暑假，没人接待。

过了两天，中专录取名单公布了，米乐名列其中，被一所财务中专录取。只有高中毕业生才能参加高考，这意味着米乐没有上大学的机会了。妈妈想让米乐复读，但是填报志愿的时候老师说过，如果考上志愿里的学校没有去读，属于蔑视中考制度，第二年再考，不允许报考同批次及以下批次的学校。也就是说如果米乐不上这所中专，明年只有考高中一条路，考不上想换中专和职高都不行了。而且妈妈了解了初三复读政策，米乐的九年义务教育已经结束，不会有公立初中接纳复读生，只能靠社会上的辅导班。这种辅导班不是全天上课，课时安排比较松散，米乐妈妈怕米乐又在社会上接触坏人，只能退而求其次，接受被中专录取的结果。来北京前的种种美好设想——北京的高中多，升高中的概率大，高考录取分数线低，考大学容易，毕了业再读个研究生——都因为米乐的时运不济在起步阶段就夭折了。

本来两次模拟考试，米乐考得都不错，甚至有一次分数达到去年的区重点线，不出意外的话，上个普高不成问题。工读学校还把米乐当成模范，教育本届和下两届的学生，激励他们英雄不问出处。结果中考头天晚上，米乐一晚上没睡，影响了状态。他把未来三天的考试当成一场翻身仗，为了打赢这场仗，早早睡下，因为紧张和兴奋，根本睡不着，各种念头在脑子里闪过。他幻想着考上大学，找份好工作，然后回工读学校做一场扬眉吐气的报告；想象着上了高中就可以每天回家和妈妈吃饭了；想象着用自己的中考分数碾压那个导致他进了工读学校还奚落他"你们那里也需要上课、考试吗"的同学（米乐估计这人的分数也就考个职高）；还想到了爸爸种的那棵已经长高的向日葵；甚至回忆起妈妈多年前在群艺馆的景片房间……不知不觉在床上想了两个小时，再不睡着明天考场上脑子就不够用了。

为了降低兴奋度，让自己累一点儿尽快入睡，米乐甚至找出一份模拟题做了起来。遇到不会的题，米乐又翻起书，怕明天考到。睡在外屋的妈妈一觉醒来，看见里屋又亮灯了，问米乐怎么了，米乐说再看看书。妈妈让他放轻松，无论会不会也就这样了，明天考成什么样是什么样。妈妈越这么说，米乐越觉得不能考砸，越想多复习会儿，发现自己不会的题越多。结果就乱套了。凌晨两点，米乐强迫自己躺下，关了灯，心跳得很快，像不会停下来的乒乓球，上下跳跃，搞得他静不下。天亮了，看了一眼表，快五点了。不久后传来妈妈做饭的声音。米乐预感要坏菜。坐在考场上，脑袋有点儿木，眼前的题虽然会做，思考过程却像电影里的慢动作，包括写字速度都比平时慢一拍。两次模拟考试的时候，米乐虽然有不会的题，但是对试卷有一种驾驭感，这次全无，走出考场感觉要砸。分一出来，果不其然，比模拟考试低了三十多分。

无奈之余，也只有去中专报到了。米乐大哭一场，觉得错误都在自己。妈妈知道这一切都是命，让米乐放下心理包袱，过个轻松的暑假。同时她也这样安慰自己：哪怕是当个会计，在北京当也总比在小城市当有出息。

3

中专开学第一天，校长在开学典礼上的话犹如当头一棒，让米乐觉得前途渺茫。校长说今年教育改革，全国大学扩招，当我在这里欢迎你们的同时，神州大地上更多的人走进了大学。中专的任务是为企事业单位培养中等技术人才，四年后毕业的时候，和你们竞争工作岗位的是今年扩招的大学生，他们拥有本科和专科的毕业证，但是企业不需要那么多高等技术人才，他们就会往下游流动，和你们竞争中等技术的职位。付同样的工资，企业当然愿意用个大学生，所以你们的就业形势非常严峻。我是一个愿意把丑话说在前头的校长，我不想等你们找不到工作的时候再骂我，这四年你们会过得比较累，学校根据时代需求，新增了三门课程，也会多给你们安排和用人单位接触的机会。你们自己也要不怕吃苦，给单位留下好印象，争取在毕业前就签订三方协议，否则你们的日子会越来越不好过，看着同龄人住好房子、开好车,只有眼红的份儿！

大部分十六岁的孩子听不懂这番话，很多人能考进中专，已经可喜可贺，他们的父辈祖辈都是北京的，到时候给安排个工作，不是什么大事儿。所以开始上课后，他们该怎么玩就怎么玩，甚至开学才不到一个月，班里已经好上两对了。

北京孩子碰到什么事儿，都爱说：太傻×了！周一升旗仪式上校长又说了什么，他们会说"太傻×了"；老师在班里又布置了任务，他们会说"太傻×了"；放学走在马路上，看见成年人无论干什么，他们也会说"太傻×了"。在同仇敌忾中，他们紧密地团结在一起，去做不傻×的事儿——跟"太傻×了"的事儿对着干。

财务中专的专业都跟金融相关。老师给他们介绍什么叫金融，说有个亿万富翁，去华尔街的银行贷款五千美金，抵押的是自己的劳斯莱斯。一周后，富翁偿还了五千美金外加十六美元利息，开走了劳斯莱斯。有人问富翁，你那么有钱，还拿不出五千美金吗？富翁说，在华尔街找到一礼拜十六美元的停车位可不容易。所以，金融是一种思维，不是加减法，老师强调道。而台下学生发出的却是从鼻腔里出来的哼笑，不是赞叹富翁有办法，是觉得老师这么煞有介事地讲课太傻×了！

学校开设了珠算课。大部分人认为马上二十一世纪了，计算器早就普及，计算机都兴起若干年了，为什么还要学珠算，每天背个算盘上学，一点儿不帅！老师说技不压身，这是中国传统文化，你们电脑用得再熟，但毕业了保不齐会分到哪里当会计，国有工厂、郊区的信用社这些地方计算机未必普及得那么快，计算器还容易按错键，算盘才是最好使的。说这番话的老师自然又被认为"太傻×了"，没什么人好好学。

米乐则不然，他知道自己和别人不一样。他在北京只有妈妈一个亲人,妈妈在灯泡厂已经如坐针毡,没别的地方可去,更别说日后帮他找工作了。所以米乐很把校长的话当真,上课认真听,学珠算也上心,回家自己完成作业。他知道自己跟北京孩子不一样,如果跟着他们混,最后傻×的只能是自己。他很清楚自己是怎么到了这里的。自己如果再稀里糊涂,很可能这辈子就完蛋了,他来北京可不是为了完蛋的。

老师办公室是大家最不愿意去的地方,米乐成了那里的常客。因为认真,他被选为班长,又是课代表,很得器重,因为他没把老师当傻×。米乐知道自己成了别人眼中的积极分子,他以前也讨厌班里的"狗腿子",但是总得有人当班长,作业总得有人去送,谁都想当甩手掌柜的,谁都想吃现成的,都这么想,活儿谁干?不是米乐觉悟高,他也是被"绑架"的,老师看班里就他比较上进,点名让他当班长。他又不知道怎样拒绝,于是就成了班干部。

有时候人的正能量不是自发的,是逼出来的,米乐不想因为干不好而丢人,就顶着压力干。他又何尝不想大喊一声:你们丫的太傻×了!但是他知道不能喊,当初就是自己太意气用事,已经走错一步,没有再错的机会了。特别是从今年开始,工读学校不再由公安机关强行扭送,改为家长和学校签字,三方认可才能送。如果那事儿发生在今年,只要妈妈不同意,米乐就不会被送去工读学校。米乐哀叹自己点儿背,好事儿没赶上,坏事儿全没落。他总觉得有双眼睛像看着玩笑似的看着自己。

和同龄人比起来,米乐觉得自己老了。

苦闷渐渐出现在米乐的脸上,那不是一种表情,是一个个红灿灿的青春痘。

中专四年一晃就过去了。功夫不负有心人,毕业前的一天,米乐再次走进办公室,给老师送全班的一英寸照片,将来贴在毕业证上用。像往常一样,他把东西放在老师的桌上后,准备离开,被老师叫住。米乐以为老师要给他什么东西,让他带回班里发放,转过身,准备伸手接着。

老师没拿出任何东西，只问他工作有意向了吗？

距离毕业不到三个月了，班里已经有人找到工作，开始实习。米乐半年前也开始找了，越找越没信心。去年全国没找到工作的大学生有几十万，这些人当中，又有数万人漂在北京，今年应届的大学生也将毕业，光北京就几十万人，加上和自己同样学历的中专职高技校毕业生，僧多粥少，希望渺茫。米乐没想到老师竟然问他，愿不愿意去银行上班？

"银行"两个字击中了米乐，他眼前一亮，仿佛坐在上升的电梯里，有点儿失重。老师补充说，是郊区的网点，比较辛苦。之前米乐也留意过银行的招聘要求，即便是初级的柜员，今年开始也要求大专学历了。米乐问老师，中专学历行吗？老师不置可否，说银行是一家成立不久的商业银行，今年在五环外开了几个网点，主要业务就是面向周围的村民和个体户，农民越来越有钱了。工资含住房补助，可以在附近租房，赶上休假能进城回家。然后说了实习期间和转正后的工资数额。已经快赶上妈妈的工资了，米乐当即表示愿意。这事儿他可以自己做主，虽然离市区远点儿，毕竟是进了银行系统，妈妈知道了也会替他高兴的。

老师说鉴于米乐在校期间的表现，决定把这个机会给他，但是要有心理准备，到了岗位，和村民打交道，会特别累。他希望米乐能有好的表现，经受住考验，给学校争光。老师说什么，米乐都说，您放心。最后老师左右看了看，办公室没别人，便说，去中关村办个大专毕业证，越快越好。

银行总部对各网点提的要求也是进人必须具备大专以上学历。老师的妹妹负责招聘，除了她，没人会翻米乐的档案，真证假证可以睁一只眼闭一只眼，但面儿上手续得齐全。

那时候的中关村，走在路上，就会有人上前问你要不要毛片儿和软件，不要的话，就问你办证吗，总想从你身上挣点儿，不轻易放过这次人间的相遇。米乐起初被问的时候有些不好意思，摇摇头走掉，担心万一被认识的人看见。沿着中关村大街一路往北,都是人,打车的、抬电脑的、从大厦里走出来的、穿越马路的、摆摊儿的、挤不上去车的,各自忙碌着,没人往米乐这边多看一眼,他适应了环境,镇定许多。走着走着,耳边传来交谈声,夹杂着"有钢印""查不出来"等字眼,循声看去,是一个年纪比米乐略大的男青年,正跟一名外地妇女交涉,看样子前途也遇到点儿小麻烦。米乐觉得中关村真是一个神奇的地方,满足了人类各方面的需求。

终于在又一次被问办不办证后,米乐停住,问对方,多少钱?

米乐并不想这样。他想起爸爸在中考前对他说过的话——如果有两个选择,就选那个以后回想起来不让你害怕,也不后悔的。他害怕假证被人查出来,也知道多年后必定会后悔今天用假证骗人,但不得不硬着头皮做下去,因为妈妈半年前下岗了,他得承担起家庭重任。

妈妈所在的"二泡"被德国照明品牌收购了,成了"德泡"。多年来"二泡"的生产线老旧,产品能耗大,渐渐被市场拒之门外,企业盈利能力每况愈下,给职工发工资的压力越来越大。厂里寻求合作,和德国照明品牌达成协议,引进新的生产线和管理部门,原有职工一半没活儿干了,只能买断工龄下岗。厂里给的条件还不错,大家就签了。米乐妈妈早就想离开灯泡厂了,小黄去世后,她饱受非议,各种难听的话不时传来,碍于没有其他地方可去,只能忍气吞声坚持上班,现在正好借坡下驴。米乐妈妈还有四年退休,买断工龄的钱够她把社保交到退休年限,生活费还得再去挣,她也开始找工作。米乐找工作都这么难,更不要说她。她还想利用专业,去个舞蹈组织教课,人家说教课有二十多岁的老师,跳得比你高,下叉比你开,你要是不想离开这个行业,就负责后勤吧,擦镜子、清理地板、管理杂物。说白了就是保洁,好歹是份工作,米乐妈妈接受了。

米乐不能再让妈妈养活了,他急需一份工作,来养活妈妈,让妈妈别再为生活奔波。他深知在找工作的道路上有多少竞争对手，这些人里，说不定又有一批人也来中关村进行了"升级"，自己不能坐以待毙。这么一来，他不仅不害怕，而且更坚定，为了妈妈和这个家，他乐意这样去做，不后悔。

那天在办公室老师让米乐不要有压力，这个岗位中专生完全可以胜任，是不是大专毕业不重要。还说让米乐顺利进入工作岗位，是他辅导学生就业的业绩，给网点招到一个踏实肯干的人，是他妹妹的工作业绩，如果米乐是一个靠谱的人，那就完成属于他的业绩任务。业绩说明一切，扯别的都没用。米乐觉得这是一位让人尊敬的老师。

五天后拿到大专毕业证，米乐看到自己的照片被贴在一个大学名字的上方，照片右下角还印着学校公章的弧线，有些恍惚。他想着自己要真是一名大学生该多好，走上社会这一步能迈得潇洒自然一些。而现在，只能把自己往老里打扮，努力扮成一个二十一岁大专生的样子，才刚过十九，不免心虚。

先是在总部参加笔试，米乐知道这是走个过场，准备准备都能过。然后是面试，被筛选出来的人，一个一个进去聊。候选者们坐在楼道的椅子上，互不说话，彼此用余光暗暗打量。轮到米乐进去，面试官是位中年女性，眉眼间能看出她和推荐来此的老师存在着血缘关系。米乐递上体检表毕业证等资料，红着脸等待面试官的审阅，心怦怦跳。看完，面试官抬起头，说你们老师是谁谁谁吧？面试官报出一个名字，正是米乐的班主任。米乐知道这算对上暗号了，说，是。面试官说下面的网点很辛苦，转正才算被正式录用，但需要在这个岗位上工作满五年。米乐求之不得，连连点头。面试官说网点办公面积不大，都是业务部门，档案在总部，让米乐在下面踏踏实实搞好业务。米乐说明白。最后面试官又看了看米乐，给他提了两个建议。一，以后多笑。二，柜台是直接和人打交道的，回去治治青春痘。并奉上偏方，石灰水，点上就好，见效快。米乐离开的时候脸像青春痘一样红了，不知道是被说的，还是因为被录用的喜悦。

在总部培训了三天，开始下网点工作。培训接待礼仪的时候，老师说这些礼仪在接待正常客人的时候能起到加分的作用，但很多客户是不正常的，遇到情况，要随机应变。

米乐做好了准备，可进到网点的第一天，这里农村集市般的气氛还是大大出乎他的意料。在米乐的印象里，银行应该是洁净的，光可鉴人的大理石地面，一尘不染的柜台窗，可是眼前的地面沤着一层永远擦不净的污渍，柜台的大玻璃上也都是手印和脑袋顶在上面留下的油渍，还能看清皮肤的纹路。特别是一进门，仿佛不是进了银行，更像进到放了隔夜饭的厨房，有种食物馊了的味道，前一日的浊气未散尽，新的一天又开始了。

工作了一天，米乐便知道了这个新开业的网点为何用半年就有了这种气味和上了包浆。营业时间已到，陆续有人进来，多数是衣着黯淡的老人，夹杂着个别中年人。一共四个窗口营业，开放了三个，不到中午，大厅的座椅上已经坐满人，同住一个乡，彼此认识，就开始聊天，张家长李家短，还有大声打电话的、嗑瓜子的，甚至有人把痰吐在地上。

米乐没有直接坐到窗口前，而是坐在一个比他年长几岁的男柜员身后看着。男柜员左胸上别着工牌，写着名字，姓刘，米乐就叫他刘哥。刘哥一副老江湖的样子，米乐在培训时学到的那些接待客人的问候语和手势，刘哥统统不用，他抖着腿，摇头晃脑，上来就问，办什么？嘴里老像含着一口水，也没人挑他的不是。

刘哥看着吊儿郎当，作为"师父"，还真给米乐上了一课。当天下午，有个四十多岁的女人，裹着围巾，拿着男人的身份证和存折过来，要打印流水记录。刘哥说根据规定，只能是本人打印。女人说我是他老婆，说着还拿出结婚证。刘哥瞄了她一眼，说那也不行，不是本人就不能打。米乐在旁边看着很疑惑，对方只是打印，不是取钱，不存在风险，况且是一家子，为什么不给办理呢？女人就在窗口和刘哥龁龁起来，无论女人说什么，刘哥也抖着腿咬定一点，必须是本人来。正纠缠着，一个中年男人进了大厅，扫了一眼，直奔女人而来，上来就是一大耳光子，说你他妈敢偷我存折和身份证！原来两口子正闹离婚分家产，女人趁男人睡着了，偷出存折，想摸清男人的底细，离婚时多分点儿。两人在大厅里动起手，女人毫不示弱，哪怕被打翻在地，也揪住男人头发不放，薅得男人也倒在地上。两人你蹬我踹，躺在地上蹭来蹭去，瓜子皮随着他俩翻飞。只有一个保安，拉不开，米乐作为实习生也赶紧出来拉架，把两人劝出营业厅。

　　当晚下班，盘库的时候说起白天的事儿，米乐问刘哥为什么能识破那女人，刘哥说看她就不对劲儿，哪有大热天还披个围巾的，真要是给她打印出来，她拿着要挟男方，男的是可以起诉银行透露个人隐私的，那就不好收拾了。刘哥抖着腿告诉米乐，首先要遵守银行的规定，即便有些业务可以通融，遇到了有嫌疑的客户，宁可让他们投诉，也绝不能接待。接待了就有风险，规避风险，是这个职业最基本的要求。

　　米乐很庆幸自己上岗前，能跟在刘哥后面学。然而第三天，风云突变。一个胖汉过来取钱，要取三万，第一次密码输错了，刘哥让他再输一次，结果又错了，刘哥通过麦克风说还可以输，胖汉按完还是错的，刘哥让他好好想想，慢慢按，还能输两次。胖汉突然急了，说你他妈别老输输输的，我取钱是打牌去，这一会儿你让我输三次了！当时快下班了，刘哥也不示弱，说我他妈知道你取钱干吗呀，记不住密码你赖谁，密码不对你就得输！保安赶紧过来，米乐也按住了刘哥。胖汉要搬大厅联排的椅子砸刘哥，大堂经理好言相劝，启用平时不开的窗口为胖汉特殊办理，胖汉才放弃搬起固定在地面的椅子。这回他终于想起密码，取出钱，指着玻璃窗里的刘哥说，我今天打牌，没空儿搭理你，你等着！

当晚下班，盘完库刘哥就走了，米乐也没问他哪儿来的那么大火气，大家像什么都没发生过似的，没再提这事儿。第二天，刘哥没来，座位空着，网点主任让米乐坐在那儿，从今以后负责这个窗口的业务。米乐一愣，太多业务还没熟悉，以为会跟着刘哥实习一段时间再上岗。已不能打退堂鼓，他硬着头皮坐下来，想起老师妹妹给的"多笑"的建议，想起培训时讲的竖起右手迎接客户的礼仪，还想照镜子看看脸上的青春痘下去点儿没有，但是来不及了，第一位客户已经向他走来。是昨天的胖汉，后面还跟着俩更胖的汉子。

胖汉根本没在意米乐的动作是否到位，上来就问，昨天那人呢？米乐答非所问，说您好，需要办理什么业务？胖汉又说了一遍，找人，昨天骂我那人呢？保安和大堂经理都过来了，说那人以后不会来这里上班了。胖汉有种一脚踏空的感觉，搓搓大肉头说，这还差不多，以后别让我看见他，看见就让他吃不了兜着走！然后掏出存折，坐在米乐面前说，取三万，昨天全他妈输了。这次米乐长了个心眼儿，让对方输密码时说的是：请您按下密码。

办业务的时候，米乐一直在想，莫非刘哥因为昨天的事情被开除了？为一时的冲动丢了工作太不值得。没想到快下班的时候，刘哥穿着牛仔服来了，跟大家说说笑笑，晚上要请吃饭。原来昨天是他在这里上班的最后一天，在这里干了两年，调去支行做客户经理了。两年坐柜台积攒的怨气，在离开这个岗位前，发泄一下。饭间，刘哥举起酒杯敬大堂经理，表示歉意，说昨天本想控制的，真没控制住。值班经理大姐说她也坐过柜台，能理解。网点的主任没来，大家也没提到他，米乐想可能是和领导保持距离的缘故吧！刘哥说这月的工资该扣就扣，不做柜员了他高兴，扣多少钱都无所谓。气氛一下变了，在座的几位，还都是柜员。刘哥赶紧举杯敬大家，祝各位早日转岗。大家也纷纷举杯应和，似乎都在盼着这事儿早日实现。但是大家对刘哥为什么能调到支行只字不提，这是米乐更关心的问题。

吃完饭，大家在门口告别，米乐跟着刘哥去了他租的房子。刘哥在营业厅附近租了间民房，方便上下班，现在房子准备退掉，去收拾东西。米乐听说了，要去看看，合适就租下来，挤了三天公交车，深感上下班的辛苦。

房子是农民盖在大院里的砖房，被刷成白色，一共两层，每层六个单间，有公用的卫生间。院子很大，出租房对面是两间厂房，房东是做大米加工，刘哥说买米不用出院子，在房东那儿就买了。刘哥调去的支行在他家附近，三环边上，以后就回家住了，有些锅碗瓢盆等用具，懒得收拾了，问米乐租不租这房子，租的话就给他留下。从这里走路去网点只需要十分钟，每天上下班能节省两个小时，可以多看看书，米乐还想着上个成人在职大学，自己的中专学历是颗定时炸弹，拆掉的最好办法就是用更高的学历覆盖它。米乐当即决定租下。工资里的房补正好够这间小屋的租金。

米乐问刘哥怎么干了两年柜员就能转走，难道他跟银行签的协议不是要在柜员岗位上干够五年吗？刘哥说签的都是一样的，签完了怎么执行是灵活的，家里有关系的，半年就能离开柜员岗，关系硬的，不用当柜员，能直接进客户经理岗，我就是关系不够硬，耗了两年才转。刘哥今天高兴，喝美了，愿意多说两句，拿网点那些大姐举例，说她们这么大岁数了还坐柜台，就是因为没关系，加上学历有限，可能一辈子就是个柜员了。米乐说做一辈子柜员有什么不好的吗？刘哥说听你这么说，就知道你家里没人在银行上班，柜员是最苦的，干干你就知道了，能早转就早转。米乐想不了那么远，当务之急是度过实习期，然后至少考个成人大专学历，在柜员岗站稳脚跟再说。

学历的短板，让米乐觉得自己像一只气球，稍有风吹草动就会把他卷走，得想办法把自己拴紧。米乐的办法是勤劳，别人不愿意接待的业务他来接待，像鱼缸里的清道夫，承担起全网点脏乱差的活儿。有老头老太太拿着一书包皱巴巴的零钱来存，别人嫌麻烦，米乐就接待。那些钱不仅数起来费劲，还散发着辛辣的味道，又熏眼睛又呛鼻子，柜台不让戴口罩，米乐就流着泪把一张张钱抚平，打捆，装柜，变成一张干净的存折递出窗口。老头老太太第一次被这么耐心地接待，下回来了，还找米乐。于是，无论在同事眼中，还是客户眼中，米乐都成了一个必不可少的人。

半年后，米乐顺利转正。转正那天，临近春节，米乐给推荐他工作的老师寄去一套猴年纪念币，并写了一张贺卡，由衷地表达谢意。老师有集邮的爱好，也收藏各类钱币。以后每年这个时候，米乐都会寄去一套生肖纪念币和一张手写的贺卡。没有老师的帮助，就没有这份工作。

米乐在这份工作中找到了自己的价值。那是第一次拿到工资，米乐为自己办理了业务，取出工资，买了一份肯德基的全家桶带回家和妈妈吃。妈妈是第一次吃，米乐问妈妈好吃吗，妈妈说好吃，问这个是不是挺贵的。米乐又给妈妈拿出一块，说不贵，以后每个月发了工资，都给妈妈买一份回来，这个叫全家桶。妈妈吃着的时候，米乐又拿出一千块钱，放在一旁，说以后每个月都至少给妈妈一千块钱。妈妈放下鸡腿，哭了。米乐递上肯德基配的餐巾纸，妈妈擦了一把，扑在米乐肩上哭得更凶了。那一刻，米乐知道以后该怎么做了，他找到了人生的方向——好好工作，让家里的生活过得越来越好，也让妈妈对他放心，之前妈妈太辛苦，该歇口气了。

一旦有了"人生""价值"这些概念，米乐那张稚气未脱的脸就越来越像个大人了，青春痘也随着一笔笔业务的完成而消散。坐在窗口后面穿着西装的米乐，也被来办业务的中学生叫叔叔了。

之后坐柜台，也总会遇到形形色色的人和五花八门的事儿。米乐明白了刘哥为什么对柜员这个职位如此厌恶，见识了人类之复杂，但是米乐没有因此也心生厌恶，而是更坚定了为这些人服务好的目标。是他们，给了自己工作的机会。如果他们没有这些需求，便不会有这个岗位，自己今天也不会坐到这里。

每天坐到窗口，米乐就像打了鸡血走上战场一样，暗下决心：无论遇到什么样的客户，都让他满意离去。米乐愿意将青春的荷尔蒙消耗在处理这些琐碎的需求上，他觉得疏通管道的工人在把壅堵的异物通开的一瞬间，一定会分泌多巴胺的，那是让人快乐的物质。

营业厅五点半关门，真正下班要到七点以后。米乐回到租的房子里，简单吃口饭，便拿出书看，他报名了假大专毕业证上那所学校的高自考，要把毕业证变成真的。学累了，就拿出一摞练习钞，给自己掐表练习。行里每年有技能比赛，点钞是其中一项，这个比赛就像男子百米大战，是最精彩的，人类喜欢在各种速度上挑战极限。米乐渴望拿到这个荣誉。

米乐的隔壁住着一个吉他手，每天在屋里练琴六个小时，当他打开节拍器练习弹拨音符速度的时候，声音会传过来，米乐就在哆来咪发唆拉西哆的反复中捻过一张张钞票，跟他比速度。两个有梦想的人在各自的房间里奋斗着，米乐觉得充实且踏实。

赶上周末银行有培训，米乐就不回家了，积极参加，熟悉各种产品和业务，唯恐落后于人。到了发工资那天，他还是会买一份全家桶，带回家和妈妈一起吃。米乐在一点点进步，摸索出经验，办业务效率高了，奖金也高了，第二年还成了网点的优秀员工。

这一年，网点的大堂经理调走了，天天站着也是个苦差事，能调走的都是有关系的。随后调来一个胖姑娘，也是靠关系进来的，听说她爸在支行的营业厅存了几百万，想给女儿找个工作，支行行长就给安排到这儿了。她爸的要求也不高，就想让闺女了解一下社会，随便干点儿什么都行，本来也没上过什么学。胖姑娘穿着紧巴巴的工装出现在大厅里，不仅帮不上什么忙，还净耽误事儿。她家就是旁边村里的，好些办业务的人认识她，看她这身衣服奇怪，问她在这儿干什么呢，胖姑娘很是得意，说当然是上班了。后来大家弄明白了，原来是她爸想给她介绍对象，但胖姑娘自己不争气，本来就胖，学没好好上，还没工作，好些男青年一听这条件，见都不想见，毕竟不是所有人都知道她爸在银行还放着几百万。于是她爸就想了这么个招儿，让女儿先在银行干着，虽然累，至少是份体面工作，相亲的时候能加分，等找着对象就不干了。

胖姑娘下班后总去找米乐，以请教业务为名，进入米乐房间。也没什么具体业务真的请教，闲聊几句，便要请米乐出去吃饭。好几次都是如此。米乐不希望下班后的时间都被胖姑娘占用，直截了当，说下回没要紧的事儿，不要来了，他要看书。胖姑娘问米乐这么钻研业务，是想在银行一直干下去吗，米乐说我就是学这个的，当然得吃这碗饭了。胖姑娘说你这么吃，什么时候能吃饱呀，又累又苦，我让我爸给你调到支行去，比这轻省，挣得还多。说着胖姑娘挽起米乐的胳膊。

米乐想过胖姑娘来找他是不是有这种意思，但没想到胖姑娘这么直接。柜员是银行系统基层的工作，米乐是不满足于做个柜员，但接受，对现状也有清醒认识，目前是对自己的锻炼，积累经验，为以后走向更高职位打下基础——无论是业务能力，还是人脉资源的基础。他没想过要靠这种方式升职，便抬起胳膊，胖姑娘悬空的手有些尴尬。

没过多久，胖姑娘不来上班了，大堂经理换了别人。一个比米乐还晚进网点的姓高的应届本科生被调去支行的科室，米乐不以为然，以为好事儿优先考虑学历高的。又过了不久，胖姑娘发来请柬，邀请网点的几个前同事去参加她的婚礼，没给米乐发。同事从婚礼上回来说，胖姑娘嫁给了调走的小高。胖姑娘更胖了，看样子是怀孕了，算日子，应该是小高调走前种上的。小高是孩子的爸爸。

米乐听完心乱了，理解这事儿比理解银行的各类理财和贷款还费脑子，他宁愿把精力放在后者上。

每年房租都在涨，好在工资涨得更多，每月能存下的钱多了。每逢春节，听到晚会歌曲里唱着"红红火火"，米乐想这便是吧！

进入2008年，米乐在柜员岗位即将干满五年的时候，妈妈也到了退休的年龄，可以领退休金了。她给米乐叫回家，拿出一个皮包，里面整整齐齐摆了两层百元一捆的人民币。妈妈说这是她到北京十余年来攒下的，加上米乐爸爸这些年汇来的，以及她的买断工龄钱，一共二十六万，现在交给米乐。妈妈说她的身体都还不错，这几年看上去不需要大钱，每月的退休金也够生活的，外面打点儿零工还能再挣点儿，家里把该使的劲儿都使了，皮包里的这些是唯一能帮上米乐的了。妈妈让米乐用这钱活动活动，别待在柜员岗位了，毕竟二十好几，该给自己的未来创造空间了。

在柜台干了五年，是件丢人的事情。但米乐觉得把这些钱送给某个人，从而调离柜台，是件更丢人的事儿，他做不出来。妈妈的这些钱是怎么攒下的，他最清楚，送出去是一秒钟的事情，他不愿意把父母十余年的努力变成自己的一瞬间，宁愿让自己辛苦点儿，哪怕也花上十年的时间，这样才平等。

米乐用妈妈的名字买了理财产品，先买了十万。半个月后，又买了十六万。他要帮妈妈留住这个钱，并最大程度地对抗通货膨胀。这是一款新推出的十万元起售的理财产品，持有期要求一年以上，评级是高风险，没什么人买，城乡接合部的人都保守。有闲钱的也都投到股市上，前一年股市闭着眼睛买都能挣钱。

米乐知道所谓的高风险不过是种预警，亏本的概率是比低风险的高二十倍，听上去很可怕，但低风险亏本的概率几乎为零，所以即便二十倍，哪怕一百倍，也依然是种低概率。他敢买是基于这些年的经验和专业知识，还把自己手里的钱也用妈妈的名字买了。月底清算的时候，全网点只有米乐卖出了这款产品。客户经理都卖不出去，柜员竟然卖出去了，这大大增加了网点主任对米乐的印象分。本来就勤奋，再加上业绩不错，网点主任没有理由不在升迁的时候把米乐也带走。银行扩大规模，准备新开一个支行，网点主任要去新支行当行长，正缺得力干将。

于是米乐走出防弹玻璃，在新营业厅当上了客户经理，负责对公业务。行长新官上任，给每个职位都分配了揽储任务，业绩压力比以前更大，米乐却更兴奋，摩拳擦掌，跃跃欲试。新装修的营业厅设在一片新建成的小区底商，离原来的网点不太远，却如同两个世界，窗明几净，地面整洁，米乐看着就想奋不顾身地投入到业务中去。

接手的客户中，很多企业的厂房开在村里，不通公交车。为了提高效率，米乐买了一辆二手摩托车，五环外管得松，随便骑。米乐就骑着它，走街串巷，风尘仆仆，干劲十足。

和企业客户谈事儿，往往在饭桌上，无酒不欢。米乐之前不怎么喝酒，为了工作，开始喝了，他知道这是职业素养之一。做这行说不喝酒都是撒娇，米乐没有撒娇的资本。但他酒量有限，一瓶啤酒便会脸红，二两白酒就会上头，上厕所晃，连眼睛也跟着变红。

曾有一个同事遇到个客户，说喝一杯就存一百万，结果那同事刷新了业绩，同时也因胃出血被送去医院。在米乐的心里，跟对方一杯杯喝酒不是贪图什么，绝不是为了多一百万，而是表达感谢与诚意。感谢对方能把钱交给自己管理，同时也承诺会让对方的钱安全且收益最大化地存在这里。

喝到位了，米乐就自觉去卫生间解决——吐。吐出来第二天会好受些，他不愿带着这些酒精过夜，天亮后还要西装笔挺地出现在客户面前。为了业务，米乐测试了自己的极限，白酒四两，啤酒四瓶，再喝就会吐。在米乐得到自己酒量的答案前，客户已经有了答案，他们都是酒场身经百战的老手，早就看出米乐不能喝——从卫生间吐完回来的人，眼神都是涣散的,像出了一次魂。同时他们也看出米乐的实在,不躲酒。在把米乐喝吐了几次后,也不难为米乐了,三两白酒过后,主动让米乐改喝茶。米乐在换成茶之前,仍然会毫不保留地端起酒杯,伸向对方。

酒品见人品。米乐的朴实和真诚,为他拉来客户。

酒场结束,米乐回到出租房,给自己泡一杯茶,一杯接一杯喝,同时练习点钞。他现在主攻花式点钞,这是他从隔壁吉他手那里借鉴的。他看吉他手拨弦的时候可以五个手指都用上,于是把这一技巧用在点钞上,五个手指同时捻过钞票,一次可以点五张,大大提高了速度。米乐想等练得差不多了,就在银行的年会上露一手。

喝了茶水,米乐就一趟趟上厕所,喝到茶叶没味儿才作罢。这是他自己实践出来的解酒妙方,加速稀释体内酒精浓度,不影响第二天的状态。吉他手为此总奚落米乐,说资本的每个毛孔未必滴着血和肮脏的东西,倒是滴着酒精和地沟油,他只有为了理想,才会喝成这样。米乐笑笑说,你是文艺青年,我是金融青年,人生使命不一样。然后冲吉他手挥挥手里的练习钞,吉他手拿出吉他,两人在夏夜的月光下,比谁的速度快。

米乐每周都会喝多,喝下去的酒越多,他越清醒,时刻不忘自己的短板。

终于在北京奥运会开幕前,米乐通过了高自考的最后三门课程,拿到了本科学历。

这次米乐回中专看了一趟班主任。银行刚刚限量发行了奥运纪念钞,米乐自己收藏了一张,一票难求,他决定送给老师。和奥运钞一起带去的,还有新学历证。

米乐说现在自己是本科生了,希望老师转告他的妹妹,也让她知道这件事情。老师说会的,他妹妹奥运会后就要退休了,这对她也是一个好消息,当初没有看错人,米乐没有让大家失望。米乐再次对老师和他的妹妹表示感谢，老师说举手之劳，让米乐不用多想，他确实胜任这份工作，给银行带来了收益，银行应该感谢他。没过几日，米乐收到老师的短信：已告知，她也让你安心工作，会有出息的！米乐给老师回复：一定不辜负你们，有事儿您招呼我！

这一刻，米乐觉得脚下的北京成了一张沙发，不再是一台跑步机，自己终于可以在上面歪会儿放松一下了。

奥运会开幕当晚，举国欢庆之时，米乐也开了两瓶啤酒，一瓶递给妈妈，并告诉她自己的下一个目标：三十岁买房。

4

搬来一个女邻居，住米乐的隔壁。看样子刚毕业不久，每天早出晚归，比米乐还忙。米乐一直想找机会搭话，机会没等来，她男朋友来了。米乐也就不是太想再搭话了。

因为就在隔壁，米乐很快便摸清规律，她男朋友大约一个月来一次，南方口音。她说话带点东北味儿，所以能断定，两人不是亲戚，只能是男女朋友。有一次米乐喝多了回来，路过他们门口，听见里面在用南方口音和东北话争吵，异常激烈，更说明是男女朋友。米乐开门进屋后，隔壁知道米乐回来了，有所收敛，声音降低了，随后不久，就是一声重重的关门声，带着情绪，也不知道谁走了。米乐喝多了正难受，没有能力关心。

几天后，米乐正准备从营业厅出去见客户，屋里人不少，还是一眼看见了女邻居，她手里拿着几张身份证，正等候办理业务。女邻居也看见了米乐，米乐便走上前，冲她点头一笑，像老朋友见面，直接问她办什么业务。女邻居刚知道住隔壁的男青年原来在银行上班，但也一点儿不意外，晃晃手里的身份证说，帮村里几个六十岁的老人办养老金补助卡。米乐说批量开卡算对公业务，我给你办吧！米乐带着女邻居进了贵宾室。

米乐给女邻居拿一瓶依云的矿泉水，女邻居第一次喝着银行送的瓶装水，坐在松软的沙发里办业务。这时她再投向男邻居的目光里，也饱含了惊奇。米乐娴熟而优雅地帮她办完业务，办理过程中，得知了她在村委会上班，是新分配来的大学生村官。临起身前，女邻居收到米乐送的一盒巧克力。米乐说这是银行送给客户的，她办了这么多张卡，应该收到一份。

到了周末，女邻居叫了"海底捞"外卖，邀请米乐来她房间吃饭。米乐第一次进入这个房间，有种进了植物园的感觉，如果他那屋像动物园的话。"海底捞"的锅已经支好，电磁炉正在底下加热，摆了两副碗筷。没别人了吗？米乐问。女邻居说，没有。米乐不再多问，坐下剥糖蒜，等锅开。

两人有种急着摸清对方底细并向对方汇报自己情况的默契，吃饱之时，锅里的汤浅了，个人资料也水落石出。女孩是吉林人，在北京上的大学，为了户口能留京，毕业后选择来这里当"村官"，三年聘期，期满合格便可获得北京集体户口。"村官"带个"官"字，其实是跑腿打杂的，帮村委会普及电子政务，涉及的部门太多，计划生育、社保、治安都要从手动转为电脑管理，上岗后没一天轻闲。但工资有限，只管住不管吃，这个房间就是提供的宿舍。"村官"还带个"村"字，却一点儿不土，今天不用上班，女邻居穿着白球鞋，牛仔萝卜裤，大嘴猴的帽衫，长发任性地卷起来一盘，胸前套着"海底捞"的围裙，吃得双唇油润，和固有观念中的形象大相径庭。两人互留了电话。

第二个周五下午，米乐正准备回家，收到女邻居的短信，说明天天气不错，问米乐去不去香山，枫叶红了。米乐回复好，然后告诉妈妈，自己周末不回去了，有事儿。

去香山路过米乐的家，回来也路过。米乐在这一天里，两过家门而不入。妈妈也催过他抓紧找个女朋友，米乐从家门口经过的时候，觉得无异于背上刺了"精忠报国"的岳飞忠孝不能两全。

这个周末，米乐将女邻居的资料升级为她目前单身，前任男友是大学同学，毕业后回了南方老家的县城，由父母安排了工作，无心也无能力来北京和她共创未来，两人吵过几次架后，至今都没有联系，她已默认分手。

之后数周，两人又一起挑着花样吃了些东西，一起去了些地方。米乐也问了最关心的问题——如果那男的又联系她怎么办？女朋友说不会的，她了解他，不联系就代表了他的决定，他胆小，不敢从舒适区走出一步，连说句"分手吧"也不敢。我怎么可能跟这样的男人走到一起呢，在北京没有点儿反抗的能力只能束手就擒，我可不想被打败，女邻居如是说。

转过年，春暖花开之时，米乐告别了单身，女邻居成了女朋友。

有了女朋友，米乐就更着急买房了。早买一天，就早着陆一天，没房总觉得在空中悬着。北京房价涨得让能否在这城市有一套属于自己的住房成了关乎幸福指数的标准，也是希望与绝望的分水岭。米乐当下的任务，就是赶紧凑够首付。

同样是客户经理，薪水能差很多，主要由奖金的多少决定。有人奖金就几千，有人奖金能数万，还有人完不成任务或出现坏账，不但没奖金，工资还倒扣。客户经理的挣钱方式有很多，米乐也知道同事有时候会挣不黑不白的钱，比如收贷款返点、卖客户资料，这些他从来不干，他想挣踏实的钱，同事觉得挣这种钱也没什么不踏实的。米乐知道人和人不一样。

因为一直在筹备买房，涉及贷款，米乐想跟开发商合作，配合销售，给买房者提供贷款。但开发商嫌米乐的银行不是四大，不愿跟小行合作，有损他们如雷贯耳的房地产品牌，哪怕是小房地产商，开出的条件也根本不是合作，而是一口把你吃掉。即便如此，各银行仍趋之若鹜。

米乐另辟蹊径，转向二手房贷款。二手房贷款手续的复杂和周期之漫长，让很多购买者失去了买房的耐心和热情，米乐觉得这恰恰是入手之处。中介公司的小老板不像地产商背靠大树好乘凉，他们没那么牛，本身也需要资源合作才能吃上饭。有银行配合他们，他们再提供给客户，能提高审批、放款速度，各方都求之不得。米乐给二手房的中介做培训，讲解各类贷款政策、流程中的各个环节。干中介的都是些外地来京小年轻，没上过什么学，根本没有这方面的知识储备，经过米乐培训，也都成了专家，说起来头头是道，赢得客户信任，在米乐那里顺利办了贷款。有了各二手房中介这单大客户，米乐每月的福利奖金直线上升，他把这些钱揣进兜里，心安理得，睡得也踏实。

米乐拉来中介公司的业务，所在支行的贷款审批忙不过来，行长给米乐调到授信部，看重米乐的心细、专业知识强。米乐终于摆脱业务员的身份，进入银行的核心部门，从蓝领变成了白领。米乐干得更起劲儿了，同时并不满足于只做个人买房贷款的审批，下了班还加强学习，找来《公司法》和《担保法》的书看，想将来能处理更高级的业务。把脸陷在书里，米乐深感活到老学到老这句话真不是瞎说出来的。不光他如此，别的同事也都暗中使劲，单位养一辈子闲人的时代是否还存在，米乐并不关心，至少眼前的人生是逆流而上，不进则退。当然，没有白受的累，增长的绩效奖金给米乐带来莫大的鼓励，也给被疏于陪伴的女朋友莫大的安慰。

终于，"神十"上天之际，米乐和女朋友看中一套二手房，业主急着套现，低于市场价出售。房子还是毛坯，业主三年前买的，刚交房，房本才下来。米乐和女朋友在房子里跟业主达成口头协议，回去就准备正式买卖合同。

了却一桩心愿，从房子里出来，米乐神清气爽，带女朋友回家吃饭。米乐妈妈已经见过女孩，印象不错，每周五都要去超市大采购一番，叫米乐带她回来吃。女孩也会来事儿，每次来都给米乐妈妈带个小礼物，"淘宝"在维系准婆媳关系上贡献巨大。

小四方桌上被摆满饭菜，让这套一居室显得更狭小了。刚搬进来的时候，米乐觉得这房子很大，快十五年过去了，米乐觉得这里变小了，甚至连房顶都似乎在变矮，米乐感觉自己一站起来，上下左右都会填满这个房间。

妈妈知道几年前给米乐的那笔钱，米乐没去打点关系，而是替她存了起来。米乐靠个人的能力，发展得挺好，令她很欣慰。她也知道米乐最近在看房，女朋友去卫生间洗手的时候，她正式告诉米乐，当初那笔钱就是给他用的，现在还是给他用，拿去买房，能帮上几平方米就帮几平方米，尽量买大点儿，住着豁亮。米乐点点头。

女朋友洗完手出来，在桌子的一侧坐下。桌子一面靠着墙，从搬进来就在这个位置，在米乐的印象中，直到女朋友出现，这张桌子的三个面才坐满。之前他和妈妈两个人吃饭，永远会空着一面。米乐筹划着，等十年后，或者十五年，再或者二十年，反正越快越好，他能拥有一套三居室，把妈妈接过来一起生活，有一个宽大的客厅，有了孩子，到时候肯定换成了大桌子，四个面都会坐上人，就有了家的样子。

5

米乐接到了中专班主任的电话，毕业后老师第一次主动打来，当然是有事儿找他。班主任问了米乐的近况，然后挺不好意思地说，我儿子想麻烦你点事儿。米乐多年前跟班主任说过"有事儿您招呼我"这样的话，他愿意一生为这句话负责。现在班主任终于开口了，米乐自然要回应，说哪天我去看看您，顺便听听您儿子有什么事儿。班主任说也别哪天了，就明天吧，他这事儿挺急的。

第二天下午，米乐到了班主任约的地方，是城中心胡同里的一座院子。门口只有门牌号，没有其他信息能让人分辨出这里是什么地方，只有两块设计感极强的门板，立即让这座院子和周边的院子区分开。米乐按响门铃。一个中年女人来开门，把米乐引进院子。班主任和儿子已经到了，泡了一壶茶，正坐在院里的树下喝。随后中年女人进了一间屋子。她是这儿的老板，班主任说。

班主任老了，胡茬在阳光下泛出白光，让黑得出奇的头发更容易辨认出是染过的。班主任给两个人做了介绍，他儿子比米乐大三岁，从事影视行业，就是传说中的制片人。班主任的儿子和米乐交换了名片，开门见山，说现在正筹备一部电视剧，剧本早就写好了，导演和演员的合同也签了，开机时间都定了，投资方突然出了问题，钱到不了位。延期开机的话，导演和演员也不一定再有时间了，而且预付款都打给他们了，损失重大，特别是已经在和电视台谈了。班主任儿子把电视剧的制作流程给米乐讲了一遍，说一部戏能否挣钱，取决于终端的电视台花多少钱收。这戏的剧本已经给电视台看了，合同也准备好了，之前聊过多次，电视台认可导演的品牌和演员的影响力，合作意向强烈，签的时候会把收购价格也写进去，到时候收视率高了，还有额外的奖励。也就是说，只要开机拍摄完成，用的是现在合同上的导演和主演，挣钱就是春天播种秋天收获这么简单了。班主任儿子说，当然，挣钱不是唯一目的，我们还是要做一部好戏，挣钱是这件事儿带来的福利，是对大家的奖励。米乐觉得这个说法很动听，不愧是文艺工作者，能把追求利润这么赤裸裸的事情说得带有情感。他听明白了，这是个稳赚不赔的事儿，班主任儿子着急开机，想贷点儿款。米乐也直截了当地问，贷款没问题，用什么抵押？班主任儿子说用这个项目的品牌抵押，包括主演和主创的劳务合同。然后看了看表，说，一会儿两家卫视负责电视剧收片的人也来，我跟他们聊购片价格，你也听听，帮着把把关。

两个年轻人接洽上，班主任的任务完成了，站起身说你们慢慢聊，一会儿还有电视台的人，我就回去了。米乐起身送班主任出门，告别的时候又认真端详了班主任，从他脸上看出很多他儿子的特征，父子不假。

米乐和班主任儿子坐回茶桌前，中年女人从屋里出来，问晚上几位。班主任儿子说还是四位，没变。中年女人说行，东西都准备好了。说完又回屋了。班主任儿子向米乐介绍，这是个私家菜馆，每晚只接待一拨客人，方便聊天，院里有树和大鱼缸，能逗猫能喂鱼，不下雨就露天晒太阳赏月，下雨下雪就回屋，涮着肉赏雪，一般他都来这里谈事儿。米乐笑着点点头，说你们这行业比我们舒服多了。班主任儿子说，哪儿呀，拍戏也苦着呢，熬夜在外面挨冻，净有，回头开机了，你来探个班就知道了。

院门开了，进来个小伙子，拉着辆小推车，上面摞着三个白色泡沫箱，和米乐他俩打了招呼，把小车拉进另一间屋子。班主任儿子介绍这是厨师，箱子里都是晚上吃的，从各国运来的生鲜，直接到机场提货。

米乐心中不由得感叹时过境迁，自己当年来北京时就住这种地方，跟二十多口人住在一个院里，所有地方都被加盖了小棚，只剩下能走人的过道。眼前这个院子，除了四面的正房，没一点儿多余建筑，院中央宽敞得能踢球，这么个院子，只为让四个人吃顿饭，这顿饭得多少钱？又从而想到，吃这种饭的人，需要贷多少钱？

米乐趁电视台的人未到，问了具体数字。班主任儿子说一共四十集，总投资一点二，想贷两千。一点二的单位是亿，两千的单位是万。米乐说既然那一个亿有着落了，不能开机先拍着吗？班主任儿子笑笑说，以前没给剧组做过贷款吧？钱是几家合资出，合同签的是分批次打到剧组公共账户，各家都出人监管，现在缺一家没打，项目就启动不了。还说之前做过一部戏，也是这种方式，款已经还给银行，信贷记录里能查到。影视剧贷款是一种新增业务，市场很大。米乐意识到一个新的学习方向又摆在自己面前。

电视台的两个人相继到了，一个西服笔挺，刚参加完一个论坛的会议，另一个一身休闲装，刚打完高尔夫，戴顶帽子，都四十多岁。班主任儿子做了介绍，说米乐是一个做金融的朋友，也准备投戏，大家认识一下。米乐和他俩交换了名片，两个人的名头都不小，一个影视部总监，一个购片部主编。女老板又从屋里出来，说天气预报显示晚上没雨，问屋里吃还是外面吃，看样子也是老熟人了。定了外面吃，女老板收拾了桌上的茶具，每人面前铺上一块餐布，上了四套餐具和小菜，让厨师开始走正餐。

米乐很期待第一道菜是什么，另三人对吃什么早已有数，或无所谓，兴趣在聊天上。穿休闲装的说下午跟谁谁谁一起打了球，那人打得有多臭，离洞口半米，推了三次愣是没进，把球推出果岭了。另两人和米乐都笑了，他说的是一个老年喜剧演员，米乐也知道这个人。三人从八卦消息一路聊到谁谁谁又接了什么新片，谁谁谁的片酬又涨到多少，米乐开始工作，用心记着这些事情，打算回去查查。他们说话的真实度，也决定着这个项目的可靠度。

终于聊到正题，班主任儿子问他们对剧本有什么意见，想撮合这两家卫视联合首播。他们都说剧本挺好，如果真是那个导演和演员，可以预订这片。随后又问了导演和演员的价格，米乐听了感觉是天文数字，他俩觉得不便宜但也不贵，行价，他们档期那么紧，要是真能找来，这片子就稳赚不赔，问合同签了吗？班主任儿子说签了，预付款都给了，就等着下个月开机了，想开机之前先跟电视台把收片合同签了，减少点儿压力。两位负责人都说，没问题，可以走合同。班主任儿子踏实多了，端起酒，这时候才把注意力放在餐桌上，说这酒不错，西班牙的，给三位备了一箱，吃完饭带走。

　　厨师已经换上职业服，戴着高帽，在屋里的铁板烧餐台前操作，做好了由老板娘一道道往外端。都是按人头来的小份，装在小盘里，四片肉、四根菜、四朵蘑菇、四块笋、四条小鱼……都是这么上菜，每人一筷子就吃完了，吃了跟没吃似的。这么下去不知道什么时候能吃饱，但最后米乐竟然撑着了，粗估了一下，加上甜品，前前后后上了二十多种。离开的时候，也没见班主任儿子结账，直接就走了。两位电视台领导的车都开到门口了，装上红酒，离开前再次提到可以过合同了。米乐要打车走，班主任儿子说送他，打电话让司机把车开进胡同接人。

　　车上，他问米乐资金快的话多久能到，米乐没做过这种业务，说要看审批的速度，让他把剧本、主创合同等尽可能多的资料都拿来，班主任儿子说没问题，现成的，明天就送去。米乐问他为什么没找之前的银行贷款，他说找了，对方给的利率太高，他作为制片人的劳务，就是从这些钱里出，省得越多，剩给他的就越多。拍起戏来意外情况太多，有时候死了人还要赔钱，如果不是每个环节都省着花，到头来白干不说，还得再往里搭钱。最后他说，如果米乐促成这事儿，到时候也会给米乐表示表示的。米乐当即表示，不用，希望能让银行和剧组共赢，他只是秉公办事，都是该做的。

　　接下来米乐就开始读剧本，四十集，打印出来厚厚一摞。班主任儿子告诉他，跟工作人员都说是四十集，其实拍出来剪完至少四十八集，能多卖八集的钱，一集就是几百万，剧组都这样干。

　　剧本读累了，米乐就上网搜主创人员的资料，都有成熟的代表作，还得过一些奖。其中一个主演的采访里，提到他即将接拍的下一部戏的名字，就是这部戏。米乐还查了班主任儿子的资料和银行信誉记录，在银行系统属于优质借款人，确实曾经因为拍戏贷过款，还抵押过自己家的房子，那部戏挺火，米乐也看过，导演就是这次要用的，男女一号也是，网上说这个组合是品牌的保证。

即便如此，米乐还是找来班主任儿子，谈了条件，希望他能继续抵押自己的房子，以示对项目的信心，方便过审。班主任儿子说没问题，并当场掏出房本，早就准备了这一手。

米乐利用周末，熬了通宵，天亮的时候把剧本都看完，给他看哭了。这是一部家庭伦理戏，跨越三十余年，展现人世间的无奈与命运的无常，让米乐唏嘘不已。他愿意帮这部戏，但支行没接过这样的业务，召开审贷会，进行了风控审查。行长也觉得有必要开展新项目新合作，多掺和新兴产业、文化产业。最终审批通过，资料送交总行。五天后得到总行批复，就等着放款中心开闸了。

米乐看中的那套房子也签了合同。成交这么一套房，中介费少说也要十万八万，买家出，无形中增加了购房成本。鉴于米乐在中介公司客户贷款上的帮助，中介费象征性地收了五千，合同签得心满意足。

签之前，女朋友和米乐就房本写谁的名进行了一次深入交谈。是女朋友先提出这个问题的，再不提等签了合同就来不及了。女朋友说首付她家也帮着出一些，希望房本能写两个人的名字，再有一年多她在村里的集体户口就能转为个人户口了，前提是得有新单位或房产挂靠，她希望迁到这处房子。同时也开诚布公地跟米乐说，万一两人日后崩了，强调了是万一，也别做得太难看，按首付和还贷比例分割房产就好，她不想把父母的钱搭进去还什么都没落着，也不想蛮不讲理全给占了，作为女性，她必须把这些事情弄清楚。

米乐全盘同意。他不是没想过这些问题，只是作为一个男的，不知道该怎么开口。之前他的态度是，默认自己出全部的首付和装修费，贷款也是自己还，名字先写他的。过日子是两个人住，他没觉得这房子跟女方一点儿关系没有，最终还是两个人的。女朋友说的万一崩了那种问题，他也没想过。至少自己这方面不会崩，女朋友人挺好，对他妈比他还孝敬，相比之下，米乐觉得她才是女儿，自己更像个姑爷。他妈退休后开始去跳广场舞了，没太注意吃饭和运动的间隔时间，阑尾跳出毛病，要割掉。从手术室推出来，气息微弱，麻药劲儿也过了，哼唧着喊疼，女朋友就拉着他妈的手，跟她说话，转移疼痛。住院期间，还每天给他妈熬粥送来，帮她揉肚子放屁排气。这样的女人做老婆，有什么崩的理由呢？至于什么时候结婚，那就看两人什么时候聊到这个问题，已板上钉钉，早晚的事儿。

就这样，购房合同上写了米乐和女朋友两个人的名字以及付款比例，很快贷款下来，房本过了户，产权归米乐和女朋友两个人所有。除了每月的还贷压力，似乎生活中没什么障碍了，好在米乐挣得也不少。

两人开始准备装修，并商量好，等女朋友的户口迁过来后，就去民政局登记。

电视剧如期开机，米乐去探班。他在网上了解到探班都会给剧组带一些吃的和酒，便订了一些，带着这些东西去了京郊怀柔。那里有几座影视城，搭建了中国各个时代的场景，还有更宽阔的场地等待开发，为复原上下五千年提供了可能。这部戏涉及二十世纪八十年代的生活，需要在平房区拍摄，剧组就来了这里。

米乐按导航到了影视城的那片平房，一座解放初期的单位大院出现在眼前，两根粗硕的黄褐色方形水泥立柱上插着国旗，国旗下面是敞开的大铁门，两个穿着印有电视剧片名羽绒服的小年轻正坐在门口抽烟。米乐下了车，走上前，俩人问米乐找谁，米乐报上制片人的名字，他们看米乐拎着东西，知道是来探班的，就往院里一指，说他们在那烟囱后面拍着呢，手机静音，可以过去。

米乐走进大院，经过一排低矮的平房，一家院门口有棵大树，这季节竟然还枝繁叶茂，树下靠着两辆二八自行车，还有遗弃的铁皮炉子。拎着东西走在这胡同里，米乐真有种来串门的感觉。

走到树跟前儿，一摸，塑料的。树后的灰墙上刷着标语：只生一个好。米乐又摸了一下，墙是软的，一按，瘪了进去。用手一抠，一大块墙皮掉下来，原来是白色泡沫涂了颜色做的。米乐把墙皮安了回去。

名义是探班，实则贷后管理，业务里必需的一项。满足了好奇心，米乐不忘此行的任务。见到制片人，制片人拉着米乐在休息室喝了一杯咖啡，说导演他们正在换场，喝完咖啡去看。休息室是临时搭起来的帐篷，里面有咖啡机、酒水台、保险箱、瑜伽垫、电暖器、折叠床以及点钞机。制片人说这是他休息的地方，待烦了就在瑜伽垫上滚会儿，困了就放下帐篷，在床上躺会儿。剧组每天都有人走有人来，出纳就来这儿找他签字，签完直接从保险箱里取钱支付，拍戏就是一个花钱如流水的事儿。米乐知道这话的意思，按双方约定，开机十天后，第三笔贷款就该打到剧组账户上了。银行和另几家资方一样，根据筹备、开机、关机的进度分几次把钱转进来。米乐这次来就是看看剧组是否执行了贷款备案的合同，若无疑义，就拨付第三笔贷款。

这时候一个中年男人进帐篷接咖啡，米乐认出这就是合同上签的那位导演，之前在网上查过他的资料，对他有两个孩子都门儿清。制片人介绍米乐和导演认识，导演没什么架子，掏出烟问米乐抽不抽，米乐不抽，他自己点上，哑着咖啡，看着制片人的床说摆错了，不能是东西向，应该南北放，顺应地球南北极磁场，东西躺着的话，人体就被磁场切割了，不利于健康。还说自己拍戏的时候做过实验，东西向睡一晚，第二天拍八个小时就累，南北向睡一晚，干十四个小时没问题。剧组驻地酒店的床就是东西向，他特意让服务员调成了南北向。然后他趴在瑜伽垫上做平板支撑，一撑就是四分钟。米乐对导演活力十足的样子挺满意，他只能做两分钟。

转场好了，开始拍摄。制片人陪着米乐坐在导演身后，看着监视器。合同上写的男一演父亲，穿着朴素的戏服，根据剧情，头发凌乱，一脸憔悴，坐在板凳上用搪瓷脸盆洗着脚，丝毫不像正从事着劳务费上千万的工作。米乐看过剧本，明白他为什么要白天洗脚。这时候儿子入画，进屋，父亲问他一晚上没回家去哪儿了，儿子说和朋友在一起，父子二人展开一番对话，父亲不愿意儿子因为高考落榜一蹶不振就结交坏朋友，一气之下，踢翻洗脚盆。他是头天晚上洗着脚等儿子回来，等了一晚上，儿子没回来，他也没擦脚。几条拍下来，父子都渐入佳境，戗戗起来真事儿一样，涨红了脸，看得米乐生怕这俩演员打起来。从各个角度拍完，导演说，过，下一场。男一想起什么，来找导演，想再来一条。导演说好，那就保一条，让道具赶紧把地吹干，再给盆里接上水，多对点儿热的。男一说不用，洗了一晚上，水早就凉了，用凉水有用凉水该有的表情，让道具就接凉水，说完坐回板凳，把脚泡进凉水里。一台摄像机抓着特写，米乐在监视器里真的从演员脸上看到了悲伤。然后继续父子吵架，最后父亲没有踢翻水盆，而是生气一跺脚，跺到盆沿上，这样盆就飞了起来，水溅在身上，衣服湿透，显得父亲很狼狈。这样一个镜头，完成了对"可怜天下父母心"的阐述，导演和现场工作人员为男一鼓起掌。米乐也跟着拍手。

  第二场戏是女一的。女一从不远处的房车里走出来，米乐认出是谁，但不是合同上写的那演员了。他赶紧把制片人拉到一旁，问怎么回事儿。制片人说原来那个女一怀孕了，之前没孩子，这次有了，就想生下来，年纪大了，不像小姑娘皮实，大夫要求她保胎，停止工作，只好换人演了。米乐问那她赔偿剧组损失了吗？合同里可说了，单方违约要赔偿的。制片人说哪能真让人赔呀，都是朋友，以后还得合作呢，又不是就拍这一部戏，再说也没损失什么，现在这演员戏更好，更适合角色。米乐说电视台买片的合同写的是原来那位，制片人说那就是个意向合同，随时可以改，过几天他安排电视台的人来看样片，感受感受新女一的戏，再把合同改了，俩人是同一级别的演员，各有各的好。

制片人知道米乐为难，就从制片角度给米乐讲，那几家联合投资的公司，都是业内的专业公司，不是脑门一热的煤老板，他们也认可现在这个女一，第三笔钱都到账了，并给米乐带进帐篷，让会计登录电脑，给米乐看对账单。米乐看完没说什么，制片人说也不强求，如果米乐觉得因为换了演员，这事儿不能往下进行了，就早点说，他好换别的公司投资，目前这套主创阵容，加上已经开机，一切看上去都特别靠谱，好几家想跟进，还把他们在微信里的投资意向聊天记录给米乐看。

米乐回去向行长做了汇报，行长说这种事儿咱们不专业，既然行内的公司都投了，他们又不傻，咱们跟着就是了，而且年底了，行里的业绩刚好完成，如果这笔贷款撤回，等于业绩没达标，全行的人一年奖金泡汤。如今银行已成为夕阳产业，太多财富平台的出现，让银行完成业绩已成难事。米乐照办。

拍摄周期是四个月，中间春节只休息了一天，春暖花开之时，全组顺利杀青。关机那天米乐也来了，导演瘦了不少，双眼通红，喊"杀青"的时候仍中气十足，全组随之欢呼，香槟喷出来，人们互相拥抱，米乐也跟着感动。

制片人给米乐带进帐篷，放下门帘，在里面拉上拉锁，拿出一包钱，说知道米乐要还房贷，这包钱就当祝他乔迁之喜了。从体积能看出是十万块钱，这是米乐的专业，他说千万别这样，大家还要长期合作，这部戏成功了，银行还愿意投制片人的下部戏，如果他收了，以后都不能踏实地合作了。制片人说没别的意思，关机发红包，全剧组都有。米乐说我不是你们剧组的，我在银行有业务奖金。

贷款期限是十八个月。这也是一部电视剧通常的运作时间，六个月筹备，六个月制作，六个月销售，十八个月后回款。但是第十九个月，没能还款，戏没卖出去。

问题没出在女一那儿，出在男三身上。就是演儿子那演员，因为吸毒，被逮了。根据广电总局的政策，污点艺人的片子不能播。本来都剪出来五十集了，找了那两家电视台的人看，虽然女一不是之前约定的，但看完反响也都不错，打算重新拟定合同正式签购片协议，结果出了这事儿。制片人急得起了一嘴泡，说我都后悔当初没给剧本里加几场他爸用洗脚水泼丫的戏！

制片人申请了延期还款，利息极高，还上了征信，也是没辙。本想找之前打算跟投的公司入股，把银行的钱顶出来，人家一看这戏有演员吸毒，都躲得远远的。

当务之急是剪掉男三的戏，让广电总局审完，通过了再说后面的。结果忙活了俩月，剪掉他的戏，少了一条父子的线索，整体少了十集。原计划四十集才能挣钱，现在集数还够，删减后艺术质量下降，单集价格下来了，整体上还是赔。摆在制片人面前的只有两条路：第一条，继续找钱，另请演员把儿子的戏补拍一遍；第二条，认赔。

当然不能赔钱。制片人使尽浑身解数，终于又找来一笔钱，出资者是个男演员，听说儿子这角色要重拍，他要演，钱也他出，赌这部戏能捧红自己。年龄适合，本身戏也凑合，制片人就答应了。

儿子有不少和父亲的戏，演父亲的男一已经接了别的戏，重拍他的戏要等到半年后，还得以按天算的方式支付天价片酬。能帮着补拍，已算给面儿。制片人又感恩，又无奈，通过米乐，向银行申请延期还款一年。银行了解了情况，也只有同意。

6

米乐所在的支行，副行长去别的支行当行长了，位置空了。内部选拔，米乐最合适，正当年，业务熟练，客户稳定。结果空降来了个副行长，比米乐小四岁，不到三十，研究生刚毕业，读研前只在公司做过两年会计。大家都知道怎么回事儿，没关系是不可能一毕业就做到这个职位的，哪怕博士毕业。

米乐是老员工了，对银行的人事出入早就习以为常，觉得自己真能做副行长倒奇怪了。副行长将来的可能性是做行长，行长要负责整个支行的业绩和奖金，米乐觉得凭自己的社会关系，干不了这个职位，安分守己做点儿专业内技术性工作挺好。

新来的副行长为了坐稳这个位置，拼命拉业务。有两笔 P2P 公司的贷款，需要过会，审贷会上被米乐否了。米乐只是如实审查，按标准执行，毫无个人恩怨，P2P 风险极高，之前屡有这类公司爆仓。一次下班的时候，米乐和副行长一起下楼，副行长问米乐是不是对他的工作有什么意见，米乐说没有，一点儿没有。副行长想多聊聊，跟米乐吃个饭，米乐给回绝了，匆匆下楼出了门，说打的车已经在门口等着催他半天了，给副行长一人撂楼梯上了。米乐不是不赏脸，是真着急回家给他妈过六十岁生日，他说明了缘由。

生日过得很开心。女朋友订了蛋糕，点了六根蜡烛，妈妈吹灭，许了愿。能平安且平静地迎接自己六十岁后的日子，妈妈很满意。

晚上米乐和女朋友离开妈妈那里后，去了刚刚装修好的新房。房子还在散味儿，自打上个月装修交房后，他俩没事儿就来转转，量量这摸摸那，记下缺什么摆设，女朋友回去就去淘宝搜，看到合适的放进购物车，打算搬进来后置办。

在新房里，米乐的手机响了，是父亲打来的。米乐挂了电话，换微信视频通话，想让爸爸也看眼新房。微信接通，出现的却不是爸爸的脸，是一张焦急的老人的脸。那张脸问米乐是不是米老师的儿子，米乐说是，问对方是谁，对方说我是你何大大。米乐想不起来是哪个何大大，对方便伸手把门牙一摘，露出黝黑的牙洞，用漏风的话问道："现宅（在）能认出我了吧？"

原来是豁牙老何。米乐自打来了北京，便没再见过他，二十年过去了，他已变成老头的模样。

老何在视频里告诉米乐，他爸突然晕倒住院，进 ICU 抢救了。米乐问怎么搞的，老何戴上假牙说："大便干燥，拉不出来，一使劲，脑出血。"

米乐连夜赶到老家的医院。老家和北京的高速公路几年前修通了，使劲开，两个多小时就到。

米乐的堂兄和老何都在重症监护病房门口等着，说人还没醒过来，正在里面接受药物治疗。人是老何叫了120接来的，当时老何正在米乐家中和米乐爸下棋，这是他俩每周都要进行一次的事情。两人的晚饭也是在一起吃的，没喝酒，喝的是粥。米乐爸爸做的皮蛋瘦肉粥，近两年大家都讲究养生了。喝完粥是老何刷的碗，这里也算老何的半个家，老何到了这里从不客气，该吃吃该喝喝，也该干活干活。刷完碗出来，桌上已经支好棋盘。两人每次都会下三局，三局两胜，赢了的高高兴兴睡个觉，输了的总结经验，下周再战。这次第一局下完，米乐爸爸去上厕所，让老何打开电视等他。老何知道米乐爸爸大便干燥，人老了都这样，他也是。看了一节篮球比赛，米乐爸爸还没出来，老何冲厕所喊，用不用送开塞露，厕所里没动静。走到厕所一看，米乐爸爸已经倒在地上，裤子褪到大腿，露着屁股，马桶坐垫没有掀起来。老何明白，拉屎的时候使劲大了，容易造成心脑血管病发作，赶紧打120。老何强调，米乐爸爸上厕所前并没有动气，第一局赢了棋，残局还在家里摆着，米乐爸爸执黑，可以推断主要病因还是大便干燥。到医院照了 CT，片子显示颅内出血。大夫说这属于高血压类型的出血，需要手术，但不宜在发病急性期内做，引流或开颅会导致出血量增加，先靠药物维持，天亮后手术。

米乐让老何和堂兄回去休息，他盯着。堂兄走了，老何出了医院大门，买了点儿吃的又回来，要陪米乐一起等着，说老米不醒过来，他就不回去，回去也睡不着。米乐怕他熬夜再有个好歹，给他车钥匙，让他去车里躺着。

第二天，米乐的大爷叔叔等亲戚都来了，大夫说可以手术了，让米乐在通知书上签了字。家人们安慰米乐，现代医学很发达，开颅听着可怕，不算什么大手术。米乐依然慌得很，平时不抽烟，开始要烟了。老何坐在门口陪米乐抽，抽完一根，米乐还要抽。老何拍着米乐的肩膀说："你爸是个好人，手术肯定会顺利！"

三个小时后，米乐爸爸被推出来，大夫说手术挺成功的。米乐看爸爸还闭着眼睛，一动不动，完全还是昏睡状态，问什么时候能睁眼。大夫说看个人恢复能力了，有人三天能醒，有人三个礼拜。

米乐在床边陪了三天，他爸有心跳，有体温，也排尿，就是醒不过来。老何每天都过来，拎着水果。米乐让他带回去，他爸也吃不了，摄取营养的方式只有一种，就是通过针管混着葡萄糖输进去。老何说你爸不吃你吃，每次我过来之前，都想着兴许你爸就醒了，我一进门就看见他正啃苹果呢。

到了第五天，米乐爸爸还是没醒过来。米乐着急了，老何也着急，在床边握着米乐爸爸的手说："老伙计，我是老何，我和你儿子都在这里，你睁开眼瞅瞅。"

但米乐爸爸的眼睛就是睁不开。大夫说可以多跟病人说话，病人脑子活跃起来，醒得就快。

第六天，米乐抱来一株盆栽向日葵，摆在窗口。病房有三个床位，米乐爸爸躺在最里边，靠着窗口。米乐把向日葵摆在窗口，老何说不赖，瞅着挺浪漫。

第八天，老何给向日葵浇水的时候，自己唠叨着："真奇了怪啦嘿，还真是太阳在哪边它就冲哪边。"米乐回家睡觉了,和老何两班倒,晚上他在这里,白天老何过来。

浇完水,老何坐到床边给米乐爸爸按摩腿,最近他每天都做这事儿。捏着捏着,米乐爸爸的眼睛睁开了,老何露出豁牙笑了,赶紧拍了一张照片,给米乐发过去。米乐秒回:"现在?"

老何发来:"对!"

"给他扶起来看向日葵。"

老何把床摇起来,米乐爸爸呈坐姿,没用老何说,就往窗口看,一直盯着向日葵。老何说这是你儿子弄来的,米乐爸爸只是看,不说话。

他还说不出话,只是醒过来了。大夫说,醒了就证明已无生命危险,但一侧身体会瘫痪。再观察几日,如生理特征稳定,可回家进行康复训练,恢复身体机能需要较长的时间,家里的气氛更温馨,有助于病人康复,也让家人做好打持久战的准备。现在米乐爸爸除了眼珠能转,身上哪儿都还不能动。

过了几日,米乐爸爸能坐着咀嚼食物了。大夫说可以回家了,指定了几项康复训练动作和器具,让家人置办,并督促练习。

米乐爸爸坐在轮椅上,老何推着,米乐抱着向日葵,离开医院。

到了家,老何还每天都来,陪米乐爸爸练习开锁、拧水龙头、翻花绳等动作,跟俩老头儿过家家似的,最后以掰手腕分出胜负结束一天的训练,老何输多赢少。其实米乐爸爸偏瘫那侧肢体的力量不及一个幼儿。

一周后,米乐爸爸能说出话了,对米乐说的第一句话就是:"你回去吧!"

此时他脸部肌肉也有了力量,能做出表情,一副很冷漠的样子。但是和老何在一起翻花绳时,他又会很开心。米乐喂他饭,他不吃,非得让老何喂。

"我猜,他是不想耽误你的工作吧!"老何私下对米乐说,"我也是一个父亲，更重要的是，我们都不想让孩子们看到自己脆弱的一面。"

米乐明白了，可是放心不下这边。

老何让米乐尽管走，他说米乐爸爸让他这二十多年有了尊严，他也会让米乐爸爸有尊严地站起来。

米乐仍无法下决心离开，直到老何说："你还没发现吗？你爸现在大便都在你出去的时候进行，躲着你，你天天在这里，想把他憋死呀！"

米乐只好回北京，留下一笔钱，让老何买菜做饭用，也有他护理病人的工钱。老何说开什么玩笑，我和你爸比亲兄弟还亲——有我吃的，就有他吃的；我要能拉出屎，绝不会让他憋着！

米乐回到岗位不久，有一天刚进支行的玻璃转门，迎上来俩警察，让他跟着走一趟。米乐问去哪儿，警察只说了个配合调查，米乐问调查什么，警察说到了地方就知道了。然后在众目睽睽之下，把米乐带上警车。

米乐在警车上琢磨要不要给女朋友发个微信，想想又算了，别让她干着急，自己也没犯什么事儿，说不定下午解决了就出来了。

车开进派出所大院，米乐被带进审问室，坐到胸前被拦上的椅子里，手机也被没收了。换了一个中年警察进来，上来就问那笔剧组贷款的事儿，米乐依然是照实说。对方反复问了几个细节，米乐听明白了，警方怀疑他走后门给亲友贷款，亲友利用虚假合同向银行诈骗，被人举报。米乐说对方属于优质客户，信誉记录良好，合同不是假的，他考察过剧组合同涉及各方的情况，没有虚假成分。警察说那为什么合同写好的女一没有出演呢？为什么电视台说要又不要导致片子卖不出去没钱还款呢？米乐讲明原因，说这些都是不可抗力。同意对方延期还款，是看他们具有还款能力，电视台给剪完的片子打分很高，也有收购意向。中年警察一一记下，然后去喝水，把米乐放在一边不管了。

米乐一等就是几个小时，中年警察再出现的时候，已经是下午，带着水和饭进来，让米乐补充点儿能量，接着盘问。这次中年警察问了一个令米乐措手不及的问题，说根据举报的情况，米乐在入职银行时只是中专毕业，当年银行招聘最低要求是大专学生，为什么他还能应聘成功？米乐说他后来上了高自考的本科，有国家承认的学历证。警察说这些他们也了解，但他们问的是当时，也就是米乐中专毕业那年的情况。米乐承认是通过关系，并补充通过关系来银行上班的大有人在。警察说就事论事，只说你的问题，问米乐托的是什么关系。米乐琢磨着怎样把这件事情说清楚，警察先发制人，说你走的关系是不是贷款人的姑姑？米乐一愣。警察说贷款人姓端木，复姓，辨识度高，你所在银行人力部门曾经也有位姓端木的员工，他俩身份证的户口所在地是一样的——姑姑帮你入职，多年后你帮侄子贷款。

米乐没想到警察能这样联想，说是有这么个人，但不能因此就断定这笔贷款是不合法的，营业部内部也开审贷会了，从业务角度说，即便没有这层关系，也会批贷的。但是有嫌疑和动机，中年警察说，又问，你拿到好处了吗？米乐说，没有，你们尽管查。警察说，现金交易是查不到记录的，这个你比我们专业。米乐感觉受到侮辱，说你们拿证据说话。警察把米乐的这番话也记下，说现在就是在取证，写完又出去了。

到了晚饭时间，警察没再进来，米乐着急了，一天没联系女朋友，现在回不去家也没法通知她，不知道她急成什么样。已经这样坐了三个小时，一开始还对自己有信心，现在越待越慌，不清楚事情的严重程度。监控就在斜上方，米乐凝视着监控，盼着警察能早点儿进来解决问题，别这么晾着自己。

过了些时候，中年警察终于又进来，米乐率先发问，问可以找律师吗，警察说找也得等二十四小时以后，到时候决定拘留他，或是释放。米乐问要这样待够二十四小时吗，警察说这不是让你待着，是让你回忆事实，提供给公安机关。米乐说该说的都说了，警察说那就再说说你上工读学校是怎么回事儿，他了解到米乐是从工读学校考到中专的。米乐说了当年的经过。警察问米乐认识他吗，米乐看了看，反问警察，您认识我？中年警察说其实也忘了，但事儿记得，当年就是他去米乐学校办的这案子，后来调到这派出所了，问米乐当年为什么死咬着不说出"同伙"。米乐脸红了，有点儿害臊，说就是傻吧，想保护同学，加深友谊。警察说其实那事儿不严重，米乐说出"同伙"，顶多是每人一个记过处分，但是米乐打死不说的态度太气人了，为警示后人，只能给他送到工读学校去。中年警察问跟那几个同学还有联系吗，米乐说半年后就没联系了。中年警察问米乐后悔吗，如果没去工读学校，说不定能考进高中，上了大学，不会有今天。米乐说今天也没什么不好，除了学历这事儿让他遗憾，别的都挺满意，并强调自己在贷款一事上，绝对经得住查。中年警察给米乐倒了杯水，带他上了趟厕所，又领回来，让他想想还有什么可说的，便又出去了。

警察走后，米乐升起一种前所未有的轻松，现在他没有秘密了。灯光烤得米乐暖暖的，脸红扑扑的，像喝了酒。他不知道自己会被怎样处理，但心里很敞亮，身体也轻了，恍恍惚惚，合上眼，竟然睡着了。

半夜，米乐醒来一次，发现自己境况没有变化，已经凌晨两点，没人管他，想上厕所，能憋住，更想睡觉，便接着睡了。

朦胧中，米乐听见自己的手机铃声，由远及近，越来越清晰。门开了，熟悉的声音扑面而来，那是他为女朋友专门设定的铃声。米乐在中年警察手里看见了自己的手机，屏幕亮着，显示着来电人名字：亲。

米乐清醒了。警察走上前，打开椅子上的锁，说走吧，给你充上电了！手机还给了米乐。米乐问，没事儿了？警察拿出口录证明，让米乐看看，把字签了，说我们这边的事儿结束了，银行那边你回去自己解决。

米乐看了口录，都是自己说的，签上字，和中年警察告别。

米乐腿都坐肿了，灌了铅似的，拖着腿走出派出所，给"亲"回电话。"亲"在电话里哭了，说你在哪儿？米乐说没事儿了，刚出派出所。女朋友问你犯的什么事儿？米乐说等我回去说。有出租车经过，米乐伸手拦下，坐进车里。天已大亮。

手机里还有班主任儿子的六个未接来电，米乐回过去，对方接通，问米乐是不是刚从派出所出来，他也被叫去问话了，天没亮就出来了。米乐问他那边情况怎么样，他说没大事儿，就是让他抓紧把钱还上，贷款拍戏正大光明，不怕有人使坏。他拍戏多年，认识些警察，从派出所出来后就找人打听，为什么会被带去调查，得到的消息是有人举报。他问米乐最近没得罪什么人吧，米乐不愿瞎猜测，说没有，问他在哪里。班主任儿子说在机房，盯着剪片子呢，早剪出来早还钱，对米乐表示抱歉，给他添这么大麻烦。米乐知道麻烦是有人故意搞出来的，说没什么，片子有进展及时告知，挂了电话。

米乐回到和女朋友租的房子。两人确立关系后，米乐就告别住了十年的民房，租了个一居室，俩人过日子得有个家样儿。现在也要告别这里了，地上都是打包好的纸箱，等新房的味儿散散就搬进去。女朋友已经给米乐做好早饭。将近二十四个小时没怎么吃东西，米乐并不饿，随便吃了两口，洗了澡，换上衣服便要去银行。女朋友也一晚上没睡，从米乐同事那里打听情况，都是和米乐关系还不错的同事，也算朋友，不知道米乐能不能放出来，便毫无保留地告知了银行内部流传的关于米乐的消息，方便她在外面托人，或找律师。米乐看了女朋友和他们的聊天记录，大致清楚了自己的现状，被同时举报到派出所和银行营业部，涉及污点有三：一，用假学历证骗取工作；二，给帮他安排工作的关系户贷款；三，贷款还不上给银行造成损失。

贷款前前后后的事儿女朋友知道，听米乐念叨过，但第一条她闻所未闻，问米乐是真的吗，她一直以为米乐是本科毕业。米乐说回头再慢慢跟她解释，先去解决单位的问题。

进了营业所，米乐从同事跟他打招呼的神情中，看出事情比想象的严重。他直接去了行长室，行长不在，他打算去见副行长，无论这事儿和他有没有关系，毕竟他是米乐的领导。在去副行长室的路上，米乐被法务部的同事叫住，进了法务办公室。法务部的同事给米乐看了举报信，如女朋友收到的微信所说，举报内容就是那三项。

随后，法务部拿出一份对米乐的处理意见书，上面写着鉴于第一项举证属实，决定对米乐予以银行内部通报，并立即解除劳动关系的处理。法务主管说，这是行长副行长昨天开会讨论的结果。根据《劳动合同法》，购买、使用假文凭者提供虚假学历证明与公司签订劳动合同的，合同无效。后两项举报，属于主观臆断，是否造成银行经济损失要看最终结果，现在仍处借款期，只是在可控范围内出了点儿意外，不能就此断定无法还款。而且批贷款不是一个人能完成的，是审贷会批准的，银行不能打自己的脸。

法务部要求米乐三日内完成工作交接。米乐知道解释没用，举报人就是想让他离开银行，自己也觉得再待下去丢人了。

但是不能就这样走了——这是三天后，米乐交接完工作，走进总行大楼去办离职手续时新添的想法。当年他入职时的那座三层小楼在高度上增加了数倍，体积上增加了数十倍，与业绩成正比，变成一个庞然大物伫立在被拓宽的街道旁，加之设计怪诞，成了一座辨识度极高的建筑。不知道从什么时候起，好像各公司和企业在北京混得开的标志变成非得在北京街面上盖栋吸引眼球的大楼。总行迁到这里后，米乐第一次进来，也是最后一次。

在一楼等电梯的时候，米乐看到旁边是培训室，贴着标识，前后两扇门，后门微敞，有人出来接电话，也有人上完厕所又进去。米乐走近看了看，里面弄得像大学的阶梯教室，培训老师在给新员工做入职培训，坐着听的都是一些看上去比米乐年轻十岁的面孔。米乐在离职前很想再听一听，便走了进去。

讲台上的白板上写着"正身正心，律己律人，至精至诚"，是该银行的行训，米乐入职的时候，也培训了这些。本是古人的话，用在银行对客户的服务上，多出今意。培训老师讲道，正身既是指要遵守金融交易的行为准则，又指为客户提供服务的时候，身子要坐正。正心则是要时刻心灵正直，不干鬼迷心窍的事儿。说到律己律人时，老师强调这个要求对于金融业尤为重要，人的欲望是个无底洞，不严于律己，就会掉进洞里越陷越深，不严于律人，就会给不法分子可乘之机，欺骗银行财产，给国家和储户带来经济损失。老师三十岁出头，煞有介事地讲着，台下的新员工没什么人生经验，懵懂地听着。这时候老师举了个例子，说咱们银行最近就出过这么档子事儿，一个从业多年的客户经理，身不正心不净，纵容自己的贪欲，不审查对方的还款能力，给关系户放贷，结果贷款还不上，还被人查出当年用假学历应聘入职，声名狼藉。至精至诚不仅是行训，也是做人要恪守的准则。曾经他也是全行点钞冠军，现在还是纪录保持者，但速度是把双刃剑，把持不好就是灾难。老师说记住这个例子，就能记住行训，这事儿把"正身正心，律己律人，至精至诚"全颠覆了。培训完了还要考试，分数计入绩效。

米乐坐不住了，走到前面，说事实并不是这样。培训老师见米乐一身职业装扮，加之长期在银行工作，人也具备了金融服务气质，一看就知道在银行上班，问他是哪个部门的。米乐说哪个部门的不重要，但对这事儿绝对比他清楚。培训老师说不可能，他不光负责企业文化培训，还是银行内刊主编，已经收到支行的来稿，说这笔贷款办理过延期还款，借款人极有可能还不上，有意向申请再度延期，这笔业务已经被认定为不良贷款了。米乐说那稿子不能信，据他了解，事情不是这样。培训老师问那是哪样，米乐说反正不是这样，如果贸然发了这篇稿子，这一期样刊会被销毁，因为违背了事实。培训老师说没关系，现在不妨先这么认定，当成真事儿培训，防微杜渐，也方便大家记忆，到时候如果贷款确实没还上，晚几期发稿也可以。米乐说不可能还不上，三个月后你去查吧！说完，激动地走了。

离开培训部教室，米乐并没有按原计划上楼去人力资源部办理手续，而是回了分行，找到行长，说现在不能离职，要把那笔贷款追回来再离开。行长在网点当主任的时候看着米乐一步步成长，清楚他本质上是什么人，也知道他为银行干了多少脏活累活。这次出事儿，他是想替米乐说话的，但《劳动合同法》和人力资源制度的硬性规定不能打破，不便开口。

现在米乐有了这个请求，又是为银行追贷款，行长自然不能拒绝，只是觉得米乐和银行的劳动关系已经解除，没办法再给他发工资。米乐说他一分钱不拿，也不会来营业所占用办公资源，每天就去催促借款人还贷，直到还上。米乐交接工作的时候，班主任儿子也被叫来汇报情况，补拍的戏已经完成，正处在剪辑阶段。剪完给电视台看，到电视台付款，还需要一段时间，而申请的延期还贷还有三个月到期，想再申请延期半年或一年，审批的事情已经交给另一位客户经理去做。虽然一而再再而三没还上钱，但这项目正往好的方向发展，银行觉得这事儿仍有扶持价值，至于为什么会有寄给内刊的那篇文章，那就是人心的问题了，不代表银行对这项目的放弃。

米乐向行长表示，他去追贷款，就是要在三个月内让对方还上，不再延期，以免夜长梦多。行长说要能三个月还上对方也不会再申请延期，问题不在于你追不追。米乐说那我也要追，《劳动合同法》也说了，劳动合同被确认无效而给对方造成损害的，有过错的一方应当承担赔偿责任，不把贷款追回来，我不能走。这几天除了交接工作，米乐也查了用假学历要承担什么后果。行长说银行已经不追究你的责任了,你完全可以去干点儿别的,现在这么做图什么呢!

7

米乐采取的追账方式就是每天去剪辑机房监工。他问过制片人有没有可能三个月内从电视台回款,制片人说很难,除非二十天完成剪辑,电视台一个月内看完全片。米乐说那就努力一下吧,然后每天一大早带着咖啡出现在机房,帮剪辑师以热情饱满的状态开始一天的工作。以前剪辑师中午都出去吃饭,现在米乐替他叫外卖,按他喜好的口味,送到机房,并替他摆好,只需要剪辑师扭过头拿起筷子张开嘴咀嚼就行了,时间太宝贵了。下午最容易犯困的时候,米乐又及时打开红牛,摆在电脑旁。晚上到了下班时间,米乐说现在堵车,不如吃完饭再走,又替剪辑师解决了晚饭,还是点餐到机房吃。剪辑师也不好意思吃完就走,便再多剪会儿,米乐全程陪伴,还会开车送剪辑师回家。生活上给你胡噜爽了,然后巧妙地延长了工作时间,这是制片主任常干的事儿。

剪辑师岁数不大,没遇到过这种制片方,被如此礼待几日后,问制片人,你们剧组是换制片主任了吗?米乐干了越权的事儿,制片人也没管,他理解米乐的心情,通过默许表达自己的歉意和诚意。

米乐不光简单地伺候吃喝,也能参与剪辑创作。他看过剧本,熟悉剧情,有时候还能给剪辑师出主意,哪些戏可以删掉,哪些戏可以重新组合。干起活儿来有人陪着,剪辑师也不觉得枯燥了,特别是剪累了的时候,米乐就会站在他身后,给他松肩。两人越混越熟,还聊起各自哪所学校毕业的,巧的是剪辑师就是米乐那中专毕业的,大学扩招后,中专为增强竞争力,增开了影视制作专业,剪辑师比米乐晚六届。

工作几日后,米乐看明白了什么叫剪辑,就是剪掉没用的,留下有用的，跟剪纸差不多。剪辑师说这么说也没错，以前上学去电影厂实习的时候，那儿的老师傅都带着剪刀上班，把胶片一段段剪掉，再接上，本质上就是做手工剪纸。当然，也有技术含量，就是审美和经验。米乐说既然这工作的一部分属于体力劳动，我来干这一部分，晚上我先粗剪，你白天过来修，双班干活快。剪辑师很好奇米乐为什么这样做，米乐把来龙去脉一说，剪辑师答应了。

干了两天，剪辑师发现米乐剪得一点儿不比他差，索性给米乐也找了台机器，两人一起剪，剪辑师统一修饰，最终真的二十天就剪完了。米乐把片子给到制片人，催他赶紧开始下一步。

制片人联系了四家电视台，包括之前米乐见过的那两家。给三家寄去样片，约定两周后给答复，另一家购片部的负责人正在日本度假，十天后才回国。对于这种级别的领导，传到网盘上让人家下载不合适，对那三家负责人采取的办法是把样片拷进平板电脑里邮寄过去，方便任何时间观看。可在日本玩的这位十天里要去好几个城市，没有固定的收货地址，等他回来再寄就耽误时间了，只能亲自送一趟。制片人因为欠银行钱，被限制了消费级别，不能坐飞机，只能坐火车，且不能坐一等座，打车不能打专车，只能打快车，以他身份证注册登录的手机软件里，奢侈消费的功能被自动屏蔽，他也被限制出境。米乐便自告奋勇跑一趟日本。

北京今年没有下雪，北海道的雪很大，踩上去咯吱咯吱的，米乐很久没有这样接触过雪了。米乐咯吱咯吱地踩着雪去找电视台主任，鼻腔里喷出白气，气温很低，但身上冒着汗，体会到久违了的年轻的感觉。

山是白的，白桦树也是白的，酒店和清酒屋的房顶也是白的。白色中间有一片不白的地方，是温泉池，冒着白烟儿，米乐在这里见到了肉色的电视台主任，递上平板电脑。该使的劲儿都使了，接下来就看这片子的命运了，也看米乐的命运了。米乐另找了个池子，要了壶清酒，搁到托盘里，漂在池子上，边喝边泡了起来。最近一个月太累了，他需要放松一下，晚上睡个好觉。

不知道是片子的命不好，还是米乐的命不好，电视台答应要了，但只能给个预付款，剩余部分要等到播完才结清。赶上新中国成立七十周年，购片的两家电视台十一月前的档期已经被抗战剧和谍战剧排满，最快播出也要到年底。制片人扫听一圈，全国的卫视差不多都是这种情况，结账方式也都差不多，现在这行业变数太大，签合同只能给零星预付款，不到播出谁也不敢先买单。

只能先这样跟电视台签合同，要不然更没档期了。首付款很快就打了过来，可离还清银行的贷款和利息，还差几百万。米乐跟制片人商量，让他再找几百万，把钱先还给银行。制片人个人的财产都抵押出去了，不能再贷到款，管人借也张不开嘴，现在做事儿的人都缺钱，不会把几百万闲钱搁在那儿。制片人说可以先还银行一部分钱，没还上的那部分再申请一年延期，利息虽然高，也没别的辙了。米乐没答应，说必须一次性还清。制片人不理解，银行新委派的客户经理都说还一部分后再申请延期不会太难。米乐知道，制片人搬出新客户经理，是希望他别再插手，但他非管不可。以他现在的身份，已经和这件事儿无关，但是从道理上说，他必须管到底，因为这单贷款是他提报的，监管的责任还在。米乐说自己替制片人解决那几百万的缺口，这样他的钱够了，就没有理由不还银行。

制片人说你为什么非要这样做呢？米乐说他相信自己做的不是不良贷款，没有玩忽职守，但是需要时间才能证明，他等不到播出的那时候。还清贷款就证明在银行的这些年，他从始至终都正身正心，律己律人，至精至诚。

制片人说你都离开银行了，没人关心你说的这些，他们也未必会这么理解。米乐说那不重要，至少我得对得起自己。制片人只好答应。

米乐手里有一些十年以上的客户，他们是乡镇企业家或拆迁户，现阶段面临企业转型或资产保值的任务，已过了创业的年龄，缺乏现代思路，也受不了那苦，还不满足于把钱存在银行拿那点儿利息，总想着找个靠谱且暴利的项目投一投。米乐把电视剧的项目告诉了他们，不算暴利，毕竟比存银行强。他说了来龙去脉，给他们看了合同，还让他们看了几集片子。打了十多年的交道，他们信任米乐，当即表示愿意投。对他们来说，投这个就是投一款新型理财产品。他们还要求看后面的片子，已被剧情所吸引，要先睹为快。米乐最终选定了一家米厂的老板，就是当年米乐租住的那个院子的主人。他刚把米厂关了，现在没人来他这里订米了，互联网经济把他这种做实体的挤得没有生存空间，十斤一袋的米，包邮送到家，价格比他快递十斤大米的邮费还便宜，不知道人家卖的是米还是什么，怎么都算不过来这账，但就是干不过人家，只得转行。米乐让米厂老板和制片人直接对接，制片人本要付给银行的高额利息，可以少付一些，转付给米厂老板。皆大欢喜。

另一个对米乐来说的好消息是他爸爸摆脱了轮椅，能站起来了。正好北京的事儿也忙完了，米乐一个人开车回了老家，他想等爸爸恢复得好一些的时候，再带女朋友见他。

米乐进门的时候，爸爸正在举哑铃，硕大的身躯，吃力地举起一对幼儿练习用的小头哑铃，面前是那盆向日葵，长高不少，花盘也大了。爸爸练得呼哧带喘，没听见开门声，米乐在身后给他和向日葵拍了一张照片。

手机咔嚓一声，爸爸回头，看见了米乐，不好意思地放下哑铃。以前米乐和爸爸比过谁劲儿大，爸爸赢了，现在他用这么小的哑铃练习，有些难为情。

爸爸用手往嘴边比画，说出一个字："饭？"

米乐明白他的意思，是问吃没吃饭。能说出一个字，已经是进步，上回米乐离开的时候，他还说不出话。

米乐说吃过了。爸爸点点头，脖颈晃动幅度比正常人大，依然需要用力才能完成日常的动作。爸爸又问米乐："回来，办，什么事？"

话不连贯，往外蹦字。

米乐说什么事儿也不办，就是看看他。他摆摆手，又摆着胸脯，伸出大拇指，意思是不用看，他很好。米乐笑了。

老何买菜回来了，中午要氽丸子冬瓜汤，最近米乐爸爸的饮食一直走好消化路线。老何说既然米乐回来了，就让米乐陪他爸出去晒太阳，顺便锻炼上下楼梯。米乐爸爸说今天累了，不出去了，回屋躺会儿，说着就进了卧室，留下米乐和老何在客厅。

老何解释说，通知米乐他爸有所好转是为了让他安心工作，他不用回来，他这一回来，他爸又不好意思练习了。平时这时候他都抱着向日葵出去晒太阳，能脱离轮椅，全得益于每天爬四层楼梯。老何还说他爸的目标是在米乐结婚前，练得跟正常人差不多，好去北京参加米乐的婚礼。

有这话米乐就放心了，说中午吃完饭就回北京，不耽误他爸下午继续爬楼梯。

午饭快吃完的时候，米乐接到制片人的电话，说真是倒霉，电视剧又出事儿了，一家签了合同的电视台购片主任被双规了，没调查清楚前，他收购的片子都得延期播出。米乐问制片人和那主任有非法交易吗，制片人说有我就认了，活该，问题是没有，所以说倒霉嘛！

米乐放下筷子，去里屋接电话，问排片估计会拖到什么时候，制片人说不好说，一年也是它，三年也是它。和米厂老板的合同也签了，就是钱还没打过来。米乐说他来通知米厂老板，如果对方依然愿意借这钱，就继续执行合同，如果对方觉得有风险，那就把合同作废，得让对方知情。制片人还在骂着，真他妈倒霉，可是银行这钱怎么办？要不然还是延个期吧？米乐说不要延期，他来想办法。

果然不出所料，米厂老板得知情况后，说这样的话那就算了，影视圈水太深，我还是别蹚了。米乐已有心理准备，有便宜谁都想占，有风险谁都想躲，人之常情。

米乐从屋里出来的时候，他爸和老何都吃完了，正干坐着，看样子一直在听米乐打电话。老何说我再把丸子汤给你热热，米乐说不用了，已经吃饱了。米乐爸爸这时候突然指着窗台的向日葵，米乐看过去，那儿只有向日葵，不知道他爸什么意思。米乐爸爸又抬胳膊，指指头上的太阳，米乐等着他爸后面的动作。随后他爸一个字一个字蹦出一句话："你、知、道、向、日、葵、为、什、么、会、冲、着、太、阳、吗？"

这种植物叫向日葵，是因为它冲着太阳生长而得名，但为什么会冲着太阳生长，还真没想过，按生活逻辑来说，冲着太阳应该是为了获得能量吧！米乐把这个回答告诉他爸。

米乐爸爸摇摇头，起身，慢腾腾挪进他的房间，又晃晃悠悠蹭出来，手里拿着一本书。

是一本老版书，有点儿厚，从装帧设计和纸张都能看出有年头儿，封面上印着两个字——植物。米乐知道，爸爸当生物老师时，备课常用这本书，他小时候就见过。

米乐爸爸把书翻到其中一页，指着几行下面画了横道儿的字让米乐看。米乐凑近看，那些印在纸上的铅字如此写道：

光照会影响向日葵葵茎中生长素的分布，受光一侧的生长素浓度低，背光一侧的生长素浓度高。因此，背光一侧的细胞生长会更快一些，受光一侧生长得则慢。这种生长速度的不均匀，肉眼可见，呈现出的现象就是花盘一直朝着太阳,其实是背光一侧生长更快造成的葵茎弯曲。

米乐恍然大悟,原来阳光照不到的地方才生长得快。

米乐爸爸再次指了指窗台上的向日葵,又指指米乐,最后伸长胳膊,指向门外。

老何在一旁翻译:"你爸让你把这盆向日葵带回北京。"

8

米乐一定要让银行如期收到还款,答应帮制片人筹钱。他的筹钱方式是卖房。

中国前两年去库存的房地产政策,让房价又涨了一轮,米乐的这套房子也升值了两百万,他打算卖掉。他把想法跟女朋友说了,女朋友当即表示不行。她的三年任期已满,户口从村子的集体户刚刚迁到新房。房子也才装修好,他们还一天没住过,如果卖了这房子,户口又得迁出来,再找地儿安放。关键是米乐要把卖房的钱借给别人还贷,她更是不能理解,好不容易买了自己的房,米乐没了工作,这几个月的月供还是靠手头积蓄还的,过得紧巴巴的,他不说赶紧找份新工作挣钱还房贷,却想着卖了房帮别人还贷。

"你疯了吧!"女朋友说。

本来冒出假学历这事儿,女朋友就跟米乐有了隔阂,现在又整这么一出,女朋友觉得他更加陌生。原本女朋友还打算住进新房后,跟米乐把婚结了,然后复习考研,读完研究生找份像样的工作,那时候自己也快三十了,该有模有样地生活在北京了,但是米乐这种匪夷所思的做法,把她的计划全打乱了。

女朋友没答应米乐，两人没谈妥，开始冷战，直到一个电话把女朋友引爆。冷战进行到第五天的时候，她正在书店挑选考研辅导书，接到了中介的电话。米乐把房子挂到他们那儿了，他们已经带人看了房，现在有一位客户看上了这套房子，米乐报的价格他也能接受，但因为房本是米乐和她两个人的名字，中介就打电话问她，价格合适的话，能不能卖。

"不卖！"女朋友冲着手机里喊道。

"可是大哥都说卖了。"中介一直管米乐叫大哥。

"这房子永远不会卖！"女朋友气愤地挂掉电话。

当晚女朋友回到家，一进门就闻到米饭的香味儿，电饭锅蒸着米饭，米乐正在厨房炒菜。一盘烧茄子端出来，是她最爱吃的菜。米乐说，先吃饭，吃完饭咱俩好好聊聊吧！女朋友说不用等到吃完，想聊就现在聊。

米乐关掉油烟机，屋里顿时安静了。米乐说他占有那房子八成的产权，可以单独出售那八成，买家也愿意买，接受女朋友继续占有那两成，也答应她的户口可以继续留在这里，但是从产权比例上看，她日后想住在这里，会比较困难，买家日后是一家三口要住，如果打官司，法律会更支持有八成产权的住在这里。

女朋友听完说，要不是因为这事儿，你还不跟我说话呢是吧！憋了好几天，一开口就成法律专家了。米乐说他主意已定。女朋友问如果她答应卖房呢，米乐说那就把她那份钱给她，还可以再多给她五万，要不是他需要这笔钱，多给她十万也没关系。女朋友问咱俩现在算什么关系？米乐说如果你能接受这样，就还是之前的关系，一切都可以重新开始。女朋友说你觉得可能吗？北京的房子一天一个价，好不容易两人有了一套房，一旦卖掉，等一年后钱还回来，房价指不定疯涨到什么程度，也许这辈子都不会在北京有房子了。

电饭锅跳到了保温档，饭熟了。米乐盛了两碗，把筷子递给女朋友，说一边吃一边说吧。女朋友说她现在不用吃饭，每天自然气饱。米乐放下筷子，说那给你讲讲我过去的事儿吧，你不是也想知道假毕业证到底怎么回事儿吗？

米乐说那年他和同学溜进网吧被发现，他宁愿去工读学校也没供出其他三个人，是不想被身边的同学排斥，想以"保护同学"作为礼物，加入那个群体。随后便自食苦果，化悔恨为力量，在工读学校发奋读书。中专毕业后用假毕业证找工作，是不愿被社会抛弃，也想帮助家里。应聘成功后，随之而来的恐惧也一直伴随着他，在银行的这十五年，没有一天是轻松度过的，只能拼命干活。可以说自己一直生活在黑暗中，但黑暗中有一种力量，这力量始终激励着他见到光明。从黑暗中走出来的人，只有一个目的，就是拥抱光明，但总有人会觉得他是在扩散黑暗，现在就到了他证明自己的时候了。米乐心平气和地说："我一直欠银行一个我没有亵渎这个职位的证明。"

"吃饭吧！"女朋友拿起筷子。桌上还有丝瓜炒肉和红菜薹，都是她爱吃的。她试图让自己吃下去，吃得很慢。

"好吃吗？"米乐问。

女朋友没说话，也没抬头。

"现在房子的事儿你怎么想的？"米乐又问。

女朋友往碗里夹着菜，只夹不吃，说："你卖你那部分吧，我那部分不卖。"

"行。"米乐喉头起伏了一下。

女朋友突然放下手里的碗筷说："谢谢你为我做的烧茄子！"

米乐也放下筷子，瞅着她。

女朋友继续说："你是一个好人，我也不是坏人，但是咱俩不合适。前几天你一副想跟全世界决裂的那样子让我害怕，我突然觉得你很陌生，这几天一想到这事儿，我只有拼命控制着才能不让自己哆嗦。"

米乐把手搭在女朋友的手上,女朋友撤出手,继续说:"我的成长经历跟你的太不一样,我需要的光明跟你的也不一样,我理解不了你做的事儿,不知道你以后还会做出什么事儿,所以,长痛不如短痛,分手吧!"

说完,女朋友抑制不住地抖了起来,瞬间泪如雨下。

米乐妈想在网上买件毛衣,通过微信联系米乐的女朋友,让她帮着下个单。女朋友回复说,阿姨,我和米乐分手了,原因您问他吧!

米乐妈火冒三丈,给米乐叫来,劈头盖脸臭骂一顿,说都三十好几了,别作了,踏踏实实结婚过日子生孩子才是正道。米乐听着,等妈妈骂痛快了,词穷了,问妈妈想买哪款毛衣,他来下单。妈妈说不买了,不当婆婆了,用不上了。

米乐和颜悦色地跟妈妈说,您知道我到北京的这些年,什么时候最快乐吗?妈妈说别告诉我你觉得单身最快乐。米乐说当然不会,因为最快乐的时刻还没到来,从到北京那一刻起,他就生活在忐忑中,学生时代如此,上了班更是如此。米乐这时候才把当年如何去银行上班的经过告诉妈妈。虽然当年学历不够,他一直靠努力工作弥补,也胜任了岗位。现在有居心叵测的人认为他利用职务之便滥放贷款,他并没有,只是公事公办。只要这笔贷款还上,一切猜想、诽谤便不攻自破。这是一个可以让他以后心无挂碍地活着的机会,收回这笔贷款,他就再也不欠这个世界什么了,那个时刻才是最快乐的。女朋友、房子这些对他不是不重要,是只有先问心无愧地面对自己后,才能对这些敞开怀抱,否则心里总有个坎儿过不去,会一生挡在他面前。处理完这事儿,他就可以轻松上阵,一切重新开始。

米乐妈妈也明白米乐这些年的苦衷,但今天才知道他当年为了不给妈妈和家里添麻烦,用了假毕业证找工作。她听完很心酸,能理解米乐现在为什么要卖房了，问他，退一万步说，如果卖房的钱借出去，最终剧组没还上怎么办？米乐说从始至终他都认为这笔贷款是合理的，借贷方用项目抵押，这个项目他是看好的，所以才会审批放贷，跟当年帮他入职没关系，他不认为会还不上。如果真出现意外，活该，他认了，就当为之前的假证事件买单。如果当初没用假证入职，也就不会有今天的这事儿，毕竟是他申报的项目。

米乐妈妈说既然米乐把话说到这份上，她也说点儿心里话。搬进这个家以来，她的压力也很大，甚至没睡过一天踏实觉，毕竟这房子是她用那样一种方式得到的。直到今天，她还会梦到小黄，梦到他的家人。梦里的小黄，总是一副无辜而可怜的样子；梦里的小黄家人，总是一副凶巴巴的样子。妈妈说，她甚至去过雍和宫潭柘寺烧香，试图摆脱这种梦，但无济于事。小黄死的时候，和米乐现在的年纪差不多，米乐妈妈想过，如果是米乐这时候没了，她会有多难过。越想，她越觉得愧对小黄父母。二十一年过去了，小黄的父母仍健在，老两口和小黄大哥住在当初回迁的那套三居室里。那时候的三居室，比现在的两居室面积还小。那套留给小黄未来孩子的一居室，给小黄大哥的儿子住了，他也二十大几了。小黄二哥后来也有了儿子，现在快大学毕业了，买不起房，也想住那套一居室，但大孙子已经占上了。房子是爷爷的名字，两个孙子都想争这套房子，甚至牵扯得小黄大哥和二哥也有了矛盾。米乐妈妈在小区里听以前住平房时的邻居说了这些事儿。

妈妈跟米乐说这些，是想跟他商量，把她现在住的这房子卖了，拿出一半钱，给老黄家。因为这房子和老黄家还是有点儿关系的，现在老黄家有了困难，不能装看不见。她说退休金够她吃饭开药等生活所需，只是没有睡觉的地方，如果米乐能让她跟着他一起住，卖房剩下的一半钱就给米乐。

"兴许这样一来，就能睡个安稳觉了。"米乐妈妈说。

米乐看着这套墙皮已经斑驳的房子，房顶的那盏玻璃吊灯还是搬进这里的时候装的，蒙了灰尘，已不见昔日的晶莹剔透。最新的地方是窗户，因为太陈旧，跟不上北京日新月异发展的脚步，市政刚刚给换成新的中空塑钢窗，还粉刷了外墙面。北京这二十年的变化，让这套建造于二十世纪末的房子具有了较高的价值，地理位置优越，还承载着一段北京居民的生活史，有人在这里出生，有人在这里死掉，它比很多走在三里屯的年轻人更了解这个城市。米乐记得，搬进来那年过年的时候，妈妈曾在这里对他说过，当初如果不是她假装怀孕要了这么套房子，就算流落街头，也不会有人管他们娘儿俩的。现在，妈妈不那么想了。

米乐张开胳膊，抱住妈妈，说："放心，我会一直照顾您！"

9

制片人来找米乐拿钱。米乐和妈妈搬到五环外，房租便宜，住得也宽敞。妈妈说她是老年人，对城市生活没什么兴趣，不需要在城中心凑热闹了。米乐有车，去哪儿都方便，对五环外有感情，便暂时定居在这里。

妈妈的那套一居室卖了，照之前计划的，一半钱给了米乐，加上米乐的卖房钱，正好给制片人凑够了。

制片人得知这是米乐的卖房钱后，死活不要，说你就不怕这戏再出什么差错，还不上你这钱吗？米乐说这是我审查过的项目，又不是不良贷款，有什么还不上的。制片人说米乐这么做让他很感动，他把米乐当朋友，问米乐愿不愿意听听他作为朋友的建议。米乐说你说吧，制片人就给米乐讲娱乐圈里多少人在沽名钓誉，照样活得心安理得有滋有味，有些事情不用太认真，犯不上搭上全部身家。米乐说猪往前拱，鸡往后刨，各有各的道——就这样吧，明天九点，银行一开门就去还钱。

制片人给米乐写借条，非要多写上五十万，米乐没让。制片人说那哪儿行，这么大的忙，怎么也得意思意思。米乐说还是听他的，他是以银行人员的身份参与到这件事情中的，要按规矩来，不要让味道变了。制片人说必须送米乐个大件儿，米乐说千万别这样，他不习惯，到此为止正好。制片人颇感惋惜，说早知道你这样，就给茶叶里塞点儿钱了。他来的时候给米乐拎了两罐茶叶。

米乐说你要这么说，我还真得看看，说着打开茶叶罐检查。制片人说不至于，那里能塞多少。米乐还是看了，确实只有茶叶。

制片人不高兴了，说大家办事儿，都讲究个面儿，不能光米乐有面儿，他没面儿，让米乐必须提点儿要求，他来满足，心里才能舒服点儿。米乐说要不这么着吧，你打个车，我接单，现在我开网约车了，该出车了。

重新选择工作的时候，米乐首先排除了银行。银行教会了他很多，他愿意见好就收，把对银行的印象停留在目前的美好。他也去了其他金融平台面试，它们是一些后起之秀，企业文化和传统的银行不一样，很看重米乐十五年的银行经验，建议米乐把这十五年积攒的客户资料带过来，给他一份高薪，不用他过来上班。米乐明白这就是让他卖客户资料，他不会干。一时半会儿没有合适的工作，米乐就去开网约车，他得吃饭。拉了几单后，他喜欢上了这份工作，简单、干净、省心。

米乐换上西装，和制片人出门。坐进驾驶室，提醒制片人系好安全带。制片人说这部戏忙完，让米乐去他那儿干，当财务总监。米乐说不熟悉那行业，还是算了，最近自己挺高兴的，从小学毕业后，就没再这么开心过，每天开车上路，跟当年在游乐园坐海盗船似的，不愿意下来。

米乐开始倒车。车前是一片绿地，都是矮草，一株向日葵突兀地长在这里。制片人说,嘿,这儿怎么有棵向日葵!米乐说是他种的,问制片人,知道它为什么总冲着太阳吗?制片人说,为了吸收能量长得快吧?米乐笑而不答,把车开出小区,驶上马路。制片人还没得到答案,问米乐他刚才说得对不对,米乐说:"恰恰相反。"

皆为虚妄

1. 缘起·处女作

米乐终于当上了导演。他的第一部电影开机了。此时,距离他导演系毕业已经过去十三年。

米乐打小喜欢看电影。爸爸所在的大学每周末都放电影,米乐的家就在大学里。周末吃完饭,他拿着马扎儿,顺厕所的窗户跳进学校礼堂,在过道找个好位置,支开马扎儿,黑暗中一边挠着蚊子咬的包,一边津津有味地看完一部部电影,度过一个个周末的夜晚。

三部《大决战》中隆隆的炮声,让米乐血脉偾张;《妈妈再爱我一次》里的生离死别,让米乐整个周末沉浸在悲痛中;《鹰爪铁布衫》里被捏碎的鸡蛋,让身为男孩的米乐坐在椅子里都觉得疼。银幕上发生的一切,神奇而真实。多年后,已上高三的米乐去考电影学院的文学系和导演系,文学系没过三试,导演系榜上有名。

那个暑假是米乐最快乐的日子,他以为用不了多久,自己拍出的电影胶片也能装进放映机,一圈圈转动着,被一束光柱投射在银幕上。那时,他将有一个新的称呼:导演。他渴望向童年和生活致敬。在米乐看来,电影里面的才是更真实的人生,否则不会有人在影院的黑暗中开怀大笑或黯然神伤。画面上那些因胶片自然磨损而放映出来的划痕,像是在人生这篇课文的字里行间画下的一道道横线，留下的一笔笔记录。

然而十七年过去了，胶片的时代已经结束，洗印厂纷纷关张倒闭，米乐仍没有拍出一尺胶片。数字时代来临，米乐并没有因为摄制耗材成本降低而当上导演。哪怕中国电影票房呈井喷之势，2017年大年初一一天票房就到了八个亿，也跟米乐没一点关系。这时，他已经三十五岁。

米乐还住在大学的老房子里，这些年他有些导演以外的收入，给父母在四环外买了房，让父母搬到新房住。他们已经退休，不需要守着学校了。老房子是那种二十世纪八九十年代的灰砖楼，三十多年的风雨给楼体上了一层包浆，让原本就幽暗沉稳的青灰色更加古朴。每到夏天，楼身上长满绿色的爬山虎，一片青翠将青灰的楼体包裹住，使得这栋楼更有些超现实，似乎外界的事情和这里每个窗口内发生的事情毫无关系。楼有了一种高傲、清冷的人格，楼里进出的人大多也都是这种表情，包括米乐。他所干的事儿虽然和这所学校没什么关系，但是他的文艺情节让他留在了这里，他不喜欢一出门就是社会，有层学校保护着他，能在居住空间上吻合他的内心空间。况且这所学校还在三环边，出行方便，他还要为自己做导演的事情奔波。

2017年的除夕米乐是在父母这边过的，吃完年夜饭，在这儿睡的。父母搬来的时候就给他留了一张床，他是独生子，父母希望他能多来。初一吃完饺子，米乐想回自己那儿，他妈说过年这几天就待这儿吧，反正他也没事儿可干。这话背后的意思就是，反正你也没媳妇，初二不用回娘家，也没工作，初七不着急上班，在这儿还能吃口现成饭，虽然就是一闲人，那妈也愿意给你做饭。

要是搁以前，米乐早急了。这两年信了佛，他学着控制自己的情绪了，倒觉得他妈能说出这样的话，也是他给逼的。老太太快七十了，还没当上奶奶不说，连儿媳妇也没有，出去跳广场舞都不好意思和别的老太太聊家事。以往过年的时候，饭桌上老太太还催米乐赶紧找个媳妇，米乐爸倒向着米乐说话：既然走了做学问这条路，就不要遗憾没有做丈夫和做爹。米乐妈会问，可是做的学问在哪儿呢？米乐爸会说，学问不是种地，不需要每年都看到什么。米乐爸是二十世纪八十年代初大学毕业留校的，没教过什么正经课，大部分时间在教务处工作，虽然没做过学问，但是尊重做学问的，每次提起学校那几个在学术上有建树的老同事时，都满怀敬意。米乐妈的学历和工资都比米乐爸低，单位也没米乐爸好，过年发的年货水准就差一大截，因此在世界观和价值观上甘拜下风，不和米乐爸争论。后来看到父子二人一条心，她也就放弃当奶奶的愿望了，同时委屈自己广场舞散了赶紧回家能不聊天就不聊天。但这心病还在，话里话外都透着不甘心。

尽管他的人生在他妈那里被否定，但被自己的爸认同，米乐在父母家也能住得心安理得，况且这房子是他给他们买的，没有固定工作并不意味着不挣钱，也没耽误他孝敬父母推动全家实现小康。

初一晚上，他自己看了场电影。作为一个导演系毕业没拍过电影但仍洁癖般热爱着电影的人，他对中国电影目前的盛况没什么兴趣，只是想看一部电影而已。看的电影乏善可陈，电影院里却人满为患，吃着爆米花，啃着烤香肠，真诚地笑着。米乐很不理解——首先不理解的是为什么会笑，还笑得这么真诚；更不理解的是，难道过年在家吃得不够好吗，怎么刚初一就来电影院吃这种东西？

这种情况已经不是一年两年了。米乐也反思过是不是自己的问题，为什么和别人那么不一样，思考的结果是米乐觉得自己有洁癖也不是什么坏事儿。

初二中午吃完饭，他没事儿干，正犹豫着是到网上下个外国电影看看，还是出去再给中国电影捧个场的时候，手机来电话了。

这两年，手机很少会在过年这几天有电话。平时打骚扰电话问你贷不贷款买不买或卖不卖房的也要过年，认识的人拜年靠微信和短信就解决了，特意打来电话的，一定是有别的事儿。

米乐拿起手机一看，显示的是位韩国友人的名字，国际长途，接通。

"新年快乐！"电话里先冒出一句中国话的女声。

"新年快乐！"米乐送出2017年嘴里说出的第一句拜年话。

"知道我是谁吗？"

"当然。"

来电话的是位韩国女士——以前是女生，五年前米乐给她上过剧作课。

那是2009年下半年，米乐导演系毕业五年了，在追逐自己导演梦的时候为了生活，写了一部电视剧。也没怎么上心写，播出时收视率却超乎预期，米乐也因此成了抢手编剧，片约不断。但是米乐没有趁热打铁再写部续集多挣些钱，而是趁各影视公司约他见面谈合作的时候畅谈自己的电影梦。人家想请他来做电视剧编剧，他非说自己要做电影导演，完全是两件事情。结果一年过去了，新电视剧剧本也没写，电影导演的梦依然遥远，自己刚有的那点小名气也快过气了。这时候当年的老师给他打来电话，问他愿不愿意回电影学院教剧作课，正缺老师，不在编，先教一年，一年后去留看个人意愿。米乐觉得学校是个平台，接触的人多，方便促成自己拍电影的事儿，每周几次课并不怎么占用时间，便应了下来。

到了第二学期，表演系进修班也要上剧作课，没人教，就管导演系借老师，米乐又去了表演系支教。进修班学制一年，学员都是对表演有兴趣或有点演戏经验期待更上一层楼的人，无国籍限制。这届就有一位韩国女生，在韩国演过两部韩剧的小角色，中文说得不错，来进修表演。米乐比这班学生的平均年纪大不了多少，甚至还比有些人岁数小，年龄相仿，吃喝玩乐能凑到一起，师生关系处得不错。半年后这个班结业，吃散伙饭，互留电话，饭后大家在饭馆门口以表演系特有的方式告别——

紧紧拥抱，然后各奔前程。米乐和每个人都拥抱了，但他只记得这个女生在拥抱时说的话："老师，期待你的获奖剧本早日被你拍出来。"

并不是因为班里只有这一位外籍学生，所以米乐记得清楚，而是这句话说到他的心里。带课的这半年，欢声笑语不断，只有这个女生在此时触碰到米乐的梦想。或许女生只是一句随意的祝愿，仍让梦想的主人浑身一颤，就像球场上哪怕一次不经意的抬腿，被踢到要害的人也会蹲在地上疼半天。

米乐听完，由衷地说了声谢谢。最后韩国女生在"老师加油"的结束语中，撤回自己的胳膊。

女生所说的剧本，是米乐刚刚给"青年导演计划"投稿的一个电影剧本，得了二等奖，组委会的说法是获奖剧本将在三年内拍摄完成。颁奖活动做得轰轰烈烈，结果三年过去了，这个剧本没有人再提起，米乐也没有得到一个为什么不拍摄的确切答复。

"来中国了？"米乐在电话里问女生。

"在首尔。"女生的中国话说得依然流利。

"挺好。"米乐不知道接下来该起什么话头。

"老师后来拍电影了吗？"女生问得直接。

"没。"米乐回答得干脆。

"为什么不拍？现在中国电影票房这么好，昨天一天就卖了八个亿。"

"嚯，这事儿都传到你们那儿了。"米乐的语气充满不屑，这反应并不是吃不着葡萄说葡萄酸，是他看不惯现在这些电影的风气，觉得不叫电影，不过是在银幕上放了一段段九十分钟的娱乐视频而已，有些想娱乐还娱乐不起来。这种看不上，旷日已久，这也是米乐迟迟没有当上导演的主要原因——对电影的标准要求太高，而自己又没拍过，没有一个投资人相信新导演的处女作会以这么高的标准完成，于是米乐那些对电影的理解，在投资人们看来就成了不可信。

"中国电影市场太好了,我们公司想参与一下。"女生开诚布公,"你的那个获奖剧本拍了吗?"

女生说她还在做演员,在韩国签了一个小公司,公司也做影视开发,一直想进入中国市场,昨天中国的票房纪录让他们再也按捺不住了,发动全公司人员寻找能进入中国市场的项目。女生就想到了米乐和他的剧本。

"还没。"米乐都快把这事儿忘了,"那剧本觉得没意思了,这两年正弄一部新的。"

"新剧本能不能发给我看看?"女生在电话里问。

中国的年,韩国人不过。当中国影视公司刚刚结束春节长假的时候,韩国的影视公司已经看完了米乐的剧本,并带着合同出现在北京。

"我还没拍过电影,他们怎么那么痛快就让我当导演了?"米乐不敢相信。

女生告诉米乐如果他是老导演,还未必用他拍,公司就是看重新导演的想象力和锐利,同时为了保证质量,会给米乐配一名经验丰富的监制。韩国电影发展得快,就是敢用新导演。

韩国电影票房总值因人口悬殊不如中国,但电影工业的发展已经远超中国,米乐相信韩方的执行能力。女生也很得意自己推荐的项目被公司选中,她可以获得在这部影片中演出的机会。她现在还只是一名演员,演员就需要不停地找工作,不像明星,同时被若干份工作找。

这次来京会见,女生也跟来了,作为曾经的师生,有这层关系在,洽谈亲切热烈且高效。她见证了米乐在元宵节这天,签下人生中的第一份电影导演合同。

开机时间定在四月,前面有两个月的时间用来改剧本和筹备,早开机早上映,争取 2018 年的春节能和中国的广大观众见面。一天票房就八个亿啊，哪怕分到百分之五，也是四千万，一个春节下来就是两个多亿，折合韩币四百多亿！韩国公司的老板感叹着。

请来的监制是位香港人，拍过不少港片，经验丰富，技术上有保障。摄影师是米乐自己找的，电影学院的同学，也毕业十多年了，拍过若干部大片，两人熟悉，好沟通，对此韩国公司没有异议。制片，也就是负责给剧组做预算和花钱的这个重要职位，韩国公司请了一个六十岁出头的中国老制片人来负责。他熟悉中国国情，从二十世纪八十年代就开始拍戏，和各种岁数的中国导演打过交道。以前他作为中国剧组的制片人去韩国拍过戏，韩国公司和他有过接触，这回韩国公司第一次涉足中国市场，把这重任交给他。

完成签约工作，女生准备回韩国，等待四月开机前再进剧组定妆。临别前，米乐单独请女生吃了顿饭，以示感谢。之前两人见面都是在会议桌上，主谈工作，这回两人以叙旧为主。

在米乐的询问下，女生讲了自己回韩国的这几年干了什么。听上去她是个上进的人，就是不太走运，拍的片子没什么反响，被她拒绝的片子却都火了，捧红了一个个新人，她眼看着自己过了三十岁，而这个年龄段的角色在韩国都被全智贤垄断着。

"那你这次来演我的处女作，是好事儿还是坏事儿？"米乐给女生的杯里倒上红酒。

女生上过米乐的课，熟悉他的说话方式，举起酒杯："所以不要给我写太多戏。"

两人碰杯。

"你结婚了吗？"女生将在米乐的电影里出演一位丈夫出轨的妻子，所以米乐这样问道。

"结了，又离了。"女生并无遮掩，"你呢？"

"没机会离，更没机会结。"似乎这样说才能化解米乐这个问题的不合时宜。

　　倒是女生表现得更坦然："结不结婚不那么重要。"

　　"有没有婚姻经验还是不一样。"米乐进一步解释，"我是想把你那部分戏改得更真实、更抓人。"

　　"韩国女人结婚后就不怎么出来工作了，我喜欢工作，所以离了婚。"女生端起酒杯，落落大方。

　　饭后，米乐把女生送回酒店，便迫不及待回家改剧本。女生离婚的原因让他对剧本中的女性有了新的想法。

　　两个月的筹备期很顺利。香港的监制很职业，懂得配合，为米乐干了不少添砖加瓦的事儿。摄影也是老同学，交流毫无障碍。老制片人不每天都出现，安排了一个执行制片人，巧的是也是米乐这届的同学，管理系的，没有年龄代沟，同学之间沟通方便。四月初，电影如期开机。

　　前一个月的拍摄没碰到太大的困难，米乐第一次拍电影，有些想法不好执行，摄影师和监制经验丰富，能把米乐的想法最大程度地在镜头中实现。这天要拍女演员的一场戏，原本这场戏的内容是女人买了活鱼回到家，正要做糖醋鱼——她老公喜欢这口，突然发现老公出轨的证据，于是女人把鱼拎到河边，放了。表面上看女人很平静，通过给鱼放生，寓意"放手"，表现她"想开了"，然后日后她老公突然死掉，让观众联想到女人放生时的冷静其实是对蓄谋杀夫的遮掩，自然将她当成怀疑对象，最后谜底揭开，并不是她。

　　监制突然找到米乐，建议把这场戏改一改，从女人发现老公出轨后，改成女人残暴地把鱼杀了，厨房洗菜盆里血淋淋的，溅得女人脸上也都是血，然后接下一场，她把自己清洗干净打扮漂亮，坐在餐桌前，对面是她老公。洁白的餐桌布上，摆放着刚才那条被杀的鲤鱼，侧躺着，眼睛直愣愣地向上盯着，身上已经被浇了汁，撒了香菜和葱叶，鱼头旁还盛开着一朵紫色的牵牛花。描述完，监制分析了为什么剧本改成这样会更好，因为这是一部情爱悬疑惊悚电影，这场戏需要完成的任务是让观众将女人锁定为凶手，然后再解套。之前"放生"的表现手法太含蓄，展现女人内心的方式偏文学的隐喻，无法简单而有效地表现出女人想杀老公。现在这么一改，厨房残暴的视觉场面和之后貌似平静的一顿晚餐，给观众一种"风平浪静下暗流涌动"的感受。监制以他参与过近百部港片拍摄的经验告诉米乐，商业片要拍得通俗而直接，不能文艺腔："有观影障碍，就是把票房挡在门外。"

米乐完全能够理解改完的意图，可有个坎儿过不去："戏可以改，但鱼不能杀。"

"为什么？"

"我受了杀戒。"米乐说。

2. 因果·电影梦

米乐是两年前开始信佛的。说到信佛，得从米乐十几年前的生活说起。大四的时候，眼看就毕业了，米乐决定找个女朋友。之前不是不想找，是时机没成熟，米乐能看上的，不喜欢米乐，能看上米乐的，他又不喜欢，结果就一直旱着，看着别人分分合合。直到大四开学，又一批大一表演系女生入校了，米乐觉得必须在这拨新生里给自己划拉个女朋友了，趁着她们还涉世未深，再晚又成别人的了。

正好这时候出现这么一个女生，长得也符合米乐的银幕标准——小时候在电影院混多了的男生，对美好女性的印象都停留在童年时期银幕上出现的那一张张女性的脸。对于米乐来说，这种脸就是娃娃脸大眼睛红嘴唇，笑起来脸颊鼓起两个"小苹果"，饱满而娇羞，早期代表人物是《庐山恋》里的张瑜，后期是《顽主》里的马晓晴。米乐在食堂看到这么个女生后，毫不犹豫，果断出击，端着饭坐在女孩对面，问女孩是不是大一的，女孩毫无戒备，问米乐怎么知道的。米乐说因为以前在学校里没看见过你，还问女孩是不是表演系的。女孩又重复了一遍你怎么知道的，米乐说每个系的女生都有每个系女生的特点，你这风格是表演系的，但偏古典主义。女孩问师兄是什么系的，米乐说导演系，正要拍毕业作业呢，你来帮我演吧。这时候，米乐已经决定找这女孩做女朋友了。至于为什么找表演系的，米乐觉得这是命运自然的召唤，中外电影史上，银幕背后男导演和女演员的故事比银幕上的故事还吸引人，这种搭配似乎天经地义。导表不分家，况且那时候导演系和表演系还在一个楼里，叫导表楼，出来进去成天见面，天然就像一家。

米乐要拍的毕业作业是二十分钟的短片，学校出钱，每届都拍，是个传统。目前正全校征集剧本，米乐也想拿学校的钱拍片练手，但还没剧本，需要剧本通过才能申请到这笔钱。看到这个女生后，米乐一晚上写完了剧本，写的是机器猫带着康夫（也有的版本管他叫野比或大雄）通过时光机飞跃到二十世纪八十年代中国电影出现的场景中，当时的人物也都在，康夫参与到他们的生活中，并改变了他们的命运。这些电影有一个共同特征——女主角都是娃娃脸大眼睛一笑两颊鼓起两个"小苹果"。米乐打算让大一女生出演这些女主角。第二天剧本交给学校，一礼拜得到答复：80后一代的情窦初开，浪漫主义作品，给钱，可拍。

于是米乐的第一个摄制组成立了，摄影师就是后来这部电影的摄影师，当时他们是同学。总共拍了七天，在第三天的时候，女孩成了米乐的女朋友。她觉得米乐是个有意思的人，有想法，还是导演系的，成熟。

然后米乐毕业，带着他的导演梦，走上社会。

作为新导演，不会有人拿着现成的剧本来找你拍，得自己带着剧本找机会，制片公司喜欢这剧本又信任你能拍好它，才可能给你做导演的机会。可他们喜欢的，都是能挣钱的剧本，和米乐写的电影剧本不太一样。所以毕业之初，米乐每次带着剧本出去谈完都大受刺激，觉得作为年轻新导演，想获得拍片的机会，只有一种可能，就是命好。

但是不坚持试一下，怎么知道自己命好不好呢？

那几年中国电影也正在低谷，中小城市的电影院都关门了，有的改成二人转剧场，有的重新装修改造成KTV，因为频道多了，电视剧迎来春天。各影视公司纷纷立项电视剧项目，年产量数万集。米乐出去找活儿坚持聊电影，没人和他聊，为了不再花家里的钱，米乐开始写电视剧。

电影和电视剧虽然都算影视行业，艺术追求却有天壤之别，电视剧一直被电影导演所不齿。就像火车站法制小报上的故事和诺贝尔文学奖，尽管他们的创作者都属于文字工作者。米乐明确地知道自己这一行为属于曲线救国，和见异思迁绝不是一回事儿。

米乐在电影学院旁边租了房，每天窝在屋里写剧本。"小苹果"则每天清晨从米乐的被窝里爬出来，准时出现在学校操场表演系出晨功的队伍中，冲着天空"咦呀嘿哞"开嗓子，或者睡眼惺忪地把一条腿搭在树上一条腿站立披着大衣睡着回笼觉。当然这仅限于低年级，到了大三，她们就知道怎样不耽误睡懒觉也能出晨功了——根本不用出，学校没人真的管你，记考勤的老师也不是天天能爬起来。

"小苹果"成了米乐女朋友后最大的变化是不再是娃娃脸了，婴儿肥褪去，"小苹果"变成了"鸭梨"，出现棱角，有人说这是交过男朋友的标志。

三年后，米乐还在一边写电视剧一边找机会梦想成真。三年的时间对于一个想拍电影的年轻人来说，就像从昨天到今天这么快，不易察觉。"鸭梨"也毕业了，和米乐一起住在电影学院旁边租的房子里，以这样的方式"留京"。考上表演系是能当上演员的第一步，毕业后没有回老家而是留在北京，是第二步，第三步就是运气。"鸭梨"每天出去跑组，碰碰运气。跑组就是去各个剧组投递简历，偶尔有些小角色会让"鸭梨"去演，虽然是电影学院毕业，运气也不太好。因为电影学院每年都有毕业生，每届都好几个班，北京除了有电影学院，还有戏剧学院、戏曲学院、广播学院和师范大学的表演系。僧多粥少，就是这个行业的现状。

跑了一年组，"鸭梨"的脸更瘦了，成了"芒果"。"芒果"决定签公司，这样就有经纪人替她跑组了，不用她再挤公交坐地铁，虽然片酬要给公司提成，当然机会也比现在多。"芒果"在跑组的时候结识了经纪人，比她大两岁，当经纪人好几年了。经纪人觉得"芒果"条件还不错，问她愿不愿意签个经纪公司帮她找戏。了解完情况，"芒果"觉得自己确实需要投靠在一个公司里。

"芒果"回到家，跟米乐说自己要签公司，米乐听完不让女孩签，认为合同限制太多，他们也未必能找到多少戏，就像中介带人看房子，能不能成取决于房子本身。如果女孩真想拍戏，就先学着把戏演好——相当于把房子装修好，得花心去看、去揣摩、去学习，别太着急拍戏，再说也不用成天出去演戏，一年演一两部好戏，足矣。说完米乐又继续写自己的剧本去了。"芒果"听从了米乐的建议，没签。毕竟他是导演系的，成熟，"芒果"想。

多半年过去了，"芒果"并没有拍上什么戏，不要说一两部好戏，一两部不好的戏都不是想拍就能拍。她和从前一样，每周平均五天去跑组，像个上班族；米乐每天还在埋头写电视剧，签了合同，得按时交稿，制片方催得紧。米乐和"芒果"见外人和盯着电脑的时间，比两人互相认真看看的时间多。

"芒果"在跑组的时候又遇见了上回那个经纪人，她知道这个经纪人刚刚推荐他们公司的几个新演员去拍了一个古装大戏，明年上映后这几个演员就会有名了，再拍戏就容易多了。本来人家想签"芒果"，"芒果"还给拒绝了，有些不好意思面对这个经纪人。倒是经纪人一派谦和，也没提自己的功绩，问了"芒果"的现状，还开导她，说虽然导演最后用不用取决于你是否适合角色,但至少我们会把你的资料送到好剧组和大导演的面前,有机会参选,而且公司每年都会给各个导演送礼,这些导演再拍戏的时候,看面子多少也得用几个公司的演员。说得"芒果"又心动了,但是经纪人并不着急要"芒果"答复,让她回去好好想想。

回到家,"芒果"问米乐想不想和她结婚,米乐正忙着赶剧本,看了女孩一眼,莫名其妙:"这不像你们系毕业的人喜欢掺和的事儿。"

"我们系毕业的应该掺和什么?"女孩又补了一句,"那你们系毕业的呢?"

"反正我现在想的就是赶紧交稿。"米乐眼睛一直盯着电脑屏幕,"超期半个月了,一天仨电话催我。"

这一刻"芒果"心里有了答案,米乐对他自己事儿的在意要远胜过对她事情的在意,既然米乐不怎么关心结婚的事儿,那她就可以替自己做主签那个公司了——合同里规定签约后四年内不能结婚,七年内不能生孩子。公司要给艺人们做宣传、拍照、包装,不能钱刚花出去,正准备大张旗鼓的时候,当事人突然转入家庭生活,前功尽弃。

"芒果"和公司签了八年,签完也没告诉米乐,因为她进门的时候,米乐仍对着电脑,头都没回。开始有人替"芒果"跑组送资料,不用她出门了。公司效率很高,很快就给她接了一部小成本电影,下个月开机,让她先看剧本。

米乐写的电视剧交稿了,终于能把目光放在"芒果"身上。见她也没怎么出门,却开始背台词准备拍戏了,问是哪儿的戏。"芒果"就把签公司的事儿和米乐说了,并预料到米乐会有什么反应,不等他做出,就把要签公司的理由摆出来:首先,一年拍一两部好戏当然是最好的,但全中国一年的好戏也就一两部,都是给知名演员预备的,小演员不用异想天开了;其次,是该在自身上下功夫,但演员的功夫无非就是多拍戏积累经验,各种角色都尝试,各种情绪都锻炼,拍出来在荧幕上找不足，下回才知道怎么演，要不为什么戏好的演员都叫老戏骨呢；再次，公司比她人脉广资源多面子大，同样的角色，她自己去试肯定不如公司推荐管用；最后，也是最重要的，反正米乐这四到七年内也不会考虑结婚生孩子的事儿，这是签公司唯一会带来不便的地方，现在也不成为问题了。

　　米乐听完，无法反驳。白纸黑字，事已至此，米乐只好说："剧本给我看看，替你把把关。"

　　看完，米乐把剧本往床上一扔，郑重地对女孩说："不要去拍——太烂！"

　　"芒果"并不是只相信米乐的判断，她自己看完也觉得剧本漏洞百出，就如实告诉了公司，公司没有强求，尊重了她的想法。

　　不久后，公司又给"芒果"拿来一个剧本，说是公司投资的一部电视电影，也是小成本制作，让导演从公司签约的演员里挑角色，导演选中了"芒果"。

　　"芒果"又把剧本拿给米乐看，米乐看完表情更严肃，把剧本往地上一扔："拍它干吗——比上回那个还烂！"

　　女孩捡起剧本："公司已经决定投拍了。"

　　"要不你让他们把这个停了，投我的电影吧。"米乐突然兴奋起来。

　　女孩还是有分寸的，没拿着米乐的剧本去找公司，只是说希望能接到更好的戏。经纪人也看过剧本，当然知道"芒果"怎么想的，她比"芒果"看过更多的烂剧本，又开导"芒果"：教科书里的那些剧本都是大师们的经典，不可复制，不要想着自己非拍那样的戏，是古今中外几百年才那么几部，现实中拍戏，更多剧本还不如你看到的这两个。而且作为公司的签约演员，公司的戏都不接，是不给公司面子，把公司惹急了日子不会好过。再一个，公司签了那么多演员，彼此间存在竞争，到时候一年下来，谁拍的戏多谁拍的戏少，公司会考量，直接关系到重点培养谁不培养谁，即便签了公司，肯定也有一些人停滞不前。

"芒果"相信经纪人说的是实话，她别无选择。

接了。

米乐的剧本被打回来了，要求大改。因为很大一笔尾款没拿到，米乐只能改，对着电脑像对着自己的命运。所以"芒果"收拾行李的时候，米乐求之不得，正好能一个人在家安静地改剧本，只是问了一句："什么时候拍完？"

女孩说计划拍三个礼拜，米乐也没真听见，女孩什么时候回来他不是非知道不可，此刻最关心的是剧本怎么能让制片方满意。二十天后，"芒果"回来了，她的出现让米乐感到意外："怎么回来了？"

"拍完了，不回来去哪儿？"米乐的反应让"芒果"失落，她本以为会是小别重逢的惊喜。

"要不你再接个戏吧，我这还有半个月就改完了。"米乐写得兴起，屁股都没离开椅子。

"芒果"知道其实米乐陷入剧本中也很痛苦，他又何尝不想早日交稿拿到钱，早日把精力转到正轨上——拍自己的电影。她识趣，接下来的半个月里，能不在家就不在家。白天出去逛商场，以前晚上不爱出门，现在谁一叫她，起身就走，只为给米乐个安静的创作环境。

这天公司搞派对，叫"芒果"来KTV玩。她知道肯定会乱糟糟的，但为了给米乐腾地儿，还是硬着头皮去了。包房里已经乌烟瘴气，公司的演员和工作人员大都在场，一群二十岁出头的男男女女和一些四五十岁的中年人混在一起，烟酒没离嘴。经纪人带着"芒果"去给那些中年人敬酒，他们都是导演和制片人，希望日后多合作。"芒果"不怎么喝酒，碍于面子，端着红酒喝了一杯。

正好一个导演有部戏要开机，里面有个农村丫头的角色，想安排"芒果"来演，但需要提前去农村半个月体验生活，"芒果"问了开始工作的时间，表示没问题，双方口头达成合作意向。话音未落，米乐电话来了，让"芒果"回家。

"芒果"问米乐怎么了，米乐就说有急事儿，赶紧回来，便挂了电话。"芒果"怕米乐那边出什么事情，万分歉意地跟刚刚认识的导演告别，说家里真有事儿，必须得走了，别让导演觉得失礼，农村生活随时去体验。

一进家门，米乐迎上来："怎么这么大烟味儿？"

"芒果"赶紧脱去外衣："熏的。"

没想到刚脱掉外衣，就被米乐按在身下，脱掉内衣内裤，然后进入了。

"芒果"毫无准备，问米乐这是要干什么，米乐动作没停，说干你，然后暴风雨一般下在女孩身上。"芒果"被压在身下，从没感受过米乐如此迅猛。

做完，米乐对刚刚这一行为的解释是：终于完稿，写得太激动了，得发射出来，平复一下。

女孩了解米乐，只有电影对他才是真实的生活，电影以外都是在演生活，现在他演完一部，可以喘口气了。过年的时候也没见过米乐这样欢喜。

女孩躺在米乐的肚子上，说了自己接下来的生活，要去拍一部农村的电视剧。米乐问导演是谁，女孩说了个名，米乐非常不屑地说那导演就没拍过好戏。女孩说她也想接不烂的戏，但有吗？米乐说你等着，等我当了导演，你就能拍上不烂的戏了。女孩说你想用我拍，但制片人答应吗？我不抱那幻想，你能顺顺当当地当导演就行。

"我想好了，再写最后一部电视剧，挣的钱都拿出来，自己当制片人，拍一部小成本电影，自己说了算，不看他们的脸色！"米乐一下坐了起来，女孩的脑袋从米乐的肚子上飞起，滑落一旁。

女孩躺在床上，仰望着坐在床上的米乐，从这个角度看去，米乐显得异常高大。不知道这么自信是不是好事儿。

此时米乐的目标是拍一部两百五十万的电影，市场上几部投资不超过三百万的电影都成功了。米乐需要做的，就是挣够两百万，然后找同学们来帮忙，刷脸，片子卖钱了，再把酬金给大家。

如果说那个电影梦是君主的话，米乐愿意做奴仆，服从它，服务它。

随后"芒果"便去农村拍戏。米乐为自己的雄心壮志早日实现不辞劳苦，又接了一部古装电视剧写。

在农村拍戏很无聊，不出工的时候没事儿干，仅有的娱乐就是在村子里溜达或者看剧组的人打牌。他们还拉着"芒果"下注，结果每次都输，"芒果"的娱乐项目便又少了一项，仅剩下在村里瞎遛了。"芒果"待得空虚，让米乐来陪她，换个地方写东西。米乐知道村子里苦，不愿意去，一门心思写剧本，忽略了"芒果"。每次"芒果"联系他的时候，他也都爱答不理的，忙着赶进度。"芒果"知道米乐想的是早一天拿到钱，自己的电影就能早一天开机，便也不怎么联系米乐了。对于米乐实现电影梦这事儿，她愿意配合。

剧组里的人知道"芒果"有男朋友，却不怎么见她和男朋友联系，哪怕她生日这天，也没见男朋友有什么动静，别人的男朋友都来剧组探个班或者快递一份礼物和花什么的。"芒果"和几个朋友去镇上的饭馆过生日，他们半开玩笑地问："你其实是单身，怕我们追你才说自己有男朋友吧？"

"芒果"当然不能告诉他们男朋友在"卧薪尝胆"，顺着他们的玩笑说："既然被你们看穿了，那谁来追我啊？"

一个男演员喝多了，当场就向"芒果"表白，愿意此刻起就陪在她身边。"芒果"赶紧收回刚才的话，说男朋友过几天就来看她。

但几天过去了，男朋友并没有出现。那个男演员在镇上喝完酒回来，半夜去敲"芒果"的门,"芒果"吓得没敢开,隔着门一再表示自己有男朋友。男演员痛苦地敲着门说我真不信。"芒果"用桌子顶住门说我真没骗你,你真的快走吧!

戏要拍两个月,才过了一个月。接下来的日子里,男演员没再对"芒果"来硬的,开始来软的。备好了遮阳伞、小电扇、咖啡以及暖水杯——不知道他怎么观察出"芒果"来了大姨妈。看着这些东西,"芒果"有些晕厥,只想早点把戏拍完,剧组解散了赶紧回家。

终于挨到杀青,"芒果"都没参加关机饭,怕那个男演员喝多了又乱来,偷偷订了火车票,当天就回北京了。为避免麻烦,她直到火车启动才给剧组的人发短信告知离开了,并没有发给男演员。然而男演员的短信还是过来了,洋洋洒洒几百字,估计打这些字都耽误关机饭上夹菜了。短信回顾了过去两个月相处的快乐时光,又展望未来,盼重逢,无论是拍戏重逢还是生活中重逢。全文感情充沛、饱满。本以为逃过一劫的"芒果"看完又不平静了,犹豫了一下,还是给删了。

米乐说好来接站,突然写得意犹未尽,不愿意离开电脑,让"芒果"自己打车回家。看着空空的站台,"芒果"有些失望。

这时候,男演员的短信又进来了,他查了火车几点到站,准时发来短信,问候是否顺利抵京,并不忘问一句:有人接吗?

有。"芒果"回复了短信,然后一个人拉着大箱子,艰难出站,排队打车。

回到家,以为米乐能为她准备好饭菜,她在火车上饿了一宿,然而进门后看到的却是露着肉几近全裸像死猪一样躺在床上的米乐,酣睡不起。

也许是写得太累了吧,"芒果"这样想。她没有叫醒米乐,放下箱子,自己下楼找吃的。

经历了这一年的拍戏生活,"芒果"成长了,对爱情有了认识,其中不乏烂剧本的帮助。戏里的女人对男人都有一个要求：关爱。"芒果"现在觉得男朋友除了成熟，还要具备关爱，而这点米乐太缺乏了，他只关爱自己的电影。

恰恰自己又被男朋友以外的男人关爱过，如果关系正当，被关爱的幸福感确实让人难以拒绝。"芒果"只期待着米乐要盖的电影大厦早点竣工，腾出工夫关爱关爱她。

一年过去了，从一个夏天到了另一个夏天。"芒果"拍了越来越多的戏，认识了更多的演员副导演和制片人。这天有个制片人过生日，叫"芒果"过去玩。"芒果"拍过这个制片人的两部戏，不能不捧场，就买了礼物前往。

米乐一个人在家苦战剧本，去年那个电视剧进展不顺利，光梗概就改了十个月，现在才进入正式剧本阶段。过了晚上十一点，"芒果"还没回来，当然也是有意晚回，省得打扰米乐写东西。但是今天米乐没状态，写不出来，早早就躺下，却睡不着，老想着女孩走的时候没带钥匙，得给她开门。米乐给女孩打电话，催她回家。女孩以为米乐又是写兴奋了，和上回一样需要平复一下，不属于非办不可的突发事件，便说一时半会儿还回不去。

"差不多得了啊！"米乐在电话里说。

"你先睡，明天补偿你。"女孩的话暧昧，但意思明确。

"我倒想睡呢，不是得给你开门吗？"

"到家之前给你打电话，你先踏实地睡。"

"大概几点？"

"说不准。"

"你现在要不回来，就别回来了。"米乐说完挂了电话。

"芒果"不能离开是因为当时大家正在玩"杀人游戏"，这是一个培养团队精神的游戏，大家以前拍过戏，半熟不熟，玩这游戏加深了解，未来还会合作，提早建立默契。一共八个人，其中两个警察两个杀手，人数合适，玩得正酣，少一个人会减损刚刚浓郁起来的团队气氛，"芒果"便没走。

到家的时候已经三点多了，"芒果"按门铃米乐没有开门。又不能太使劲砸门，旁边邻居已经在屋里喊小点儿声了。打米乐电话，也没接，不知道米乐在不在家里，眼看着天就亮了，"芒果"坐在地上，靠着门，睡着了。

米乐知道女孩在门外，他真的一宿没让她进来。其实他也没有睡着，为写不出剧本苦恼。他把写不出剧本的气愤转嫁到女孩身上，写不出剧本就意味着拿不到钱，没有钱就意味着自己的电影梦遥遥无期。愤怒让他摆出一副和世界决裂的态度，出自本能地毫不留情面地清扫挡在电影路上的一切障碍。敲门声和特意为女孩来电设置的手机铃声就在耳边响着，他无动于衷。

太阳照进来，之前屋里阴冷的色调褪去，墙上多了一丝暖色，米乐心里的冰冷也慢慢化了。他开开门，摇醒靠在墙上的女孩："进屋睡吧。"

女孩朦朦胧胧睁眼一瞄，半睡半醒地起身，摇摇晃晃走进屋，一头倒在床上，蒙头大睡。她太困了，没有力气对米乐做出反应。

"芒果"在床上躺到晚上。中途醒了几次，不愿意起来，就一直闭着眼睛躺着，也不说话。米乐问过她吃不吃饭，女孩没回应，米乐知道她在生他的气。

不能总这样冷战下去。天黑后，米乐拉上窗帘，打开灯，从床上拉起女孩："吃饭。"

女孩从米乐的手里撤出胳膊，自己走到饭桌前，端起碗就吃，饿坏了。

吃完饭，似乎有了力气，女孩放下筷子，说出一句话："咱俩分开吧。"

米乐没想到昨晚的赌气行为终于引爆了这个结果。这其实是他期盼的，早就等着"芒果"的这句话。这一年，他发现自己只能活在电影梦里，别的任何事情都提不起他的兴趣，连女朋友也觉得是多余的。但分手由他提出来太残忍，女孩一个人在北京打拼，岁数比他小，又对他挺好，他不忍心，就一直忍着。其实米乐也委屈，他的那个电影梦越真实，电影以外的事情就越假，包括爱情。他已经不愿意再假眉三道地过下去了。

女孩的这句话让米乐轻松了许多。

"好吧。"米乐坐在女孩对面，平静地看着她。

眼前那张芒果般的脸已经无法唤起米乐对生活的热爱了。九岁的审美一旦满足，就将回归理性，他现在已经二十九岁了，何况曾经的"苹果"如今已成了"芒果"。"芒果"让米乐看着陌生而麻木。

"芒果"本来也不叫芒果，她有名字。

女孩的眼泪掉进碗里，在已经凝固冰冷的汤里激起涟漪。上学的时候她能死心塌地跟米乐好是觉得他有理想，现在动摇了是觉得以前那个有理想有抱负的师哥，不知不觉间，变成一个面目可憎功利而冷漠的成年人。以前演感情戏，女孩总觉得自己演得飘，空洞，现在知道该怎么演了。

米乐搬回父母在大学里的老房子，和他的电影梦继续死磕。那栋老楼一到夏天就会被爬山虎盖住，米乐出入于此的时候，觉得自己的电影梦和这栋楼一样，表面无论年复一年被如何遮掩，并不会改变其屹立不倒的本质。

以为过去的一切就这么结束了。半个月后，米乐正坐在电脑前的时候，接到女孩打来的电话，被告知她怀孕了。

"我怎么知道这孩子是不是我的？！"米乐说出刚刚在电视剧里写过的一句台词。在电脑上打字的时候心里念过这几个字，熟悉语感，哪怕觉得这话很狗血，也下意识地脱口而出了。激动过后，米乐又为这句话找到合理的逻辑解释:"你签公司能不让我知道,干别的事儿也能不让我知道。"

这句话让两人彻底崩裂。

当晚,米乐关了电脑,躺在床上不安,给女孩拨了一个电话。响了几声被挂断。第二天米乐去他曾经和女孩住的地方找她,敲了半天门,没敲开。也不知道里面有没有人。等候的过程中,米乐体会到那晚女孩被关在门外的滋味,觉得自己真不是人。离开前,又给女孩打了电话,每次都是刚一接通就被挂断,显然已被设置来电屏蔽。

三天后,女孩给米乐发来一条短信:我恨你。

随后女孩删掉了米乐的电话。女孩跟公司签了四年不结婚七年不生孩子的合同,违约金是数百万的赔偿。没留住孩子。

看着这条短信,米乐知道孩子跟自己有关系,也能猜到发生了什么,后来猜测在同学那里得到印证。米乐想见见女孩,已经找不到人。

慢慢这事儿就淡了,拍电影的愿望经过发酵,又浓烈起来。

然而曲线救国的方针也失败了。手头的这部电视剧写了一半,制片方迟迟不给结钱,追讨无果,时间就这么过去了,什么都没干成。在米乐看来,他们不是欠自己钱,而是欠了自己一部电影。自己掏钱拍电影的想法就此搁浅。

这时候米乐已经二十七岁。2009年的上半年就这么结束了,七月份学校打来电话问米乐愿不愿意回去教课,他当即答应。说不定"电影学院老师"这个身份,有助于拍电影。

一年后,米乐认识到,学校并不能为一个有导演梦的人提供实实在在的机会,留在学校里的人都是拍不上电影才来教书的,正在拍电影的人都在社会里,待在这里就会永远拍不上电影。又浪费了一年。心比天高,命比纸薄,这是米乐对自己那一时期生活的总结。为了生存,他又开始写电视剧。

写电视剧苦是苦，挣钱不少，米乐买了房。北京的房价越来越高，再不买就永远买不起了。起因是他妈说，电影梦先放一放，那是虚的，只能在里面睡觉；房子是实的，不仅能在里面睡觉，还能在里面写剧本、继续做电影梦。米乐一了解房价，发现已经涨了一倍，经过这几年，电影制作费也涨了。因为制作标准提升了，以前两百多万能拍的片子，现在得五百万。米乐发觉自己挣钱的速度赶不上货币贬值的速度，为了保证未来自己电影的品质，米乐决定先把房子买了。等真用钱的时候，再把房子卖了，房价的上涨会帮米乐解决拍电影越来越贵的问题。

在电影梦这个君主面前，米乐不仅成了奴仆，还成了管家，替它算账、保值。

拿不出全款，米乐贷了款。父母正好都退休了，米乐让他们去住新房，自己守在大学的老房子里，每日坐在窗前，在笔记本电脑上狂敲。

窗外是恋爱中的在校年轻男女生，鸟语花香，打水打饭，阳光灿烂，窗内是一个人在战斗的米乐，一片狼藉，锅碗瓢盆，满腔愤怒。唯一能平息愤怒的是金钱，每当拿到一笔钱的时候，那种喜悦是真实的，每月的房贷问题解决了，这意味着房子仍属于米乐，米乐的电影梦仍能实现。

米乐即将三十岁，电影梦支撑着他每天一个人在电脑前战斗，摆在他面前的路似乎只有一条：写剧本、挣钱、挣够了拍电影。

与此同时，同行们也在聊着钱，谁谁谁写一集戏已经多少钱了，谁谁谁占股的影视公司上市了，身价几千万了……想到自己并不比这些人差，挣得却比这些人少得多，米乐心理很不平衡，觉得这是对他背后电影梦的不尊重。再接写剧本的活儿，也开高价。他看清了一个事实，辛辛苦苦三年写两部电视剧，不如一部戏要上价写三年，人这一辈子也就能写那么几部戏，得提高单位产值，况且还要腾出工夫准备自己的电影剧本，不能把所有精力都扑在写电视剧上。

米乐开始四处撒网，见各种人，看谁开价高，满意了才写。有个朋友给他介绍了一个公司,说是要重拍《西游记》,正在找编剧。米乐小时候就爱看,对重新演绎这个题材有兴趣,去见了公司的人。原来人家不是要拍《西游记》电视剧,是想拍玄奘取经的纪录片,沿着当年的路线再走一遍取经之路,属佛教公益行为,没什么经费,凭兴趣参与,会耗时一两年。米乐听完觉得自己能写,而且还能写得不错,唐僧当打之年把所有事情都放下,只去取经,和他这么多年含辛茹苦只为拍电影没什么区别,他很理解唐僧。可不给钱,就相当于取不到经,所以米乐婉拒了这事儿,说自己福报不够,跟这事儿没缘。公司也没介意,给了米乐几本佛教书籍,让他回家没事儿了看看。

米乐拿着书,回到家就堆在窗台上,然后继续为自己的电影以追名逐利的方式筹钱。在他看来,为了电影梦,放弃艺术尊严写电视剧,这是值得的。

人有时候越想得到就越得不到。半年过去了,米乐写电视剧开出的价格没人接盘,他打算靠这部戏,筹够拍电影的费用。之前写的一部电视剧播出了,没什么反响。编剧的价值完全靠收视率体现,等于这两三年的时间并没有让米乐的事业迈上一个新高度,前后的路都被堵上了。这个行业就是逆水行舟不进则退,看着别人的事业蒸蒸日上,自己离拍电影越来越远,米乐抑郁了,成了这行业里众多抑郁症患者之一。

米乐很痛苦,好不容易降低片酬接了一个剧本,却在大纲阶段就受阻。他花一个月写出一稿两万字的梗概,制片人一晚上就给他写出一万字的修改意见。米乐眼前一片灰暗,倒在床上,高烧不退。

退烧药、白开水、出汗、噩梦,米乐在床上挣扎着,被折磨得筋疲力尽后,昏昏睡去。第二天,床头窗台上的一摞书——被米乐在床上翻滚撞击重心失衡——轰然倒下,把他埋在底下。米乐先拿起落在脸上的那本,是《金刚经注释》。

休息一夜，烧退了，脑子也清醒了。米乐翻开砸在脸上的这本书，它砸在米乐的脸上的意义如苹果掉在牛顿头上一般。凡所有相，皆是虚妄——书里有这么一句话，做注释的人是这样解释的：所有的相，都是和人的眼耳鼻舌身以及人的意识发生关系后才产生的，是意识的产物，如果没有主观作意，它们未必会出现在我们的意识中。因为我们活在错觉中，所以它们有了真实属性，但真相是它们和我们以及一切都是虚妄的，都是我们错觉的产物。法师特意补充了一句：错觉遍及一切，越是你所关心的、放不下的，越是错上加错，才放不下。

怎么就虚妄了呢？

往深了想想，还真是，要不去"认识"它们，它们真就谈不上存在。

但又觉得世界就是真实的，怎么可能虚妄呢——虚妄了的话，那现在的所看所听所感又是什么呢？昨天难道不是我在发烧吗？现在难道不是我在被《金刚经》搞蒙了吗？

越蒙就越想看看后面是怎么说的，于是这本书不离身了，连出去谈业务坐在咖啡馆等人的时候，米乐也会拿出这本书看。来的影视公司老板见米乐在看《金刚经》，一下关系拉近了，他是佛教徒，和米乐畅谈自己对《金刚经》的理解。米乐听得云山雾罩，只能频频点头，阳光照在他的脸上，晒得他往外冒虚汗，咖啡喝猛了，眼前有点儿冒金星，影视公司老板的嘴一张一合，说什么米乐已经听不见了，周围有人在走动，有人在聊天，和自己宛如隔着一个世界。恍惚中米乐一激灵，像突然又回到这个世界，听到对面一张一合的嘴里传出一句话：凡所有相，皆是虚妄。

接下来米乐真就"虚妄"了一会儿，刚才的感受让他说出：写不写剧本没那么重要，钱多钱少也没那么重要，出不出名还不重要，反正人最后都是一死，想不虚妄都不行。这么一聊，老板觉得和米乐投缘，必须合作。于是双方在"话都说出去了也不能太给自己争利益了"和"反正都是虚妄的生带不来死带不走无所谓了"的背景下,需求迅速达成一致,签订了协议。

米乐拿到订金,找阿姨把房子做了彻底打扫,还买了一把预防久坐腰椎间盘突出的高级椅子,准备大干一场。写得兴致正高之时,突然接到老板的通知,不用再写了。他的公司去年做了一部戏,从银行贷了点儿款,播出收益没有预想的好,还银行钱的日子到了,还管人借了点儿才把银行的账还上,一时半会儿没钱投拍新片了。老板还跟米乐说,给的钱不用退,要是觉得亏,他给米乐再补点儿。米乐还真写出不少东西了,已超过预付金的标准,但是现在也不能乘人之危乱开口,他主动提议既然公司已付订金,就把版权给公司留着,等公司缓过劲儿来,继续合作。

这意味着,米乐的电影梦又延期了。

老板说这些的时候,跟说的不是自己的事儿似的,毫无一屁股债的苦恼,把什么事儿都不当回事儿的心态让米乐羡慕。老板说这就看你把什么当成生活的主业了——是解脱,还是别的什么,别的什么直接导致不解脱。

影视圈信佛的人多,大部分是图个美梦成真,事业有成早点出名,每部戏开机前也都会摆上贡品祭拜,剧组求个风调雨顺拍摄平安。老板告诉米乐,佛教的最高目标不是求个岁月静好此世安稳,佛教的最经典著作《金刚经》里没说怎么能长寿和发财,说的是怎么能解脱,脱离八苦。被八苦之一"求不得苦"——也就是梦想永不成真——折磨得够够的米乐当然想解脱,虽然对有没有解脱这事儿半信半疑,至少是有了兴趣。

老板说要是真想解脱,得先皈依。皈依是深信佛法能带给你解脱,不同于封建迷信,是理性地看破世界的如梦如幻从而解脱,又叫证悟。但是需要由浅入深地学习和训练,并矢志不渝始终不失信心,才可证悟获得解脱。后面的话米乐有点儿听不懂了,他想既然要求皈依,那就先皈了吧，也不太麻烦。

于是，在老板的介绍下，米乐去了一个寺庙，那里有位上师，老板于此皈依，让米乐和上师聊聊，投缘的话，想皈依也可以。皈依不是出家，只是在家人信仰佛教的认证。出家人叫和尚，不出家信佛的普通老百姓叫居士。

上师汉语说得不是太流利，米乐要抓住他说的每个字，靠自己组合，才能领会说的是什么。但就是这种半生不熟的字句，竟然让米乐有生以来第一次听人讲话听进去了。从小到大，父母和老师讲的话，总会被米乐拒之门外。这些内容以前别人也以其他方式表达过，无论电视上、广播里还是书报刊的字里行间，在米乐看来，不过是一些想当然的道理，没有可行性。但此刻从这位上师嘴里说出来，这些语言既不是知识，也不是道理，是在解放米乐，把他从枷锁中解救出来，让米乐当下便释然。

米乐觉得这种释然，是被上师自内而外自然渗透出来的力量所感染。上师给别人的信任感，是那种以名人名言和鸡汤伦理做工具来显得自己活得明白但其实私底下比谁都纠结的人无法比拟的。

尤其上师说到因果，更是说到米乐心里。上师说因果有三种呈现方式：一是因果都发生在当下，此生的善恶行为，导致此生的结果；二是过去因导致现在果或者现在因导致未来果，前世的善行恶行导致此生的结果，此世的善恶此世看不到，但未来世会有果报；三是因的能力很微弱时，遇到强大的对治力，果就不一定发生。米乐觉得上师说得太准确了，人不就是一直以来想干什么就干什么吗？现在已经开始承担果报了，越来越糟糕的空气不正是人不择手段发展欲望所造成的吗？尤其是米乐所在的这个行业，大多数从业者没原则，什么片子都拍，导致现在审美混乱，好片子没出路，越是妖魔鬼怪的片子越讨好，米乐也不是没写过，作为曾经的造因者，他现在也必须接受这个苦果。拍不上电影，活该。

好在还有希望，可以用强大的对治力改变因必然要导致的果。对治力就是忏悔，此生誓不再犯。听到这，米乐心底泛起淡淡的喜悦，轻松感和紧迫感油然而生——轻松的是生活其实没有自己想象的那么难，紧迫的是自己得抓紧改变现状了，对治以前的放逸，免受果报之苦。

上师在和米乐说这些的时候，平淡自然，却在米乐心中掀起巨浪，将他之前对佛教就是烧香拜佛这种形式化的错误认识席卷一空。上师的话像一根坚实的木桩，钉在米乐的心里，米乐觉得有了这根木桩，自己可以站在上面，不至于踩在泥里越陷越深，有了脱离苦海的可能。莫非这就是传说中慈悲的力量？没有理由不皈依这位上师了。

皈依仪式上，有受戒环节，上师问米乐能否持戒，并给米乐介绍了居士可选择受的五条戒律——杀盗淫妄酒。

杀，杀生。凡是残害人和动物生命的事儿都算破戒，包括堕胎和去饭馆点杀水煮鱼、大闸蟹等。

盗，偷盗。未经许可拿起别人的东西用一下，上班拿工资却不好好干活、用公家电话聊自己的事儿都算破戒。

淫，邪淫。在不恰当的时候（白天）、不恰当的地方（佛像前、石头地等）和不恰当的人（结了婚有家庭的），发生不恰当次数（一天五次以上）的性行为都算破戒，包括手淫。

妄，妄语。背后议论人、说别人坏话、不诚实、吹牛都算破戒。

酒，喝酒。无论白酒、啤酒、红酒，凡是含酒精的饮料，主动去喝都算破戒。本来挺好一人，喝多了就容易干杀盗淫妄的事儿，酒壮尿人胆。

上师说最好能五条戒全受，如果有困难也可以受一两条，当然一条都不受也没关系。皈依是第一步，受戒是第二步，走向解脱的第一步已经完成。

虽然可以五戒都不受，米乐想，还是先受一个吧。在受戒问题上，这件事情吻合米乐的某种潜意识，说好听了是原则性强，说通俗了就是成心给自己找点儿麻烦堵自己的路。所以受完戒，米乐竟然有种抑制不住的快感，他这种与生俱来的非得给自己提点要求的心理愿望，现在终于通过受戒实现了。之前，这种心理以坚持艺术标准、坚守电影梦想的名义被一点点满足着，并不解渴，现在则通过受戒被充分满足、释放。

杀盗淫妄酒，之所以先受杀戒，是米乐最容易遵守。

盗，米乐虽然不会去偷东西，但有些拍摄的行活儿只能睁一只眼闭一只眼糊弄过去，有"拿工资却不好好干活儿"之嫌，因为认真去干反而对方不接受，好些时候越瞎凑合，对方越满意。这个行业就是如此。

淫，米乐知道自己不会淫出乱子，但是有这个规矩太不人性，比如两人正好白天的时候来了感觉，本来一会儿就解决完的事情，难道非要保持热情到太阳落山吗？而且手淫也算破戒，米乐目前又没女朋友，这就是想憋死他。

妄，米乐觉得生活唯一的乐趣就是朋友之间互相打镲、取笑，这不是贬低，是"打是亲骂是爱"，况且有些事情需要保持批判精神，不能做和事佬。

酒，米乐的生活和工作离不开。平时写东西，得先喝点儿让自己兴奋起来。哥们儿之间，喝点儿聊电影聊文学才兴奋，现代生活中这种美好已经不多了。

只有杀戒现阶段能受。生活中没有什么事儿非得靠故意伤害别的生命才能办到，不吃活的东西完全可以。鱼活得挺好的，你非得给人家捞出来敲一棒子，弄死了切片水煮，挺浑蛋的。市场上死鱼也有的是，赶上哪条吃哪条并不会影响生活质量。尤其是米乐过去任由女朋友堕过胎，现在想起来触目惊心。有没有地狱，米乐也说不好，但《西游记》里有一集孙悟空就被带去了，所以米乐更相信其有。受此戒就是对过去所做之事的忏悔，发誓绝不再犯，来世不至于太悲惨。也算一种对过去因的对治力，争取免遭将来的苦果。

皈依受戒结束，米乐觉得像被格式化了，神清气爽，有种重新做人的喜悦，没拍电影的人生遗憾荡然无存。上师对米乐说的这种感受只是笑笑，说回到家，不超过三天，是人就会重新陷入滚滚红尘中不能自拔，苦闷烦恼卷土重来。米乐问那怎么办，上师说如果真想解脱，就要"闻思修"，闻就是多看多听多接触佛教智慧的理论，比如再拿出《金刚经》翻翻，看看法师们讲座的视频。

回到北京，果然万丈红尘扑面而来。满街的电影海报，灯红酒绿的工体西路，从不熄灯的簋街，永远分辨不出东南西北的望京，噼啪乱响的微信消息，此起彼伏的汽车喇叭，以及咖啡馆、会议室、机场、滴滴打车、大众点评、免费体验券、VIP卡、充电宝……米乐又乱了。

乱完回到家，他就打开视频，听上师讲"皆是虚妄"的智慧。虽然似懂非懂，至少听的过程中没有更乱，心安住在听上，越来越清净。过后的一段时间里，也是平静的，没有太多因欲望无法实现而造成的苦闷。如果烦恼又多起来，很简单，那就再多看看。米乐虽然不知道皈依学佛最终会怎样，至少现在不那么难受了，电影也不是非拍不可了，少些驱赶自己的欲望，当下的每一分每一秒也挺好。

是年，米乐三十三岁。

3. 善恶·停机

因为米乐的不杀生，全剧组停工了。

此前拍电影的梦想贯穿米乐十几年的生活，现在当这个愿望不那么强烈的时候，拍电影的机会却来了。开机那天，米乐发现自己并不兴奋，他知道那些兴奋的能量被这十几年消耗了，眼前拍完这部片子，成了一项和其他工作本质上并无两样的事情。而所谓的兴奋，不过就是心理的一阵乱,以前为拍电影每晚睡不着的时候已乱过太多回,现在乱不了了。所以他清楚有些镜头自己不能去拍。

停机后最兴奋的莫过于下面的工作人员,之前没白天没黑夜地干了一个月,得不着休息,终于能喘口气了。怎么解决,那是制片人和导演之间的问题,越不尽快解决越好,反正在剧组管吃管住。各部门的人吃过饭,迫不及待地回到房间支起牌桌,开始度假。最着急的当然是制片组,执行制片人第一时间出现在米乐面前,饭都没吃,给米乐做工作。

在剧组给米乐配的老款 GL8 商务车里,执行制片人作为同学,替米乐分析形势。车里只有他俩,执行制片人说半道停工是剧组的大忌,对人力和物力的消耗大不说,更容易令军心涣散,等待的时间越长,再开起工来,效率越低,所以他建议米乐赶紧把这场戏拍了。米乐说他要是能拍早就拍了,他可以多写出几个版本的修改方式,只要不拍杀鱼,怎么都行。

"那就拍杀鸡,估计这样在他们那里也好通过。"执行制片人建议道。"他们"指的是韩国公司和监制。

"不是鸡和鱼的事儿,是不能拍杀生。"米乐说。

"这事儿对你那么重要吗?"执行制片人不太清楚米乐能干什么不能干什么以及为什么不能干。

"重要!"

"可是现在这场戏他们就想拍得血糊啦的。"

"要不买条死鱼,也能拍开膛破肚,就是省略从活到死的那一下。"

"他们就觉得那一下是重点,没那一下不过瘾。"

"观众也未必那么嗜血吧?"

"现在观众口味都重。他们吃水煮鱼会点活鱼,不觉得这有什么。"

"那我再想想别的办法。"米乐说。

"别想了,拍吧,祖宗!"执行制片人拍着米乐的大腿哀求着,"咱们现在正是做事儿的时候,得往前冲,不能瞻前顾后,得有股狠劲儿。咱们这代特尴尬,上一代不撒手,六七十岁了还拍戏,一点儿没有给咱们腾地儿的趋势,眼看着咱们就中年了,下一代来势汹汹,不按套路出牌,什么都敢招呼,很可能上一代完了,接班的是他们这代,咱们这代就是被跨过去的牺牲品。所以,不能坐以待毙,抓着机会就得上,赶紧拍出戏,都这岁数了,能出名赶紧出,要不然就淹没了,一辈子就过去了。"

"那也不能没规矩乱来。"

"大哥,我不知道你哪儿来的规矩,你看那些一直在拍片的有规矩吗?规矩就是堵自己的路,咱别这么年轻就堵自己的路行吗?"

"那是他们,我干吗非跟他们一样?"

"你真有点儿想多了,这岁数就该吃喝玩乐,不枉做一回人,尤其是导演,有机会就得享受,别苦着自己,现在就当老头早了点儿。"

"该怎么做我自己知道。"

"听我一句劝,开弓没有回头箭,想想你都毕业多少年了,好容易有这么一机会,如果这次拍一半,把你换了,可能你这辈子都不会再有拍电影的机会了。"

"会换我吗?"

"不好说。刚才制片人已经急了,正往这儿赶。"

"来了正好,可以商量怎么拍。"

"他不是来跟你商量的。"

"那我也不能那么拍。"

"兄弟,你也替我想想,把你换了,也得把我换了,工作不得力,这点屁事儿都搞不定。"执行制片人耿耿于怀,"本来说好拍完这部戏,让我独立做制片人的,我还想着将来咱俩都混好了,来个最佳拍档,统领中国电影,现在看来纯属扯淡。"

"那咱俩成不了搭档。"米乐拉开车门，下了车，左顾右盼找司机，没找到，对车上的执行制片人说，"你给司机打个电话，拉我回房间歇会儿。"

"司机接到通知了，不能拉你离开片场，他故意让你找不着。"

"谁通知的？"

"当然是制片人，他马上就到了。"

正说着，一辆路虎气势汹汹向这边开来。

"来了。"执行制片人给米乐打预防针，"他已经在电话里把我骂了一顿了，说我办事不力。别跟他拧着，他肯定不能让这戏停工，他闺女快结婚了，他还打算早点关机拿到钱买辆车给闺女当嫁妆。"

路虎开到GL8旁边，一个急刹车，没停稳，制片人就蹦下来了，走起路来带着风，地上的土被卷起来一片，不像六十岁的人。

执行制片人留给米乐最后一句话："你跟他聊吧。咱们学校可都二十年没出个像样的导演了，有机会能拍出来还是别放弃，也给学校挣个脸。"

说完他看到制片人冲自己甩甩手，像在轰蚊子，识趣地走开了。

"我饭吃一半就过来了！"制片人开口就带着火气，"这场戏今天能不能拍？"

"我再想想别的方案……"米乐话没说完就被打断。

"就按监制那方案，拍不拍？"毋庸置疑的口吻。

"我受戒了，不能杀生。"

"甭跟我说这个，你是导演，你的任务就是把戏拍了，保证按时关机。"

"这场戏怎么拍可以再商量，后面的戏我可以拍快点儿，到时拍不完你们就扣我的钱。"

"不是钱的事儿。这场戏就得今天拍，今天不拍后面准出更多乱子！"制片人在剧组混了三十多年，知道如果今天不把米乐拿下，后面全组都会不好管理，谁都想找个机会为自己谋点儿权益。剧组就是一个各部门相互斗争又不得不协同工作才能把事情进行下去的组织，想让剧组稳定，就得执行铁腕政策，话语权和决策权只能在制片人手里。

"杀生会下地狱。"

"狗屁地狱！你去过吗？你没去过的地方好意思说有？"制片人拍着GL8的顶棚，咚咚作响，"这是实实在在的东西，别扯那摸不着看不见的，装神弄鬼。"

米乐突然有种受辱之感——人怎么就不能给别人点儿尊重呢，非得强拆别人内心那点儿与众不同的空间，把别人的自留地填死。这种残暴让米乐愤慨。

"也别委屈，你现在杀一条鱼，拍完我送你一车鱼放生，让你上天堂。"制片人说。

"不一样。做一次恶事就会留下种子，做多少次善事也改变不了恶的种子已经种下去了。"

"你怎么这么矫情！我跟第四代、第五代、第六代导演都合作过，人家拍大片的导演也没你这么多事儿，就你这德行，当不了导演。"

米乐不辩驳，同时也更坚定自己的选择，努力想着不杀鱼剧本该怎么改。

"这戏谁导不重要，按时拍完明年春节上映最重要。一天八个亿票房呢，折合韩币四百多亿——这话你也知道什么意思。你现在要不拍，我立马换人拍。"

"凭什么换我？"米乐维护着自己的权利，"合同约定的我就是导演。"

"你这属于'无法完成基本的导演工作'，没执行合同，后面的戏你也别拍了。"说着制片人掏出手机，给监制打通电话，"你过来一下。"

挂了电话,制片人觉得不够出气,继续数落米乐:"拍戏就是打仗,不是让你修身养性。我当兵打仗的时候,布置了十点钟冲锋,时间一到,敌人的炮弹在脑袋上飞来飞去,照样也得往前冲。管他什么死活,就一个字——干!"

制片人嘴里喷出最后那个"干"字,有种气吞山河之势,也有种往广东话上靠顺便骂下人解个恨的意思。

监制从片场另一侧的休息大巴车走过来,制片人给他安排了任务:"这场戏你来拍。"

"我是导演。"米乐郑重申明。

制片人无视米乐的存在,继续对监制说着:"公司的意思也是按你的提议拍,你来拍这场戏,我让他们准备好活鱼。"

随后又说了一句话,是特意说给米乐的,但是并没有冲着米乐:"我就不信了,活人还能让条鱼憋死。"

米乐站到制片人面前,有些激动地指着他的鼻子:"你用这种简单粗暴的方式对待我,不合适!"

"给你机会你不拍。"制片人一副胜券在握米乐拿他没辙的得意样子。

"行!剧本是我写的,你们甭用。"米乐转身进了GL8,拉上门。

监制又一次在导演和制片人中间起到了减震的作用,他穿着白衬衣,拍拍制片人的肩,示意压住火:"我去找他聊聊。"

监制走到车前,敲窗,米乐在里面拉开门。

"我上去坐会儿?"监制在车下指了指车内。

米乐点点头。

监制上了车,坐在米乐对面的座位上。座椅已被改装,两排面对面,方便开会。

"我比你大十岁,信天主教快二十年了,做了不好的事情就会告解圣事，就是你们佛教说的忏悔。"监制操着广东普通话，从身上掏出一本《十诫》的小册子，翻到其中一页，递给米乐看，"我们的第五诫，是不杀人不害人。"

米乐接过，看着上面的白纸黑字。

"知道为什么我们的'诫'比你们的'戒'多个言字旁吗？"监制问。

米乐经过提醒，又看了一眼上面的字，这才发现，不是一个字。

"这个诫是警告、劝人警惕的意思。"监制解释道。

"就是说有些事儿不应该干，但迫不得已的时候，还是可以干？"

"信仰主要是纠正内心，没有恶的动机是最主要的，人毕竟是地球的主宰——既要做人，也得做事儿。"

"所以有些主宰者就制定一个有利于自己的规矩？"米乐还在置气，"咱俩不是一个体系的，圣母和释迦牟尼不是一回事儿。你们可以做坏事，做完忏悔，把包袱一甩，下回还可以再干，然后再忏悔，什么便宜都占了，还落一个没心理负担。"

"不然呢？人活着本来就不容易。"

"香港为什么拍不出大师级的电影？"米乐突然问了这么个问题，"没别的意思，就是纯探讨，大陆和台湾都有大师电影，香港只有商业片。"

"我们的观众不需要电影向生活输入思考，只需要娱乐。"

"还有你们的原因，太急于生存了，为了活着，放弃了别的。"

"我们的资源有限，就一个小岛，没有生产力，得先保证活下来。这也是最近几年几乎所有的香港导演都来大陆拍电影的原因，这里有资金和观众，香港除了离澳门近，玩老虎机方便，任何行业已经比不过大陆，完全就是小渔船和航空母舰的差别。我们香港人都觉得现在能有份工作不容易，有电影就好好拍。"

"没拍电影前，我已经为电影杀过一条命了，现在拍上电影了，需要再杀一条命的时候,我得救下这条命。"

"理解。尊重。但不要停工,你还是整部电影的导演,这场戏,或者说仅仅是那个杀鱼的镜头,我可以替你拍,算是我拍的,算是我杀的,事后我会去神父那里忏悔。还是那句话——既要做人,也得做事儿,有份工作不容易。"

米乐迟疑着。他觉得如果就这样把"杀鱼"的事儿转嫁到监制的头上,然后自己毫不受影响地又当了导演又没犯戒,更浑蛋。

这时候车门突然被拉开,制片人恶狠狠地站在车下:"妈的,摄影师撂挑子了。我就知道,只要停工,糟心事儿准保一出接一出!"

然后他问监制:"你那里有没有合作过的摄影师?赶紧叫来。"

监制下了车问:"摄影师怎么了?"

制片人气得点上一根烟:"我让他们在现场把灯布好,随时准备开拍,不就是个杀鱼的镜头吗,没人拍我都能拍,拍不好大不了日后再杀几条重拍,他们不配合,说导演让拍再拍。"

然后他对米乐说:"你们就合着伙地弄事儿吧!"

监制问:"现在摄影组的人呢?"

制片人说:"我让他们都回宾馆收拾东西滚蛋!"

米乐赶紧蹿下车,向宾馆驻地跑去。

制片人还在身后跟监制说:"调个摄影师过来,今天这场戏必须拍完,越不拍掉越不顺。"

米乐跑到驻地的时候,摄影师已经打包好拉杆箱,立在门口,正往背包里装最后的随身物品。旁边几个房间都是摄影组的工作人员,也都敞着门收拾行李。

"正打算收拾完了告诉你呢。"摄影师看见了米乐。

米乐走进来,坐在桌上:"犯不上跟他们较劲,我和他们掰扯就行了。"

摄影师放下手里的东西："这戏是你叫我来的，你不想拍，我肯定得站在你这头，这是其一。"

摄影师拉开小冰箱门，拿出两听啤酒，递给米乐一听："其二是我现在也不想拍这种镜头，进组之前我媳妇刚做完手术。"

"怎么了？"

"乳腺癌，拉了。"

摄影师在左胸前比画了一个切掉的动作后说："她现在每天吃素念经放生。"

"去年一起爬山还没事儿呢，这么突然？"

"所以我就想，为什么赶上这事儿的是我媳妇？为什么我们家就不能赶上点儿好事儿？凡事肯定是有原因的，现在多做点儿好事儿，以后省心。"

"我不拍是有原因的。"

"我知道。有些事儿你比咱们同学看得透彻。"摄影师入学的时候就比米乐他们应届考进电影学院的大四岁，提及了一件往事，"大一开学的时候，我在宿舍放了一个我拍的纪录短片，别人都说看不懂。"

"我记得，叫《上坟》。"

"那时候我都二十三了，你们才十九，看不懂很正常，但你跟我说，你喜欢这片子。"

"因为我也给我爷爷扫过墓。"

"从那时候起，我就发现你跟别人不一样，认为你们这届导演系里如果能有拍出来的，应该是你。"

"但我是我们班里拍东西最少的。别人电视剧、网剧、广告、宣传片，拍了一堆。"

"就是因为你不是什么都拍，我才觉得你能拍出好东西。所以这次你一叫我，我就来了。"

"这次发现我可能并不适合拍电影。这行业太多创作以外的事情不是我喜欢的。"

"不拍电影也挺好，活着不止电影的这点儿苟且。"

"现在我也这么认为。可是我还没拍过一部完整的电影，又觉得自己没资格这么认为。"

难得有个说心里话的机会，两个人在房间里喝着啤酒，像当年在宿舍里聊电影。摄影师又从冰箱里找出点儿吃的，突然说到他上个戏是跟"芒果"一起拍的，他提到了米乐前女友的名字。

米乐知道迟早有一天这个名字会出现在自己的生活中，虽然六年了都没有联系过，他总觉得自己和名字主人的关系并没有完全结束。米乐没有往下问，知道摄影师自然会讲。

"她问了你在干什么。"摄影师说。

"她在明处，我在暗处。"米乐戏谑道，"她有公司，替她宣传，我一百度就知道。"

"她快当妈了。"摄影师说了一个百度查不到的，"应该这个月就生，可能已经生了。"

米乐一算，签公司的七年正好过去了，可以生孩子了。这个消息让米乐释然，这才意识到，原来心里一直悬着块石头，终于落地了。这是一个好消息。此刻他觉得和这个名字的联系可以结束了。为此，米乐又打开一听啤酒。这时，他的手机响了。

是执行制片人打过来的，他正在片场，制片人又找来一个摄影组，准备拍杀鱼的这场戏。他建议米乐最好能过来，现在还有回旋的余地，互相给个台阶下，后面的戏还由米乐来导。突然电话里一片嘈杂，听得出现场有情况。

执行制片人在电话里冒出一句："女演员晕倒了。"

然后他冲现场的人喊道："赶紧送医院！"

在挂掉电话前，他道出一切事情的起因和对米乐的抱怨："本来只是一条鱼的事儿，现在越搞越大。"

确实是一条鱼的事儿，但又不仅仅是一条鱼的事儿。米乐告别摄影师，回到自己的房间，躺在床上，琢磨着前前后后发生的这些事儿。本以为不拍杀鱼，换个方案，事情就解决了，没想到变成现在这样。他也不知道这样做到底对不对，只是觉得从始至终，有股劲儿在支撑着他。这股劲儿他非常熟悉，十几年前是这股劲儿让他去考了电影学院，后来是这股劲儿让他建立了自己对电影的审美，爱憎分明，再后来这股劲儿支撑着他写剧本，追名逐利曲线救国拍电影，更后来这股劲儿让他在皈依仪式上受了戒。看似不相干的几件事儿，像不同的人干的，但它们和谐而统一地发生在米乐身上。在这股劲儿里，米乐能真实感受到自己的存在。

米乐迷迷糊糊躺在床上，似睡非睡。每当这种时候，都是他最能想清楚事情的时候，脑子里的念头像潮水都慢慢消退，真相和本质水落石出。对，存在感，原来这些事情都是自己刷存在感的方式。

可人为什么非得刷存在感呢？

米乐拿起手机，把今天发生的事情告诉了皈依上师。平时他很少联系上师，一是怕打扰他，二是也没有非问不可的问题，现在非问不可的问题出现了。米乐编辑了文字，发到上师的微信上，然后在等待回复的时间里，昏昏睡着。

米乐是被电话惊醒的。女演员打来的，外面的天已经彻底黑了。

"没事儿了？"米乐听到她的声音后说，"还打算去看看你呢。"

"那你现在来吧。"女演员在电话里说。

"哪家医院？"米乐看了一眼表，已经晚上十一点多了。

女演员报上医院的名字，然后说："别进医院，是对面的酒店，房间号我发到你手机上。"

"医院没病床了，安排你住酒店看病？"

"来了再说吧。"

米乐拿着手机，找到了女演员所在的房间，按下门铃。

门开了，女演员站在门后，例行公事地喊了一声导演。米乐进了门，也例行公事地环视四周，发现并没有任何医疗设备，也不像一个病人住的房间。

"其实我没事儿。"女演员揭开谜底。

"他们说你在片场晕倒了。"米乐有点诧异。

"那是演的。"女演员指着对面的医院说，"他们把我送到那里，安排我住了院，做完检查没问题他们就走了。我溜出医院，住进这里，如果他们找我，我就说出来买东西了，随时能回去。"

"为什么？"

"这样至少今天他们就拍不了这场戏。"

女演员说既然米乐不想拍杀鱼，她就配合米乐让这场戏拍不成。

"这可是你们公司投的戏，你应该配合公司顺利关机。"米乐说。

"我支持你。"

"你也不杀生？"

"不是。"女演员说，"我站在弱者这头。"

女演员说个人和公司之间，个人永远是弱者。其实她离婚不光是因为想外出工作和老公有矛盾，更主要的是她婚前签了另一家公司，签的时候没细看合同，公司给她接了一部电影，有裸露镜头，她不想拍，公司拿出合约，说你必须拍。没办法，她只好硬着头皮演了。电影是一部正经的片子，她在里面演一个小角色，那个角色需要露一下身体。韩国电影分级，在某个级别内，裸体是许可的，也是需要的。拍完这部电影，她就结婚了，结果电影上映的时候被丈夫看到了。虽然她的镜头只是一闪而过，还是成了丈夫和她离婚的理由。从结婚到离婚，不足一年。而那次婚姻结束后,她一直一个人生活,年过三十,父母不停地催她重组家庭,而她暂时没有这种想法。每当再有人给她介绍了男朋友见面的时候,她都会不由自主地去幻想这个男的如果看到她在那部电影里的裸体怎么办,但她又不能主动提及这部电影让男人们看完再决定是否继续交往。她脱掉衣服站在镜头前的那种羞耻感至今还在,总觉得看过这部电影的人的眼光在她身上刻满文身,无法洗去。这都是因为和公司签了合同,必须拍这部戏所致。

"公司永远只想着挣钱,个人都是善良的、无辜的,我永远支持个人。"女演员用韩国腔汉语说道。

"真得感谢你。"米乐由衷道。

"叫你来是想告诉你,我装病也坚持不了几天,你得尽快想出办法。加油!"

"你也加油!"米乐不知道除此之外还有什么更好的回答。

"辛苦了!"女演员又习惯性地冲米乐鞠了一躬。

女演员说得真诚而温暖,让米乐觉得人生是挺辛苦的,从小时候看到第一部电影到现在三十年过去,自己和电影死磕了这么久,心力交瘁,好不容易当上导演,又碰上这种把他逼到墙角的事儿。女演员的一句"辛苦了"给了他宽慰和鼓励,他也真诚地张开双臂,给了女演员一个拥抱。

两人抱在一起的时候,这个夜晚被点燃了。他们用激情,照亮着人生的黑暗。两个人缠绵在一起,亲吻着对方宛如亲吻着自己的伤口,四肢交织在一起,感受着对面传来的温度,像两个赤裸在寒夜里的人抱团取暖。他们拼命地建立连接,进入得越深,就越能获得对抗这个世界的力量。终于,爆炸般的高潮让他们暂时逃离了悲伤。世界平静了。他们像两个穿越大洋抵达终点的疲劳旅者,无所牵挂地酣睡在沙滩上。

不知过了多久,米乐的手机在枕边噗噗噗接连响了几声,米乐睁开眼，天已经亮了。微信里上师发来几段语音，替米乐号了号脉，说米乐一开始的电影梦，就是一个持续了十多年的念头，后来皈依，在"凡所有相，皆是虚妄"的训练下，拍电影的念头淡了，又把受戒不能杀生当成拍电影那般神圣的任务，其实是又一个强烈的念头升起，被它左右。人就是这样，总要执着在某个念头上，这个忘了，就换一个，有念头执着，人才舒服。但现实往往和念头期待的方向拧着，所以人会痛苦。不杀生当然好，但看不清不杀生的本质，被它控制，依然活在虚妄中。

为了方便理解，上师给米乐讲了个故事：有位菩萨和五百个商人一同渡海，船上有一个强盗，发现五百个商人带着很多财宝，准备晚上把商人全部杀掉。这五百个商人都是前世发过菩提心的人，杀害发菩提心的人是要堕地狱的。所以这位菩萨发现这个强盗要杀害那些人的时候，他就想：如果我杀死那个恶人，自己就会堕地狱；如果不杀，他杀害发菩提心的人，将造无间罪孽，受无量大苦。所以我应该杀了那个恶人自己堕地狱，而不让他受无间地狱之苦。于是这位菩萨就把那个强盗给杀了，既是为了救五百个商人，也是为了挽救强盗。

故事讲完，又给米乐留了一条语音：

"解脱不是躲清净，真正的修行就在日常。所以，杀还是不杀，鱼的事情你自己定。"

米乐把上师的几段语音听了三遍，里面似乎在告诉他答案，但这个答案听上去又如此缥缈，虚幻得不像个答案。

门外传来响动，楼道里有人走过，新的一天开始了，人们出了门。

米乐从床上起来，倒了杯水，不由自主往门的方向看去。漆黑乌亮的木门光可鉴人，米乐却只能看到自己投在上面的模糊反光，看不到门外有什么在等着他。

突然，门变成电影院的银幕，一件三十年前的往事浮现在上面。五岁的米乐为了吃到一根冰棍，捡起地上的一块砖头追着他爸满大街跑，因为他爸怕他吃多了甜的，牙坏了——之前米乐已经吃了两根，还要再吃。这件事儿米乐并不记得，是日后他妈多次讲述，他才知道发生过这么一件事儿。

此刻米乐仍不知道虚妄是什么，但刚刚浮现的这件事儿，他想想就觉得可笑。

门还关着，打开它走出去，是早晚的事儿，也是必须做的事儿。

后记
我是 80 后

许多年后,当一位80后作家挺着不再年轻甚至早已劳损的腰杆,在电脑前为写下描述这代人的文字而敲击键盘的时候,他必定不会忘记二十世纪初这代作家问世时那如火如荼的日子,除此外也未必会再想起什么。二十一世纪已经过去了二十多年,他不知道这个事实怎么就发生了,但清楚地知道,未来已并非无限的日子里,他仍会以且只能以80后的名目继续每天的日子,直至老死。

在遥想80后一代至今的文学历程时,我的脑子里突然冒出上面这样的话。

80后的文学作品已经不是第一次结集成书了。最早始于十七八年前,那时候凡是和"80后"沾边的书,甭管写成什么样,印出来就能卖。不同于60后和70后是在街头长大的,80后的城市小孩是在游乐园长大的,人生之初,这代人看上去是幸福的,然而笔下的文字却充满惆怅。无论是发自内心的呐喊,还是为赋新词强说的愁,那时候80后的作品还谈不上跟文学沾边儿(时间已经证明)。评论家指出这一点,有80后嘴犟,不承认,吵了一架,于是"80后"的概念更热起来。评论家说得没错,嘴犟也没错,不倔不是80后。那时候,80后作品的集结出版，是宣告着这么一代人来了。

彼时文学成了这代人的身份证。关注中国当代文学的人都知道，"80后"这个概念的兴起，是伴随着一种文学现象出现的，现在它虽然已是社会通用名词，但当初，如果没有那一拨文学势力，这个词未必会延用至今。也就是说80后这代人进入社会视野，是通过"文学"这个平台，而不是其他什么行业，并自带叛逆、耍酷、伤痛青春、特立独行等颇具文学色彩的标签；而当下聚集着流量的95后，走进公众视线靠的则是影视这条路，与之相应的词汇是"小鲜肉""小红唇"等标签。这也折射出时代的变化。

后来80后内部又出现审美之争、真伪之争，虽然现在回想，那些争吵很幼稚，但有争论，说明那个时期人们还在思考，这是可贵的地方。现在喜欢思考的年轻人很少了，当下是一个无需思考的年代，打开手机，竖屏的短视频世界已经把原本宽广的世界框得越来越小，并填满人们的生活。

是标签，总让人反感，以为会跟一辈子，急于甩掉——没有一个80后作家主动认领这些标签。没想到是标签慢慢没了黏性，自动脱落，当然也因为生而为人要经历的种种事情，让这代人不知不觉离标签越来越远；80后不只生活在青春文学和城市中，也生活在九百六十万平方公里的广袤大地中，从小镇到边陲；5·12汶川地震后前线的救灾官兵是80后；北京奥运会拿金牌的主力军是80后……现在80后是10后和20后的父母，在00后和10后的眼中，"80后"已经代表着踏实、可信、成熟、稳妥、部门领导。标签就像胎记，是种会慢慢褪去的东西。

如同那时候对80后存在很多误解，80后那时候对这个世界也有很多误解，比如当时并不真的理解文学为何物。十几年后，何谓文学和人生，才越来越清晰地呈现在这代人面前，当然这个结果更应归结为自然规律使然，毕竟成长才是所有人都逃不掉的命运。

其实想想，哪个时代不存在误解呢，哪个时代又真的清晰透彻呢，或许误解才是世间真相，谁也不是生下来就全懂。

如一句歌词所唱："我们就这样，各自奔天涯……"当年那一代80后作家时不常还会在朋友圈冒泡儿：育儿、再婚、创业、学拳击、又出书……每次看到这些，我的感受跟看别人的朋友圈是不一样的，欣慰又感慨。好像当年大家来自不同地方，因为某个偶然的原因，聚到一起，参与一场欢乐的集会，然后并没有人宣告聚会结束，热闹了一阵后，场面越来越冷清，直到人去楼空，各自转活他处，都没来得及告别。

有个别那时的朋友，因为疾病和自杀，不在这个世界上了。无常像一把利剑，已经刺入这代人的心中，同时也让心灵蒙上越来越厚的包浆。

像坐上摩天轮，既然有高点，也必然有从高点下降的时刻。80后这拨曾经的时代宠儿，就是在毫无准备的情况下，从聚光台上纷纷落水，开始寻求各自的彼岸。

一春又一春，快二十年过去了，大多数人转了行，也仍有人坚持写作。"写作"前面加上"坚持"两字，不自觉带出一份凄凉，这不仅是还在写作的80后的现状，也是当下文学的写照——在短视频和自媒体当道的今天，文学书的市场越来越小。写作这种原本为80后收获人生第一桶金的方式，如今让80后连养家都很难了。即便如此，该写的人还是继续写着，也不觉得这种"坚持"有多苦，因为此时文学已成为这批人的生活必需品。

不知道还在写作的80后朋友中，有多少是从一开始就想好二十年后自己还干这个的，反正我是没有，能写到今天，完全出于偶然。就像动画片里想吃到香蕉的大象，以为往前走一步就能够着，没想到香蕉也跟着往前走了一步，大象又走了一步，香蕉也随之又前进了一步，大象就这样被弄上了船，并不知道香蕉被曹冲拿着，而曹冲坐在自己背上。这十余年里，我既是大象，也是曹冲，以为文学是那根香蕉，其实文学是那条贼船。

聊以自慰的是，写作是个越老越值钱的行当。文学思维让生活的过往出现了不同侧面，世界不再直来直往，时空可以折叠，能擦除过去，更能看清未来，生活变成四维的——这是文学在今天送给80后的玩具。

王朔曾质问过80后：谁没年轻过呀，你们老过吗？

现在这代人可以理直气壮地回答了：我们也快了！

《情感共同体：80后作家大系》这套丛书出版的时候，2023年应该已经到来了，距离80后的女生们陆续退休，只有7年了，而男生们，也不过还有17年就可以拿着老年证去公园不花钱了。在时间面前，没有一个80后占到便宜，其他人又何尝不是如此。好在还有文学，让一代代人挽留了颜面。

就像有的小说，把那种久已不在却曾经澎湃的感受写下来，不是为了写，而是为了不留遗憾地跟那种感受及那个时期正式告别。此文的目的，正是如此，是为后记。